VREEMDELINGEN MET DEZELFDE DROOM

Wil je op de hoogte worden gehouden van de boeken van Uitgeverij Orlando? Volg ons dan via Facebook, Instagram of Twitter of meld je aan voor onze nieuwsbrief via www.uitgeverijorlando.nl.

ALISON PICK

# Vreemdelingen met dezelfde droom

Vertaald uit het Engels
door Miebeth van Horn

uitgeverij
**ORLANDO**

Deze uitgave kwam tot stand mede dankzij een vertaalsubsidie van de Canada Council for the Arts.

© 2017 Alison Pick
Oorspronkelijke uitgave Alfred A. Knopf Canada, een onderdeel van Penguin Random House
© 2018 Nederlandse vertaling Uitgeverij Orlando bv, Amsterdam
Vertaald uit het Engels door Miebeth van Horn
© Foto voorzijde omslag Marta Orlowska / Arcangel Images
© Foto auteur Emma-Lee Photography
Vormgeving omslag Bij Barbara
Zetwerk Pre Press Media Groep

ISBN 978 94 92086 64 8
NUR 302

www.uitgeverijorlando.nl

*Voor Eric*

En ik zal genoegdoening eisen wanneer jullie eigen bloed, waarin je levenskracht schuilt, wordt vergoten; ik eis daarvoor genoegdoening van mens en dier. Van iedereen die zijn medemens doodt, eis ik genoegdoening.

– Genesis 9:5


Vergoten bloed is niet de wortels van bomen
Maar het komt er wel het dichtst bij

– Yehudi Amichai

Dit verhaal begint met een leugen.

Ik had zelfmoord gepleegd. Zeiden ze. Ze hebben me met die schande laten betalen. Wanneer mijn nazaten het over me hadden, werd ik niet bij naam genoemd, maar heette ik 'de zelfmoordenaar', of soms 'de eerste zelfmoordenaar'. Een verhaal om te waarschuwen.

Zelfmoord plegen betekende geen graf, geen rouwbeklag. Geen *kadiesja*, geen windselen, geen *sjiva*. Geen laatste troost, zoals er voor mij geen dochterschap of moederschap is geweest, geen groep mensen die de plaats konden innemen van de familie die ik nooit heb gehad. Eenzaam in de dood zoals ik in het leven was geweest.

Indertijd was jezelf doden een zonde. Een zonde die grote schande met zich meebracht. Wat natuurlijk precies was wat ze wilden. Nou ja. Misschien verdiende ik die na alle schade die ik had aangericht.

Dat hele jaar leefden we tegen de dood aangedrongen: ziekte, ongeluk, andere, nog duisterdere zaken. Er was een wapen, waar we ruzie over maakten als de kinderen die we waren: wie hem mocht aanraken, wie de eerste mocht zijn om het oordeel van zijn kogels af te vuren. De eerste keer dat ik het zag, wist ik zomaar dat het het middel zou zijn dat tot mijn dood zou leiden. Wat ik niet had kunnen raden, was het verhaal dat daaraan vooraf zou gaan.

Nu ben ik dood en is dat verhaal het enige dat ik ken.

Ik denk er steeds opnieuw over na, zet vraagtekens achter mijn oordeel, mijn motivatie. En meestal voel ik nu de compassie voor mezelf die ik bij leven niet had. Ik begrijp waarom ik heb gedaan wat ik heb gedaan, en waarom ik soms mijn mond heb gehouden. Ik kan mezelf mijn fouten vergeven.

Het is alleen een schrale troost om de enige te zijn die jou vergeeft; ik zou het fijn vinden als jij me ook begreep.

Wat wil een geest? Verlossing. Haar verhaal vertellen. En jullie zijn degenen die ik heb uitgekozen om het aan te vertellen. Jullie zijn mijn eigen uitverkoren volk.

Nu ik ben losgeknipt van de lineaire tijd kan ik naar believen voor- en achteruitdrijven. In de verre toekomst ligt de gruwelijke bloesem van wat wij hebben geplant. Nu is het jullie bloesem. De toekomst is een chaos die ik liever niet opzoek.

In plaats daarvan ga ik achteruit, zoals geesten graag doen. Ik wil jullie met me meenemen, naar dat eerste jaar toen we slechts leefden voor elk moment, en elk moment bevatte alle tijd, een soort eeuwig heden dat we op den duur als vanzelfsprekend aannamen. Dat eerste jaar, toen de moerassen werden drooggelegd, het land werd klaargemaakt en de velden werden ingezaaid, toen de oogsten eerst mislukten en toen welig tierden. Het jaar waarin er ondanks onze mislukkingen iets groters rondom ons opgroeide. Wat waren we trots. Wat waren we tevreden. Hoe hadden we kunnen weten wat er stond te gebeuren?

Wanneer het verhaal van dat eerste jaar wordt verteld (en dat wordt verteld, in gedichten, liederen en boeken), lezen onze afstammelingen heen over de ziekten, de lange maanden van dreigende hongerdood, de mengeling van Joden en Arabieren op wier ruggen ze stonden. Komt de waarheid in de loop van de tijd aan het licht? In de loop van jullie tijd? Kon ik dat maar zeggen. Maar niemand kent de volle omvang van wat er is gebeurd, wat ons allemaal is overkomen. Ik zou willen dat het er niet toe deed, maar mijn eer staat op het spel.

Ik zou willen dat mijn waarheid overeind stond zodat mijn naam kan worden uitgesproken, zo al niet in de gedempte klanken van de eerbied die aan de stichters wordt betoond, dan toch op zijn minst met respect. Ik heb mijn best gedaan. Ik ben tekortgeschoten. Kan iemand van jullie iets anders beweren?

**DEEL EEN**
**IDA**

## HOOFDSTUK I

Toen Ida op de nieuwe plek aankwam en de hete zon gebroken zag boven de korst van de berg, en de hemel daarboven van een onmogelijk geteisterd blauw, had ze het gevoel dat ze tot op dat moment dood was geweest. Haar echte leven stond op het punt te beginnen.

Als ze had kunnen voorzien wat er zou komen, had ze misschien een ander gevoel gehad. Maar ik was de enige die dat kon voorzien. En ik kon het haar natuurlijk niet vertellen.

Voor haar uit was een wanordelijke rij kolonisten, *chaloetsiem*, die in de richting van de berg kronkelde.

'*Smotri*,' zei iemand in het Russisch.

'*Was?*' vroeg iemand anders in het Duits.

'Hebreeuws spreken,' hielp een andere chaloets hen herinneren. Dat was de regel, naast gelijkheid, gedeeld bezit en communaal leven. Het was immers 1921... 5681, corrigeerde Ida zichzelf; ze moest zichzelf dwingen om het Hebreeuwse jaartal te gebruiken, en niet het seculiere. Zij zouden de eerste generatie worden in tweeduizend jaar die hun kinderen zouden opvoeden in de taal die aan de as van de geschiedenis was ontrukt. En toch was de vloek die de chaloets achter Ida mompelde in het Jiddisj.

De rij ging langzamer; er was verder naar voren iets gaande. Ida bleef staan en iemand botste tegen haar rug. Ze draaide zich om en de man bloosde. Hij zag eruit alsof hij zo van een zionistische wervingsposter was gestapt. De arbeiderspet met klep.

Het wijd zittende witte onderhemd. Hij was gebruind, alsof hij al vele uren had geploeterd onder de genadeloze zon van *Erets Jisraël*.

'Neem me niet kwalijk,' zei hij. 'Ik was aan het dromen.'

Ida haalde haar schouders op.

De man nam haar op, met een half lachje op zijn gladde gezicht. 'Alle daden van de mens zijn eerst dromen, en aan het eind worden het weer dromen.'

'Ach, je citeert Herzl,' zei Ida lachend. 'Ik heb het gevoel dat ik je nu al ken.'

'Levi,' zei hij. 'En dat doe je.'

Ze raakte haar oor aan.

'*Sjabbat sjalom*,' zei hij.

'Is het vrijdag?' vroeg ze.

'Zaterdag,' zei hij.

En meteen wist Ida dat Levi en zij uit een zelfde soort gezin kwamen: een religieuze vader met een baard en *tefilien*. *Tsjolent* op het fornuis zodat hun moeder niet hoefde te koken (te werken) op sjabbat. Maar Ida moest ook denken aan Levi's moed om er eerlijk voor uit te komen dat hij zich aan de religieuze voorschriften hield. De nieuwe kibboets zou seculier zijn. Een andere regel.

Levi zette zijn pet af en propte die in zijn kontzak. Hij bleek steil chocoladebruin haar te hebben, een kort kapsel dat aan het uitgroeien was en alle kanten op piekte. Zonder zijn pet zag ze dat hij geen man was, maar een jongen. Achttien of negentien. Geen twintig. Hij had groene ogen. Hij tuurde naar haar alsof hij naar iets op zoek was.

'Je hebt groene ogen,' zei hij.

Niemand had het ooit over haar ogen, zo verborgen zaten ze achter haar bril. Ida lachte opnieuw.

'Wat is er zo grappig?'

'Ik zag net hetzelfde bij jou.'

Levi's gezicht schoot in een brede grijns; ze zag dat er een stukje van een voortand af was.

'We hebben iets gemeen,' zei hij.

'We hebben verschillende dingen gemeen,' zei Ida, en ze beantwoordde zijn glimlach. Daar waren ze, dacht ze, in dit afgelegen land Palestina, ver van thuis en van hun ouders. Ze hadden het leven dat ze kenden verlaten om de Balfour-verklaring en het idee van een moederland voor de Joden in waarheid om te zetten. Ze waren vreemdelingen met dezelfde droom. Ida was een zachtmoedig meisje dat van haar leven nog nooit een idee toegedaan was geweest. Maar het zat zo: het zionisme was niet zomaar een idee. Het was iets wat gebeurde, nu, nu, en nu. Het was iets wat zij kon laten gebeuren.

En na wat haar vader was aangedaan, had ze geen andere keus.

Iemand nieste; een ander zei: 'Gezondheid.' Een klein sliertje wolk veranderde van vorm tegen de weidse blauwe hemel. Het droge land strekte zich oneindig uit, met alleen heel af en toe een krasserige struik of een noodlijdend plukje gras. De lucht rook naar gebakken modder en zweet, en een verdicht soort leegte. De muggen kleefden aaneen in wolken en Levi zwiepte naast haar door de lucht voor zijn gezicht.

'Er is vast een woord voor zo'n massa insecten,' zei ze.

'Een plaag?'

'Straks gaan de koeien nog dood.'

Ze lachten; er waren geen koeien, nog niet, alleen de twee spichtige ezels die het Agentschap hun had gegeven.

'En de eerstgeboren zonen.'

'Er zijn zoveel mannen...' Ida gebaarde naar de rij voor hen. Daarna wou ze dat ze dat niet had gezegd.

'Vier voor iedere vrouw.'

Maar Levi keek ook alsof hij het verkeerde had gezegd.

'Ik ken niemand,' voegde hij eraan toe met een gebaar naar de chaloetsiem op hun spijkerschoenen en met hun halsdoekje om.

'Je kent mij,' zei ze. En ze stak haar hand uit en beroerde zijn schouder.

Ze was verbijsterd door haar reactie op deze jongen. Hij maakte iets in haar los waarvan ze het bestaan niet had gekend.

De zon brandde als een waanzinnige.

'Wat is het heet,' zei Ida. Zweet op haar voorhoofd, op haar wangen onder haar bril, in straaltjes tussen haar borsten. Levi rommelde in zijn tas van zeildoek en diepte een geblutste veldfles op.

'Kijk aan,' zei hij en stak de fles naar haar uit, een buis gehamerd metaal met bovenop een tuit. Ze bekeek het in zijn hand. Op magische wijze had het de eigenschappen aangenomen van iets wat uitging boven een watervat, van iets van groot symbolisch gewicht.

Ze verstarde, met haar handen tegen haar schouders onder de banden van haar eigen rugzak, zodat Levi wel moest vragen: 'Wil je wat drinken?'

Er trok een blos over zijn gezicht. Ida wist dat hij haar vroeg of hij haar iets mocht geven, en dat hij tegelijkertijd vroeg of hij iets mocht nemen. Het antwoord kwam uit een onbekende diepte in haar en kwam omhoog als een luchtbel.

'Ja,' zei ze.

Hij herhaalde het woord, alsof hij het wilde onderstrepen. 'Ja.'

Er verstreken een paar lange ogenblikken. Daarop glimlachte hij en het stukje uit zijn voortand haalde een tederheid in haar boven waarvan haar binnenste verwrong. Ze wilde dichter bij hem komen.

Levi hield nog steeds de fles uitgestoken; ze stak haar hand ernaar uit. Het gehamerde tin was niet koel, maar wel koeler dan de lucht. Hun handen raakten elkaar niet, maar allebei lagen ze op de veldfles, met nauwelijks ruimte tussen hun vingertoppen.

Toen Ida dronk, smaakte het water scherp, metalig.

Later dacht ze terug aan dit moment. Ze had niet onbeantwoord naar hem verlangd. Ze had geen wens gedaan voor hem om die vervolgens in vervulling te zien gaan. In plaats daarvan was hij volledig gevormd verschenen en vulde hij een gat in haar waar ze zich totaal niet bewust van was geweest. Tegelijkertijd met het opkomen van haar verlangen was dat verlangen vervuld.

Later zou ze treuren om haar eigen gelukzalige onwetendheid. Ze wist nog niet wat een schade liefde kan aanrichten.

'Stop,' riep een stem in het Russisch, de taal die de meesten van hen spraken ondanks het Hebreeuws dat ze zo snel mogelijk probeerden te leren.

'Wie zegt dat?' schreeuwde iemand terug.

'Verderop dreigt gevaar,' zei iemand anders.

Diverse andere stemmen begonnen 'Hatikva' te zingen, maar na de eerste twee, drie regels ebde het gezang weg. Ida duwde haar bril omhoog op haar neus en probeerde al turend te zien wat er gebeurde. Ze kwamen langs de huizen van de Arabische boeren, een dorp met misschien twintig gezinnen. De Arabieren waren hun huizen uit gekomen en stonden naar de rij chaloetsiem te staren die langzaam optrok door het dal. Algauw kwam de rij tot stilstand en stapten twee figuren naar voren. De eerste, de *moektar* van het dorp, droeg een witte djellaba met de traditionele zwart-wit geblokte *keffiyeh* op zijn hoofd. David, de leider van de chaloetsiem, was gekleed in de eenvoudige outfit van een kolonist, een los wit overhemd en een korte broek. De twee mannen stonden tegenover elkaar als koningen op een schaakbord.

Het was een totaal windstille dag, en Ida en Levi, die vrijwel aan het eind van de optocht stonden, konden elk woord verstaan dat er werd gezegd.

'Salaam.' David stak zijn hand op. 'De Hebreeuwse stam is hier om zich in dit dal te vestigen.'

Er volgde een lang ogenblik, waarna de oude Arabier knikte. Het kon instemming zijn geweest, of een uitdaging: Dat zullen we nog weleens zien.

Vanaf de berg Gilboa sloeg een havik een kreet. Het licht veranderde en Ida zag dat de wang van de oude man doorsneden werd door een litteken. Het soort litteken dat alleen kon zijn toegebracht door een mes.

Achter hem waren zijn dorpelingen bijeen gedromd. Ida zag een jonge moeder van omstreeks haar eigen leeftijd, misschien achttien, met een kluitje kinderen dat zich aan haar vastklampte. Ida stond achter in haar eigen groep, maar de vrouw stond op haar tenen, alsof ze speciaal naar Ida keek, alsof ze op haar had gewacht. Haar ogen, die inmiddels op die van Ida gericht waren, waren lichtgroen onder haar *hidjab*. Dezelfde kleur als die van Levi, en min of meer hetzelfde als die van Ida. Er voltrok zich iets tussen de twee vrouwen, een rilling van energie. Ida voelde een tinteling onder aan haar ruggengraat, een koude ademtocht tegen haar nek.

Even overwoog Ida Levi op de vrouw te wijzen, maar iets bracht haar op andere gedachten. Vooraan in de rij hadden de twee leiders hun stem laten dalen en ze bogen voorover naar elkaar toe als twee worstelaars in gevechtshouding. Hun onderhandelingen gingen nog een poosje door. Gaandeweg begonnen de chaloetsiem om Ida heen hun belangstelling te verliezen en onder elkaar te praten.

'Je kunt een Arabier niet vertrouwen,' zei de een.

'We zijn allemaal zonen van Abraham,' luidde de reactie.

'Ik ben zelf een dochter van Rebekka,' zei een meisjesstem verontwaardigd.

'Hebben jullie dan niet over de aanvallen in Nabi Moesa gehoord,' vroeg de eerste spreker. Maar ze hadden allemaal over die moordpartij gehoord.

'Geen haar verschil met de kozakken,' zei iemand.

'Er zijn ook Arabieren vermoord,' zei Levi tegen de groep, maar dat werd genegeerd.

Ida wilde niet aan die moorden denken, ze was hierheen gekomen om daaraan te ontsnappen, en ze begon zich terug te trekken uit de conversatie. Maar net toen ze dat deed, was er een beweging, een opdwarrelen van stof. De rij begon weer naar voren te dwalen, gevolgd door de karren met tuiniersspullen, zeildoek, prikkeldraad, watertonnen. Ida keek achterom naar de voorraden. Waar was de voedselvoorraad? Het was midden op de dag. Ze had het warm en had dorst. Ze hadden het allemaal warm en hadden allemaal dorst. Ze dacht aan de clandestiene bijeenkomst achter de bakkerij thuis, de inzamelingsacties, het hele gedoe om hierheen, naar Erets Jisraël, te komen. Had iemand zich wel beziggehouden met de vraag wat ze zouden eten?

Maar goed, ze was hier, en ze vond het niet vanzelfsprekend. Ze had de afgelopen maand in de haven van Jaffa uit haar koffer geleefd, in het pension van Moeder Lobinski. Ze verlangde naar haar moeder, naar de kleine Eva, verlangde ernaar om hun te kunnen vertellen dat ze was aangekomen en recht zou doen aan haar vader. Ze had het gevoel dat ze iets monumentaals meemaakte, maar ze had niemand om dat mee te delen, en dat maakte het kleiner. En nu was er Levi. De persoon met wie ze kon praten.

Ida opende haar mond om hem dat te vertellen, en toen ze inademde kreeg ze een mug binnen. Ze bedekte haar mond in de hoop dat ze geen aandacht zou trekken. Maar hoe meer ze het kuchen probeerde te onderdrukken, hoe harder de geluiden werden die uit haar kwamen.

'Gaat het wel? Moet ik je op je rug kloppen?' vroeg Levi.

Ida schudde van nee. Ze stapte de rij uit en probeerde voorovergebogen haar keel vrij te krijgen. Het leek wel of het insect haar hele luchtweg blokkeerde. De gedachte kwam in haar op dat ze misschien wel zou stikken; dat alle geploeter en ontberingen om in Erets Jisraël te komen, alle lange bijeenkomsten van de Jongerenbeweging, het bijeenbrengen van kopeken, het vertrek bij Eva en haar moeder terwijl ze het zo zwaar hadden, alleen maar zouden uitdraaien op haar slappe lichaam dat levenloos ter aarde lag. Maar uiteindelijk kuchte ze het insect uit. Ze ging rechtop staan en veegde de tranen uit haar ooghoeken. Daarna voegde ze zich weer bij de optocht naast Levi, alsof ze daar thuishoorde.

Voor hen uit torende de Gilboa op. Ze zagen de noordkant van de bron waarheen ze op weg waren. Een enkele kinineboom met de zon er brandend achter, die een oppervlakkig poeltje schaduw wierp. Hoe kon ze toen hebben geweten dat kinine de grens zou gaan betekenen tussen leven en dood, tussen geboorte en niet bestaan?

De Joodse gemeenschap had het moeten weten na de pogroms in Kisjinjov in 1903, toen ze beschuldigd werden van het vermoorden van een christelijk kind om zijn bloed te gebruiken om matses van te bakken. Het bloedsprookje had tot gevolg dat honderden Joden uit wraak werden vermoord of verwond. Ze hadden het moeten weten, had Ida's moeder gezegd, na Bialistok in 1906, toen eerst plunderaars en daarna het tsaristische leger zelf hun lichamen vol kogels schoten en hun huizen vernielden. Maar er is een moment wanneer een idee meer wordt dan zichzelf, wanneer de weegschaal doorslaat van de theoretische naar de geleefde ervaring, en dat is iets wat zich in zijn eigen tempo moet voltrekken. Ida was opgegroeid met een grote geestdrift voor het zionisme, zoals een mens geestdrift kan voelen voor een onbereikbaar doel. Juist om die onbereikbaarheid verlang je ernaar, zonder dat je ooit verwacht dat het doel bereikt zal worden. En toen vond er een pogrom in haar eigen stad plaats, in Kiev, en sloeg Erets Jisraël van een idee om in een noodzaak. Iets wat ze moesten doen om als volk te overleven.

Zoals Herzl al lang had gezegd, zouden de Joden pas veilig zijn als ze een plek hadden waar ze in vrede konden leven.

Voor haar vader was het te laat geweest.

'Het is een nieuw leven,' had ze hem proberen te zeggen, en hij had geantwoord: 'Waarom zouden oude mensen een nieuw leven nodig hebben?'

Hij hielp haar eraan herinneren dat de *Masjiach* niet was verschenen, zoals geschreven stond, om hen naar het Heilige Land te leiden.

Dat nam niet weg dat het hem niet beviel zoals de zaken ervoor stonden, om te horen te krijgen waar een Jood mocht wonen, dat hij een vergunning nodig had, dat valse papieren wel verstandig waren, en na Kisjinjov...

Haar vader had een winkel gehad die aan hun huis vastzat. Hij verkocht knopen, naalden en vingerhoedjes, rollen stof, spijkers en schroeven, potten pepermunt, schoenpoets, boenwas, garen en band. Hij had achter de kassa gezeten in de winkel. Het was een vrijdag, eind van de ochtend. Ida nam soms iets te lezen mee om hem gezelschap te houden; ze waren in kameraadschappelijke stilte aan het werk toen ze verderop in de straat een geluid hoorden. Geschreeuw. Een enkele stem, duidelijk hoorbaar, daarna meer stemmen, eerst stuk voor stuk en toen verenigd in een enkele stroom geluid. De ogen van haar vader richtten zich op haar van boven zijn witte baard. Er stond een verbaasde uitdrukking op zijn gezicht, alsof hij zo-even de roep had gehoord van een dier dat in een ander seizoen thuishoorde. Die blik was wat Ida zich herinnerde, die blik van onschuldige verwarring. De andere blikken probeerde ze te vergeten.

Maar als ze nu 's avonds in slaap probeerde te vallen, speelde dat tafereel zich af aan de achterkant van haar ogen. Het geluid was afkomstig geweest van een menigte mensen die de kruideniers plunderden. Het had zijn weg gezocht door de straat; iedereen wist welke de Joodse winkels waren. Ida zag mannen; ze zag dat ze gedronken hadden. In het midden van de groep zag ze de vader van Katja van school.

Hij was degene die met de knuppel naar de etalage uithaalde. De barsten verspreidden zich over het glas en bleven daar even hangen als een mooi patroon dat in de rijp was geëtst. Heel even maar stond de tijd stil. Toen viel ineens de hele wand tegelijkertijd, waarbij het versplinteren van het glas een geluid maakte dat alles vervulde, en de voorkant van het gebouw lag open en bloot als een poppenhuis.

De mannen hielden stukken kartelig hout vast, kapotte stoelen, en eentje een roestige zaag. Even was er een moment dat ze leken halt te houden en de plek waar het glas was geweest nog de herinnering vasthield van de barrière. En daarop vulde het zich met mensen.

Onmiddellijk werd haar vader tegen de grond geslagen. Een kring mannen stond om hem heen en schopten met hun zware schoenen. Katja's vader (Ida kende hem als een vriendelijke, saaie man) had in het midden van de groep gestaan.

'Sterf, varken,' had iemand geschreeuwd.

Eva was godzijdank op school geweest.

Ida zag nog steeds, hoe hard ze ook haar best deed om dat niet te doen, de knuppels stijgen en dalen. Achter de toonbank was een aantal van de minder erge schoften bezig de planken met de zijkant van hun onderarm leeg te schuiven en spullen in opengehouden juten zakken te duwen. Haar moeder had kennelijk het lawaai gehoord; ze kwam uit de achterkamer met haar haren weggestopt onder een sjaaltje met grijze pieken die rond haar gezicht eraan ontsnapten. Ze was bezig geweest de sjabbatkandelaars te poetsen en hield er in beide handen eentje vast als een stel uitroeptekens. Ze waren van Ida's betovergrootmoeder van moederszijde geweest, en waren door generaties vrouwen doorgegeven, helemaal vanaf de matriarch Sara in de tent van Abraham, stelde Ida zich soms voor.

Achter in de winkel stond een kast met glazen deurtjes waar ze hun *seder*schotel en hun *kiddoesj*beker bewaarden; Ida's moeder was op weg om de gepoetste kandelaars weer op hun plaats te zetten naast de andere erfstukken. Maar Ida ving de blik van haar moeder op; tegelijkertijd zagen ze allebei een man met gouden ringen en een sik die de plank opmerkte. Terwijl hij zich ernaar omdraaide, stak haar moeder Ida de kandelaars toe, en Ida stopte ze in een kartonnen doos met oude lappen die haar vader had gebruikt voor het poetsen van kranen en deurknoppen. Ze duwde de doos met de punt van haar schoen onder de toonbank. Ze keek naar haar moeder die met haar kin naar Ida gebaarde. Even onopgemerkt in de chaos zakte Ida op haar knieën en kroop eveneens onder de toonbank.

Toen alles achter de rug was, waren zij en de kandelaars de enige dingen die gespaard waren gebleven.

Een ander groepje mannen had haar moeder opgemerkt; Ida keek naar hun schoenen terwijl ze om haar heen zwermden. Haar moeder was de winkel binnengekomen door een deurtje dat naar de rest van het huis leidde. Ze werd teruggeduwd door die ingang; Ida hoorde iets dichtslaan. Ze had nooit gevraagd wat er achter die deuren was gebeurd. Maar achteraf wilde haar moeder dat ze naar Erets Jisraël ging. Nu. Zo snel mogelijk. In haar hoofd was de theorie ook in werkelijkheid omgeslagen.

Eva en zij zouden zich zodra het maar kon bij Ida voegen, zei haar moeder. Maar zelfs toen wist Ida dat dat misschien wel nooit zou gebeuren. Ze wist dat zij namens haar familie moest slagen.

Ze dacht aan haar moeder terwijl ze naast Levi liep. Had haar eigen moeder op die manier naast Ida's vader gelopen toen ze elkaar als kind in de synagoge hadden ontmoet? Had haar moeder als tiener gevoeld wat Ida nu voelde? Die duizeligmakende zekerheid dat haar leven op het punt stond te veranderen? Onmogelijk genoeg werd de dag nog warmer en de wolken muggen werden steeds dichter. Ze probeerde de rand van haar hoed zo te schikken dat hij de insecten uit de buurt hield. Sommige chaloetsiem hadden een net voor hun gezicht hangen en lappen stof rond hun hals tegen de zon. Ida had in haar rugzak alleen een schoon stel ondergoed, een trui die ze overduidelijk nooit nodig zou hebben in deze brandende zon, en de dierbare kandelaars van haar moeder. Ze waren een afscheidscadeau geweest, beladen met liefde en verlammende verantwoordelijkheid. Eva had met grote ogen staan kijken toen hun moeder ze aan Ida gaf, alsof ze getuige was van de overdracht van een Tora-rol van de ene grote rabbijn aan een andere.

De stoffige aarde maakte plaats voor moerassen, en de stank van modder vulde haar neusgaten. De sandalen van de pioniers zogen vast; elke paar stappen raakte iemand er een helemaal kwijt en moest de optocht halthouden terwijl het schoeisel uit de viezigheid moest worden gevist. Algauw werden de sandalen opgegeven en de chaloetsiem met een lange broek aan trokken de stof tot boven hun knieën. Sommige mannen trokken hun lange broek helemaal uit en zochten hun weg door het moeras met blote benen en in ondergoed. Ida probeerde niet te kijken naar de gebogen achterstens voor haar uit, de billen zichtbaar door de dunne, witkatoenen onderbroeken.

Levi hield zijn broek aan, waar Ida dankbaar voor was.

De mannen porden elkaar.

'Beter hier dan in dat ijskoude Siberië,' hoorde ze iemand tegen een ander zeggen.

'Of Oeganda,' zei een ander lachend. 'Niet te geloven toch dat ze ons Oeganda probeerden te geven?'

'De Turken hebben ons tenminste aan land laten gaan.'

'Mijn neven en nichten zijn naar Amerika getrokken. Die zeggen dat dat de toekomst is.'

Iemand kuchte. 'Waar een Jood ook heen gaat, hij is op weg naar het Heilig Land.'

'Rabbijn Nachman was gewoon een ouwe *chassied*.'

Ida wist dat er geen grotere belediging was onder de Joden van de toekomst.

De helling van de heuvel werd steiler en veranderde weer van moeras in uitgedroogde aarde, met duizend kleine barsten die over haar rug liepen. Opnieuw kwam de rij langzaam tot stilstand: eerst de magere ezels; dan de karren beladen met schoffels en harken, jute, tonnen met zaad, zeisen. Daarna de chaloetsiem zelf.

'De voet van de berg Gilboa,' zei Levi met een gebaar naar wat er voor hen lag. 'De Charodbron.'

Het licht aan de hemel was oogverblindend, geen wolken, geen schaduwen. Een angstaanjagende helderheid, dacht Ida.

'En nu gaan we het water oplikken,' antwoordde ze.

Ze had het over de passage in het Bijbelboek Rechters waarin de mannen van Gideon worden uitverkoren aan de hand van een door God voorgeschreven proef.

Terwijl de mensen om haar heen tassen en manden neerzetten, schoenen uittrokken en pijnlijke voeten wreven, zette Ida haar bril af en veegde met de achterkant van haar arm het zweet van haar gezicht. Ze gespte een sandaal los en drukte voorzichtig met een vingertop tegen een blaar die op haar hiel opbolde. De vloeistof bewoog binnenin heen en weer.

Sommige pioniers liepen naar de stroom om te drinken, maar David riep hen na: 'Wacht.'

Alsof ze een collectief lichaam vormden, alsof dat geweldige doel al was bereikt, draaiden de jonge mensen hun hoofd als één man om. Hun leider klauterde op een van de karren, bovenop een stapel opgevouwen jute. Hij had zwart haar met stijve krulletjes. Ida zag dat hij een heel lichte huid had, en stelde zich voor hoe die zou verbranden, vervellen en weer verbranden. Daar stond hij roerloos, met zijn handen omlaag langs zijn zij, te wachten tot de groep stilviel. Toen ze zich allemaal naar hem hadden omgedraaid, tilde hij zijn handpalmen naar de hemel op. 'Vandaag is het *Jom ha aliya ha karka*. De dag van de opgang naar het land.'

David verhief zijn stem niet. Hij sprak op kalme, afgemeten toon. Alsof hij hun gastheer was, alsof de confrontatie met de Arabieren nooit had plaatsgevonden, verwelkomde hij hen met zijn zegen: '*Broechiem habaïem.*'

En daarna zei hij: 'Ik geloof niet dat we Gods uitverkoren volk zijn.'

Achter Ida fluisterde iemand: 'Ik heb Klatzkin ook gelezen.'

'Over nationalisme,' hoorde ze iemand anders antwoorden. 'Land en taal zijn de cruciale ingrediënten van een nationaal bewustzijn. Zet religie uit je hoofd.'

Maar Ida voelde het godslasterlijke dat in Davids woorden besloten lag, voelde hoe haar lichaam zich ertegen verzette. Wat was een Jood anders dan uitverkoren?

Ze stelde zich voor dat ze Levi naast zich ook voelde verstijven.

'Ik geloof niet dat we Gods uitverkorenen zijn,' zei David. 'Maar wat ik wel geloof, is dat we hierheen geroepen zijn. Het is aan ons om de droom van het zionistische socialisme te laten uitkomen. Wij zijn geroepen om een nieuwe wereld te scheppen op basis van rechtvaardigheid, gelijkheid en handelen.'

Zijn toespraak klonk bijgeschaafd, gerepeteerd; zijn hoofd was onbedekt onder Gods oordeel. Hij raakte de kleine oneffenheid boven aan zijn neus aan.

Ida rekte haar hals. Links van David zat een vrouw op de kar, met bungelende benen. Bruin golvend haar en sproeten; dunne armen en kleine, appelvormige borsten. Er zat een kind op haar schoot, een meisje met zwart haar, jonger dan Eva, maar ze had iets over zich dat Ida aan haar zusje deed denken. Het kind hield een pop vast die niet meer was dan een kussen met twee ogen erop getekend en met een lapje zwarte stof aan de bovenkant vastgemaakt. Ze fluisterde op de plek waar het oor van de pop zou hebben gezeten en hield hem tegen haar oor om het antwoord te horen. Ze trok een verbaasd gezicht en hield hem toen omhoog zodat de pop het ook in het oor van haar moeder kon fluisteren. Haar moeder glimlachte en legde een vinger tegen haar lippen. Ze zou het geheim van het meisje, en van de pop, niet doorvertellen.

Ida keek om zich heen naar het kale, rotsige landschap en de uitgestrekte hemel. Dat ze in deze leegte een pop had, moest het meisje wel als een wonder voorkomen. Iets zeldzaams en kostbaars op een plek waar ze vrijwel niets hadden.

Met drukke gebaren en een zwiepende hand alsof hij een toverspreuk uitsprak was David aan het oreren over de bron van Gideon. Ida vond de bron er maar klein en modderig uitzien. Een groot rotsblok blokkeerde de plek waar hij uit de berg stroomde. Maar David haalde een kromgetrokken, verfomfaaid in leer gebonden notitieboekje tevoorschijn uit zijn kontzak en een stompje potlood van achter zijn oor.

'Jullie kennen deze passage,' zei hij grootmoedig tegen de groep. Hij tilde het boekje tot voor zijn gezicht, kuchte, en begon voor te lezen uit Rechters. Toen hij klaar was, zei hij: 'Jullie zijn de driehonderd die deze taak zullen volbrengen. Wij zijn die driehonderd.'

Ida wist dat ze in werkelijkheid met zijn vijfenzeventigen waren. Twee compagnieën van de Arbeidsbrigade: eentje was uit Judea overgekomen waar ze een spoorlijn hadden aangelegd vanaf Petach Tikva, de eerste Joodse *mosjav* in Ottomaans Palestina, de ander uit Galilea, waar ze een weg hadden geplaveid. Maar ze snapte Davids bedoeling. Haar nieuwe leven kwam in zicht, op dezelfde manier als waarop Erets Jisraël zelf aan haar was verschenen vanaf de boot aan de horizon. Stukje bij beetje, vaag en nevelig, tot plotseling alles tegelijk daar was: het strand, de contouren van de nieuwe stad Tel Aviv, de Herzliya Gymnasia, de bootslui in hun wijde broeken die uitzwermden over het dek (spraken ze Turks of Arabisch?) om in het wilde weg tassen bij elkaar te graaien en aan land te brengen.

Opnieuw had ze het bijna gewelddadige gevoel dat het leven dat ze had gekend voorbij was.

Voor haar geestesoog zag ze de nederzetting die ze zouden bouwen. Ze zag arbeiders op het veld, koks in de keuken en monteurs in de werkplaats. Ze zag een kinderkamer vol baby's. Misschien ook een van haar.

Ze keek naar Levi, probeerde zijn blik te vangen, maar hij had zijn pet afgezet en keek in vervoering naar David. David straalde een soort zelfvertrouwen uit waarvan ze zag dat Levi er in de buurt wilde komen. Net als zij was hij opgegroeid met de blauwtinnen doosjes om de kopeken in te verzamelen die nodig waren om dit land te kopen. Ze waren opgegroeid met ingelijste portretten van Theodor Herzl in de eetkamer, die met zijn grote baard en zijn snor presideerde bij elke sjabbatmaaltijd. Ze waren opgegroeid met clandestiene bijeenkomsten van de Jeugdbeweging in de achterkamers van kruideniers en gymnasia, met citaten van Tolstoj en A.D. Gordon en discussies over de beste manier om Erets Jisraël te verwerven. Maar terwijl zij droomden, had David het echt gedaan. Hij was met de Tweede Alia in 1910 naar dit land geëmigreerd; hij had de mosjav in Kinneret helpen stichten, met het planten van eucalyptusbomen langs de modderige oevers en de onderhandelingen met de *fellahien*. Ida had gehoord dat hij heel Erets Jisraël te paard had doorkruist, in elke tent en op elke markt Arabieren had gesproken en zich hun diverse gebruiken had eigengemaakt om de aankoop van land te vergemakkelijken.

Terwijl de anderen van deze groep nog in Polen en Rusland zaten te debatteren en te discussiëren, had David deze plek opgeëist als zijn thuis.

'Over een jaar,' was David aan het zeggen, 'zullen we brood

eten dat we zelf hebben gebakken, en groenten die we op onze eigen velden hebben gekweekt. We zullen samen de eerste mei, Dag van de Arbeid, vieren onder het dak van ons gemeenschapshuis.'

Hij trok aan zijn kin, een gebaar dat een man met een baard zou maken, maar die had David niet.

'Het werk zal gruwelijk zwaar zijn,' ging hij verder. 'Maar met het verrichten van elke kleine taak zul je iets groters bereiken. Zullen wij iets groters bereiken,' corrigeerde hij zichzelf. 'Iets zonder weerga in de geschiedenis van de Joden.'

Achter Ida fluisterde iemand: 'Of we gaan dood van de honger.'

'We zullen het moment aangrijpen,' zei David.

Om wat te bereiken, bleef nog onduidelijk.

De eerste taak was om beveiligingsgreppels te graven en prikkeldraad op te trekken. Ze zouden niet gaan slapen voordat dat klaar was; het Arabische dorp was vlakbij, en ze konden geen risico's nemen.

Ida had bij geruchte vernomen dat dit eerste kamp tijdelijk zou zijn. Ze zouden hier beginnen, maar later de Arabische huizen innemen en naar hoger op de helling verhuizen. Het Agentschap had dit land gekocht van een hypothecaris in Beiroet, had ze gehoord, die beloofd had dat de Arabieren als het zover was rustig zouden vertrekken. Maar Ida vroeg zich dat af. Waarom zouden ze weggaan? Dit was toch net zo goed hun thuis?

Toen het prikkeldraad was aangebracht, vielen de chaloetsiem eindelijk in slaap in een wanordelijke hoop lijven, op beddengoed dat rechtstreeks op de grond was gelegd. Geen dak boven hun hoofd. Duizend sterren die hen fonkelend welkom heetten. Of zo leek het in elk geval in de ogen van degenen die het zo wensten te zien.

De volgende ochtend voor zonsopgang kwam Ida in haar

ogen wrijvend samen met de anderen bijeen aan de voet van de berg. Hun kleren, waarin ze hadden geslapen, waren modderig en bezweet. Ida was blij toen ze iemand van thuis herkende, een meisje dat ze kende van de bijeenkomsten, al was het maar een beetje. Een mooi meisje met grote ogen en het hart op haar tong, en een lichaam dat niets liever wilde dan vechten. Sarah. Haar haar krulde nog meer dan Ida zich herinnerde, alsof het nieuwe land haar al had opgetild, door elkaar geschud, en haar in een andere vorm had neergezet.

Sarah knikte naar Ida bij wijze van korte erkenning. Haar ogen zaten nog half dicht van de slaap.

'Ik moet de hele tijd gapen,' zei ze, met een vuist voor haar mond.

Ida had ook geslapen alsof ze dood was.

'Jij ook goeiemorgen,' zei Ida grijnzend.

'Het is ons gelukt,' zei Sarah samenzweerderig.

'Ik heb het gevoel alsof we hier altijd zijn geweest,' antwoordde Ida.

De zon verrees boven de bergtop. Een gouden straal doorboorde de grijze wolken en het volgende moment baadde het veld in licht, met de topjes van de moerasgrassen glinsterend van een bedauwde gloed.

'Moet je zien,' zei Ida, met haar elleboog wijzend.

Sarah knikte, maar ze was nauwelijks onder de indruk. Ze begonnen de schoonheid al vanzelfsprekend te vinden, dacht Ida.

Het ontbijt bestond uit gruwel. En dat was het. Een onfortuinlijke sjlemiel was uren lang wakker gebleven om een vuur aan te leggen, water te koken, en met een houten lepel door een reusachtig vat te ploegen. Er was geen honing voor erbij, alleen een paar vijgen. Ida at haar pap haastig op, alsof iemand haar haar portie zou kunnen afpakken, iemand die het meer verdiende. Het was waar dat de mannen groter waren en meer calorieën nodig hadden om overeind te blijven. Maar hier regeerde de gelijkheid.

Uit de richting van het kookvuur kwamen flarden gesprekken.

'Baron Rothschild...' begon iemand te zeggen, maar hij werd onderbroken. 'Waar mag die goede baron nu wel zijn?'

Na het ontbijt werden er schoppen uitgedeeld en ging de groep aan het werk om de grond vrij te maken. Voordat ze konden ploegen of planten, moesten ze eerst een miljoen stenen verwijderen. Stenen van alle afmetingen, van kiezels tot reusachtige rotsblokken. Dit ging dagen kosten, zag Ida. Weken. Verder dan dat stond ze zichzelf niet toe te denken.

Zonder te praten vormden Ida en Sarah een team en urenlang werkten ze naast elkaar, tot de nevel was weggebrand en de zon de laatste dauw had drooggebakken. De hitte sloeg in golven van de aarde af. Bij de lunch kregen ze een piepklein rantsoen pita en een handjevol olijven die ze onmiddellijk verslonden zonder ze te proeven. Ida schudde met de pitten tussen haar handpalmen alsof het dobbelstenen waren.

Die avond beklom niet David maar zijn vrouw de kar. Ze boog voorover om zich op te hijsen, waarbij haar volle achterste zichtbaar werd, maar er ging geen gemompel op onder de mannen; in de nieuwe samenleving zouden vrouwen niet meer tot object worden gemaakt. Hannah was net als David met de Tweede Alia hierheen gekomen, wat betekende dat de chaloetsiem blindelings respect voor haar hadden.

In de groep achter Ida begon iemand een gedicht van Bialik te declameren.

'De hele wereld is een hakblok / en ik ben alleen de zoveelste Jood.'

Hannah glimlachte de jonge chaloetsiem toe; en een voor een lachten ze terug, als een rij lampen langs een stadsallee die worden ontstoken. De dingen die Hannah hun vertelde, gingen over de juiste manier om hun tinnen bord schoon te schrapen voor het de afwasteil in ging; waar je etensresten moet opbergen om te voorkomen dat de jakhalzen erbij konden. Ze vertelde dat David en zij in Kinneret waren geweest, de voorloper van deze nieuwe, grote kibboets, en wisten op wat voor manier de dagelijkse details van het gemeenschapsleven het grotere project konden bezielen. De historische toespraken waren Davids deel; aan Hannah de logistiek.

'Sommigen van jullie hebben kostbaarheden,' zei ze net. 'Laten we die verzamelen zodat ze ons allemaal ten goede komen.'

Haar woordkeus suggereerde dat deze gedachte net in haar was opgekomen, of dat het in hen allemaal was opgekomen en zij eenvoudigweg functioneerde als de spreekbuis van de groep. Hannah keek de met gekruiste benen op de grond zittende menigte rond. 'Jij,' zei ze en wees naar een chagrijnig kijkende man in lederhosen.

Lederhosen, dacht Ida, met die hitte.

'En jij,' zei ze, naar iemand wijzend die Ida niet kon zien tussen de ruggen en hoofden door.

'Willen jullie zo vriendelijk zijn om de verantwoordelijkheid op je te nemen om de kostbaarheden van iedereen in te zamelen?' vroeg Hannah.

Maar toen betrok Hannahs gezicht; ze kwam op andere gedachten. 'Misschien is het toch efficiënter als iedereen zijn spullen zelf komt inleveren,' zei ze minder besluitvaardig.

Ida zag dat Hannah niet de indruk wilde wekken dat ze een gezagdraagster was. Om de juiste toon te treffen, moesten de bezittingen uit vrije wil worden overgedragen, bij wijze van enthousiaste offers aan de onderneming die ze samen aan het opbouwen waren. Ze wilde niet dat er een paar vreemdelingen als politielui rondliepen om andermans bezittingen in beslag te nemen. En dat al helemaal niet na wat velen van hen in tsaristisch Rusland hadden meegemaakt.

Hannah was de volmaakte surrogaatmoeder voor alle echte moeders die ze thuis hadden achtergelaten, bedacht Ida. Hoe oud was ze? Misschien achtentwintig. Maar ze zou hen allemaal op haar brede schoot nemen; ze zou over hun rug wrijven en hen in slaap zingen.

'Wees zo vriendelijk om voor morgenmiddag je kostbaarheden naar de kar te brengen.'

Ze glimlachte haar man toe die hun dochtertje op schoot had. Het volmaakte gezin; en Ida dacht: misschien kan ik dat zelf ook krijgen. Misschien ligt dat echt binnen mijn bereik.

In het oosten werd een reepje maan zichtbaar. De belofte van de aanstaande nacht was als zijde, of koel water. Het maakte dat Ida wilde gaan liggen. Ze wilde in iemand armen liggen, wilde dat iemand (Levi?) het haar uit haar gezicht zou duwen en kussen zou drukken over haar jukbeenderen helemaal tot aan de onderkant van haar hals. Ze werd overspoeld door melancholie, wat haar evenveel pijn als genoegen schonk; ze verlangde naar iets wat ze nooit had gehad en zich niet echt kon voorstellen, en toch was er een lege plek in haar die er klagelijk om riep.

Opnieuw zag ze de reling van het schip dat van het dok in Rusland weg voer; ze zag hoe haar oude leven zich niet alleen symbolisch maar ook letterlijk terugtrok. Ja. Het was verdwenen.

'Ik heb een paar vieze sokken,' zei Sarah naast haar.

Ida keerde zich niet-begrijpend om.

'Ik heb niets kostbaars van thuis,' verklaarde Sarah zich nader.

'O. Ik ook niet,' zei Ida afwezig. Maar toen ze achteruit tegen haar rugzak leunde, voelde ze een van de kandelaars van haar moeder in haar onderrug prikken.

Ze slikte.

Kandelaars telden toch zeker niet mee? Wat zou de groep daar nu aan hebben?

Inderdaad. Ze konden worden verkocht.

De sterren begonnen zich te vertonen.

'Gaat iemand zeggen waar we slapen?' vroeg Sarah.

Maar Ida had niet in de gaten dat de vraag aan haar was gericht. De volle omvang van haar dilemma drong langzaam tot haar door.

'Moeten we een tent opzoeken?' vroeg Sarah wat nadrukkelijker.

'O. Ja,' antwoordde Ida. Ze zette de kandelaars uit haar hoofd. Sarah wilde vriendschap met haar sluiten.

De toespraak van Hannah zat erop, dus ze hezen hun spullen op hun rug en gingen het veld op om zich een plek toe te eigenen. Terwijl Ida en Sarah en hun groep stenen hadden weggehaald, had een tweede contingent arbeiders de tenten opgezet. Het was een eenvoudig ontwerp, een paal in het midden en elk laken van wit zeildoek opgetrokken in een enkele piek. Hun frisse driehoeken leken op zeilboten verspreid over een uitgestrekte zee.

De meisjes kozen er een uit aan de rand van wat ruwweg een kring was. 'Voor wat meer privacy,' zei Ida.

Sarah lachte. 'Dan zit je op de verkeerde plek.'

Binnen waren twee stromatrassen neergelegd, en twee ruige wollen dekens van het Agentschap. Een van de twee zat vol mottengaten. Ida nam zelf de deken met de gaten en gaf Sarah de andere. Ze begonnen hun schamele bezittingen uit te pakken. Het was uitzonderlijk warm in de canvastent. En toch beleefde Ida veel plezier aan het inrichten.

'Net vadertje en moedertje spelen,' zei ze. Ze moest denken aan de voorbereidingen voor het avondmaal bij haar thuis.

'Zou het niet geweldig zijn om een kind te hebben?' vroeg Sarah.

Ida knikte. 'Ik mis mijn moeder,' zei ze behoedzaam, om te testen of ze Sarah wel haar gevoelens kon toevertrouwen.

Het andere meisje zat een vingernagel te bestuderen. Ze keek op. 'Ik heb nooit een moeder gehad,' zei ze.

'Iedereen heeft een moeder gehad,' reageerde Ida te snel.

'De mijne is gestorven,' zei Sarah. 'Toen ze van mij beviel.'

Ida kon niets bedenken om terug te zeggen, dus zei ze maar: 'Mijn vader is gestorven. Tijdens een pogrom.'

Sarah wierp haar een meelevende blik toe, maar ze zei alleen: 'Help me even een handje.'

Ze bonden de zware tentflap vast om wat frisse lucht binnen te laten.

Later, toen ze de lamp hadden opgehangen en aangestoken, liep Sarah naar buiten de vallende avond in. Van waar ik nu ben zie ik haar gaan. Ze wordt door iets aangetrokken, iets onbenoemds waaraan ze geen weerstand kan bieden. Ze weet niet wat het is. Maar ik wel; en of ik het weet. En ik zou willen dat het anders was.

Sarah vertrok en Ida was alleen. De stilte voelde levend, bezield aan. Haar innerlijke wereld was weer voelbaar, alsof een zoeklicht een donkere hoek bescheen. Ze was nu al dagen elk moment omringd geweest door mensen, en ze was zichzelf vergeten.

Het leven in de groep was niet ingericht op een naar binnen schouwen, besefte ze.

Ze liet zich behoedzaam en ineenkrimpend op haar stromatras zakken, haar dijen en billen pijnlijk na de lange tocht naar de berg en de eerste dag werken. Ze tastte rond op de bodem van haar tas waar ze haar kandelaars had opgeborgen. Ze trok ze eruit, en streek met haar vingers over de krullerige Hebreeuwse inscriptie van de zegen. De opgedroogde was van haar laatste sjabbat zat nog in druipers vastgekoekt. Ze stelde zich haar moeder voor, die het licht rond haar hoofd bijeenbracht en de bracha reciteerde.

Zonder het te hoeven vragen wist ze dat het gebed, welk gebed dan ook, geen plaats had in deze nieuwe kibboets. Maar ze hoorde de sjabbatgroet van Levi weer, zijn weigering om zijn eigen waarheid te verzaken. Voor haar geestesoog zag ze het lichaam van haar vader in een hoopje op de volmaakt geboende vloer liggen.

Er werd aan de tentflap gekrabbeld. Iemand wilde binnenkomen, en heel even dacht Ida dat het vast Levi was. Hij had haar verlangen gehoord, en kwam haar halen. Maar toen ze opkeek, zag ze iemand anders. Hij wachtte niet tot hij werd uitgenodigd maar kwam de tent binnen alsof die van hem was. Wat in zekere zin ook zo was, nam ze aan.

Ze herkende deze man van eerder: het zwarte haar, de lederhosen. Opnieuw bedacht ze hoe ondraaglijk die moest zijn in deze hitte.

'Ik ben Ida,' zei ze, en haar gast reageerde in het Duits. '*Grüsse.*'

Hij noemde zijn eigen naam niet. In de lengende schaduwen van de paraffinelamp zag Ida dat zijn huid zo bleek was als melk. Hij had vreemde pigmentvlekken op zijn lippen, alsof God hem een merkteken had gegeven voor iets godslasterlijks dat hij aan zijn mond had laten ontglippen. Zijn blik viel op de kandelaars die op haar matras lagen. De stilte bleef lang tussen hen in hangen.

'Ik heb de opdracht gekregen kostbaarheden in te zamelen,' zei de Duitser uiteindelijk, en hij richtte zijn ogen op de hare.

Het was de bedoeling dat ze zelf hun bezittingen zouden inleveren; net als iedereen had Ida Hannah dat horen zeggen. Maar er klonk iets in de stem van deze man door waardoor Ida het verzoek niet durfde te weigeren.

'Dank je,' zei ze. 'Ik was bijna klaar met inruimen.'

Ze hoopte dat ze daarmee overbracht dat ze de kandelaars straks zou inleveren.

De Duitser keek haar aan. 'Dat zijn mooie *pamotiem*,' zei hij, ineens een Hebreeuws woord gebruikend. Er zoemde een mug rond zijn hoofd, maar hij deed niets om hem te verjagen. 'Kostbaar,' zei hij.

'Dat denk ik niet,' zei ze instinctief liegend. Maar de Duitser maakte een verachtelijk geluid. Even keken ze elkaar strak aan.

'Ik zie het echt wel als iets waarde heeft,' zei hij.

Er draaide iets in haar maag om. De haartjes op haar armen kwamen overeind. Ze probeerde iets te bedenken om te zeggen waardoor hij zou vertrekken.

'Waar ga je nu heen?' vroeg ze uiteindelijk.

Hij trok zijn wenkbrauwen op.

'Naar de toekomst,' zei hij.

Het was een vreemd antwoord, maar Ida merkte dat ze het begreep.

'Goedenavond, kameraad,' zei hij, opnieuw in het Duits, en hij draaide zich om om te vertrekken. Ida keek zijn verdwijnende rug na: hij was aan de lange kant, en zijn schouders waren smal. Een van zijn blauwe bretellen zat gedraaid. Dat had iets kwetsbaars. Of liever gezegd, bij iemand anders zou dat kwetsbaar lijken, als een kind dat geprobeerd had zichzelf aan te kleden, maar bij de Duitser had het iets dreigends, dat elastiek met die strakke draai erin.

Ida lag een uur lang op haar mat te proberen de slaap te vatten. De ruige deken van het Agentschap schuurde over haar huid. Uiteindelijk schopte ze hem opzij, stond op en ging naar buiten. De hemel was bezaaid met sterren, die uitzonderlijk scherp afgetekend elk hoekje van de zwartheid bedekten. Ze maakten er de hitte niet minder op. Langzaam zocht ze haar weg tussen de tenten door. Hier en daar waren jonge pioniers aan het lachen, hun pijnlijke spieren aan het strekken, op hun rug naar boven aan het kijken naar het sterrenspektakel. Een vrouw met een lange vlecht was de schouder van een jongen aan het masseren. Ondanks de temperatuur had iemand een vuurtje ontstoken om de muggen op afstand te houden en er had zich een losse kring omheen gevormd, de een met een fluit, de ander met een snaarinstrument dat Ida niet kon thuisbrengen. De vedelaar had helrood haar en oranje sproeten.

De woorden van rabbijn Hillel stegen samen met de rook omhoog, woorden waarvan een lied was gemaakt:

*Im ajn ani li, mi li?*
Als ik niet voor mezelf ben, wie dan wel?
En zo niet nu, wanneer dan, wanneer dan?
*Ay-ma-tay?*

Ida zocht zigzaggend haar weg naar de oever van de rivier. Diverse jongens lieten hun voeten in de koele modder bungelen langs de rand van het water. Een zat een citroen te eten, waarbij hij het bittere sap rechtstreeks uit de schil zoog; waar had hij die gevonden? Haar maag rommelde. Ze boog voorover om haar schoenen uit te trekken met het idee de rivier in te waden en zich helemaal onder te dompelen. Er kwam een beeld in haar op: haar vader die voorafgaand aan synagogebezoek naar het *mikwa* ging. Deze rivier was vast net zo heilig als wel ritueel bad ook. Ze vroeg zich af of Levi er ook zo over zou denken.

Maar terwijl ze haar gespen aan het losmaken was, ving ze in haar ooghoek een glimp op van de Duitser. Hij was hier kennelijk rechtstreeks vanaf haar tent heengegaan. Hij stond een paar meter verderop, waar het slik tot tussen het riet liep. Ida zond hem een glimlach toe en stak haar hand op naar de zijkant van haar gezicht, maar de Duitser keek langs haar heen in de richting van de schaduw van de berg. Zijn gezicht bleef onbewogen, alsof hij haar nog nooit had gezien.

Ida kneep haar ogen toe. Ze zette haar bril af en wreef de vieze brillenglazen met haar mouw schoon, waarna ze hem weer opzette. Ze kon zich de aanblik van zijn rug herinneren toen hij haar tent had verlaten. Zijn witte overhemd, de draai in zijn bretellen. De bretellen die hij een paar minuten geleden had gedragen waren blauw, maar deze waren rood.

De volgende ochtend gingen ze vroeg van start, voor zonsopgang. De blaar op Ida's voet was gebarsten. Ze dekte hem af met verband en liep zoveel mogelijk op haar hielen naast Sarah het veld op, waar ze verder gingen met het verwijderen van stenen. Ze bogen voorover en tilden op, bogen voorover en tilden op. De tijd werd onmeetbaar; afgezien van de bel die aangaf dat het tijd was voor hun middagmaal was er geen manier om het voortschrijden van de tijd af te meten, en Ida kon niet uitmaken of er nu een of drie uur waren verstreken.

Halverwege de ochtend had haar rechterhand de klauwvormige greep aangenomen van de steel van haar schop.

Eindelijk luidde de bel en kwam een etenskar aangereden, voortgetrokken door de ezels die iemand Trotski en Lenin had genoemd. Ze werden gemend door de roodharige vedelaar Zeruvabel; een chaloetsa met een vollemaansgezicht, Sjosjanna genaamd, met donkere wenkbrauwen en bossen okselhaar, deelde tinnen borden aubergine en pita uit vanaf de laadbak. Een groep naast de rivier kwam op het idee om een afdak te maken tegen de zon met behulp van een grote rol golfplaat die ze uiteindelijk voor irrigatiekanalen zouden gebruiken. De pioniers kropen eronder bijeen en installeerden zich met gekruiste benen in elk lapje schaduw dat ze maar konden vinden.

Ida keek naar de kar en zag twee mannen die in een gesprek waren verdiept: de Duitser met zijn lederhosen en baard; en iemand (ze keek nog een tweede maal om zeker te weten dat het niet aan de trillende hitte lag), iemand die sprekend op hem leek.

Ze stootte Sarah aan, die opkeek van het bord dat ze met de zijkant van haar vinger aan het schoonvegen was.

'Moet je zien,' zei Ida.

'Wat?'

Ze wees naar de mannen.

'O, dat,' zei Sarah, en ze boog zich weer over haar bord. 'Denk je dat ze nog eens opscheppen?'

'Pardon?'

'Ik heb vreselijke honger.'

'Zijn die...' begon Ida.

Sarah lachte. 'Heb je nog nooit een eeneiige tweeling gezien?'

Daar moest Ida even over nadenken. Cohen en Saul Janovitch uit de synagoge waren een tweeling, maar die zagen er niet eens uit alsof ze familie waren, terwijl deze twee compleet identiek waren. Ongewild voelde ze een instinctieve angst, vergelijkbaar met de angst voor de slangenmens die ze had gezien toen het circus in Kiev was, of de koorddanseres zonder pigment in haar huid. Ze wist dat het een natuurlijk verschijnsel was, dat het menselijk lichaam veel veelzijdiger was dan men vroeger had begrepen. Maar begrijpen en voelen waren twee heel verschillende dingen, en ze rilde.

Sarah bracht haar bord naar haar gezicht en likte het af.

'Jij had echt honger,' zei Ida, in plaats van een opmerking te maken over de slechte tafelmanieren.

Sarah trok een gezicht van dat had ik toch gezegd; ze veegde haar gezicht af met haar mouw en keek uit over het stenige veld. Ten oosten van hen hadden de pioniers het werk weer opgepakt na hun maal. 'De mannen hebben meer weggeruimd dan wij,' zei ze.

'We zullen ze wel even wat laten zien,' zei Ida.

'Echt waar?' vroeg Sarah.

Ze moesten allebei lachen, en Ida volgde Sarahs blik om het rotsige landschap voor hen tot zich door te laten dringen. Het was het beste om je te concentreren op het kleine vierkantje aarde vlak voor je, besloot ze; twee bij twee meter, zeg maar. Als je je ogen omhoog richtte, betekende dat dat je van hier tot aan de horizon stenen zag, en het werk dat daarbij kwam kijken.

Sarah zat met haar teen in de aarde te wriemelen. Ze had een steen losgewoeld en zat eronder te gluren.

'Kom eens hier,' zei ze tegen Ida.

Ida boog naar voren; er lag een dikke geribbelde worm van bijna vijftien centimeter lang. Hij lag als een bezetene te kronkelen en klapperde met zijn staart als een slang.

Ida rilde.

'Hoe lang denk je dat hij is?' vroeg Sarah.

'Laat hem met rust.'

Maar Sarah had de worm al bij zijn uiteinde (zijn staart? zijn kop?) opgetild en hem boven op de steen gelegd. 'Als je een worm doormidden snijdt, verandert die in twee wormen,' zei ze. Er trok een blik over haar gezicht. Ze maakte een gebaar naar de kar waar de Duitsers inmiddels Trotski aan het zadelen waren. 'Zelfde idee,' zei Sarah. 'Een ei, maar dan gedeeld. Dat hoort niet te lukken. Maar moet je zien hoe goed zij het doen.'

'Griezelig.'

'Die worm?'

'Die Duitsers,' zei Ida.

Er moest een uitdrukking op haar gezicht te lezen hebben gestaan die Sarah verkeerd interpreteerde.

'Geloof je me niet?' vroeg Sarah.

Ze stak haar hand uit voor de schop. Ida gaf hem haar aan. Sarah tilde de zaagrand op en sneed de worm keurig doormidden.

Er kwam geen bloed. Maar evenmin begon een van de stukken weer te kronkelen. De doorgesneden helften lagen slap op de steen.

'Hij is dood,' zei Ida zakelijk.

Sarah lachte. 'Dan heb ik me vergist.'

Aan de overkant van het veld schreeuwde iemand: '*Kol hakavod.*'

Ida keek naar de kar; de Duitsers waren verdwenen.

De rest van de week werd besteed aan het opstellen van protocollen. Er werd een vergadering belegd om een systeem te ontwikkelen voor de bewaking 's nachts. David, die in Kinneret had gezeten, had wel een idee hoe het systeem moest functioneren. Dat idee was dat hij hun enige wapen zou houden.

Dov, een jongen met een uitdrukkingsloos gezicht, die zich had opgegeven voor de eerste ploeg, had een ander idee. Stel dat de Arabieren kwamen? Was dat niet de gedachte achter 's nachts de wacht houden?

'De Arabieren zijn ons niet slechtgezind,' zei een meisje dat Leah heette.

'Meen je dat nou heus?' vroeg iemand.

'Je kan het ze eigenlijk niet kwalijk nemen,' zei iemand anders. 'Ik zou ook een hekel aan ons hebben.'

'Je krijgt een fluitje mee om op te blazen,' zei David tegen Dov.

Dovs gezicht bleef onveranderd. Maar hij mompelde: 'Ik vermoord ze wel met een fluitje.'

Het was voor Ida geen verrassing wie de discussie won.

De volgende ochtend bij het ontbijt meldde Dov dat de Arabieren inderdaad waren verschenen. Vijf van hen, of misschien meer; de maan was schuilgegaan achter de wolken. De Arabieren zaten te paard in een rij langs de rand van het kamp, met een rechte rug en zonder een woord te zeggen, maar ook zonder hun blik van Dov af te wenden. Alsof ze wilden zeggen: er zijn er meer van ons. We komen terug.

HOOFDSTUK 2

Algauw werden er nieuwe taken uitgedeeld op basis van geslacht. Dat werd weliswaar niet expliciet uitgesproken, maar wat was dan een andere verklaring voor het feit dat Lea, Sarah en Hannah keukentaken kregen toegewezen, terwijl de mannen doorgingen met het vrijmaken van de velden?

'Ik ben hierheen gekomen om het land te bewerken,' klaagde een chaloetsa die Yana heette.

'Waar je ook heen gaat, vrouwenwerk blijft vrouwenwerk,' zei Sarah.

Het Agentschap had twintig rollen witte katoen gestuurd. Het meisje dat Sjosjanna heette, met de woeste wenkbrauwen en het okselhaar, begon overhemden in verschillende maten te maken. Het waren eenvoudige modellen, met een open hals en pofmouwen om de armen te beschermen tegen de brandende zon. Aanvankelijk bracht Sjosjanna op elke manchet een versiering aan, een grasklokje of een *magen David* in kruissteek, en een keer zelfs een heel patroon van rode rozen op een mouw. Ze had talent, dacht Ida, haar handwerk was heel nauwgezet. Maar David merkte het, en maakte er een eind aan.

Misschien omdat er een stokje voor haar naaiactiviteiten was gestoken, nam Sjosjanna het initiatief voor een groepsbijeenkomst over de beginselen achter het toewijzen van taken. Maar de mannen waren bij nader inzien niet geïnteresseerd in deze discussie, of als dat wel zo was, lieten ze dat niet merken, en algauw ging het gesprek over de vraag of, en zo ja, hoe ze de tien dagen van het

Joodse Nieuwjaar zouden vieren, die met rasse schreden nader kwamen.

'Zijn wij dan geen Joden?' vroeg Dov. Zijn stem klonk gespannen, maar zijn gezicht bleef uitdrukkingsloos als een houtblok dat halverwege de bewerking was weggezet.

'We zijn nieuwe Joden,' zei Zeruvabel de vedelaar, met rood haar dat opvlamde in het licht van de gaslamp.

Dov zweeg.

'Het staat je vrij om terug te keren naar de *sjtetl*,' zei Zeruvabel.

Op dat moment barstte Leah los in een schimpreden over het verschil tussen prozionistische en antizionistische sociaalrevolutionairen. Die laatsten, zei ze, waren in werkelijkheid alleen maar zichzelf hatende antisemieten. De *gojiem* Winston Churchill en Lord Balfour waren betere zionisten.

Sjosjanna zei: 'Karl Marx schiep de internationalistische utopie bij wijze van vervanging van de Joodse Messias. Als er ooit een zichzelf hatende...'

Maar David onderbrak haar en haalde de discussie terug naar waar het op dat moment om ging. Het was een lastige aangelegenheid, gaf hij toe tegenover de groep. Hier in de kibboets geloofden ze niet in georganiseerde religie, in de archaïsche traditie, en zelfs niet – vooral niet – in God. Waar ze wel in geloofden was de behoefte van de Joden aan een eigen land, en wat was gepaster, vroeg hij retorisch, dan in de eerste dagen na hun aankomst het nieuwe jaar te vieren?

Zeruvabel liet agressief zijn vingers op en neer gaan over een denkbeeldig klavier.

In de week daarna begonnen de Duitsers en Dov spijkers in planken te slaan om bij benadering een soort tafels te maken. Tot dan toe hadden de kolonisten met gekruiste benen op de grond gezeten om te eten, en al had het wel iets passends dat hun huid de huid van het beloofde land beroerde, de aanstaande feestdag was wel een motivatie om wat meubilair in elkaar te flansen. Er waren gammele oude stapelbare stoelen die het Agentschap had gefourneerd, maar het waren er niet genoeg, dus zette Levi een paar oude sinaasappelkratten ondersteboven bij wijze van stoelen. Ida keek vanaf een afstand naar hem, naar zijn spieren die soepel onder zijn gebruinde huid bewogen. Het bezorgde haar een gevoel dat ze alleen kon beschrijven als buikpijn, al voldeed dat niet. Er knaagde tegenwoordig iets aan haar, een soort vreugdevolle treurigheid die haar dagen van betekenis vervulde.

Ida, op haar beurt, was opgelucht dat ze was ontslagen van het wegruimen van stenen en de leiding had gekregen in de primitieve wasserij. Dat bracht met zich mee dat ze vuurtjes moest aanleggen onder reusachtige vaten water. Al na één enkele ochtend zaten haar armen onder piepkleine brandblaren van de omhoogvliegende vonken. Haar bril was voortdurend beslagen door de hitte. Maar ze voelde zich nodig, productief. Zodra het water borrelde, werden er zeepvlokken toegevoegd. De smerige overhemden waren het laatste ingrediënt. Ze was die niet zozeer aan het wassen als wel dat ze alle leven uit ze kookte, ze steriliseerde tot nog alleen de samenstellende delen overschoten. Thuis was de was bedoeld geweest om een kledingstuk te laten glanzen. Hier was de was bedoeld om alle mogelijke besmettende stoffen te verwijderen.

De overhemden werden enige dagen door een chaloets gedragen, en als ze bij Ida terechtkwamen, waren ze smerig. Zodra zij ze gewassen had, werden ze opnieuw toegewezen. Het ene overhemd was net zo goed als het andere en ze waren allemaal van iedereen. Zodra Ida de hemden aan de lijn hing, droogden ze van het ene moment op het andere in de verzengende hitte. Alsof ze nooit nat waren geweest.

Op de achtste middag zag ze Hannah het veld in haar richting oversteken. De stof van haar katoenen rok zat gespannen rond de heupen van de oudere vrouw; haar blouse was rond haar middel geknoopt, en haar haar zat in een knot boven op haar hoofd. Ze waren hier allemaal gelijken, wist Ida, maar sommigen waren meer gelijk dan anderen. Hannah was de vrouw van David, en een toonbeeld van kalmte en bekwaamheid. Ida trok haar vlechten recht en veegde haar eigen eenvoudige rok af.

'Sjalom, Ida,' zei Hannah. '*Ma sjlomech?*'

Maar Hannahs vraag had iets verhuld; Ida kon niet bepalen wat voor soort antwoord werd verwacht. Vroeg ze naar Ida's emotionele welzijn of informeerde ze of er genoeg zeep was voor de was van morgen?

Met een vage glimlach murmelde Ida iets.

'Heb je goed geslapen?' vroeg Hannah in een nieuwe poging.

Ida knikte, terwijl de glimlach niet van haar gezicht week. En toen Hannah zei: 'Mag ik je om een gunst vragen?' aarzelde Ida geen seconde.

'Het zou me een eer zijn,' zei ze.

Zodra ze de woorden had uitgesproken, klonken ze belachelijk, maar nu was het te laat om ze terug te nemen.

Hannah liep rood aan en stak haar een bundeltje toe. Het was een stapeltje lappen dat zelf ook weer in lappen was verpakt. De binnenste knobbel stof was doornat van het bloed.

De gedachte kwam in Ida op dat Hannah iemand vermoord had. Maar dat was natuurlijk belachelijk. Daar stond Hannah met haar ogen neergeslagen, en toen Ida niets zei, knikte Hannah met haar kin in de richting van Ida's watervat.

'O,' zei Ida suffig. 'Natuurlijk.'

Hannah wilde dat de lappen gewassen werden. Ze schaamde zich voor de intieme aard van het bloed waarmee ze bevlekt waren.

'Is dat de gunst?' vroeg ze.

Hannahs wangen waren rood, haar kaken gespannen. Maar nu keek ze met een geforceerde glimlach op. 'Nou ja, ik heb er nog een. Niets spannends, ben ik bang. Ik ben de *Rosj Hasjana*-tafel aan het organiseren. Zoals je weet, hebben we niets.'

Ineens werd haar glimlach oprecht, alsof dat een enorme zegen was.

'Ik heb de opdracht gekregen om een feestmaal te maken uit lucht,' voegde Hannah eraan toe.

Ida lachte. 'Zoals Joden al sinds mensenheugenis doen.'

Haar herinneringen aan thuis namen in haar geest weer vorm aan, als een soort latent zuurdesemzetsel dat ertoe wordt aangezet om brood te worden. In Kiev zou haar moeder *challa* bakken, niet in de vorm van een brood maar rond, zoals de gewoonte was bij een feest. De kleine Eva doopte appels in honing.

In de kibboets waren vast geen appels en honing, al zei David dat ze in Kinneret bijen hadden gehouden, en dat ze die hier ooit ook zouden hebben.

Eva en haar moeder waren zich vast aan het voorbereiden op hun eerste Nieuwjaar zonder haar vader. Hij was een vroom man geweest, en volslagen oprecht in zijn vroomheid. Hij hield van zijn gezin, maar zijn innerlijke leven draaide om de synagoge als een planeet rond de zon. Als hij nog had geleefd, was hij nu bezig geweest berouw te hebben, want na nieuwjaar kwam *Jom Kipoer*, de Grote Verzoendag, waarop God besloot wie er opnieuw voor een jaar in het Boek van het Leven zou worden bijgeschreven. Wat had hij verkeerd gedaan dat hij niet was opgenomen?

Ida keek op toen Hannah haar keel schraapte.

'Ik heb tafellakens nodig,' zei Hannah. 'Voor de maaltijd. Of iets wat als tafellaken kan worden gebruikt. Misschien een rol stof? En ik heb een kiddoesjbeker nodig.' Hannah zweeg even. Ze raakte de haren rond haar gezicht aan die uit haar knot waren ontsnapt.

'Zou jij kunnen proberen om die spullen bij elkaar te krijgen?'

Ida knikte.

'En pamotiem,' zei Hannah.

Ida zweeg.

'Kandelaars,' vertaalde Hannah in het Russisch, voor het geval

Ida het Hebreeuws niet kende. 'Al heb ik geen idee waar je die zou moeten vinden,' voegde ze er met een verontschuldigende gezichtsuitdrukking aan toe.

Nog steeds zweeg Ida met opeengeklemde kaken. Tot ze zei: 'Ik heb geen kandelaars.'

Hannah leek verrast door de heftigheid waarmee Ida antwoord gaf.

'Dat geeft niks, *achoti*,' zei ze vriendelijk.

Later zou Ida wensen dat ze aan dit moment had gedacht.

Nog later zou Ida terugkijken en zich afvragen waarom ze zo had gedaan. Met hetzelfde gemak had ze voor het tegenovergestelde pad kunnen kiezen, en dan was alles totaal anders verlopen.

Maar voorlopig verdeed Ida geen tijd. Ze zag hoe Hannah wegliep met zwaaiende heupen en een ontspannen gang alsof ze precies op de plek terecht was gekomen waar ze thuishoorde. Toen Hannah uit zicht was, ging ze rechtstreeks naar haar tent en tastte rond onder haar stromatras. Er kwam stof onder vandaan. Ze moest driemaal niezen en veegde haar neus aan haar arm af. Toen trok ze haar kandelaars tevoorschijn; ze leken zwaarder, stoffelijker dan zij zich herinnerde. Haastig vouwde ze ze in haar oude blauwgroen gebloemde halsdoek. De andere tenten waren verlaten, de rest van de pioniers was stenen aan het weghalen van de velden. Snel liep ze bij het kamp vandaan naar de rivier, zonder erbij na te denken waarheen ze op weg was.

Ze liep verder langs de rivieroever. Een plotselinge beweging in haar ooghoek maakte dat ze ineenkromp, maar het was gewoon een dikke brulkikker die een goed heenkomen zocht tegen de hitte. Algauw kwam het Arabische dorp in zicht. Naast de lemen huizen waren bloemen geplant en kinderen waren een spelletje aan het doen met een knobbelige stok en een bal van klei. Twee mannen in lange gewaden stonden over een kapotte ploeg gebogen. Ze wendde haar blik af en liep verder over hun ezelpaadje tot er uiteindelijk een put verscheen. Hij had iets aanlokkelijks, iets wat alleen maar groter werd door de benauwende hitte: de belofte van water. Maar toen ze de bron had bereikt, zag ze dat de bijbehorende oude, geroeste emmer vrijwel onder het zand begraven lag en alleen het hengsel er nog uitstak. Deze put was al jaren niet gebruikt.

In de verte zag ze de silhouetten van vier meisjes die in een rij met op hun hoofd een kruik voortliepen. Ze wachtte tot zij uit zicht waren en keek toen alle kanten op. Ja, ze was ver genoeg weg; er zou niet naar haar worden gekeken. Een paar meter verderop stond een groepje doornstruiken. Ida liet zich op haar knieën zakken en begon automatisch, bezeten te graven. Ze had vergeten een schop mee te nemen, dus ze schraapte de droge aarde weg met de hak van haar sandaal, en vervolgens gebruikte ze haar handen. Ze dacht aan het schone witte schort van haar moeder en de geur van brood die 's ochtends opsteeg. Ze dacht aan de versplinterde etalageruit met de barsten die zich over het glas uitstrekten. Ze dacht aan Katja's vader, en de beschaamde, uitdagende blik op zijn gezicht toen hij zag dat Ida stond toe te kijken bij wat hij op het punt stond te doen. Opnieuw hoorde ze de korte kreet die haar vader had geslaakt toen zijn lichaam tegen de grond sloeg. En het geluid van haar moeder die naderhand achter haar gesloten slaapkamerdeur huilde. Ida begon sneller te graven. De aarde zat vol stenen en haar nagels scheurden. Maar algauw had ze een ondiep gat. De kandelaars zaten gewikkeld in de zachte katoen van haar halsdoek. Ze zou het hele pakket begraven, en daarmee ook wat er thuis was gebeurd. Het was een ter aarde bestelling vanuit de gedachte iets te bewaren. Iets te bewaren voor later, als het veilig was om ernaar terug te keren. Ida streek de aarde in de holte glad en draaide zich om om het bundeltje te pakken; op een meter afstand stond een vrouw naar haar te kijken.

Het geluid dat Ida maakte was zowel een schreeuw als een snik.

Met haar handpalm tegen haar hart gedrukt kwam ze van haar knieën overeind. Ze zette een grote pas achteruit en tuurde. De vrouw had iets bekends, haar ogen waren zo scherp als smaragden in haar hidjab, en het zichtbare deel van haar gezicht was bruin van de wind en de zon. Ida kon zich haar herinneren van de dag dat ze waren aangekomen, herinnerde zich de beladen blik die ze hadden uitgewisseld.

Een ogenblik lang namen ze elkaar behoedzaam op.

Daarop was er plotseling een beweging toen de vrouw een uitval deed naar de kandelaars in Ida's handen.

Instinctief kwam Ida naar voren en bracht de vrouw uit haar evenwicht. Er was een geworstel van ledematen en handen. Even hielden beide vrouwen een uiteinde van het bundeltje vast. Ida trok er hard aan en wurmde het los. Ze hield het tegen haar borstkas aan. Hijgend haalde ze adem.

De andere vrouw had een stap achteruit gezet.

Ze namen elkaar behoedzaam op. Tot Ida zich plotseling en gedecideerd omdraaide. Het kon haar niet meer schelen of ze zichzelf in gevaar bracht; haar verontwaardiging was groter geworden dan het instinct om zichzelf te beschermen. Ze begon weg te lopen. Maar de vrouw schreeuwde, een onbeschrijflijke kreet, en met een ruk draaide Ida zich weer naar haar om. Ze was hevig aan het knikken, alsof haar hoofd vast zat aan een veer. 'Nee,' zei de vrouw. 'Nee.'

'Wat je zegt,' zei Ida kwaad, hoofdzakelijk tegen zichzelf. Ze verwachtte geen antwoord.

De vrouw gebaarde naar achter hen, naar haar dorp. Ida bedacht dat dit de gebouwen waren die de chaloetsiem uiteindelijk zouden bewonen, als David zijn zin kreeg. Maar zouden de Arabieren echt zo makkelijk vertrekken als de man in Beiroet had beloofd? Toen ze naar het dorp keek, besefte Ida ineens dat dit hun thuis was. De joden hadden een eigen land nodig, dat was waar, maar hadden ze het recht om de Arabieren weg te sturen?

Het kostte Ida even voordat tot haar doordrong dat haar tegenstandster uit vrije wil de schat had opgegeven; er was iets anders wat ze probeerde over te brengen. De vrouw stak een vinger onder de stof van haar hidjab en duwde die opzij om wat meer van haar gezicht vrij te maken, en trok hem daarna weer haastig omlaag. Ze zei iets in rap Arabisch.

Ida ving de geur op van een groen soort zoetheid, misschien een bloeiende struik, waarvan de geur loskwam in de hitte. Van ergens achter haar rug kwam het woeste gekras van een gier. Opnieuw begon de vrouw te spreken, ditmaal een ononderbroken woordenstroom die zo lang doorging dat Ida op den duur dacht dat ze haar tot zwijgen moest brengen. Ze haalde haar schouders op en tilde haar handen omhoog om te laten zien dat ze geen Arabisch verstond, het niet kon vertalen.

'Fatima,' zei de vrouw en ze wees naar haar borstkas.

Ida gaf de vrouw haar eigen naam.

Fatima begon weer te spreken, en intussen keek ze of Ida haar volgde. Ida schudde haar hoofd.

Fatima veranderde van aanpak. Ze knikte naar de kandelaars en stak haar handen naar ze uit, terwijl ze Ida bleef aankijken om aan te geven dat ze ze niet zou pakken, maar alleen deed alsof. Daarna speelde ze dat ze een paar stappen wegliep met het bundeltje lucht in haar armen. Opnieuw wees Fatima naar haar dorp.

'*Beit*,' zei ze, en Ida begreep het Arabische woord voor huis, dat vrijwel hetzelfde was als in het Hebreeuws, 'bajit'. Fatima wees Ida het lemen huis aan dat ze waarschijnlijk met haar man en kinderen deelde.

Misschien waren er andere echtgenotes, dacht Ida. Dov had haar verteld dat Arabische vrouwen gedwongen werden jong te trouwen, sommige in een harem.

Nu speelde Fatima dat ze de kandelaars onder een onzichtbaar meubelstuk verborg. Toen ze net deed of ze het optilde, voelde Ida bijna het gewicht. Fatima had beslist enig acteertalent.

'Ida,' zei Fatima en ze wees op haar eigen borst. Nu was Fatima Ida die haar kostbaarheden kwam terughalen. Daarna was ze zichzelf, die ze uit vrije wil teruggaf aan Ida. En ineens begreep Ida het. Fatima zou de kandelaars verbergen. Ze zou ze voor Ida bewaren.

Fatima wees naar het smerige gat. 'Nee,' zei ze, en ze haalde haar neus op.

Ida bleef roerloos staan met een van haar vlechten in haar hand. Daarop duwde ze haar bezwete bril over haar neus omhoog. Haar hart ging nog steeds als een razende tekeer. Ze keek naar Fatima's blote voeten, de droge barsten in haar hielen. Ze kon het bundeltje wel meenemen en een nieuwe plek zoeken om het te verbergen, maar ze had een soort herkenning in Fatima's blik gezien. De twee vrouwen kwamen uit verschillende werelden, maar allebei begrepen ze hoe kostbaar een erfgoed was. En allebei begrepen ze de noodzaak om bepaalde dingen te verbergen.

Ze sloeg de halsdoek nog wat steviger om de pamotiem heen, en dacht aan hoe ze in haar moeders handen lagen toen die net de winkel was binnen gestapt om te zien wat dat kabaal moest voorstellen. Ze stelde zich voor hoe haar moeder de kandelaars naar haar uitstak om ze te bewaren. Ida haalde diep adem en blies hem langzaam weer uit. Daarna stak ze het bundeltje uit naar Fatima. Van haar moeder naar haar naar deze onbekende Arabische. Er flitste een beeld door haar heen: een keten vrouwen die een baby doorgaven om die in de oorlog te beschermen.

Fatima tikte op het bundeltje zoals ze een tik zou hebben gegeven op het achterste van een baby, dus ze had het begrepen, en ze zei iets in het Arabisch wat Ida niet begreep. Maar dat begreep Fatima ook. Er waren geen woorden meer die tussen hen konden worden uitgewisseld.

Met een priemende wijsvinger wees Fatima naar haar huis. Daar kun je me vinden, betekende dat gebaar.

Ida knikte. Ze tilde haar hand op bij wijze van afscheid.
Ze aarzelde.
'Ma'salaam,' zei ze ten slotte.
Ze draaide zich om en vertrok, zowel ontlast als beroofd.

Toen de chaloetsiem later die dag bijeenkwamen voor het avondeten, hoorden ze hoefgetrappel. Het galopperen zwol aan en even later kwam er een kar het erf op rijden, met een bijna kilometer lange stofwolk achter zich aan. 'Het rechter paard trekt meer dan het linker,' merkte Zeruvabel op.

Sjosjanna zei: 'De voerman hangt naar links.'

De voerman was een man van rond de vijfendertig; een oude man, dacht Ida. Hij had een breed gezicht en grote neusgaten en droeg een strooien hoed. Naast hem zaten kaarsrecht een vrouw en een kind, die met hun handen gevouwen op hun schoot recht vooruit keken. Het gezicht van de vrouw was mager en gerimpeld. De man bond de paarden vast en sprong van de bok. Hij was rood aangelopen van de inspanning om zo snel te rijden. Als een lopend vuurtje verspreidde het bericht zich door de menigte dat hij uit Kinneret kwam. Hij was op zoek naar Hannah.

Even later kwam Hannah snel aan wandelen uit de keuken, de ene hand al wapperend en in de andere een bundeltje. Zelfs vanaf de overkant van de open plek kon Ida het snelle geknipper zien dat waarschijnlijk het binnenhouden van tranen was. Hannah hees de bundel in de achterbak, waarop de oude man zijn hand uitstak en haar hielp instappen. Ida verwachtte niet anders dan dat David zou verschijnen, en dat hun dochtertje achter haar moeder aan zou rennen. Maar dat deden ze geen van beide, en de man sprong zelf weer op de bok achter de paarden, klapte met de teugels, en weg waren ze.

De voorbereidingen voor Nieuwjaar waren wonderbaarlijk genoeg op tijd klaar. Hannah was er voor haar vertrek in geslaagd tafellakens te vinden. Uiteindelijk was het niet Ida die ze had aangeleverd, maar Sjosjanna, die de overgebleven stukken van het materiaal voor de overhemden aan elkaar had genaaid.

De kandelaars op tafel (waarvan Ida geen idee had waar ze vandaan kwamen) waren goedkope exemplaren gemaakt van blik.

De chaloetsiem verschenen stukje bij beetje voor de maaltijd, sommigen met gras in hun haar, de knieën van hun broek roodbruin verkleurd van het werk van die dag. Sjosjanna gaf een van de tweeling een lap aan en sprak hem moederlijk bestraffend toe: 'Veeg die *sjmots* van je gezicht.'

De aubergine was hetzelfde als bij elke andere maaltijd, maar er was een kar naar Tiberias gestuurd om meel te halen en daarvan was een reusachtige gevlochten challa gemaakt. Hij was bestreken met een kostbaar ei, vertelde David, die ze hadden geruild met een *Sefard* in een golvend blauw gewaad, die een vreemd soort Joods-Spaans sprak dat Ladino heette. Lea had een pakketje ontvangen van haar familie, die in de buurt van de Dode Zee woonde: het bevatte in krantenpapier gedraaide korrels van het beroemde grove zout waar de streek beroemd om was. Die verdeelde ze over de hele lengte van de tafel zodat de chaloetsiem er hun challa in konden dopen.

Als patriarch droeg David de gebeden voor, maar Ida zag dat hij het uit een gevoel van verplichting deed, en niet uit eerbied.

De volgende ochtend werden de klussen zoals gewoonlijk hervat. Jom Kipoer stond voor de deur, wanneer het verboden was te werken, maar de velden moesten van stenen worden ontdaan zodat het ploegen en aanplanten kon beginnen. Ida maakte zich zorgen dat ze zouden doorwerken in plaats van de Verzoendag te vieren. Het Agentschap had eindelijk de belofte van een tractor ingelost, en een hele menigte Arabische dorpelingen kwam kijken hoe dat werkte, zo'n ijzeren paard met een snijblad dat de grond insneed in plaats van mensenhanden. Ida zocht de menigte af naar Fatima, maar ze zag haar niet.

De volgende dag tijdens de lunch nam Levi zijn bord mee en ging naast haar zitten. 'Aubergine,' zei hij.
'Is dat het?' vroeg ze.
'Niet, dan?' vroeg hij.
'Het is kip,' antwoordde ze.
Het was een grap die iedereen gebruikte, een grap die als een gouden draad door het hele kamp liep. Hij omvatte zowel het verlangen naar wat ze hadden achtergelaten, en het collectieve geloof in het vermogen van hun wilskracht om iets nieuws te creëren. Aubergine? Stel je gewoon voor dat het kip is. En voor je het weet loopt ze tokkend rond en zul je haar de kop moeten afhakken om haar te kunnen eten.
'Ik heb toch liever aubergine,' zei Levi. Hij duwde zijn mouwen omhoog en zette zijn ellebogen op zijn knieën.
Met scheef gehouden hoofd woog Ida zijn uitspraak.
'Meen je dat?' vroeg ze.
'Vegetariër,' legde hij uit.
Ze trok haar wenkbrauwen op. 'Een echte idealist,' zei ze.
'Is dat een compliment?'
Ze moesten allebei lachen.
'Het grootste compliment dat ik ken,' zei ze.
Levi tilde zijn vork op en keek naar haar, om haar als eerste te laten beginnen. Terwijl ze zat te eten, dronk ze de aanwezigheid van zijn lichaam naast haar in. Hij rook naar zweet, iets wat haar in de oude wereld deed denken aan muffe oude mannen die in hun met bont gevoerde jassen en hoeden door de sneeuw naar de synagoge sjokten. Hier deed het haar denken aan bezig zijn. Levi was een harde werker. Een idealist. Een vegetariër. Ze zeiden niets, maar allebei keken ze naar haar bord: kip. Ze glimlachten, en daarna richtte Levi zijn blik op de blaasjes op de rug van Ida's hand van de was.
Levi legde zijn vork neer. Hij liet zijn hand boven de hare zweven. Behoedzaam, alsof hij dadelijk iets ging aanraken waar-

aan hij zich misschien ook zou branden, liet hij zijn vinger over de oneffenheidjes op haar huid gaan.

Het voelde tegelijkertijd abstract, als iets wat een ander meisje overkwam, en als iets buitengewoon gevoeligs, alsof hij haar op een heel andere plek aanraakte dan haar pols. Ida voelde een zwaarte tussen haar heupen; haar hele lichaam opende zich onder zijn aanraking. Een mug zoemde in de buurt van zijn been en hij tilde zijn hand niet op van de hare om hem te verjagen. De naald van de mug werd in zijn enkel gedreven en nog steeds zat hij daar, zijn bloed gevend, naar haar gezicht te kijken. Zij keek terug, en dwong zichzelf zijn blik vast te houden. Er zaten kleine gele vlekjes in het groen van zijn irissen; zijn wimpers waren lang. Hij had een korstje van een insectenbeet op zijn rechterslaap.

'Je bent gestoken,' zei Ida.

Hij glimlachte en ze zag zijn beschadigde tand waarvan ze zich afvroeg of dat gebeurd was toen hij klein was.

'Dit is compleet nieuw voor me,' zei Levi.

Het was Ida niet duidelijk of hij het over de komende werkdag had, de aanraking van haar pols, of hun missie om een compleet nieuw land te stichten. Zijn woorden omvatten al die mogelijkheden. En nog iets anders.

Ze keek weer naar Levi; hij legde zijn eigen hand over de hare.

Ze beantwoordde het gebaar.

Hij legde zijn andere hand bovenop de hare.

Ze beantwoordde het gebaar opnieuw.

Vier handen opeengestapeld.

'Ik heb nachtwacht,' zei hij.

'Maar het is ochtend.'

Hij lachte. 'Vanavond.'

'Aha,' zei Ida.

Levi zweeg even. Daarna zei hij: 'Kom met me mee.'

'Waarheen?'

'Hou me vannacht gezelschap,' zei hij.

Achteraf op weg naar haar tent liet ze de conversatie woord voor woord de revue passeren. Ze was net aan het nadenken over de implicaties van het zinnetje: 'Hou me gezelschap,' toen ze om de hoek van de etenstent kwam en bijna over een van de Duitse tweeling struikelde. Ze raakte haar bril aan en kneep haar ogen toe. Hij was alleen en stond daar gewoon. Opnieuw zag ze de vreemde pigmentvlekken op zijn lippen.

'Waar ben jij zo haastig naar op weg?' vroeg hij.

'Dat gaat je niets aan,' zei Ida zonder nadenken, en ze had er meteen spijt van dat ze zo onbeleefd deed. Het zou alleen maar de aandacht op haar vestigen.

De Duitser (welke eigenlijk?) tuitte zijn lippen. Het had zowel iets van weerzin als van minachting, alsof ze tegelijkertijd weerzinwekkend was en niet de moeite waard om zijn tijd aan te verspillen.

'Veel plezier dan maar,' zei hij kriegel.

'En waar ben jij naar op weg?' vroeg Ida, omdat hij overduidelijk nergens naar op weg was en het de bedoeling was dat ze al hun wakende uren nuttig bezig waren. Maar de Duitser wuifde alleen met zijn hand alsof hij een bediende wegstuurde.

Sarah had Ida verteld dat er meestal wel een manier was om een eeneiige tweeling van elkaar te onderscheiden (de stem, een moedervlek of een litteken), maar als er al in dit geval sprake was van zoiets, hadden ze dat nog niet gevonden. Waarom zouden ze er ook moeite voor doen, vroeg Ida zich af. En later wenste ze dat ze het wel had gedaan.

Het leek een eeuwigheid te duren voor het avond werd. Ida had het gevoel dat ze dagenlang over het vat kokend water gebogen de was stond rond te roeren alsof het de kookpot van een heks was. Haar achterste en de achterkant van haar hals waren overdekt met zweet. Toen de bel luidde om het eind van de werkdag aan te geven, trok ze haar leren sandalen uit en ging op haar rug liggen, te moe om de twintig meter af te leggen naar het smalle streepje schaduw rond de waslijn. Er verstreek een uur. Haar ogen vielen toe. Ze rook aubergine.

Toen Ida eindelijk de terugweg naar de tent had afgelegd, was Sarah daar. Ze droeg een zijden rok en een blouse met karmozijnrode mouwen.

'Hoe kom je daaraan?' vroeg Ida.

'Die heb ik van thuis meegenomen,' zei Sarah.

In de wasserij had Ida nog niets voorbij zien komen dat er maar in de verste verte op leek. Bij de boezem was een V-uitsnijding die een klein beetje inkijk bood, en de rozerode stof viel in zachte plooien over de rondingen van Sara's figuur. De manchetten waren met een paar fijne, doorzichtige kralen versierd.

'Wat?' vroeg Sarah in antwoord op Ida's blik. 'David heeft gezegd dat ik hem mocht houden.' Ze beet op haar onderlip.

Ida stelde zich haar eigen mooie kandelaars voor. Had ze die dan voor niets uit handen gegeven?

'Echt waar?' vroeg ze.

Sarah ging recht overeind staan. 'Niet dat hij het met zoveel woorden zei, maar hij zei ook niet dat ik hem moest inleveren.'

Ida haalde haar schouders op, ademde diep in en weer langzaam uit. Ze krabde over haar wang. 'Je ziet er mooi uit,' gaf ze toe.

Sarah glimlachte en keek met een tedere blik omlaag naar de rode blouse.

Het was te warm om lang binnen het benauwde tentdoek te blijven, dus liepen Ida en Sarah samen naar buiten en omlaag naar de rivier. Ze staken de modderige vlakte over en waadden tot hun knieën het water in, met hun rok opgepropt in hun vuist, die van Ida zakkerig, doordeweeks, terwijl die van Sarah aan de rok van een keurige dame uit de stad deed denken. Een hele tijd stonden ze te kijken hoe de hemel verkleurde tot donkerroze, en daarna purper, en vandaar naar marineblauw. Ida's voeten zaten diep in de modder, en het kwam in haar op dat er weleens bloedzuigers konden zitten, maar ze kreeg zichzelf niet zover om in beweging te komen. De modder voelde koel aan haar warme voeten vol blaren.

Uiteindelijk begon Sarah te praten. 'Soms heb ik het gevoel...' zei ze. Maar haar stem ebde weg.

'Je hebt het gevoel...' drong Ida aan. Ze stak haar hand uit en raakte afwezig de mouw aan van de blouse, waarbij ze de rode stof tussen haar vingers wreef als een verkoper op de markt in de Oude Stad om de waarde ervan te bepalen.

Sarah duwde haar vingertoppen tegen elkaar aan en hield haar handen in een dakje voor haar gezicht. Ze gedraagt zich vreemd, dacht Ida. Ze kenden elkaar nog maar kort, maar Ida wist al dat dat langgerekte, humeurige zwijgen van Sarah niet bij haar paste. En evenmin het gedempte huilen 's avonds laat. Een keer was Ida heel vroeg 's ochtends wakker geworden, en was Sarah weg geweest.

'Je ging iets zeggen,' zei Ida wat rechtstreekser. Uit de richting van de kooktent kwamen stemmen aangewaaid door de schemering, en een lachsalvo. Een enkele kreet. Sarah keek verrast op. Alsof ze het gesprek volslagen vergeten was.

'Ik weet het niet zeker,' antwoordde ze ten slotte. 'Heb jij weleens het gevoel dat hier een ongewenste aanwezigheid is?'

'Bedoel je de Arabieren?'

Ida had warme gevoelens voor Fatima, maar ze kon niets bedenken waar Sarah anders op kon doelen.

Maar Sarah zei: 'Nee. Ik bedoel spoken.'

Ida grijnsde, maar verwijderde die grijns vervolgens zorgvuldig van haar gezicht, omdat ze niet zeker wist of het als een grap was bedoeld. Ze liet haar voet op het wateroppervlak plonsen.

'Niet echt,' zei ze. Het was een onzinnig idee, net als *ajin hara*, de passage uit de *brachot* in de Talmoed over hoe je het boze oog moet verjagen door te zeggen dat je een afstammeling bent van Jozef.

'Niet?' vroeg Sarah.

Ida dacht er nog eens over na.

'Nee,' zei ze.

'Ik wel,' zei Sarah.

'Wat voor soort spoken?'

'Van het soort met een laken over hun hoofd en gaten bij wijze van ogen.'

Eva had precies zo'n soort kostuum gedragen, vorig jaar met *Poeriem*; Ida voelde een steek van heimwee en deed haar ogen dicht om zich ervoor af te sluiten. Een nachtvogel slaakte een kreet.

'Geen spoken,' stelde Sarah haar opmerking bij. 'Niet helemaal. Het is eerder iets van... Ik voel me achtervolgd.'

'Waardoor?'

'Een spook.'

Ze moesten allebei giechelen, en daarna barstten ze pas echt in lachen uit. Het was een idioot gesprek. Ida stelde zich voor dat iemand meeluisterde, en Sarah ging erin mee. 'De pioniers van de toekomst verdiept in een discussie,' zei Sarah op verteltoon, alsof ze een krantenkop voorlas, misschien van de splinternieuwe *Haaretz* uit Tel Aviv.

Er zweefde een libel boven hen, met gespreide vleugels, van een fel smaragdblauw. Sarah kneep haar oorlel tussen duim en wijsvinger. 'Ik weet het niet zeker,' zei ze. 'Het is moeilijk uit te leggen.'

Ik zweefde boven hen. Was je vergeten dat ik er was?

Sarah zei: 'Het is net of ik mezelf achtervolg.'

## HOOFDSTUK 3

Ida stak het veld over met Levi die voor iedereen zichtbaar haar hand vasthield. Ze passeerden Dov, die met een voet balancerend op de as van een kar Bialiks Hebreeuwse vertaling van *Don Quichote* stond te lezen. De gedachte kwam in Ida op dat haar leven wel iets weghad van een vertaald werk: een verhaal uit het Russisch dat was opgenomen en overgeplaatst naar een Hebreeuwse context.

Dov wapperde afwezig met zijn hand voor zijn gezicht, met zijn ogen nog steeds op het boek gericht. De wolk muggen om hem heen steeg even op en daalde een ogenblik later weer neer.

Levi nam Ida niet mee naar de net geïnstalleerde waterkraan die het Agentschap tevoorschijn had getoverd alsof ze zich wilden verontschuldigen voor alle andere spullen die op de een of andere manier nog steeds in Jaffa vastzaten, maar in de tegenovergestelde richting, naar de Arabische nederzetting. Ze liep achter hem aan zonder te vragen waarheen ze op weg waren. Van ergens achter hun rug kwam het geluid van een startende motor. Een paar hoge, heldere klanken van Zeruvabel die viool speelde.

Toen ze de verst afgelegen rand van het veld waren gepasseerd, waar een rij stenen was neergelegd om een grens aan te geven, vroeg Ida: 'Had je geen nachtwacht?'

Levi draaide zich om en lachte haar toe. 'Dat is geregeld,' zei hij. Ida aarzelde. Maar hij kneep in haar hand en haar vertrouwen kwam terug, en vloeide door haar lichaam als een soort gouden vloed.

Ze liepen steeds verder weg van de tenten, op zoek naar een beetje privacy, al zei geen van beiden dat. Ze volgden het Arabische ezelpaadje langs de voet van de berg. De hellingen waren hier sinds lang kaalgevreten door de geiten van de bedoeïenen. De lucht was zwaar en benauwd en zo warm als een oven. Er naderde een *chamsin*. Ze passeerden de droogstaande put met de roestige emmer die uit het zand stak. Het huis van Fatima lag flauw afgetekend achter hun rug, met de bloemen buiten verwelkt in hun plantenbakken. Het was vrijwel onmogelijk om ze in dit soort hitte in leven te houden. Ida dacht terug aan het bundeltje kandelaars dat van hand tot hand was gegaan tussen hen, als een baby. Er fladderde iets omhoog in haar borstkas, een lichte misselijkheid van schuldgevoel en onzekerheid. Heel even overwoog ze Levi te vertellen wat ze had gedaan. Wat zou het een fijn gevoel zijn om iemand te hebben met wie ze haar geheim deelde, om hem ook deze kant van haar te laten kennen. Maar Levi was een goede chaloets. Hij dacht altijd in de eerste plaats aan de groep. Ze wilde zichzelf ontlasten, maar die behoefte was niet even groot als het risico van een bekentenis.

Ten slotte kwamen ze bij een bocht in de kreek die was afgeschermd door een uitloper van de berg. Er waren biezen en modderige vlakten en de rivier rook naar zoete munt en klaver. Een nachtvogel vloot de eerste vier noten van de Marseillaise en begon toen opnieuw.

Levi kneep in haar hand.

Ida had eenmaal eerder hand in hand gelopen met een jongen. Shlomo's hand was glad, en van dezelfde afmetingen als de hare, terwijl die van Levi eeltig was van het werken, en de hare volledig omvatte.

'Het spijt me dat ik zo zweet,' zei hij, en ze voelde het vocht tussen hun handpalmen. 'Moet ik loslaten?'

'Nee,' zei ze.

'Alsjeblieft,' voegde ze er lief aan toe.

En toch liet hij los, en hij tilde zijn armen op en trok zijn losvallende katoenen hemd uit. Hij spreidde het uit op een plekje met hier en daar gras dat door barsten in de aarde omhoog sproot als de eerste haartjes van een baby. Ida dacht er even aan hoe smerig het zou zijn als het bij de wasserij belandde. Daarna trok Levi zijn lange broek uit alsof het de normaalste zaak van de wereld was, en legde die ook plat neer.

Zijn ondergoed was ooit wit geweest maar was nu bijna grijs van het vele dragen. Ze kon de bolling van zijn testikels eronder zien. En een vermoeden van het sneetje dat wees op Gods verbond met Abraham en dat hem aanmerkte als Jood.

Levi had een revolver uit zijn jaszak gehaald en achteloos in het gras gelegd.

Ida keek ernaar. Een voorwerp dat totaal niets te maken had met het tafereel eromheen. Het zag er onschuldig, onbetekenend uit, alsof het van zeep of hout was gemaakt.

'Ik dacht dat dat wapen van David was,' zei ze.

'Dat is ook zo.'

'Maar ik dacht...' ze zweeg om haar woorden te kiezen. 'Ik dacht dat alleen David...'

'Samuel doet de nachtwacht,' zei Levi, wat inhield dat een van de Duitsers hem verving. Maar daardoor raakte Ida alleen maar nog meer in verwarring. Ze trok haar wenkbrauwen op en kneep haar ogen toe om om meer uitleg te vragen, maar Levi zwaaide met zijn hand, alsof het onderwerp op een schoolbord voor hun neus geschreven stond en hij het wegveegde.

'Weet je het zeker?' vroeg ze.

Hij klopte op de grond naast hem.

Ze aarzelde even. Alles stond op het spel. Maar toen gaf ze toe. Het was eigenaardig dat hij het wapen had, maar er was iets belangrijkers gaande.

Ida volgde Levi's voorbeeld en trok haar jurk uit.

'Help je even?' Ze knielde naar voren en Levi maakte de knoop op haar rug los. Langzaam trok hij de rits omlaag.

Zorgvuldig klapte ze haar bril dicht en legde hem op het gras. Als haar moeder haar eens had kunnen zien.

Maar Ida zette de gedachte haastig uit haar hoofd. Ze veroordeelde zichzelf niet voor haar eigen bereidwilligheid. Als haar vader nog had geleefd zou er thuis een koppelaar zijn geweest, en gefluisterde onderhandelingen tussen hem en de vader van een jongen die ze misschien nauwelijks kende, maar die geschikt geacht werd omdat het gezin naar de synagoge ging. Haar vader leefde echter niet en de oude wereld was dood. Ze zou niet deelnemen aan de *choepa*, het bijgelovige omcirkelen van de bruid door de bruidegom. Niet deelnemen aan het heimelijke gefrutsel onder de lakens. Als haar vader nog leefde, zou hij misschien beschaamd zijn, maar op een bepaald niveau wist ze dat haar moeder het zou begrijpen.

Ida glipte uit haar jurk en stond daar op sandalen en met haar bustehouder, die ze binnenkort helemaal achterwege zou moeten laten. Sjosjanna ging tekeer over het feit dat een bh vernederend was voor vrouwen, dat ze een tastbare manifestatie waren van de neiging om hen sociaal in te perken, maar Sjosjanna had makkelijk praten, die had geen noemenswaardige borsten, terwijl die van Ida fors waren.

Maar toen ze het haakje losmaakte, voelde ze wel opluchting omdat ze nu vrij was. Ze zag zelf, en ze zag dat Levi het ook zag, dat haar borsten schokkend wit afstaken tegen het diepe bruin van haar gezicht en armen.

Vast en zeker had niemand ooit gevoeld wat zij nu voelde.

Levi keek omhoog naar haar gezicht. Op zijn gezicht stond ook een uitdrukking die bijna aan pijn deed denken. Ze zag het scherfje dat van zijn tand af was en voelde de aanvechting om haar hand naar zijn mond te brengen en het aan te raken.

Hij schoof opzij zodat zijn rug op de ruwe aarde lag en het

overhemd beschikbaar was voor haar gevoeligere huid. Opnieuw klopte hij op de stof. 'Kom hier.'

Voor haar vertrek uit Rusland had Ida gebeden. Ze wilde Erets Jisraël opbouwen, jawel. Ze wilde dat doen ter nagedachtenis van haar dierbare *abba*. En ze had ook gewild dat haarzelf dingen zouden overkomen. Dat ze een nieuw mens zou worden dat geschikt was voor deze nieuwe plek en tijd. Maar ze kon nauwelijks geloven hoe makkelijk het allemaal ging, alsof God haar had gehoord en haar nog meer had gegeven dan waar ze om gevraagd had. Alsof Hij haar verminkende verlies had gezien en haar nu met opbrengsten probeerde te overladen. Als Ida al behoefte had aan bewijs dat Hij bestond, dan had ze het hier. Ze was eraan gewend om haar dagen te slijten met een onbeantwoord verlangen in haar buik, een verlangen naar een jongen, de volwassenheid, naar iets wat ongrijpbaarder was, dat ze niet kon benoemen. Ze was zo gewend geraakt aan dat verlangen dat ze niet had bedacht dat dat verlangen weleens kon worden bevredigd. Dat er in plaats van eindeloos wachten actie kon worden ondernomen, dat gebeurtenissen konden plaatsvinden.

Er was een man verschenen die zichzelf aan haar wilde geven. Haar gebed was verhoord voordat ze had geweten waar ze om vroeg.

Ida ging naast Levi liggen, en hij nam haar in zijn armen.

Het leek wel of ze een oud echtpaar waren in hun slaapkamer op een sjabbatmiddag, na talloze jaren tederheid en ruzies en verzoeningen die zich al tussen hen hadden voltrokken, dat naast elkaar gaat liggen om hun lichamen het dierlijke genot te laten beleven, om te spreken zonder de last van gedachten.

'Ik heb dit nog nooit gedaan,' zei ze en draaide haar gezicht naar hem toe. Ze vond dat hij dat moest weten voor het geval dat hij dan van gedachten zou veranderen.

'Wil je de waarheid weten?' vroeg hij.

'Ja.'

'Ik heb dit ook nog nooit gedaan.'

Dat verbaasde haar, en stemde haar teder tegenover hem, als een moeder voor een kind. Ze wist dat zijn gebrek aan ervaring deels voortkwam uit het feit dat hij zich aan de religieuze voorschriften hield en dat riep ook een gevoel van herkenning in haar op, alsof ze elkaar op het diepste niveau waarnamen. Sommige chaloetsiem beschouwden God en zionisme als onverenigbaar, maar in Levi waren de twee onafscheidelijk vervlochten. Hoe kon *Hasjeem* daar bezwaar tegen hebben? In tegenstelling tot in de vreemde, van zonden doortrokken wereld van de christenen was het in het Jodendom een *mitswa* om de liefde te bedrijven met degene van wie je hield.

Ineens was al haar angst verdwenen. Zijn arm lag om haar schouders, en ze draaide zich op haar zij en legde haar hoofd tegen zijn borstkas. Ze voelde het zachte pluis tegen haar wang. Het leek wel of de daad al was verricht, alsof ze elkaar vasthielden in het brede kielzog van iets groots dat al was verricht. Zijn haar was in de korte tijd dat ze hier waren een wilde bos geworden.

'Ik kan je haar knippen,' zei ze.

Hij lachte. 'Net als Delila?'

'Ik zou je nooit verraden,' zei ze, terwijl ze hem opsnoof. Zweet, hooi, en olie van de ploeg.

'Dan hebben we een schaar nodig,' zei hij.

Ze knikte. Dat zou moeten wachten.

'Jouw haar is ook lang,' zei hij. Hij rolde naar haar toe en maakte het lint los van onder aan eerst de ene en toen de andere vlecht. Het kostte hem even tijd om de vlechten los te krijgen voordat haar haren vrij waren. Hij haalde er zijn vingers doorheen alsof hij nog nooit het haar van een vrouw had gezien. Hun gezichten raakten elkaar bijna. Hij keek haar in de ogen. Hij keek niet weg.

Later, veel later, liepen ze samen door de duisternis terug. Hun handen zwaaiden losjes langs hun zijden, met een onzichtbare lijn tussen hen, die tastbaar en levend was.

'Hoe ging je werk vandaag?' vroeg hij.

Ida glimlachte. Het klonk alsof hij zijn vrouw vroeg wat er gebeurd was in de uren dat ze van elkaar gescheiden waren geweest. Alsof hij elk onderdeel van haar leven wilde kennen.

'De waslijn is omlaag gekomen.'

Levi lachte. 'Hoe kwam dat?'

'Hij stortte in. Onder het gewicht van natte kleren.'

Hij lachte nogmaals. 'En verder?' vroeg hij.

'De overhemden zitten onder de vlekken die er niet meer uit gaan.'

'Die zijn vast van Jasjka,' zei Levi. Ze aten allemaal als wolven, maar Jasjka stond erom bekend dat hij morste met zijn eten en overal kruimels rondstrooide, alsof hij een kleuter was.

'Wie zal het zeggen?' zei Ida, terwijl ze eraan dacht hoe ze ze waste, te drogen hing en vervolgens de volgende ochtend in het wilde weg toewees. En toch bewonderde ze de elegantie van het systeem: geen mens was belangrijker dan een ander. Niemand die iets bezat waarmee een ander geholpen zou zijn. En toen schoot haar ongevraagd de herinnering te binnen aan de kandelaars, en ze slikte hard en hield haar adem in. Ze draaide zich om naar Levi en gooide eruit: 'Ik ben niet van jou.'

Dit was totaal het tegenovergestelde van wat ze voelde.

Levi bleef staan en keek haar aan. Zijn gezicht was van pijn doortrokken en ernstig. Ook hij erkende de voorschriften van een gedeeld leven. Hij wilde dat ze zag dat hij het daarmee eens was, dat hij er stellig in geloofde en zijn hele wezen zou geven voor het collectief. Maar er trok iets anders over zijn gezicht, woorden waarvan hij het gewicht mat, en uiteindelijk sprak hij. 'Maar ik zou willen dat dat wel zo was.'

'Wat zou je willen?' vroeg ze, om het zeker te weten.

'Ik zou willen dat je mijn vrouw was,' zei Levi.

In het hoge gras zongen de krekels. De brulkikkers voegden daar hun eigen symfonie aan toe, en ineens zag Ida dat de hele wereld een soort existentiële harmonie bezat. Dat alles bezield was met die heilige, van God gegeven vonk en dat alles probeerde liefde voort te brengen. Haar vader was er dan misschien niet meer, maar hij was hier wel; ze voelde zijn aanwezigheid alsof hij in de kamer ernaast was. Het was zo'n krachtig, overweldigend gevoel dat ze zich voorstelde dat het onveranderlijk was.

Als ik terug kon gaan om haar te waarschuwen, had ik het gedaan. Maar dat kan ik niet.

Toen Ida in de buurt van haar tent kwam, hoorde ze gehuil. Ze bleef aarzelend buiten staan. Ze wilde Sarah haar privacy gunnen. Maar was privacy aan de andere kant, bedacht ze snel, eigenlijk niet burgerlijk? Er was een waarheid die de individuele ervaring te boven ging. En waar kon ze anders slapen? Het was laat.

Ze rechtte haar rug en betrad de tent.

Toen ze om zich heen keek, zag ze dat de petroleumlamp was ontstoken en al een tijdje stond te branden. De pit was kort en op de bodem was nog maar een spoortje lampolie. Maar het was wel nog genoeg om lange schaduwen te werpen op de schuine wanden, de aarden vloer, en de stromatrassen. Maar Sarah was er niet.

Er lag een schaar op de grond, alsof iemand de pit had gesnoten en de schaar toen van schrik had laten vallen. Ida pakte de schaar op en stopte hem in haar zak.

De volgende ochtend kwam Levi naar de wasserij en zei tegen haar: 'Het licht in het oosten is Zion in je haar.'

Ze pakte de tinnen beker half gevuld met modderig water die ze vasthield van haar rechter naar haar linker hand over.

'Dank je,' raadde ze.

Ze zag zijn adamsappel op en neer gaan terwijl hij keer op keer slikte.

'De boom des levens brengt de compost des doods voort,' zei hij.

Ida hurkte en zette de beker neer. Ze kwam overeind en pakte zijn gezicht vast.

'Zijn je ogen wel in orde?' vroeg ze.

Ze bekeek hem wat nauwkeuriger; zijn oogkassen puilden een beetje uit en eronder zaten beurse plekken alsof hij had gevochten. Het oogwit had een zweem geel.

'Het gaat goed met me,' zei hij. En zonder haar echt helemaal aan te kijken: 'Ik ben gelukkig. Ik heb het gisteravond heel erg naar mijn zin gehad met je.'

Hij plukte aan zijn overhemd, alsof hij ruimte wilde scheppen tussen zijn hemd en zijn borstkas. Ze zag dat zijn gezicht vochtig was van het zweet. Wat ze had aangezien voor hartstocht, leek nu eenvoudigweg lichaamswarmte te zijn.

'Je hebt koorts,' zei ze. 'Je ogen zijn geel.'

'Net als de citroenen die we gaan kweken.' Hij lachte.

'Grapefruits,' zei Ida.

Levi zei: 'Binnenkort zijn we net de rijke *pardessaniem*. Maar in plaats van de winst te houden, stoppen we die terug in de aarde als mest.'

'Bananen?' vroeg ze.

'Waarom niet?' stemde Levi in.

Ze wisten allebei dat er ooit misschien citrusvruchtenboomgaarden mogelijk zouden zijn, maar dat de donkere aarde van de Emek niet geschikt was voor vruchten uit het oerwoud. En toch moesten ze samen lachen om het idee.

Ida keerde zich om en zag David het erf oversteken met een boek in zijn hand en zijn gezicht omlaag aan het lezen onder het lopen. Het viel Ida te binnen dat zijn vrouw Hannah niet was teruggekeerd; Ida stelde zich voor hoe de kar over het erf was weg gebolderd. Waar had hij Hannah naartoe gebracht? Zou ze nog terugkomen?

Alsof David voelde dat Ida naar hem keek, tilde hij zijn hoofd op. Ze wenkte hem; met een licht ontstemde blik in de ogen omdat hij was geroepen liep hij naar hen toe.

'Sjalom,' zei Ida toen hij hen had bereikt, maar David gaf geen antwoord. Hij stond nu ook naar Levi te turen. Hij sloeg zijn boek dicht en stak het in zijn achterzak.

'*Kadachat*,' zei hij.

'Pardon?'

Levi knipperde met zijn ogen.

'Malaria,' zei David.

'Er is niks met me aan de hand,' zei Levi, maar David pakte hem al bij de elleboog en voerde hem mee als een kind, op zoek naar een plek waar hij hem kon helpen te gaan liggen. Ida liep een paar meter achterop mee, zonder precies te weten wat haar rol was, maar niet bereid Levi uit het oog te verliezen. Er was een geluid in haar begonnen te rinkelen, een stil alarm dat aanzwol in volume.

'Daarom moeten we nou meer eucalyptus planten,' zei David, maar eerder tegen zichzelf dan tegen Levi of Ida. Hij bleef staan, trok het potlood achter zijn oor vandaan en haalde zijn boek weer tevoorschijn. Hij maakte een aantekening in de kantlijn. 'We hebben meer kinine nodig.'

Levi stond op zijn voeten te zwaaien.

Ze hadden nog geen echte ziekenboeg gemaakt bij de nederzetting, dus nam David hen mee naar Levi's tent waar hij hem hielp op zijn eigen stromatras te gaan liggen. Vrijwel meteen toen Levi lag uitgestrekt, kwam zijn ziekte in volle omvang op, alsof die binnen in hem had liggen wachten tot de juiste context zich voordeed. Wat eerst een vage gele gloed op zijn huid had geleken, werd nu een uitgesprokener gele kleur, en de zweetdruppels op zijn voorhoofd sloegen om in beekjes vocht. Hij kreunde.

'Laat het maar door je heen gaan,' zei David, maar opnieuw leek het eerder alsof hij tot zichzelf sprak of tot een vroegere versie van zichzelf die ooit in dezelfde positie had verkeerd als Levi. 'Hoe meer je je verzet, hoe erger het wordt. Dit is het land Jisraël dat bij je binnenkomt. Aanvaard het maar.'

Ida vroeg zich even af of David misschien zelf ook ziek was.

'We moeten nog ergens wat kinine hebben,' zei hij, met een blik naar Ida alsof zij die kinine tevoorschijn kon halen.

Op de stromatras verstijfde Levi's lichaam. Aanvankelijk waren het kleine stuiptrekkingen, en Ida knielde naast hem om zijn hand vast te houden tot de stuipen steeds heftiger werden en zijn hele lichaam alle kanten op zwiepte alsof hij bezeten was van een demon. Er kwam schuim uit zijn mond opgeweld, terwijl de paniek in Ida opwelde.

'Hoe komen we aan die kinine?' vroeg ze wanhopig aan David.

Vanaf de grond hoorden ze alle twee Levi zeggen: 'Er moet gewerkt worden.'

Heel even dacht Ida dat David het daarmee eens zou zijn. Maar toen zei hij: 'Ik ga erachteraan.'

Levi probeerde uit alle macht rechtop te gaan zitten, maar voordat Ida hem kon tegenhouden werd hij opnieuw overvallen door stuiptrekkingen. Ze voelde in de rondte op zoek naar een *sjmata* om zijn gezicht mee af te vegen. Het leek volkomen idioot, nauwelijks twintig minuten geleden was hij nog aan het praten over citroenboomgaarden.

'Waar?' vroeg Ida.

'Ik zadel de ezels en ga naar Tiberias,' zei David.

Ida wist niet hoe lang die reis zou zijn en wilde er niet naar vragen.

'Of ik stuur iemand anders,' zei David bij nader inzien.

Er kwam een geluid vanaf de ingang van de tent: Levi's medetentbewoner Dov kwam terug van zijn werk om het veld vrij te maken. Hij dook omlaag om door de lage opening naar binnen te komen. Het was eind van de ochtend, maar het kwam niet in Ida of David op om te vragen hoe het kwam dat hij zo vroeg terug was.

'Je zult je spullen moeten verhuizen,' zei David. 'Van nu af aan is deze tent de ziekenboeg.'

Ida verwachtte dat Dov zou vragen wat Levi had, maar die draaide zich alleen om en begon zijn bezittingen (een deken, een zakmes, een kleine ingelijste foto van een vrouw met een hoedje op) in een sinaasappelkistje te proppen dat hij als dressoir had gebruikt.

'Het is kadachat,' zei Ida, zonder het woord te vertalen.

'Dat zie ik,' zei Dov met onbewogen gezicht.

Hij rechtte zijn rug, waarbij allebei zijn knieën luidruchtig knapten. 'Jij bent als volgende aan de beurt,' zei hij tegen Ida.

Zij stak haar hand uit naar haar vlecht en schoof een vingertopje onder het lint. 'Wat een eigenaardige opmerking.'

'Kijk om je heen,' zei Dov. 'Is hier ook maar iets dat niet eigenaardig is?'

Dov vertrok, en kort daarop David ook, nadat hij Ida had verzekerd dat hij op zoek zou gaan naar kinine. Ida was alleen met Levi. Op de rand van zijn matras gezeten hield ze zijn hand vast tijdens alweer een ronde gruwelijke rillingen.

'Ik ben hier,' zei ze bemoedigend tegen hem, maar als Levi haar al kon horen, kon hij in elk geval niet reageren.

Toen het ergste achter de rug was, ging ze naast hem liggen. Zijn zweet rook zuur. Hij maakte een geluid, en heel even dacht ze dat hij aan het praten was. Ze trok hem tegen zich aan en zei gretig: 'Wat?'

Een ogenblik gingen zijn oogleden open, en ze wist dat hij haar had gezien. Maar vrijwel onmiddellijk vielen ze weer dicht. Zijn lichaam verslapte; zijn ademhaling werd langer en dieper. En ze bleef bij hem, alsof ze hem in haar armen ergens heen droeg. Ze voelde de tikjes, als van een motor die afkoelt, van zijn spieren die trilden terwijl hij in bewusteloosheid wegzakte.

## HOOFDSTUK 4

Levi's toestand was een extra motivatie voor de groep om de moerassen droog te leggen. De muggen waren gevaarlijk en moesten worden getemd. Er werd een nieuwe ploeg arbeiders gevormd.

'Dit wordt vermoeiend werk,' legde David de volgende ochtend na het ontbijt uit (alsof er hier werk was dat niet vermoeiend was, dacht Ida), maar er ging gejuich op onder de chaloetsiem. Werk. Vermoeiend werk. Werk in dienst van Erets Jisraël.

'Zo niet nu, wanneer dan?' vroeg David de groep. En Ida zag hoe David Levi's ziekte gebruikte om hen ertoe aan te zetten iets te doen wat hoe dan ook moest gebeuren. Maar de chaloetsiem lieten zich niet afschrikken, en antwoordden met de beroemde woorden van Hillel: 'Im lo achshav, ay-ma-tay.'

De enkele paren rubberen laarzen die ze bezaten werden verdeeld; de rest moest zich maar zonder zien te redden. Groepen werden naar verschillende plekken gestuurd, sommige naar de voet van de bron, sommige naar de hoofdweg vanaf Jenin waar de moerassen zich kilometers lang uitstrekten. Om te beginnen groeven ze greppels om de modder te laten wegstromen. De greppels moesten diep zijn (Zeruvabel de vedelaar, die toevallig ook erg lang was, werd als peilstok gebruikt). Wanneer een groep dacht dat hun greppel diep genoeg was lieten ze hem komen, en hij kwam graag, als een kind dat wordt uitgenodigd om mee te spelen.

Hij vouwde zijn lange ledematen en liet zich in het gat zakken.

'Niet diep genoeg,' zei hij dan, als hij nog steeds over de rand van het gat in de aarde kon kijken. Of: 'Jullie zijn klaar,' als hij niet meer over de rand kon kijken, waarna er een collectief gejuich opging. De chaloetsiem waren zwak en hongerig, maar ze grepen elk excuus aan om te juichen.

Een aparte ploeg, onder wie de Duitsers, werkte aan de afvoerbuizen zelf en legde met grind en lemen pijpen een primitief stelsel aan.

Ida was dankbaar voor haar positie in de wasserij. Ze wist dat de kleren van de chaloetsiem van nu af aan nog smeriger zouden zijn van de modder in de greppels, maar dankzij haar werk kon ze lange uren alleen zijn om even weg te glippen en bij Levi te gaan kijken. Ze keek ervan op hoe krachtig het beschermende instinct was dat schijnbaar vanuit het niets in haar op kwam; ze voelde zich verplicht om voor Levi te zorgen, en om dat op zo'n manier te doen dat zijn mannelijkheid onaangetast bleef. Ze ging de dag door alsof haar hele lichaam straalde. Stukje bij beetje nam ze hun nacht samen door, als een kind dat haar schatten uit een doos haalt en ze naast elkaar op haar beddensprei legt om zich er rekenschap van te geven. De contouren van zijn biceps. De gladde, donkere cirkels van zijn tepels. Het spoor borstelige haar dat omlaag liep naar dat deel van hem dat haar had open gespleten, waarbij de *djinn* van haar nieuwe ik tevoorschijn was gekomen.

's Middags ging Ida bij hem op bezoek. Ze ging op haar hurken naast hem zitten en voelde de hitte van zijn adem. Hij lag vredig te rusten, terwijl zijn borstkas rees en daalde, maar hoe strak ze ook naar hem keek, hij werd niet wakker.

Ze haalde de schaar uit haar zak. 'Ik kan je haar nu knippen,' zei ze.

Niets.

Aarzelend sloop ze dichterbij en ging in kleermakerszit naast hem zitten. Met een hand tilde ze het gewicht van zijn schedel op. Die was opmerkelijk zwaar. Met haar andere hand manoeuvreerde ze de platte kant van het blad tegen zijn voorhoofd. Ze nam een lok van het zachte, donkere haar en knipte.

De lok die op haar hand viel was zo fijn als het haar van een kind.

Het kostte haar maar een paar minuten om zijn hele hoofd rond te gaan. Ze hield zijn schedel vast, verschoof het gewicht naarmate ze verder langs zijn nek, langs de haren boven zijn oren en zijn wanordelijke pony kwam. Toen ze klaar was, was zijn gezicht bedekt met een fijn dons, en hij nieste in zijn slaap, maar wakker worden deed hij niet. Ze blies zachtjes tegen hem aan en veegde een paar achtergebleven haren weg van zijn olijfkleurige huid.

'Zoals ik had beloofd,' fluisterde ze.

Toen ze zijn hoofd neerlegde zag hij eruit als een andere jongen. Als iemand die ze nog nooit van haar leven had gezien.

Toen Ida bij de wasserij terugkwam, was Sarah daar. Haar wilde krullen staken aan alle kanten onder de rand van haar hoofddoek uit, en naast haar jukbeen zat een veeg opgedroogd bloed van een muggenbeet. Ze zag Ida aankomen en tilde een houtblok van de stapel in haar jurk op, waarbij ze de zoom omhooghield om een soort hangmat te vormen. Toen ze het houtblok op het vuur gooide, welde er een wolk omhoog; met tranen op haar wangen kneep Ida haar ogen toe. 'Dank je wel,' zei ze tegen Sarah.

De rook veranderde van richting en opnieuw kneep ze haar ogen toe.

'Graag gedaan,' zei Sarah. En daarna: 'De tractor is kapot.'

Ida begreep dat ze nieuws kwam brengen vanaf de verre rand van de kibboets, waar een paar *dunams* waren drooggelegd en vrijgemaakt, en nu beplant konden worden.

'Hoe weet je dat?' vroeg Ida. Met haar knuisten veegde ze haar ogen droog.

'Er is een ongeluk gebeurd,' zei Sarah.

Ida was hevig aan het knipperen.

'Iemand was vergeten om het radiatorwater in de tractor te verversen. Toen Dov de dop losschroefde, brandde hij zich.'

'Is hij in orde?'

Sarah kromp ineen, alsof zij degene was die zich brandde. 'Dat zou ik niet zeggen.' Ze boog haar hoofd naar haar schouder alsof ze aan het luisteren was. 'Dat zou ik niet zeggen,' zei ze nogmaals.

'Geef nog eens een houtblok aan,' zei Ida. Maar Sarah negeerde de vraag.

'Zijn gezicht is overdekt met blaren,' zei ze. 'Hij kan niet praten. Hij kan niet bewegen.'

'Wat…'

'Misschien gaat hij dood.'

De gedachte kwam in Ida op dat Sarah tegelijkertijd bezorgd leek om Dov, maar het ook leuk vond om degene te zijn die het nieuwtje vertelde. Ze hield even haar mond om de ernst van de situatie in zijn volle omvang te laten doordringen. Het drong tot Ida door dat Sarah een belangrijk onderdeel van het verhaal achterwege had gelaten. Als er sprake was geweest van onachtzaamheid, dan moest iemand daar verantwoordelijk voor zijn.

'Wie was vergeten het water te verversen?'

Sarah haalde haar schouders op. 'David,' zei ze.

David was degene die hen bijeenriep (voor de tweede maal die dag) voorafgaand aan het avondmaal. Hij wachtte tot de schoppen waren schoongemaakt en waren teruggezet in het hok van prikkeldraad dat ze gebruikten tot er tijd was om een schuur te bouwen. Ida vond het nogal onzinnig om schoppen schoon te maken die de volgende ochtend meteen weer vuil zouden worden, maar David stond erop. Dat had hij geleerd van een *chaveer* van hem die Meyer heette, indertijd in Kinneret.

David wachtte plechtig tot ze zich allemaal hadden verzameld. Zijn zwarte krullen waren lang aan het worden en sprongen op en neer rond zijn kaak als de krullen van een meisje. Hij stond stil, met zijn handen gebald omlaag langs zijn zij, te wachten tot de chaloetsiem stil werden. Ida had er haar hoofd onder durven verwedden dat de vogels in de wei ook zwegen om te horen wat hij ging zeggen.

'We zitten in een lastig parket,' begon hij. 'Maar we zullen dit jaar nog met vele lastige situaties worden geconfronteerd.'

Daarop volgde een lange stilte. David had de gewoonte om zijn keel te schrapen wanneer hij sprak, alsof hij de belangrijke punten met zijn stem wilde onderstrepen. 'En in alle jaren daarna.'

Ida haalde het lint van haar vlecht, maakte die los en vlocht hem opnieuw.

David zei: 'De tractor is kapot.'

Er voer een gemompel door de menigte. Ida wist dat iedereen besefte wat dit impliceerde, dat een kapotte tractor het wiel zou stilleggen dat hun hele collectief liet draaien.

'We moeten hem repareren,' zei David.

Hij zweeg even, als een docent die zijn studenten een algebravergelijking heeft gegeven om op te lossen, iets abstracts dat verder geen gevolgen had voor de tastbare wereld. Het kwam Ida voor alsof hij hen op de proef stelde, dat ze allemaal deel waren van een groot sociaal experiment waar David leiding aan gaf. 'Wie heeft er een idee?' vroeg hij.

Er was een korte pauze, waarna vele stemmen begonnen te roepen.

'We kunnen die van de Arabieren nemen,' schreeuwde iemand.

Iedereen barstte in lachen uit. De Arabieren hadden geen tractor.

'Levi kan hem repareren,' stelde een ander voor.

Iedereen begreep dat Levi uitzonderlijk bekwaam was; stilletjes was hij naar voren gekomen als de leidende arbeider, en al kon dit nooit expliciet worden gezegd, in de toekomst zou hij degene zijn op wie mensen afstapten als er iets moest worden gelast of er een leiding was gesprongen.

Ida voelde even een golf van trots, en onmiddellijk daarop een gruwelijke paniek.

Sjosjanna zei wat Ida niet kon zeggen: 'Ben je de kadachat dan vergeten?'

De man die had gesproken, bond in en mompelde zijn medeleven.

'Bij de *koetsva* waar ik hiervoor heb gezeten,' zei hij treurig, 'zijn tien chaloetsiem aan de kadachat gestorven.'

Ida ging rechtop zitten en keek om zich heen op zoek naar iemand die die uitspraak zou weerleggen, maar dat deed niemand. Gestorven? Aan malaria? Tien mensen?

Ze stond op. Haar hart bonsde. Ze moest naar Levi in de ziekenboeg. Maar David keek met een opgetrokken wenkbrauw naar haar en ze ging weer zitten.

'Ik kan proberen de tractor te repareren,' zei een chaveer die Saul heette; maar Saul was in zijn vorige leven student literatuur geweest en zijn vingers waren glad en deden aan worstjes denken en de stilte die erop volgde, was antwoord genoeg.

'Helaas hebben we de tractor niet kunnen repareren. We hebben het geprobeerd,' zei David.

'Waarom niet?' vroeg een van de Duitsers verontwaardigd.

'Er ontbreekt een onderdeel,' zei David.

'Dat kunnen we met onze blote handen maken.' Dat was een van de jongste mannen, ternauwernood zestien jaar oud. Een jongen, in feite, dacht Ida. Met het enthousiasme van een jongen.

David knikte welwillend, toegeeflijk.

'We zullen een manier moeten vinden om een nieuw onderdeel aan te schaffen,' zei hij, waarmee hij hen vereerde met het antwoord waarnaar hij op zoek was geweest.

'Het Agentschap?' vroeg de jongen.

'Uiteindelijk,' zei David. 'Maar op dit moment hebben ze er het geld niet voor.'

Het viel Ida op dat hij tot nu toe nog niets had gezegd over de medische noodsituatie die naast de mechanische speelde, over Dov die zich had gebrand, waarover Sarah het had gehad. Ida dacht dat hij daar nu over zou beginnen, maar David herhaalde alleen wat hij net had gezegd. 'We zullen een manier moeten vinden om het ontbrekende onderdeel aan te schaffen.' Om zijn woorden te onderstrepen schraapte hij zijn keel.

'Ik heb twintig lira,' riep dezelfde jongen weer. Dit was vergelijkbaar met het bedrag aan kleingeld in de spaarpot van een kind, en iedereen lachte, behalve David.

'Daar zit wat in,' zei hij.

Hij liet zijn goedkeuring enige langgerekte ogenblikken in de lucht hangen.

'Heeft iemand nog geld? Of iets wat we kunnen verkopen?'

Ida herkende meteen waar David mee bezig was. Er was de chaloetsiem al gevraagd om hun persoonlijke bezittingen in te leveren. En nu bood hij ze nog een kans om naar voren te komen met iets wat de moeite waard was. Impliciet maakte hij hun duidelijk dat hij het hun niet kwalijk zou nemen als ze dat al niet hadden gedaan.

Ida stelde zich haar zware zilveren kandelaars voor. Dit was een wanhopige situatie, zei David in feite, en een kans om dingen nieuw te maken.

Levi werd overvallen door een nieuwe ronde stuiptrekkingen en Ida bleef aan zijn zijde om zijn voorhoofd te deppen met een koele lap die ze in de emmer water doopte en dan uitwrong. Hij leek nog steeds niet te weten dat ze er was. David was zijn belofte nagekomen en had Levi vol kinine gestopt, maar als het al werkte, dan waren de resultaten nog niet zichtbaar. De woorden van de chaloets klonken nog na in Ida's oren. Gestorven aan de kadachat.

Uiteindelijk was ze gedwongen hem achter te laten; de nacht viel en ze had haar werk verwaarloosd. Er lag nog een laatste lading wasgoed op haar te wachten voordat ze kon gaan slapen. Toen ze overhemden met houten knijpers aan het omhangen was, kwam een van de Duitsers op haar afgestapt. 'Mag ik je helpen?' vroeg hij.

Ze nam hem behoedzaam op. Inmiddels deed ze haar best niet meer om de tweeling uit elkaar te houden.

'Nee, dank je,' zei ze.

'Het was vandaag weer hard werken in de greppels,' zei hij terwijl hij met zijn vingers wapperde om haar de onder zijn nagels vastgekoekte modder te laten zien. Er zat iets verwijfds, iets grilligs in het gebaar, ondanks de afmeting van zijn knokkels en de barsten die over zijn huid kronkelden.

'Jammer van de tractor,' zei hij achteloos.

'Ja,' gaf ze toe.

'Een Duitse machine was niet kapotgegaan,' zei hij.

Hij draaide zich om naar haar mand met vochtige overhemden, pakte er een uit, en hing het aan de lijn.

'Ik red me wel,' zei Ida.

'Geen probleem,' zei de Duitser.

De houten knijper klauwde om de stof heen als tanden.

Ze keek naar de Duitser. Er was nog iets anders wat hij wilde zeggen. Hij had zijn duimen achter zijn bretels gehaakt, waarmee hij de houding van een boer aannam, wat merkwaardig slecht paste bij zijn vlekkeloos gepoetste schoenen.

'Heb je je kandelaars ingeleverd?' vroeg hij uiteindelijk.

Ida slikte.

De Duitser trok zijn wenkbrauwen op, maar zijn ongeloof was geveinsd.

Ze klemde haar kaken op elkaar, draaide zich om en koos een houten knijper uit haar rieten mandje. Het hemd dat ze omhoogtrok, was reusachtig; er was geen mens in de kibboets die dat zou passen.

De lucht was nog steeds zo warm dat het hemd al bijna droog was voordat ze het had overgebracht naar de waslijn.

'Wel, wel,' zei de Duitser.

Vanaf de overkant van de binnenplaats klonk het geluid van een balkende ezel. Ze draaiden allebei hun hoofd om. Sjosjanna had het leren tuig opgetild en was daaronder een wond met zalf aan het inwrijven. Achter haar was de ziekenboeg, en Ida stelde zich Levi voor zoals hij daar lag, met zijn huid pijnlijk en warm, en zijn oogleden die sidderden in zijn slaap.

'Je hebt de groep in de steek gelaten in het belang van je eigen voordeel,' zei de Duitser.

'Dat is zwaar overdreven,' snauwde Ida, en meteen wenste ze dat ze niets had gezegd, want in haar antwoord lag een onuitgesproken erkenning besloten.

'Levi is behoorlijk ziek,' zei de Duitser, die het over een andere boeg gooide. Zijn blik zweefde in de richting van de ziekenboeg, en daarna terug naar Ida's gezicht om haar reactie te peilen.

Ze bleef onverstoorbaar kijken, maar kennelijk had de Duitser toch een spoortje angst opgepikt, want hij vroeg: 'Wat zou Levi ervan vinden als hij wist wat je hebt gedaan?'

Ze keerde zich af en verplaatste een knijper. Ze zou hem niet het plezier gunnen van een antwoord. Maar hij had haar zwakke plek ontdekt. Die hield hij tegen zijn borstkas als een troefkaart.

'Samuel,' zei Ida met iets bestraffends in haar stem, als een volwassene die een kind probeert een schaamtegevoel aan te praten.

Maar de Duitser meesmuilde alleen maar. 'Ik ben Selig,' zei hij. En het meesmuilen sloeg om in een brede glimlach.

'Je kunt ons niet uit elkaar houden,' zei hij verbaasd, en ze zag dat hij een manier had bedacht om daar zijn voordeel mee te doen.

'Ik neem aan dat je de kandelaars nu aan David kan geven,' zei hij. 'Maar dat zou doodzonde zijn.'

Nadenkend beet hij op zijn lip.

'Ze zijn erg mooi,' voegde hij eraan toe.

Ida probeerde zich de kandelaars niet voor de geest te halen, alsof ze die uit zijn geest kon verbannen door ze uit de hare te verbannen. Maar hoe meer ze de kandelaars probeerde te negeren, hoe meer ze zich aan haar opdrongen, met Fatima's gezicht ernaast.

Ze zag ze in de handen van haar moeder.

Ze zag het bovenlichaam van haar vader dat in een vreemde hoek gebogen was, met een plas bloed die zich om hem heen op de grond verspreidde.

De Duitser trok een van zijn bretels weg en liet hem terugschieten tegen zijn hemd.

'Je zou ze aan David kunnen geven, maar ik heb liever dat je ze aan mij geeft,' zei hij.

Ida keek hem aan. 'Pardon?'

'Je hebt me wel verstaan.'

'Mijn bezittingen gaan jou niets aan,' antwoordde ze.

'Dat doen ze wel degelijk. Heb je het niet gehoord? We zijn hier een grote familie.'

Ze kneep haar ogen toe alsof ze hem wilde laten verdwijnen.

'Het zijn er twee,' zei hij.

'Twee wat?'

'Wat dacht je? Kandelaars. Een voor ieder van ons beiden.'

Hij liet de bretel weer knallen.

'En anders?' vroeg ze.

En alsof hij het net had bedacht, zei hij: 'Anders ga ik iedereen vertellen wat je hebt gedaan.'

Natuurlijk begon Ida later aan zichzelf te twijfelen. Ik ga terug en kijk hoe ze alles opnieuw overdenkt. Had ze een andere keus kunnen maken? Daagde de Duitser (Selig? Samuel?) haar uit? Maar de gedachte dat ze te kijk zou staan als een zelfzuchtig wezen kon ze niet verdragen. Dat ze zichzelf begunstigde ten koste van de groep. Wat zou David denken? En Hanna? Om nog maar te zwijgen van de eerste man van wie ze ooit had gehouden, die nu op sterven na dood in de ziekenboeg lag. De man die tegen haar had gezegd dat hij net zulke sterke gevoelens voor haar had als voor Erets Jisraël, en andersom. Vanaf de plek waar ik nu ben kan ik zien wat haar tegenhield. Ze maakte zich zorgen over wat Levi zou zeggen.

## HOOFDSTUK 5

De volgende ochtend was David er toen Ida haar tent uit kwam. Zijn handen hield hij op zijn rug ineengeslagen. Het had er alle schijn van dat hij had staan wachten, misschien al een hele tijd, een verlegen vrijer die bang was zijn aanwezigheid kenbaar te maken. Zijn dochtertje verborg zich achter hem, haar handen staken aan weerszijden van zijn middel naar buiten. David keek verrast toen hij Ida zag, alsof hij verwacht of gehoopt had iemand anders te zien, maar hij zette door.

'Ik moet je om een gunst vragen,' zei hij.

De vorige keer dat ze elkaar hadden gesproken, had Ida David om een vrije dag gevraagd om Jom Kipoer te vieren. Voor Levi. David had het verzoek gedecideerd van de hand gewezen. Maar nu klonk zijn stem anders; uit de berouwvolle blik in zijn ogen leidde Ida af dat het om een persoonlijke gunst ging.

Hij trok het potlood los dat achter zijn oor geschoven zat en gebruikte de punt om in zijn krullen te graven en op de achterkant van zijn schedel te krabben. 'Wil je een paar uur op Ruth passen?' vroeg hij Ida, terwijl hij zijn hand naar achter zijn rug stak om zijn dochter te kietelen.

Elk ander verzoek zou in de vorm van een instructie zijn gegoten, besefte Ida, een instructie die zo zou zijn geformuleerd dat de luisteraar het idee kreeg dat hij of zij er zelf mee was gekomen, maar niettemin een instructie. Maar dit was een echte vraag. Het stond Ida vrij om nee te zeggen.

'Natuurlijk,' zei ze meteen. 'Met alle liefde.'

Achter David pakten regenwolken samen aan de horizon, compacte, hoge kastelen van purper en blauw. De lucht rook vochtig. Ruth hoorde in dit land thuis op dezelfde manier waarop de wolken dat deden, en de dag- en nachtvogels en de zachte, sierlijke gazellen. Er hoefde niet op haar te worden gepast. Maar Ida herinnerde zich hoe David naar Tiberias was gegaan om kinine voor Levi te halen. Ze stond bij hem in het krijt.

Bovendien miste ze Eva zo erg dat haar armen ernaar snakten haar te omhelzen. Ruth was jonger dan Eva, al was het maar een beetje.

Ida hurkte. Ze gluurde achter David om naar waar het kind zich aan zijn rug vastklampte. 'Sjalom, Ruth,' zei ze.

Het kind had precies zulke zwarte krullen als haar vader, alsof iemand een paar van zijn lokken had afgeknipt en ze met lijm op het hoofd van zijn dochter had vastgeplakt.

'Heb jij mijn pop gezien?' vroeg het meisje.

'Ach nee, is ze weg?'

Ruth knikte.

Ida kon zich de pop herinneren van de eerste dag, maar toch vroeg ze: 'Hoe ziet ze eruit?'

Ruths gezicht klaarde op. 'Ze is van een kussie gemaakt.'

'Een kussen,' corrigeerde haar vader.

'Ze heeft een hoofddoek die je in een *kipa* kunt veranderen,' zei Ruth, en ze voegde eraan toe: 'Ze is heel mooi.'

Uit de verte kwam het geluid van iemand die met een tamboerijn schudde.

Er verscheen een bedroefde trek op Ruths gezicht. 'Mijn pop is van mijn vriendinnetje Sakina geweest,' zei ze.

David schuifelde even en schraapte luidruchtig zijn keel, alsof hij Ruth wilde afleiden.

'Hoe heet je pop?' vroeg Ida.

'Salaam,' zei Ruth zonder haar aan te kijken.

Ida reikte naar Ruths hand.

'Bedankt,' zei David tegen Ida. Hij draaide zich om om te vertrekken, maar Ruth bleef zich vastklampen aan zijn rug, met haar gezicht tegen zijn linnen overhemd gedrukt. Hij probeerde haar vingers een voor een los te peuteren, maar ze hield zich te stijf vast.

'Moet je horen, *boebie*,' zei David. 'Ida is je vriendin.'

Ruth slaakte een kreetje van protest.

David perste zijn lippen op elkaar en trok zijn wenkbrauwen op richting Ida. Het gebaar wilde zoveel zeggen als: jij bent hier de vrouw. Doe iets.

'Ik heb een idee,' zei Ida, terwijl haar gedachten opnieuw naar Eva uitgingen, die tot vrijwel alles was over te halen als ze te horen kreeg dat het een geheim was. 'Heb je zin om met mij op een speciaal avontuur te gaan?'

Ruth stak haar hoofd om de hoek van Davids heup. Ze keek Ida aan.

Ida zei: 'Je mag het niemand vertellen.'

Ruth zette grote ogen op.

'Dat moet je me beloven,' zei Ida.

Plotseling verschenen er tranen in de ogen van het kleine meisje. 'Ik wil niet mee,' zei ze.

Maar toen er een geluid van frustratie uit haar vaders keel opwelde, greep Ruth Ida's uitgestoken hand vast. Ze wist dat ze geen andere keus had. Ze keek niet achterom naar David (Ida zag dat ze zich schrap zette tegen het gescheiden worden, en net deed alsof ze niet in de steek werd gelaten).

De kleine handpalm voelde zweterig aan in Ida's hand, en hij was zo klein dat ze hem met een kneep had kunnen verpletteren. Ida zwaaide ten afscheid over haar schouder naar David, zonder achterom te kijken. Met een vriendelijke stem sprak ze tegen Ruth, een gestage stroom woorden alsof ze een schichtige pony aan het geruststellen was.

'Hier is de kooktent,' zei ze, 'waar iemand aubergine aan het bakken is. We hebben alleen een propaanfornuis, maar ooit krijgen we een echte oven. En hier is de tuin met al die harken en schoffels. Hier zullen ooit al onze groenten groeien.'

Ze schetste een beeld van de toekomstige kibboets voor het meisje, maar het schoot haar te binnen dat Ruth degene was die zich echt een werkende commune kon voorstellen, aangezien ze in Kinneret geboren was. Misschien was Ida dit beeld voor zichzelf aan het schetsen.

'Daar heb je Trotski,' zei Ida. De ezel stond met zijn kop over de pas gebouwde schutting heen gebogen. Nog steeds hing er een geur van zaagsel in de lucht, en de hele grond lag bezaaid met spaanders. Een werkblad was opgehangen aan een enkele spijker.

'Denk je dat hij trek heeft in klaver?' vroeg Ida.

Ruth knikte en ze bleven staan om Trotski te voeren, met zijn flodderige zwarte lippen die openingen en zijn roze tandvlees en gebarsten gele tanden onthulden. Ida kromp ineen van het geluid van langs elkaar knerpende tanden. Ruth deed het beest na en maakte zelf een zijwaartse kauwbeweging, terwijl ze over zijn gladde flank wreef. Trotski accepteerde de aanraking. Ida en Ruth liepen hand in hand verder door het doolhof van tenten en langs de rand van het veld waar sommige arbeiders pauzeerden voor hun middagmaal. Het zou een korte pauze zijn; er moest snel gepland worden voor de zware regens.

Achter hen schemerde het stuk vrijgemaakt land, een donker, keurig vierkant dat scherp afstak tegen de distels en doornstruiken eromheen. Jasjka en Zeruvabel waren nog bezig te proberen met een lange ijzeren staaf een laatste rotsblok uit de grond los te wrikken. Saul inspecteerde de ploeg, eerst de handvatten, daarna de snijbladen, om te zien of alles bedrijfsklaar was. De zaden lagen glanzend te wachten in een juten zak; hun belofte zou weldra worden geopenbaard.

Sjosjanna, die had laten weten dat als er kinderen waren zij die les zou geven, keek op van de kraan en zwaaide.

Het beviel Ida wel dat de kameraden haar samen met Ruth zagen. Het was alsof ze een heel speciale opdracht had gekregen. Ineens voelde ze het heftige verlangen dat Levi weer beter zou zijn zodat hij zich bij hen kon voegen. Misschien kon hij dan aan de andere kant van Ruth lopen en haar andere hand vasthouden, alsof ze met zijn drieën een gezinnetje waren.

Alsof Ruth het stemmetje in Ida's binnenste had gehoord, zei ze ineens scherp: 'Ik wil mijn *ima*.'

'Waar is ze heen?' vroeg Ida, en ze zag het beeld van de kar die het erf af denderde met Hannahs knot die wild op en neer sprong bovenop haar hoofd. Ze hoopte wat informatie uit het meisje los te krijgen, maar Ruth klemde alleen met trillende onderlip haar kaken op elkaar.

'Ik wil haar zien,' zei Ruth.

'Dat gebeurt ook. Later,' zei Ida. 'Maar eerst moeten wij ons avontuur beleven.'

'Waar gaan we heen?'

'Dat zie je nog wel.'

Ze kwamen langs de wasserij, de grote ton waar Ida de hele dag ploeterde, en ze dacht aan een spel dat ze thuis met Eva speelde. Dan gooide ze een mand met schone was over het kleine lichaampje van haar zus heen, en graaide tussen de kleren alsof ze verdwenen was, en dan deed ze net of ze dolgelukkig was als ze haar terugvond. Maar Ruth was rusteloos en op het randje van tranen, dus tilde Ida haar op en zette haar op haar schouders. Daar werd het meisje wat opgewekter van; Ruth pakte Ida's vlechten alsof het leidsels waren. 'Hu,' zei ze.

Het kind was opmerkelijk zwaar, in aanmerking genomen dat haar ledematen spichtig waren en ze eruit zag alsof ze half verhongerd was.

Ida stapte stevig door en algauw had ze het ezelpaadje bereikt. Het gras was zo droog als stro; ze hoorde krekels, en een geluid dat aan een blaasbalg deed denken. Ze kwamen langs de oude put. Ida zag de plek waar ze haar graf voor de kandelaars was begonnen te graven, een deuk waar de aarde losgewoeld en donker was, alsof er een schermutseling was geweest. Ze bleef in de richting van de Arabische huizen lopen. Een groepje kinderen was in de viezigheid aan het knikkeren. Een kindje kwam in zijn blootje op hun af gewaggeld; hij begon te plassen en waggelde door, zodat een fontein van urine voor hem uit omhoog spoot. Ruth greep Ida's hoofd nog steviger vast. Het schoot Ida te binnen dat het meisje misschien niet had geweten dat er andere huizen waren, en andere mensen met donkerbruine ogen en een huid als karamel. Maar Ruth boog zich over haar hoofd en fluisterde in haar oor: 'Maak je maar geen zorgen, ik ken Arabieren. Ze zijn aardig.'

En dan de kinderen. Hoe lang was het wel niet geleden dat Ruth iemand had gehad om mee te spelen? Ida voelde hoe Ruth op haar schouders zat te schuiven en te draaien; Ida boog door haar knieën, zette zich schrap en tilde haar op de grond. Ruth keek naar haar omhoog door haar lange wimpers en stelde zwijgend de vraag. Ida gaf knikkend haar toestemming en Ruth rende op de kinderen af. Ze bleef aan de rand van de kring staan aarzelen, maar toen Ida nogmaals knikte, ging ze meedoen.

Ida nam haar kans waar. Doelbewust liep ze af op Fatima's huis, met de afbladderende houten luiken en een dunne witte doek bij wijze van deur. De hitte sloeg in golven van de gebakken leem af. Ze duwde de stof opzij (van dichtbij zag ze dat die ooit een streeppatroon had gehad dat nu in de zon vrijwel helemaal was verschoten) en gluurde de hut in. Op een krakkemikkig tafeltje stond een doffe *samowar*, met eromheen de kopjes voor thee. Fatima zat boven een tenen mand gehurkt iets te doen wat Ida niet kon zien. Maar ze tilde haar hoofd op alsof ze een bezoeker had verwacht. Haar ogen waren nog feller dan Ida zich herinnerde. De vrouwen wisselden een knik uit. Fatima kwam langzaam overeind, waarbij haar gewaad mee zwaaide met de beweging, en ze drukte een hand tegen haar onderrug. Ida zag dat ze zwanger was.

De zon viel schuin door de houten jaloezieën in gloeiend witte strepen op de vloer. In een stoffige hoek probeerde een kind een verkreukelde lap van een haak in de muur te trekken. Achter dit alles zat de moektar met het litteken op zijn wang vanaf een stoel toe te kijken. Ida herkende hem van de dag dat ze waren aangekomen, de confrontatie tussen hem en David. Toen had hij een dreigende indruk gemaakt, nu zag hij er alleen maar moe en oud uit.

Ida draaide zich om om te vertrekken, maar Fatima ving haar blik op en knikte om duidelijk te maken dat het in orde was.

Een kant van de lemen hut moest de keuken voorstellen; op het aanrecht lagen wat gedroogde kikkererwten in een blauwe schaal met scherfjes eraf, kaas in een los geweven doek, en een met een touwtje samengebonden bundel kruiden. Fatima liep erheen en heel even dacht Ida dat ze haar een stuk van de kaas ging geven. Haar maag rommelde. In plaats daarvan trok Fatima een oude gevlochten doos van onder het aanrecht vandaan. Na wat rommelen haalde ze Ida's bundel eruit. Die zat nog steeds in de doek gewikkeld, keurig vastgebonden met een eind touw. Ze hield de bundel tegen haar lichaam geklemd en bleef Ida strak aankijken.

Bij de aanblik van de in de doek verpakte pamotiem schoten Ida de tranen in de ogen. Ze stelde zich het afgrijzen van haar moeder voor als ze wist wat Ida had gedaan. Ida stak haar handen uit in een smekend gebaar, om haar bezittingen terug te vragen, maar Fatima hield stand. En toen ineens begreep Ida het. Fatima wilde erkenning. Ze wilde dat Ida toegaf dat ze betrouwbaar was.

'Dank je wel,' zei Ida, en of Fatima die woorden nu wel of niet kende, de betekenis die in Ida's stem lag was duidelijk. Fatima knikte en zei iets in het Arabisch. Daarna droeg ze de bundel plechtig aan haar over, waarmee ze haar gelofte nakwam.

Toen Ida opkeek zag ze Ruth in de deuropening staan. Het kind stond met grote ogen te kijken.

'Kom mee, *metoeka*,' zei Ida en ze stapte op haar af, maar Ruths onderlip trilde en er biggelde een grote traan over haar wang omlaag.

'Wat is er?' vroeg Ida, terwijl ze het kind naar buiten duwde, het felle zonlicht in. Ze stonden allebei met hun ogen te knipperen. Ruth wees naar haar been.

Er liep een lange snee over de voorkant van haar linker scheenbeen. Er droop bloed uit omlaag, felrood tegen haar zachte huid.

'O jeetje,' riep Ida uit, en ze ging op haar hurken zitten om beter te kunnen kijken, maar Ruth greep haar vast en begroef haar gezicht tegen Ida's heup zoals ze dat een uur geleden bij haar vader had gedaan.

Heel even deed Ida alsof Ruth van haar was.

'Laat eens zien,' zei ze, terwijl ze het meisje omdraaide en naar de snee keek. Met de zoom van haar mouw depte ze het bloed op. Dat werd onmiddellijk opgezogen, waardoor het materiaal diep donkerrood werd. Net als toen Hannah haar de met bloed doordrenkte lappen had gegeven, moest Ida aan de was denken. Deze vlekken zouden er nooit uit gaan.

Plotseling voelde ze paniek. Waar was de vader van het meisje? Maar het gezicht dat in haar opkwam was niet van David, maar van Levi. Levi zou wel weten wat ze moest doen.

'Wat is er gebeurd?' vroeg ze. Maar Ruth begon nu pas echt goed te huilen, met diepe, schokkende snikken waarvan Ida kon zien dat ze deels uit pijn, deels uit schrik voortkwamen.

'Ach, metoeka toch,' zei Ida. Waarna ze glashard loog, want kinderen kon je immers alles wijsmaken. 'Het is maar een schram.'

Het kostte haar een hele tijd om de snee schoon te maken. Fatima kwam met een blikken emmer water en Ida veegde zo goed en zo kwaad als het ging het gruis weg. Een paar stukjes zaten te diep begraven, en toen Ida die te pakken probeerde te krijgen, zette Ruth het op een krijsen, terwijl de andere kleine kinderen met open mond stonden toe te kijken. Eentje van hen had een oogziekte gehad, zag Ida, en haar linker pupil was overtrokken met een melkachtig laagje. De moektar kwam uit het huis tevoorschijn, en in het felle middaglicht was het litteken op zijn wang nog zichtbaarder. Hij wierp Ida een ongerust glimlachje toe, knielde voor Ruth neer, bekeek de wond en verbond hem met een lap stof. Ruth liet hem zijn gang gaan en uiteindelijk begon ze minder heftig te huilen, maar Ida zag dat het bloed nog steeds vloeide onder het verband. Er kon alleen verder niets worden gedaan, dus tilde Ida Ruth op en ze zwaaiden ten afscheid naar het bijeen gedromde groepje.

Fatima en de moektar zwaaiden allebei terug en wensten Ida en Ruth alle goeds in woorden die ze niet verstonden.

Terwijl Ida liep, sloeg Ruth haar benen rond Ida's middel en ze legde haar hoofd op haar schouder. Ze speelde met het uiteinde van Ida's vlecht en kietelde ermee over haar wang alsof het een verfkwast was. Ze pakte Ida's bril van haar neus en zette die zelf op, en ze gilde het uit van het lachen omdat het beeld zo vertekend werd. Dit kwam Ida nogal vreemd voor, aangezien het meisje even geleden nog aan het snikken was geweest. Die snee was kennelijk minder erg dan hij leek.

'Doet het nog pijn, *jakira*?' vroeg ze, en ze voelde dat Ruth haar schouders ophaalde. Het lichaampje ontspande zich in haar armen, en Ida rook het prepuberale zweet, dat zo anders is dan dat van een volwassene.

Ruth wilde niet worden neergezet. Ida liep door, met het kind en de kandelaars in haar armen; het metaal begroef zich tussen haar ribben. Uiteindelijk kwamen de tenten van de nederzetting, die inmiddels vertrouwde haven vol zeilen, in zicht. Vanaf deze afstand leken de chaloetsiem een stel poppetjes op de velden. Een silhouet stond met een schoffel over het lapje grond van de groentetuin gebogen. Ida zag dat het David was; Ruth zag het ook.

Haar mond was naast Ida's oor; ze fluisterde iets.

'Wat zeg je, metoeka?'

'Papa heeft een geweer,' zei Ruth.

Ida streelde haar rug. 'Het geweer van de nachtwacht,' zei ze.

Ze zei het op dezelfde toon die ze eerder had gebruikt, toen ze vertelde wat ze om hen heen zagen: de tuin, de ezel, de dorsmachine die geduldig stond te wachten tot het mais was gegroeid.

Maar Ruth schudde haar hoofd tegen Ida schouders en sloeg haar benen nog steviger rond haar middel. 'Nee,' fluisterde ze. 'Een ander geweer.'

Ze voelde kennelijk een steek in de slecht verbonden snee; ze kreunde even.

'Hij heeft iemand vermoord,' zei Ruth.

In de tijd dat zij waren weggebleven, was de avond gevallen. De avonden begonnen inmiddels koeler worden, en langs de hemel liepen strepen purperrood. Windveren die aan zand onder ondiep water deden denken. Ida hoorde vogels, en het piepen van de nieuwe kraan die protesteerde toen iemand hem dichtdraaide.

'Sjalom,' zei Ida tegen David.

Ruth keek niet naar haar vader, maar hield haar gezicht tegen Ida's schouder gedrukt.

'Wat heb je daar vast?' vroeg David aan Ida, terwijl hij met tegenzin zijn aantekenboek sloot en het potlood op zijn plekje achter zijn oor stopte.

Ze wilde net zeggen: 'Je dochter,' tot ze zich realiseerde dat hij naar haar rechterarm zwaaide, waar ze het pakket met de kandelaars vasthield.

'Niets,' zei ze, en vervolgens, voordat hij het zelf zou zien: 'Ruth heeft een schram opgelopen.'

Ze verschoof het kind in haar armen en zette haar op haar voeten, zodat ze de zaak goed konden bekijken. Met zijn drieën keken ze omlaag. De mousseline was doordrenkt met bloed. Er was een straaltje onder het verband vandaan gelopen en in de hitte een korstje geworden op Ruths huid.

'Het doet pijn, abba,' zei Ruth met een benepen stemmetje.

Davids gezicht bleef onbewogen.

'Ik kan haar wel even naar de ziekenboeg brengen,' zei Ida, die zich zorgen maakte om de lengte van de snee en de hoeveelheid bloed die uit zo'n klein lijfje lekte. Maar David zei: 'Maak je geen zorgen, ik regel het wel.'

Hij leek merkwaardig genoeg afgeleid en speurde geregeld haastig de horizon af, alsof hij op zoek was naar een onbekende vijand of iets anders waarvan alleen hij zich bewust was.

'Weet je het zeker? Ik kan gewoon even...'

'Er vloeit altijd bloed,' zei hij. En vervolgens zei hij bij zichzelf iets in razendsnel Hebreeuws wat Ida niet verstond.

Ze begreep de hint en vertrok, nadat ze eerst Ruth ten afscheid had omhelsd. Even klampte ze zich vast aan het meisje en begroef haar gezicht in haar haar, alsof zij degene was die getroost werd, en niet andersom.

Ida liep snel naar de tent van de Duitser, voordat ze van gedachten kon veranderen. Hij zat aan de knop van zijn kerosinelamp te morrelen en draaide de pit binnen het glas omhoog en omlaag. Bij een van de bedden in de hoek lag een oud leren zadel. Hij draaide zich om, zag haar, en er ontsnapte een kreetje van plezier aan zijn keel. Van blijdschap of begerigheid. Ze zag dat hij besefte dat hij het moest verbergen, maar hij kon het niet onderdrukken.

'Je bent echt gekomen,' zei hij.

Ida legde haar pakket op een krat die hij als boekenplank gebruikte. Ze maakte de keurige knoop van Fatima los, sloeg de lagen stof van de doek weg en koos een van de kandelaars uit. Toen ze hem overdroeg, maakte ze geen oogcontact. Het beeld dat ditmaal door haar hoofd flitste, was dat van de laarzen van de kozak toen ze haar moeder achterwaarts de schaduwen in loodsten. De schoenen van haar moeder waren zwarte, van het praktische soort, met een knoop. De Duitser nam de kandelaar zonder een woord te zeggen aan en stopte hem onder zijn eigen matras. Ze spraken niet.

Zijn bleke huid deed haar denken aan de buik van een vis die ondersteboven in de rivier drijft.

Er was niets meer te zeggen, dus draaide Ida zich om en vertrok. Met de overgebleven kandelaar tegen haar lijf liep ze naar haar eigen tent. Dit was nu nog het enige wat ze overhad van haar leven thuis.

Ze stond bij de tentflap en hoorde Sarah alweer huilen. Zelfs door het canvas en het zachte kussen dat Sarah steevast gebruikte om haar gezicht in te begraven hoorde Ida de volle omvang van haar wanhoop. Net toen ze op het punt stond naar binnen te gaan om haar vriendin te troosten, voelde ze hoe er iemand achter haar kwam staan. Ze bleef staan zonder zich om te draaien. Er werd op haar schouder getikt. Het was de Duitser weer, met zijn ziekelijke, uitdrukkingsloze gezicht.

'Wat moet je,' vroeg ze bot.

'Mijn kandelaar,' zei hij.

Van dichtbij zag ze de viezigheid langs de rand van zijn haarlijn, en de huid die van zijn zonverbrande neus bladderde. Hij pulkte eraan en bracht zijn duim omlaag om het stukje losgekomen huid te bekijken.

'Ik heb je er al een gegeven,' zei ze.

De Duitser keek achteloos omlaag naar zijn hand en wreef de dode huid tussen duim en wijsvinger alsof hij om geld vroeg.

Hij keek weer naar haar omhoog en schudde langzaam zijn hoofd.

'Je hebt er eentje aan mijn broer gegeven,' zei hij.

Ida hield het uiteinde van haar vlecht vast. Ze begroef haar wijsvinger onder het lint en liet hem daar zitten; ze voelde hoe hij rood aanliep en zich met bloed vulde.

'Nou?'

'Hoe bedoel je?'

Maar de woorden van zijn broer kwamen weer in haar op. 'Een voor ieder van ons.'

Hoe had ze zo stom kunnen zijn? Wat voor belang had hij bij haar welzijn? Hij wist dat ze niets zou vertellen. Ida was degene die tegen de groep had gelogen, die iets had achtergehouden waar de anderen mee geholpen konden zijn.

De Duitsers zouden haar niets laten houden. Een kandelaar was voor Samuel, en een voor Selig.

HOOFDSTUK 6

Nadat Ida de tweede kandelaar had overgedragen, ging ze rechtstreeks naar Levi. Ze trof hem uitgestrekt op zijn rug aan, met zijn armen keurig naast zich. Zijn huid was oestergrijs van kleur en zijn ogen waren gesloten. Hij kreunde in zijn slaap alsof het een begroeting was. Ida pakte de sjmata uit de emmer die naast zijn bed stond en veegde het zweet van zijn voorhoofd en de achterkant van zijn hals. Daarna ging ze naast hem liggen op zijn matras. Ze krulde zich op haar zij om hem heen, met haar gezicht en neus in zijn hals geduwd, en zijn knokige bekkenbeen dat in haar bekken prikte. Ze probeerde niet te denken aan wat ze zojuist had weggegeven. Ze bleef een hele tijd daar in de schaduwen in de tent liggen, met de andere patiënten die als lijken om hen heen lagen. Er waren er nog veel meer die ziek werden van de kadachat. Halzen, enkels en voorhoofd zaten onder de insectenbeten; de ogen van de pioniers werden glazig en hun sleutelbeenderen staken naar voren bij hun schouders. Ida tilde haar hoofd op en keek om zich heen: er was iemand tegen een plank gesnoerd om hem tijdens de stuiptrekkingen in bedwang te houden. En daar lag Dov, met een gezicht dat bedekt was met een zwarte korst, alsof hij een monster was uit de sprookjes van de gebroeders Grimm of een golem die onder een brug in Praag woonde. Plotseling had Ida een voorgevoel alsof Ruth hier binnenkort ook zou liggen: het verband was doordrenkt van bloed geweest. Ze legde haar hoofd weer neer.

Was dit Erets Jisraël? Haar was beloofd, en ze had er hartstochtelijk in geloofd, dat ze iets nieuws aan het scheppen waren, maar in plaats daarvan viel alles aan duigen.

Ze verschoof haar gezicht tot tegen dat van Levi. Binnenkort zouden zijn stoppels een baard zijn.

'Wakker worden,' fluisterde ze. 'Ik heb je nodig.'

Maar hij reageerde niet, en zijn lichaam bleef stijf tegen haar aan liggen alsof hij dood was.

De volgende middag kwam Ida echter de hoek om naar de eetzaal en trof ze Levi aan die een kapotte tuinslang aan het repareren was.

'Wat ben jij aan het doen?' vroeg ze, omdat ze niets anders te zeggen kon bedenken, en hij rechtte zijn rug. Hij maakte een geluid alsof hij ver weg was maar toch probeerde antwoord te geven. Het geluid was: 'Bnier.'

Ida rende het korte stukje naar hem toe en ging vlak voor zijn gezicht staan. Zijn ogen waren helder. Het oogwit was weer echt wit; voordien was zijn blik naar binnen gericht geweest, omdat er een gevecht in hem woedde, maar nu kon hij degene die voor hem stond zien.

'Ik ben hier,' zei hij nogmaals, en zijn spraak werd ook helderder, alsof de mist wegtrok van een ruit.

Hij legde zijn armen rond haar middel. Gisteren had ze nog naast een dode gelegen. Nu voelde ze zijn polsslag waar haar gezicht tegen de onderkant van zijn keel lag. Het was net zoiets als die vreemde *Jesjoea* van de christenen die na drie dagen naar het leven was teruggekeerd.

'Je hebt het achter de rug,' zei ze.

'Erets Jisraël is nu in mij,' zei Levi. 'Gebrandmerkt op mijn ziel.'

Hij herhaalde de woorden van David, en Ida begreep wat hij bedoelde, maar ze begreep ook dat Erets Jisraël altijd al in Levi's ziel was geweest. Erets Jisraël was hem, en hij was Erets Jisraël. Meer dan wie ook. Zelfs meer dan David zelf.

Levi drukte haar tegen zich aan, en zijn greep was heerlijk stevig rond haar ribbenkast. Ze voelde hem grijnzen tegen haar hoofd.

Er kwam een beeld van de Duitser in haar op, en daarmee de gedachte aan wat ze had gedaan, dat ze in een enkele daad van bedrog zowel haar familie in Rusland als haar nieuwe familie hier had verraden. Zij omarmde Levi op haar beurt stevig. 'Laat me niet meer alleen,' zei ze.

'Dat zal ik niet doen.'

Maar hij beefde een beetje en liet zich op de grond zakken naast de losgeschoten tuinslang.

David wist waarschijnlijk dat het wel even zou duren om van die zwakte te herstellen, want die avond was er kip bij het eten. Die was gekocht, en (je reinste extravagantie) geslacht. David kwam de maaltijd in eigen persoon voor Levi neerzetten met een vertoon alsof het om een koning ging.

Levi zei: 'Dank je.'

Hij duwde het bord weg. David bleef staan om hem te zien eten. Maar Levi gaf zijn bord aan Ida door, wier mond al was volgelopen met een gênante hoeveelheid speeksel.

'Hou je niet van kip?' vroeg David oprecht verbijsterd.

Levi duwde de kussentjes van zijn vingers tegen de uitstekende botten onder zijn ogen.

'Ida heeft het harder nodig,' zei hij.

David richtte zijn blik op haar; ze zag hoe hij Levi's woorden woog.

'Je moet weer op krachten komen,' zei David ten slotte. 'We hebben je nodig op de velden.'

Zachtjes zei Levi: 'Ik eet geen vlees.'

'O?' David deed een stap achteruit.

'Ik ben vegetariër.'

Ida zag de bewondering in Davids ogen en ze voelde zich trots.

De volgende dag keerde Hannah terug, samen met de oude man Jitschak, de uitgemergelde vrouw die Rivka heette, en hun zoon, een jongen genaamd Gabriël. Hij had zwart krulhaar en knobbelige knieën, en droeg een korte broek die werd opgehouden met een borststuk. Het viel Ida op dat hij erg op Ruth leek. Nu zou Ruth iemand hebben om mee te spelen.

Ida had het gerucht gehoord dat deze mensen met David en Hannah in Kinneret hadden gezeten indertijd (wel tien jaar geleden), toen alles net begon. Misschien was het daar niet goed voor hen afgelopen en kwamen ze op deze nieuwe plek hun toevlucht zoeken. Mensen gebruikten de kibboets om allerlei redenen, waarvan er vele ideologisch waren, maar soms ook omdat ze nergens anders heen konden.

Tien dagen later, met Chanoeka, verscheen er nog eens een grote groep chaloetsiem. En zoals dat gaat, waren ze nu ineens in tweeën verdeeld. De eerste groep en de nieuwkomers. Later zou Ida zich verbazen over het feit dat ze maar met een verschil van een paar maanden waren gearriveerd, maar dat dit onderscheid nog jaren in hun hoofd en in dat van hun kinderen zou voortleven.

De nieuwe groep omvatte zo'n dertig mensen. Onder hen een Amerikaanse arts, klein van stuk, met op zijn achterhoofd een kale plek, precies van de afmeting en vorm van een *jarmoelke*. De glazen van zijn bril waren ook volmaakte cirkels, en de dunne ijzeren haakjes liepen in een bocht om zijn oren. Hij zei dat hij dr. Lowen heette, en dat de verhalen over de jonge pioniers die hier waren voor de wederopbouw van het land van de voorvaderen zijn inspiratie waren geweest. Andere Amerikaanse Joden toonden hun steun door geld te sturen, maar hij wilde het met eigen ogen zien. En wat anders had Erets Jisraël nodig dan Joodse handen? Hij wilde een bijdrage leveren.

Hij had een knappe jonge verpleegster meegenomen, Elisabeth. Ze had donkere oogmake-up op, die deed denken aan de kohl die Arabische vrouwen soms gebruikten.

'Denk je dat ze geliefden zijn,' vroeg Sarah aan Ida.
'Geen idee,' zei Ida.
'Ik heb ze zien kussen,' zei Sarah.
Ze ging op haar tenen staan en viel toen weer terug op haar hakken. 'Amerika,' zei ze dromerig. 'Het is net een liefdesverhaal. Net als Natasja en Pierre in *Oorlog en vrede*.'
Ze was kennelijk vergeten hoe dat verhaal afliep.
Ida haalde het lint van een vlecht en begon hem opnieuw te vlechten. Ze bond het lint stevig vast. Ze dacht aan Levi.
'David heeft het ook gezien,' zei Sarah.
'Wat?'
'Die kus.'
De toon die Sarah aansloeg impliceerde dat als David het had gezien, de gebeurtenis een ander gewicht had.
Verpleegster Elisabeth was groot en slank. Ze had vrijwel geen borsten maar enorme bruine ogen en een romige huid. Bij aankomst werden de nieuwkomers meteen omzwermd door de eerste groep, die benieuwd was om te zien welke persoonlijke eigendommen nu onderdeel zouden worden van de gemeenschappelijke pot. Elisabeth werd een mooie zelf gehaakte kanten sjaal afhandig gemaakt. Ze vertelde dat het het dekentje was waarin ze als pasgeborene gewikkeld was. Haar moeder had het gehaakt. Ida hield Elisabeths gezicht in de gaten toen haar de deken werd ontnomen, maar ze gaf geen krimp. Elisabeth geloofde oprecht in het collectief of ze was een uitstekende actrice.
Sjosjanna greep bemoedigend Elisabeth schouders vast en zei: 'We zullen de eerste baby die in de kibboets geboren wordt in jouw sjaal wikkelen. Dat beloof ik.'
'Welke baby?' vroeg Ida.
Maar Sjosjanna zei alleen: 'Binnenkort komen er kinderen,' alsof ze iets kon zien wat de anderen niet konden zien.
En natuurlijk was er Ruth. Die lieve, stille Ruth.
Tot verdriet van Ida was de snee in de been van het meisje

niet genezen. Haar onderbeen was nu rood en opgezwollen, en de hitte van de wond had zich als een donkere vlek door haar lichaam verspreid en koorts veroorzaakt.

De volgende dag kwam David naar de wasserij om Ida ernaar te vragen. 'Wat is er die dag eigenlijk precies gebeurd met Ruths been?' vroeg hij.

Hij zweette, zag Ida, en het knobbeltje op zijn neusbrug glom van de transpiratie. Zijn wangen waren bleek en zijn voorhoofd zag er klam uit. Het viel Ida te binnen dat hij door iemand anders was gestuurd; misschien door Hannah. Dat hij zelf eigenlijk niet echt geïnteresseerd was in het antwoord.

Toch nam Ida de tijd om haar woorden te kiezen. Had Ruth het over hun bezoek aan Fatima gehad?

'Ze heeft het opengekrabd,' zei Ida omzichtig, alsof ze een teen in ijskoud water stak. Ze duwde met het topje van haar wijsvinger haar bril over haar neus omhoog.

Ze verwachtte dat dat meer vragen zou oproepen, maar David wierp haar alleen een vragende blik toe en zei: 'En ze is ook nog eens alweer haar pop kwijt.'

Het kostte Ida even om de verandering van onderwerp bij te benen. 'O,' zei ze.

'Haar moeder had hem bij zich in Kinneret. Dat is toch niet te geloven.'

Ida krabde over haar neus.

David zei: 'Hannah heeft zonder het tegen Ruth te zeggen de pop mee naar Kinneret genomen. Ze heeft hem mee teruggenomen. Maar nu is Ruth hem voor de tweede keer kwijt.'

'Waar had ze hem voor het laatst?' vroeg Ida.

Maar David bleef glazig kijken; ze kon zien hoe zwaar het hem viel om zich op het alledaagse te richten, dus in plaats daarvan vroeg ze: 'Kan ik iets doen?'

David haalde zijn schouders op. 'Hem vinden, misschien,' zei hij.

Ida ging naar de ziekenboeg om Ruth op te zoeken. De stromatras van het kind had de omvang van een wieg en was overdekt met een baldakijn van wit muskietengaas. Het nieuwe jongentje, Gabriël, zat in kleermakerszit stil naast haar, alsof hij een wake hield.

'Ik wil dat Rutheke met me speelt,' zei hij meteen tegen Ida.

'Ik denk dat ze te zwak is,' zei Ida, en de jongen knikte. Dat had hij zelf ook gezien, maar hij had een volwassene nodig om het echt te maken. Ida tilde het muskietennet op. Ze hurkte naast de kinderen neer.

'Sjalom, boebie,' zei ze tegen Ruth.

Ruth deed een oog open. Ze sperde haar neusvleugels; ze sloot haar oog weer. Daarna keek ze met een zwakke glimlach echt naar Ida op. 'Gabriël is er,' zei ze. 'Onze engel.'

'Aha,' zei Ida. 'De engel Gabriël?'

Ruth knikte.

'Ik miste Rutheke, daarom ben ik haar komen opzoeken,' zei de jongen. Maar hij trok zijn neus op voor haar been. 'Ik mis thuis,' zei hij.

'Wij missen Liora,' zei Ruth tegen Ida.

'Waar is Salaam?' vroeg Gabriël. Hij kende de pop ook.

'Die speelt verstoppertje,' zei Ruth, maar haar onderlip begon te trillen.

De jongen keek even geschrokken. 'Niet huilen,' zei hij tegen Ruth. 'Ik ga voor jou op zoek naar haar.'

Hij stond op en glimlachte. Ida zag dat hij een melkvoortand miste. Een volwassen tand was in een rare hoek aan het groeien.

'Salaam was de pop van Sakina,' zei Gabriël, alsof het zijn taak was om dingen aan Ida uit te leggen.

'Wie is Sakina?' vroeg Ida, maar Gabriël gaf geen antwoord. Hij draaide zich om, tevreden omdat hij de missie had om de pop te zoeken. 'Tot gauw, Rutheke,' zei hij over zijn schouder.

Ruth probeerde antwoord te geven maar dat kostte te veel

inspanning en ze sloot haar ogen weer. De blauwe aderen die een spinnenweb vormden over de achterkant van haar oogleden staken duidelijk af. Plotseling zag ze er veel jonger uit, meer ontluikend; er kwam een beeld van Ruth in Ida op als foetus. Een kind van Erets Jisraël dat beefde tussen deze wereld en de volgende.

Ida stond op. Rondom lagen de lijders en de half-doden. De blaren van Dov waren opengesprongen en hij zag eruit als een schepsel dat was begraven en zich een weg de aarde uit had geklauwd. Een chaloets die Reuven heette en een gezicht had als gekookte ham, had waarschijnlijk dysenterie en bracht zijn dagen door op een steek waar de smerigste dampen vanaf sloegen. Er lagen diverse gevallen van ringworm: rode schilferige uitslag die openbrak en dan begon te bloeden. Een chaloetsa die Rachel heette begon er zelfs haar haren van te verliezen.

En natuurlijk was er een toenemend aantal gevallen van malaria.

Toen de dokter dichterbij kwam, zag Ida dat zijn kwetsbare bril al was gebroken. De brug tussen de twee glazen werd bijeengehouden door een stuk leukoplast, waardoor ze onder een vreemde hoek tegen zijn gezicht lagen.

Ida liep naar hem toe om hem te spreken zonder dat Ruth het kon horen.

'Kunt u haar helpen?' vroeg ze dringend. Waarna ze er met een verontschuldigende glimlach aan toevoegde: 'Goedemorgen.'

Maar de dokter begreep het, en knikte om Ida te laten weten dat ze zich geen zorgen hoefde te maken om beleefdheden, met al die uitdagingen waar ze voor stonden.

Samen keken ze omlaag naar Ruths opgezette been. De snee zat onder de korsten pus en de rode kring eromheen was aangegroeid en besloeg nu haar hele scheenbeen. Ida wendde haar ogen af; ze dacht aan de modderige plek waar de Arabische kinderen aan het knikkeren waren. Daarna duwde ze de gedachte weg. Het bezorgde haar een schuldgevoel over allerlei dingen.

De knappe verpleegster Elisabeth liep op hen af, en de drie volwassenen stonden in een kring om Ruths uitgestrekte lichaam. Elisabeth droeg een blad met zilverkleurige instrumenten.

'Ik kan ze niet schoonhouden,' zei ze tegen de dokter. Ze sprak Engels, maar Ida begreep het door haar gebaren.

'Heb je het haar verteld?' vroeg Elisabeth.

'Wat?' zei de dokter, nu in het Hebreeuws.

'Over die schimmelgeneeswijze van je.'

De dokter schudde zijn hoofd van niet. Er trok een blos over zijn wangen; Elisabeth openbaarde iets waar hij zich voor schaamde of waar hij trots op was, of een ingewikkelde mengeling daarvan.

'Waarom niet?' vroeg Elisabeth.

'Ik heb het de moeder van het meisje verteld,' zei dokter Lowen.

Elisabeth keek hem aan.

'De vrouw van David,' zei hij. 'Die met de donkere krullen.'

Nu besefte Ida dat de nieuwkomers nog probeerden bij te houden wie iedereen was.

'Die met de rode mouwen?' drong Elisabeth aan.

'Ik geloof het wel.' Maar de dokter tilde zijn kapotte bril op van zijn neusbrug om aan te geven hoezeer die te kort schoot. En Ida wist dat het toch een nutteloze vraag was. Er waren diverse overhemden met rode mouwen.

'Wat zei ze?' vroeg Elisabeth.

'Ze zei niets.'

'Maar al dat onderzoek van je...'

'We hebben geen bewijs,' zei dokter Lowen. 'Mensen denken dat het onzin is.'

'Dat is niet waar. Je hebt die Britse studie gehad. En dan die...'

Maar de dokter schudde zijn hoofd.

'Je moet meer zelfvertrouwen hebben,' zei Elisabeth. 'Je hebt iets belangrijks ontdekt.'

'Geef me nog tien jaar,' antwoordde de dokter.

De ogen van Ida gingen heen en terug, heen en terug tussen de dokter en de knappe verpleegster, alsof ze naar een tafeltenniswedstrijd keek. Ze zag dat de verpleegster de dokter oppepte, dat dat het soort intimiteit tussen hen was.

Ik kijk van bovenaf naar beneden. Het plot gaat de andere kant op.

De dokter had het niet aan Hannah verteld, maar aan mij.

Eerlijk gezegd deed hij zo relativerend over dat onderzoek van hem, dat ik de indruk kreeg dat het een soort schertsende terzijde was. Maar ik had beter moeten opletten. Misschien was het echt mijn schuld; misschien verdiende ik het wel om te sterven voor wat ik had gedaan.

De volgende dag toen Ida bij Ruth langsging, trof ze de dokter aan, uitgestrekt op een stromatras. De kale plek boven op zijn hoofd glom van het zweet; Elisabeth zat naast hem en hield zijn hand vast. Hij was oud genoeg om haar vader te zijn. Maar het was niet aan Ida om daarover te oordelen. Stilletjes trok ze zich terug uit de tent, om hen niet te storen.

Haar eerste aanvechting was om naar Levi te stappen en hem te vertellen dat de dokter ziek was. Ze zag hem in de verte het achterste stuk land ploegen. De aanblik van hem terwijl hij stond, en zijn gespierde armen de lucht boven zijn hoofd in stak, vervulde haar van blijdschap. Hij zag er zo krachtig uit dat het net leek alsof de ziekte er nooit was geweest.

Hij werkte samen met Saul. De kibboets bezat een enkele driezijdige ploeg, en Saul had de bladen schoongemaakt, de rem geolied en hem vastgemaakt aan de eenzame tractor. Hij reed er trots op rond, en de zwarte aarde opende zich als het kielzog van drie boten achter zijn rug. Aan de overzijde van het veld liep Levi achter zijn houten ploeg, en gunde Trotski en Lenin alle tijd die ze nodig hadden. Voor elke voor die hij opende, opende Saul er drie. Maar Ida was dol op het grote geduld van Levi, met de muilezels, het primitieve materieel, de rijke aarde achter hen. Hij beschouwde zaaien als een proces om iets omhoog te halen wat er al was. Als je het land gaf wat het nodig had zou het welig tieren. Het was geen daad van God alleen, maar van God die werkte via de hand van de mens.

Ida keek toe terwijl Levi aan de leidsels trok, en Trotski en Lenin tot stilstand kwamen. Levi liep om de ploeg heen en ging ervoor op zijn hurken zitten. Ida kon het voorwerp dat hij oppakte niet zien, maar uit de vorm van zijn handen kon ze wel afleiden wat het was: er had een nest op zijn pad gelegen. Dit was ook de basis van zijn vegetarisme: hij wilde geen enkel levend wezen pijn doen.

'De dokter,' zei Ida toen ze Levi had bereikt en zijn handen vastpakte. Zorgvuldig had hij het nest buiten bereik van de tractor neergezet.

'Wat is er met de dokter?'

'Die is ziek,' zei ze.

Levi trok een gezicht alsof Ida hem had verteld dat zijn eigen vader ziek was. Hij fronste zijn voorhoofd. 'Kadachat?'

Ze knikte.

'Is er iets wat we kunnen doen?' vroeg hij.

'Dat weet ik eigenlijk niet.'

Ida dacht dat Levi het antwoord wel zou weten, omdat hij zelf net ziek was geweest. En ze was dan ook niet verbaasd toen hij in antwoord op zijn eigen vraag zei: 'Er is niets wat we kunnen doen. Behalve afwachten.'

De week daarop werd er een weg geplaveid. Aan de voet van de berg openden de mannen een groeve en sjouwden stenen op hun rug naar de weg. Ze gebruikten hamers om de brokken steen tot kiezels te slaan.

'Een stoomwals zou handig zijn om de kiezels erin te duwen,' hoorde Ida Jasjka klagen toen ze de mannen op de weg passeerde, en Zeruvabel zei: 'Stoomwalsen zijn burgerlijk.'

Ze lachten tot de tranen uit hun ooghoeken biggelden, en Ida lachte van de weeromstuit mee.

Zeruvabel zei: 'Werken zal ons volk voorzien van het brood van morgen, en bovendien van de eer van morgen en de vrijheid van morgen.'

'Herzl had makkelijk praten,' antwoordde Jasjka. Maar hij keerde wel opnieuw geïnspireerd terug naar zijn schop.

Er werd een dansavond georganiseerd om de nieuwkomers te verwelkomen die nu dagelijks arriveerden. De stapelbare stoelen werden naar de zijkanten van de eetzaal geduwd, die haastig was opgetrokken om plaats te bieden aan hun groeiende aantal. Zeruvabel stond buiten de achterdoorgang (er was nog geen echte deur, alleen het deurkozijn) snarenhars over zijn strijkstok te verspreiden.

Ida bleef staan. 'Je zou in Parijs moeten spelen,' zei ze.

Ze had geen muzikaal talent, geen ervaring waarop ze haar oordeel kon baseren, maar er ging iets uit van de hoge, heldere klanken, het gemak waarmee de muziek uit het instrument stroomde alsof het daar gevangen had gezeten en Zeruvabel de muziek eenvoudig bevrijdde.

Er trok een gepijnigde blik over Zeruvabels gezicht. Zijn rode sproeten leken nog scherper af te steken.

'Wat is er?' vroeg Ida.

'Ooit heb ik dat gewild,' biechtte hij op.

'Naar Parijs gaan?'

'Naar New York.'

'Waarom heb je het dan niet gedaan?'

'Goeie vraag.' En alsof hem toen het antwoord te binnen

schoot dat hij zichzelf had aangeleerd te geloven: 'Ik kwam tot de slotsom dat mijn muziek voor onze zaak was.'

Ida keek hem onderzoekend aan.

'Niet alleen alle rijkdom behoort aan de arbeider,' zei hij. 'Maar ook kennis. En schoonheid. Die behoren ons allemaal toe.'

Ida zag dat deze ideeën hem, ondanks zichzelf, pijn deden. Hij wist dat hij talent had. Hij had de wereld kunnen bereizen.

Zeruvabel tilde zijn handpalmen op naar zijn hoofd en duwde zijn rode haar tegen zijn schedel. Hij stak zijn blokje hars naar zijn neus omhoog en snoof er voorzichtig aan, alsof het een boeket was. 'Ik ben vernoemd naar de Bijbelse held die de Joden uit Babylon leidde en de Tweede Tempel bouwde,' zei hij.

Ida probeerde te bedenken wat de juiste reactie hierop kon zijn. Ze zei: 'Dus jouw muziek kan ons uit onze tredmolen naar de wereld van schoonheid leiden?'

Zeruvabel knikte gekalmeerd.

Verderop bij de steengroeven hadden de chaloetsiem het geluid gehoord van Zeruvabels instrument dat werd gestemd. Een zaadje van een lied werd geplant, en zoals dat altijd gaat bij dingen die gruwelijk of mooi zijn, was er niet meer dan een zaadje nodig om er een gevolg uit te laten groeien.

Ida hoorde vanaf het veld in de verte een stem, en ze wist dat die van Levi was.

*Bo ha-bajtah, ben chaviv;*
*Bo ha-bajtah, ben chaviv...*
Keer naar huis, beminde zoon.

Hij zong klagelijk voor zichzelf heen, maar van over de voren hadden Raja en Aaron hem gehoord, en hun stemmen klonken op en voegden zich bij de zijne:

> Keer naar huis, beminde zoon.
> Je vader is dood, je moeder is ziek.
> Keer terug naar Rusland…

En het antwoord kwam vanaf een voor nog verder weg, waar Sjosjanna, die erop had gestaan om op het veld te werken, haar spade op de maat van het lied in de ruwe aarde stak:

> Verzet geen stap. Ga hier nooit vandaan.

De schoppen gingen omhoog en omlaag. De melodie ging al snel over in 'Kadimah', hun meest geliefde en vertrouwde lied:

> Keer naar huis, keer naar huis,
> Keer naar huis, arbeider.
> Voorwaarts, voorwaarts,
> Voorwaarts, werkende.
> *Kad-i-mah, kad-i-mah,*
> *Kad-i-mah ha-poel…*

De zon begon onder te gaan. Het was het einde van de werkdag. Onder het laden van de karren en het inspannen van de muilezels voor de korte rit terug bleven de chaloetsiem zingen. In plaats van 'werkende' riep Jasjka keihard 'jong van hart' en het refrein veranderde in 'Voorwaarts, voorwaarts, voorwaarts, jong van hart'.

En daarna 'sterk van wil'. En toen 'blije jeugd'.

Tegen de tijd dat de karren de tenten bereikten, waren tien van hen zo hard ze maar konden aan het zingen, al improviserend achter Levi aan, die zelf de woorden bedacht van een onzinlied op basis van hun geliefde Hillel:

*Im eineni ani, mi ani?*
*V'ahni l'atsmi mi li?*
*V'ihm lo achshav ay-ma-tay?*
*Ay-ma-tay?*

Ida ving Levi's blik op toen hij met de kar het erf op reed, en ze begon mee te zingen, en samen zongen ze alsof hun stemmen de enige waren:

Als ik niet mezelf ben, wie ben ik dan?
En wat ben ik voor mezelf?
En zo niet nu, wanneer dan, waarom dan?
Wanneer, wanneer, waarom?

## HOOFDSTUK 7

Het was de bedoeling dat de dansavond pas later zou beginnen, maar wie kon weerstand bieden aan het gezang? De mannen uit de groeve, met hun gezichten onder de strepen fijne stof van de vermalen steen, sprongen opgewekt van de karren. Hannah en Rivka, die de avondmaaltijd aan het bereiden waren geweest, legden hun mes neer en kwamen het veld op, terwijl ze hun handen aan hun schort afveegden. Even aarzelden ze, verscheurd tussen hun taken in de keuken en hun voorliefde voor een feestje, maar dat laatste won en ze kantelden hun gezicht naar de hemel en begonnen te klappen. Ida zag dat Rivka zwanger was. Achter hen waren Elisabeth en Sjosjanna, met opgehesen rokken en schorten vol bundels graan. De vrouwen wisselden een samenzweerderige blik en renden naar voren om zich bij de anderen te voegen, arm in arm over het veld: nu was er een kritische massa. Er vormde zich een kring. Ze gingen de *hora* dansen.

Zeruvabel begon nu met een voet op een stapel houtblokken pas echt te spelen. Hij versnelde het tempo en boog zich met wangen die rood aanliepen van plezier en verantwoordelijkheidsgevoel over zijn instrument. Hij trok zijn strijkstok met zo'n snelheid heen en weer over de snaren dat Ida zijn arm bijna niet kon zien. Plotseling begreep ze dat Zeruvabels muziek nodig was om het verhaal van de kibboets van koers te laten veranderen. Hij had wel een carrière opgegeven in de concertzalen van New York, maar het was niet voor niets geweest. Het was hiervoor geweest.

Ida kon zich niet beheersen; ze stortte zich in het dansgewoel en werd onmiddellijk meegesleept. Ze haakte in bij Sjosjanna aan de ene kant en Levi aan de andere. Zijn gespierde arm haakte in de hare. Zodra de dingen de goede kant op gingen, zouden ze niet meer veranderen. Ze werd geleid door iets wat groter was dan zijzelf. Ze konden God verloochenen wat ze wilden, maar niemand kon toch ontkennen dat Hij hier bij hen was in alles wat ze ondernamen, het inzaaien van de velden, het kweken van groenten, het alles delen, en bovenal de dans? De kring was haast als vanzelf gevormd, met jonge mensen die uit alle hoeken van de kibboets verschenen: iemand die bezig geweest was de nieuwe muilezels in de nieuwe stal te roskammen, stak nu het veld over; iemand anders die aan het oefenen was geweest om een aardewerkkruik op haar hoofd in balans te houden (net als Rebekka uit de Bijbel) haalde voorzichtig de kruik van haar hoofd, zette hem neer naast een lap zeildoek en een kan kerosine en voegde zich ook bij de dansers. Sauls fluitje sprong wild op en neer aan het koord rond zijn hals. Zeruvabel boog zich diep over zijn viool om er alles aan te ontlokken wat hij maar kon. Levi's lijf was warm en levendig naast haar. Het wiel boog nu eens de ene, dan de andere kant op, als de levenskring die niet wist welke kant op te tollen; en ineens begon alles te draaien en was er geen houden meer aan. Een aantal laatkomers stond langs de randen maar konden zich er niet bij voegen. Ze stampten en floten mee. Tot de kring wonderbaarlijk genoeg vertraagde en ook zij werden opgenomen.

Toen de kring te groot werd, maakten de vrouwen in het midden een kleinere, waarbij Sarah en Sjosjanna Ida bij de arm pakten en haar meetrokken. Met z'n drieën tolden ze in de tegenovergestelde richting van de mannen, en nu waren er twee concentrische kringen die tegen elkaar in bewogen als in elkaar grijpende raderen die een wiel aan het draaien brachten. Ida vloog langs Levi, en allebei grijnsden ze. Niets kon hen tegenhouden. Ze zouden voorgoed blijven dansen.

Ik kijk omlaag naar Ida. Kon ik haar maar waarschuwen. Wat

ze toen beleefde, was het gelukkigste moment. Het moment voordat alles verkeerd ging.

Uren later kwam de hora gaandeweg ten einde. Het was ver na middernacht. Ida boog voorover om haar sandalen uit te trekken – haar voeten bonsden. Toen ze overeind kwam, zag ze David en Sarah bij de tractor staan. Ze stonden met hun hoofden naar elkaar toe gebogen de Arabische *effendi* te bespreken, vermoedde ze, of de eucalyptusboompjes die nu elke dag konden arriveren uit de kwekerij buiten Damascus.

Om Ida heen waren andere kameraden op adem aan het komen. Daar stonden ze in de donkere nacht, met sterren zo scherp als messteken boven hen. De hitte sloeg van hun gezichten. Al waren ze nog zo uitgeput, ze waren niet in staat om helemaal te stoppen met bewegen, alsof hun lichamen stijf waren opgewonden door een onzichtbare hand en pas tot rust konden komen als de veer helemaal was losgewonden. Sjosjanna stond van het ene op het andere been te springen als een bokser aan het begin van een wedstrijd. De knappe verpleegster Elisabeth dacht blijkbaar hetzelfde; ze stompte naar Sjosjanna, nam haar hoofd onder haar arm, hield hem daar vast en maakte een kauwend geluid alsof ze haar oor ging opeten. Met z'n tweeën brulden ze van het lachen. Alleen de Duitse tweeling, die een paar passen van de anderen vandaan stond, leek er niet echt bij betrokken. Ze waren in een ruzie verwikkeld.

'*Du Idiot,*' zei de een.

'*Na, du musst was reden,*' reageerde de ander.

'*Wenn du wilst das ich dein Geheimnis halte, du war lieber etwas netter zu mir,*' zei de eerste. Ze vervielen tot een gespannen, verontwaardigde stilte.

Jasjka boog achterover om nog eens naar de sterren te kijken. Hij zei: 'Het is morgen weer vroeg dag. Misschien kunnen we maar beter…'

Voordat hij zijn zin had afgemaakt zweeg hij. Met zijn hoofd naar een kant gebogen en zijn ogen alert.

'Wat?' vroeg Sjosjanna.

Maar ze bleven stil, met harten die nog in hun oren bonsden van de dans. En toen hoorden ze wat Jasjka had gehoord: het geluid van hoeven die voorbij galoppeerden.

'De Arabieren,' zei Zeruvabel.

'Het zijn in elk geval niet de kozakken,' zei Jasjka.

'Die zijn vast onze gewassen aan het vernielen,' zei een van de tweeling, die bij zijn broer vandaan was gestapt en zich weer bij het groepsgesprek had gevoegd.

'Welke gewassen?' vroeg Saul, terwijl hij achteloos aan het koord rond zijn hals trok.

'Het graan is aan het groeien. Heb nog even geduld,' zei Levi.

'Je moet nooit een Arabier vertrouwen,' antwoordde de ene tweelingbroer.

Ida stelde zich Fatima voor zoals ze met een hand tegen haar onderrug stond om het kind in haar buik te ondersteunen, haar huid bruin van de zon en de wind. Ze dacht terug aan de pantomime toen ze elkaar voor het eerst hadden ontmoet, Fatima die Ida liet zien dat ze haar kandelaars zou beschermen, en haar geheim (wat dat ook mocht zijn) eveneens. En de manier waarop ze op haar lip had gebeten terwijl ze probeerde Ruths wond te helpen verbinden.

'Volgens mij zijn ze niet zo anders dan wij,' zei Ida.

'Wie?' vroeg de tweelingbroer.

'De Arabieren,' zei Ida.

De kring viel stil. Over veel gezichten trok een verbaasde uitdrukking, als wind die zich over een open zee verspreidt. Ida nam aan dat dat niet zozeer lag aan wat ze had gezegd, als wel aan het feit dat ze zelden iets zei in de groep.

De tweelingbroer zwaaide met zijn vingers naar haar zoals hij pas geleden bij de waslijn had gedaan. 'En waarom zeg je dat?' vroeg hij.

Ida hield het uiteinde van haar vlecht vast.

'Het is gewoon een gevoel,' gaf ze ten antwoord. Ze zag Levi vanaf de overkant van de kring knikken.

'Ze heeft gelijk,' zei hij, en hij boog voorover om een steentje uit zijn sandaal te halen. Hij kwam overeind met het steentje in zijn handen alsof het een orakel was waarin hij de toekomst kon zien. 'We kunnen in vrede met hen samenleven als we er moeite voor doen.'

'Heb je gelezen wat ze hebben gepubliceerd in de *Falastin* in Jaffa?' vroeg Saul. 'Haat. Onversneden, doodeenvoudige Jodenhaat.'

Leah zei: 'Die krant is van christenen. Niet van moslims.'

Vanaf de tenten kwam het geluid van andere chaloetsiem die nog steeds aan het zingen waren terwijl ze hun nachtkleding aan trokken:

*Am Jisraël chai!*
*Am Jisraël chai!*
Het land Israël leeft,
Het land Israël leeft!

De ene tweelingbroer negeerde het gezang en bleef zich op Ida richten.

'Hoe weet je dat er goede mensen zijn onder de Arabieren?' vroeg hij. Hij zette een stapje in haar richting.

Haar maag kneep samen.

'Wat betekent het om goed te zijn?'

'Ik verwacht niet dat jij dat weet,' zei ze.

Hij trok zijn wenkbrauwen op. 'Wat ben jij een kleine *Hündin*.'

Ida zette zich schrap. 'Je bent al getekend door zo te praten,' zei ze.

Heel even keek hij verrast, en begon toen te lachen. 'Denk je dat God vlekken op mijn lippen heeft gemaakt vanwege godslastering?'

Hij lachte nog harder, en tuitte zijn lippen alsof hij haar ging kussen.

Ida sloot haar ogen. Het geluksgevoel dat even geleden nog haar lichaam had vervuld was plotseling verdwenen, alsof ze was doorgeprikt. Ze stelde zich het gesis voor van een leeglopende tractorband. Nu hij haar had uitgedaagd groeide haar verontwaardiging. Ze had inderdaad iets voor de groep verborgen, maar dat had deze Duitser net zo goed gedaan. En hij had haar gechanteerd om dat te kunnen doen.

'Ga je me niet vertellen wat het betekent om een goed mens te zijn?' vroeg hij.

'Je weet wat het betekent,' zei ze venijnig. 'En wat het niet betekent.'

Maar de Duitser wist niet van ophouden. 'Ik heb liever dat jij het me uitlegt,' zei hij.

Het viel Ida op dat Samuel (of was het Selig?), ondanks de woeste dans, kans had gezien zijn kleren volmaakt netjes te houden, met bretellen die zijn torso in drie gelijke rechthoeken opdeelden.

'Jouw voorkeuren interesseren me niet,' zei ze.

Hij trok een wenkbrauw op. 'Echt niet?'

Ida herinnerde zich een beruchte *ghoum* tussen twee Arabische groepen waarover iemand haar had verteld, een stam uit de buurt van de Jordaan en hun vijanden die daar niet ver vandaan woonden; tientallen jaren gingen voorbij, niemand vergaf, de doden stapelden zich op als timmerhout. Ze keek de tweelingbroer een langgerekt ogenblik aan, en draaide zich om op haar hielen.

Ze voelde hoe de ogen van de groep haar volgden, en voelde toen dat Levi zich van hen losmaakte en achter haar aanging. Ze stopte pas toen ze de rivier had bereikt. Ze stond met haar rug naar de tenten en wachtte tot hij naast haar kwam staan. Hij legde een hand op haar schouder. Zijn vingers kropen het verwarde haar onder aan haar hals in, en trokken er zachtjes aan.

Ze glimlachte hem over haar schouder toe, maar duwde vriendelijk zijn hand weg.

'Wil je me vertellen wat er aan de hand is?' vroeg hij.

De maan was voor driekwart vol opgekomen, met nog een klein plakje dat nodig was om hem vol te maken. De weerspiegeling ervan op het wateroppervlak was een zilveren spoor. Vanuit de schaduw van de berg achter hen krijste een jakhals in het laatste moment voordat hij zijn prooi vastgreep.

'Wat is er aan de hand?' vroeg hij nogmaals. 'Waarom heb je zo'n hekel aan hem?'

Ida voelde de aanvechting om haar hart bij hem te luchten, maar wat zou hij zeggen? Ze zag het grijnzende gezicht van de tweelingbroer voor zich. Ze hoorde weer hoe Levi vertelde dat het zionisme de logische vervulling was van de geschiedenis van de Joden; dat zorgdragen voor de groep de hoogste roeping was in hun zaak.

Het was een fijn gevoel, zoals Levi haar hals masseerde.

'Heeft hij je iets aangedaan?' vroeg hij met zachte stem, alsof hij een pony probeerde over te halen het zadel te accepteren.

Ida haalde diep adem. 'Hij heeft me gechanteerd,' zei ze.

Levi haalde zijn hand weg.

Hij liep naar voren om oog in oog met haar te staan en boog zijn hoofd opzij alsof hij net in de verte een geweerschot had gehoord. Ida zag dat dit niet het antwoord was dat hij had verwacht; ze zag dat hij zich afvroeg of de tweelingbroer haar seksueel had geschonden. En dat was weliswaar niet zo, maar haar lichaam bevatte iets wat naar haar idee eenzelfde soort mengeling van schaamte en razernij moest zijn.

'Hoe bedoel je?' vroeg Levi.

Hij vouwde zijn hand keurig voor zich en het verlangen haar

geweten te ontlasten streed opnieuw met haar verlangen door hem te worden bemind. Ze kon niet het risico lopen dat hij haar zou veroordelen; ze was met haar verhaal begonnen en hij zou haar niet de kans geven zich terug te trekken. Ze voelde zich bemoedigd door de combinatie van liefde en de neiging om haar te willen beschermen die op zijn gezicht te lezen stond. Hij zou haar verdedigen. Ongeacht wat ze had gedaan, zou hij aan haar kant staan.

'Vertel het me dan,' zei hij zacht.

Ze onderzocht zijn gebruinde gezicht, het donkere haar dat ze zelf had geknipt en dat nu weer ruig werd in de warmte, de tand met het scherfje eraf waardoor hij er heel kwetsbaar uitzag. Ze wilde alles van hem weten: waar hij bang voor was, waarvan hij droomde, hoe hij als jongen was geweest. Van iemand houden betekende immers dat je iemand door en door kende? En de andere kant van die vergelijking hield in dat ze ook wilde dat hij haar kende.

'Ik heb iets gedaan,' zei ze.

Ze streek met het kussentje van haar duim langs het uiteinde van haar vlecht.

'Wat?' vroeg hij. 'Iets slechts?'

Er klonk in de verte iets van een lach in zijn stem door, alsof hij niet kon geloven dat ze tot zoiets in staat was. Maar echt lachen deed hij niet.

'Iets twijfelachtigs.'

Hij bleef afwachtend zwijgen.

'Ik had kandelaars van thuis,' zei ze. 'Die waren van mijn overgrootmoeder geweest.'

Levi keek haar aan en trok een wenkbrauw op, zoals hij had gedaan op de eerste dag samen. 'Er is niks mis mee om...'

En toen was aan zijn gezicht te zien dat hij het begreep.

'Waar zijn ze nu?' vroeg hij met behoedzame stem.

'Ik heb ze aan Fatima gegeven.'

Even stilte.

'Aan wie?'

'Een vrouw in het Arabische dorp.'

Hij keek haar in de ogen; ze zag hoe zijn gezicht zich begon te sluiten, van zijn voorhoofd naar zijn kin, als een rij latten van een jaloezie. Ze raakte ervan in paniek en sloeg aan het praten, alsof ze zich eruit zou kunnen kletsen.

'Ik probeerde ze te verbergen. Maar Fatima zag het. Ze bood aan om ze voor me te bewaren. Ze was heel aardig. Maar een van de tweeling wist dat ik ze had gehouden – ik weet niet welke...'

'Welke kandelaar?'

'Welke van de tweelingbroers.'

Levi lachte even.

'Hij nam de ene kandelaar en gaf de andere aan zijn broer. Hij zei dat hij anders aan David zou vertellen wat ik had gedaan.'

En aan jou, wilde ze eraan toevoegen. Hij zei dat hij het jou zou vertellen.

Maar Levi had een stap achteruit gezet.

'We werden geacht onze waardevolle spullen in te leveren.'

'Dat weet ik,' zei ze haastig.

Zijn voorhoofd was gefronst.

'Dus je hebt je kandelaars gehouden?' vroeg hij. 'Die hadden we kunnen verkopen. De groep had geld nodig.'

Daar draaide het allemaal om.

'En hij heeft mij gechanteerd,' zei Ida.

Maar Levi was niet zo geïnteresseerd in wat de tweeling had gedaan. Ida was degene om wie hij zich zorgen maakte. Er stond geen woede op zijn gezicht te lezen, maar eerder diepe teleurstelling. Hij gaf haar geen reprimande en sprak geen oordeel over haar uit. Daar was hij te aardig voor. Maar opnieuw zag ze dat zijn idealen oprecht waren. Hij wilde een partner die die idealen met hem deelde. Ze stelde zich hem voor, terwijl hij nog zat te rillen van de kadachat en weigerde het vlees te eten waar hij van zou aansterken. Ze had hem bezig gezien met de jonge eucalyptusboompjes, hoe hij de zwakkere loot plantte en de sterkere terzijde legde. Hij hield wel degelijk van haar. Maar ze voelde de poort naar zijn hart dicht schuiven.

Ida hief haar ogen op. Een van de Duitse tweeling stak het veld over. Hij hield iets in zijn hand. Een kussen ter grootte van een klein brood. Er zat een losse flap van zwarte stof aan het ene uiteinde vast, en rond het midden zat een lint met een patroontje, als een soort sjerp.

Was het hem echt?

Jawel. Het was de pop van Ruth.

Ida draaide zich om en deed haar mond open om het Levi te vertellen, maar de uitdrukking op zijn gezicht weerhield haar. Hij keek omlaag naar de aarde, en zijn wang was geplooid op de plek waar hij er in zijn mond op beet. Het was alsof ze de gedachten over zijn gezicht zag trekken: het regenseizoen kwam eraan. Ze lagen achter met planten. Ze hadden het geld van Ida's kandelaars kunnen gebruiken om de tractor te repareren.

Ze wist niet wat ze moest zeggen, dus vroeg ze plompverloren: 'Kun je het me vergeven?'

Hij keek haar aan met de treurigste glimlach die ze ooit had gezien. Hij stak zijn hand uit naar haar gezicht. Ze dacht dat hij haar naar zich toe zou trekken en haar zou kussen, maar hij zette haar haar bril af en plaatste hem op zijn eigen neusbrug. Ze lachte, want hij zag er idioot uit, maar hij zei ernstig: 'We kijken hier verschillend tegenaan.'

De glimlach verdween van Ida's gezicht. 'Alsjeblieft?' vroeg ze.

Levi aarzelde. 'Ik heb jou ook iets te vertellen,' zei hij.

Afwachtend hield ze haar vlecht vast.

'Ik heb David gezien...' begon hij.

Maar hij stopte, alsof Ida's geheim nu pas in volle omvang tot hem doordrong en hij haar niet meer kon vertrouwen met zijn eigen geheim.

'Wat dan?'

Ze wilde het wanhopig graag weten. Alles hing ervan af. Ze zag dat het iets belangrijks was, en ze zag ook dat Levi van gedachten veranderde over of hij haar kon vertrouwen.

'Niets,' zei hij. 'Laat maar zitten.'

Onder het praten was hij bezig geweest een lang koord van geurig gras te weven, en nu knoopte hij de cirkel dicht en plaatste de kroon op haar hoofd.

Alsof het bedoeld was om haar te treiteren, dacht Ida, waren de regens die winter ware stortbuien. Ze spoelden de *taboen* weg en maakten de stromatrassen doornat, en alles rook naar schimmel en gefermenteerd graan. 's Nachts lag ze hevig te rillen in haar tent, niet in staat om warm te blijven. Het dak van de eetzaal was gemaakt van rieten matten, en dikke druppels plonsden in haar soep. De andere pioniers pakten hun kom op en begonnen te dansen en te zingen:

Regen, regen, goede regen,
God in de hemel, verleen ons zegen.
Zoek naar iedere dochter en zoon
Water zuiver, water schoon.

Alleen Ida was ongelukkig. Levi kwam nooit meer naar haar toe. De koude nachten leken een eeuwigheid te duren. En toen het regenseizoen voorbij was, barste het land, als om haar opnieuw te treiteren, los in een schoonheid die ze nog nooit had gezien. Het gras schoot op, de wilde bloemen vormden klitten tegen de helling, purperrode soliva, felrode anemonen en blauwe irissen. Vanaf de velden hoorde je het gezoem van de bijen die de helling bestoven, en het gezang van de Turkse tortels. De kibboets had vier paarden van het Agentschap gekregen, stuk voor stuk met een laaghangende buik van een veulen. Een was gestorven, maar de andere drie hadden het overleefd en stonden op dunne benen in de wei. Ook het graan groeide zwaar en hoog. Het was tijd om te dorsen.

Geen van de kolonisten had ooit gedorst.

Alleen Levi leek intuïtief te weten wat je moest doen, en ook dat deed Ida pijn, om toe te kijken hoe zijn rustige vaardigheid tentoon werd gespreid tegenover de hele groep. Om te zien dat ze allemaal getuige waren van wat eens van haar was geweest. Hij liet zien hoe je het vertrouwen moest winnen van de nieuwe veulens en vervolgens hoe je ze heel rustig moest vastmaken aan de boom om ze dan vooruit te duwen. Hij liet de rest van de groep de juiste manier zien om met de hooivork het graan te keren. Hij liet hun de wijde boog zien die ze moesten maken om het kaf in de wind te verspreiden.

Maar halverwege de eerste ochtend ging de dorsmachine kapot. Vanaf de wasserij hoorde Ida de klap toen er iets in het raderwerk terechtkwam, gevolgd door het geluid van verkreukelend metaal. Ze stak de buitenrand over en voegde zich bij de anderen die achter in de machine stonden te turen. Er stroomden graankorrels uit met het stro.

Jasjka vloekte in het Russisch. 'Dat krijg je ervan als je zo'n ding tweedehands koopt.'

'Wat hadden we anders kunnen doen?' vroeg Zeruvabel.

Levi klauterde er aan de open zijde in om te zien of hij kon ontdekken wat er aan de hand was.

'Voorzichtig,' zei Ida waarschuwend, maar hij keek niet naar haar omhoog. Ze zag de zolen van zijn sandalen eruit steken, met de leren zolen totaal weggesleten.

Om hem heen stonden de chaloetsiem afwachtend klaar. 'Geef me eens een moersleutel,' riep Levi.

Jasjka gehoorzaamde.

'Een andere moersleutel.'

'Hoeveel moersleutels dacht je eigenlijk dat we hadden?'

Maar Jasjka rommelde door de roestige rode gereedschapskist.

'Dit zou weleens even kunnen gaan duren,' zei Levi.

Jasjka maakte een gebaar naar de dorsmachine die inmiddels een kokhalzend geluid maakte alsof ze iets probeerde uit te spugen. 'Misschien zit er een steen in?'

'Natuurlijk zit er een steen in,' snauwde Zeruvabel. 'Er zitten honderd stenen in. Omdat we het veld niet goed hebben vrijgemaakt. Omdat we niet de juiste machine hebben.'

'We hadden wel de goede machine,' corrigeerde iemand, 'maar die ging kapot.'

Saul gleed van de berg graan. Er zat niets anders op dan maar te wachten.

Van over het veld kwam David aangelopen. Zijn zwarte krullen dansten op de maat van zijn tred; hij hield zijn dochter Ruth in zijn armen. Ze lag bleek tegen de borstkas van haar vader aan. De verpleegster had losjes een nieuw verband rond haar been gelegd; Ida hield haar blik afgewend, maar ze kon het gevoel van schuld en spijt niet negeren dat in haar binnenste neerdaalde als ze aan Ruth dacht.

David ging voor hen staan en wachtte tot iedereen luisterde. 'Er moeten doornstruiken op het erf worden weggekapt.'

Terwijl hij sprak, zag Ida hoe ingevallen zijn wangen waren. Met zijn bloezende mouw veegde hij over het zweet op zijn voorhoofd. Van achter in de groep klonk een stem. 'Gaan we doornstruiken kappen in het zaaiseizoen?'

Ze draaiden zich allemaal om, om te kijken. Het kwam niet dagelijks voor dat iemand vraagtekens plaatste achter een beslissing van David.

De stem was van Jitschak, de nieuwe chaloets die samen met Hannah uit Kinneret was gekomen. Uit de manier waarop David naar hem keek, kon Ida afleiden dat de twee mannen elkaar al langer kenden.

'Je mag ook de wc's schoonmaken, als je dat liever doet,' zei David.

Een diepe belediging.

'In het zaaiseizoen?' herhaalde Jitschak. Hij liet zijn knokkels kraken.

'Er staat een complete werkploeg te wachten. Wat stel jij dan voor?' David zette Ruth hoger op zijn heup en veegde opnieuw zijn voorhoofd af.

'Ik zal je vertellen wat mijn voorstel is,' zei Jitschak. 'Ik stel voor dat we mannen naar de fabriek sturen om daar te werken voor geld. Dan kopen we fatsoenlijke machines. En poef. Het veld is klaar. Dan dorsmachines, dan karren om de schoven naar de machine te brengen, en klaar is Kees. Makkelijk zat. Dat zou ik voorstellen.'

Ida had geruchten gehoord over een heel stel arbeiders dat de velden in de steek wilde laten (voor korte tijd) om in de fabriek in Tiberias te gaan werken, maar tot nu toe had nog niemand dat idee hardop tegenover de groep uitgesproken.

De uitdrukking op Davids gezicht viel voor Ida lastig te lezen. Het leek of hij zijn woorden heel zorgvuldig afwoog om niet iets te zeggen waar hij spijt van kreeg.

'Ik weet niet wat voor Utopia jij probeert op te bouwen,' zei hij ten slotte, 'maar mijn Utopia omvat niet...'

Maar Jasjka onderbrak hem. 'Laat die fabriek toch zitten. Laten we het graan van de Arabier pikken.'

'Je hoeft niet zo minachtend te doen,' zei iemand.

'Hij doet niet minachtend,' zei een andere stem. 'Ze hebben echt geen graan.'

'Precies. Dus stelen ze dat van ons. Als die ene met dat litteken op zijn gezicht voorbijkomt, vertrekt hij altijd met zijn *thawb* tweemaal zo dik opgeblazen als daarvoor.'

'Ik snap niet waarom je altijd zo doorzaagt over de Arabieren,' zei Leah. 'Dit is ook hun land.'

Maar haar opmerking werd genegeerd.

'We hebben bewakers,' zei Jasjka.

'Een bewaker, geen bewakers. Eentje. En uitgerust met een fluitje en niet met een geweer.' Het oude, vertrouwde dispuut hing in de lucht.

Jitschak zei: 'Toen ik hier net aankwam, kostte het drie uur om het veld rond te komen. Vandaag zijn we voor het middagmaal driemaal rondgegaan. Er moet worden gedorst.'

'Daar ben ik me van bewust,' zei David fel, met een vertrokken gezicht.

'Nou ja, ik zeg het alleen maar. Drie van onze machine zijn inmiddels kapot.'

'De machine uit Praag moet alleen worden schoongemaakt,' zei David.

'Maar daar zijn zeven man voor nodig,' riep Jasjka.

'We hebben Zeruvabel gestuurd om hem schoon te maken,' zei Jitschak. 'Laat ik je dit vertellen. Zeruvabel is geen monteur. Gisteren heb ik hem uit alle macht een bout zien aandraaien. Hij boog vooroverم, greep het geval vast, en begon zwetend te duwen. En toen? Hij was vergeten eerst de sluitring erop te doen. Wil je weten hoeveel tijd het hem kostte om de bout los te schroeven?'

Dat wilde niemand weten.

'We moeten geduld oefenen zolang hij aan het leren is,' zei David, alsof Zeruvabel niet zelf voor hen stond, rood aangelopen van schaamte.

'Vind je dat we geduld moeten oefenen?' vroeg Jitschak. 'Zeruvabel is eigenlijk musicus. Een begaafd violist. Terwijl Aaron daar verderop een geschoold monteur is.'

'Maar Aaron zit in de tuinploeg.'

'Dat bedoel ik nou.'

Ida had precies hetzelfde bedacht, maar zij zou nog in geen miljoen jaar die gedachte hebben uitgesproken. Ze vroeg zich af in wat voor verhouding deze Jitschak tot David had gestaan op die vorige plek. Waar haalde hij het zelfvertrouwen vandaan om tegen hem op te staan?

'Hoe zit het dan met talent?' ging Jitschak verder. 'Kunnen we niet toegeven dat we niet allemaal identiek zijn?'

Raya kon zich niet langer inhouden en zei: 'Hoe zit het met de Amerikaanse machine?'

'Die is ook kapot,' zei Saul.

'Maar als we die eenmaal hebben gerepareerd, snijdt die zijn eigen stro en blaast hij zijn eigen stof weg.'

'Daar is maar twee man voor nodig,' zei iemand.

'En wat is het probleem?'

Saul rolde met zijn ogen. 'Het draagtoestel. De lift.'

De deksel was van de ketel en de frustraties van de hele kibboets sproeiden eruit. Een zijdelingse ruzie barstte los over de vraag of de aankoop van de ploeg wel het juiste gebruik van de middelen was geweest. Hoe zat het dan met een broedmachine? Een waterpomp om de velden te irrigeren? Leah ging tekeer tegen het feit dat de vrouwen het keukenwerk toegewezen hadden gekregen: was dit nu wel of niet een wereld waar gelijkheid hoogtij vierde? Sjosjanna barstte los in een tirade over de behandeling van de Arabische meisjes die konden worden uitgehuwelijkt aan een man die viermaal zo oud was als zij en gedwongen konden worden om samen met zijn andere vrouwen het werk te doen, terwijl hij bittere koffie zat te drinken in de soek. Hadden de pioniers niet eigenlijk enige verantwoordelijkheid om te proberen daar een stokje voor te steken? Toen ontstond er vanaf de achterkant van de menigte een golfbeweging, omdat iemand naar voren probeerde te komen. Ida zag dat het een van de Duitse tweelingbroers was.

Terwijl Ida stond te kijken, nam de tweelingbroer David apart en fluisterde hem iets in zijn oor. Hij had kennelijk luid genoeg gesproken om de kleine Ruth te wekken, want die tilde haar hoofd op van de schouder van haar vader en boog zich naar hem toe om te kunnen meeluisteren.

Davids wenkbrauwen gingen omhoog en een glimlach duwde tegen de randen van zijn wangen. Hij draaide zich van de tweelingbroer af naar de groep. Hun stemmen stierven weg in afwachting van wat hij ging zeggen.

'Selig heeft een paar kostbare kandelaars van thuis ontvangen. Die kunnen we verkopen om de machines te repareren.'

In de armen van haar vader zette Ruth haar bovenlijf overeind en rechtte ze haar schouders. Haar stem rinkelde hoog en helder door de kom van stilte. 'Die kandelaars zijn van Ida,' zei ze.

Instinctief zette Ida een stap achteruit om zich tussen de chaloetsiem te verbergen. Ze had duidelijk Ruths vermogens op diverse fronten onderschat. De tweelingbroer, Selig dus, keek ook geschrokken naar Ruth, alsof zijn eigen lot op het spel stond. Maar David legde alleen zijn hand op het hoofd van Ruth en leidde dat terug naar zijn schouder. Even verzette ze zich vastbesloten, maar een ogenblik later viel ze stil, werd haar ademhaling zwaar en zakten haar papierdunne oogleden dicht.

David duwde Ruth omhoog op zijn heup, en het schoot Ida te binnen hoe zwaar het kind was. David draaide zich weer om naar Selig. 'We zijn je erg dankbaar,' zei hij, zodat iedereen het kon horen. 'Dit komt goed van pas.'

Hij stak de kandelaars de lucht in als een trofee. 'Ik neem ze mee naar Tiberias om te zien wat we ervoor krijgen.'

Selig knikte. Hij draaide zich af van David en keek de groep langs. Ida wist dat hij naar haar zocht. Toen hij haar blik ving, hield hij die vast. Zijn gezicht deed aan rook denken.

Later zag Ida David in de richting van de tenten lopen, met Ruth in zijn armen. Het kind hield opgewekt haar pop vast. Op haar gezicht een dromerige blik van tevredenheid. Ida glimlachte. Dat was in elk geval op zijn pootjes terechtgekomen. De pop was teruggevonden.

Van hieruit weet ik, natuurlijk, wel beter.

## HOOFDSTUK 8

De tijd vloog om; binnenkort zou het Pesach zijn. Er zouden meer bezoekers komen, Joden uit het buitenland die het wonder wilden aanschouwen dat in Erets Jisraël werd verricht. David had met het spoorwegbedrijf onderhandeld over een echt station voor de kibboets. Het bedrijf wilde een garantie voor een bepaald aantal passagiers. David had beloofd dat hij daaraan zou voldoen. Hij had er alle vertrouwen in; het spoorwegbedrijf was sceptisch. Maar zodra het station was gebouwd, werden de quota overtroffen, en bijna verdubbeld. Dat was goed nieuws voor hen allemaal.

De aanstaande Pesach zorgde ook voor de benodigde motivatie om eindelijk naar een permanente plek aan de overkant van de stroom te verhuizen. De Arabische pachters hadden hun huizen verlaten na enige onderhandelingen met David, waar de andere chaloetsiem verder niets van afwisten. Ida besefte dat ze Fatima niet meer zou zien. Ze betrapte zich erop dat ze buitenproportioneel bedroefd was, alsof ze een zus kwijtraakte, de enige die haar werkelijk begreep. Niemand wist iets af van haar contact met Fatima; ze wist nog hoe ze het Levi had proberen te vertellen op de dag dat ze alles had opgebiecht, met desastreuze gevolgen, en dus had ze niemand om haar droevenis mee te delen.

Ze had het misschien aan haar mede-tentbewoonster proberen te vertellen, ware het niet dat Sarah zelf nogal in een licht ontvlambare stemming was. Het huilen was verergerd. Ida had geprobeerd er met haar over te praten, maar Sarah bleef zeggen dat ze heimwee had, en wat kon Ida daar nu tegen inbrengen? Ze dacht zelf ook voortdurend aan thuis en vroeg zich af of haar moeder en Eva het wel goed maakten.

De Arabieren hadden hun lemen huizen achtergelaten, en een handvol stenen gebouwen, en de chaloetsiem discussieerden over de beste manier waarop ze een van die stenen gebouwen konden gebruiken. Saul stelde voor om er een gemeenschapszaal van te maken, maar het gebouw was te klein om onderdak te bieden aan de woeste dansen die er op regenachtige avonden in januari zouden plaatsvinden. Sjosjanna stond erop dat het grootste gebouw werd aangewezen als school.

'We hebben hier geen kinderen,' zei Zeruvabel.

'Behalve jij,' zei een van de tweelingbroers.

'Wacht maar af,' zei Sjosjanna.

In Ida doemde het beeld op van de baby die Levi en zij hadden kunnen hebben. Een jongen met het zuivere hart van zijn vader. Hij zou zijn opgegroeid in Erets Jisraël en Hebreeuws hebben gesproken. Een kind dat niets meer te wensen had. Maar Levi had zich helemaal van haar teruggetrokken.

Er waren in het stof met krijt nieuwe plekken voor tenten aangegeven, als een spookstad. Niemand kon zich voorstellen dat de nederzetting er zou zijn, tot die ineens bestond. Op een dag ging een handvol chaloetsiem niet mee naar het veld, om het kamp te verplaatsen, en bij zonsondergang, toen de anderen terugkeerden, was de nieuwe wereld gereed: er waren rijen oogverblindend witte pieken opgetrokken. De chaloetsiem waren in extase. Eindelijk was hun behuizing permanent geworden. Ida was de enige die niet mee wilde. Alles wat er tussen haar en Levi was gebeurd, had zich op de oude plek voltrokken. Als ze die in de steek lieten, was dat een erkenning van hun falen, het loslaten van de droom die ze samen hadden gehad.

Het lemen huis dat van Fatima was geweest, stond leeg, omdat het als nog minder stevig werd beschouwd dan zelfs de canvas tenten. Ida kon er niet naar kijken zonder dat er misselijkheid in haar maag kwam opzetten. Uiteindelijk bleven ook de stenen huizen leeg, voor de kinderen die vast en zeker binnenkort werden verwekt. Het graan was opgeslagen, en nu zochten stelletjes de *gorens* op. Bij het vallen van de avond installeerden ze zich in de bergen hooi, als tortelduiven in hun nesten. Maar Levi deed dat niet, en dus deed Ida dat ook niet.

De aanstaande Pesach betekende ook dat alles werd schoongemaakt. De lucht rook naar bleekmiddel en kerosine. Stro werd uit de matrassen gehaald en vervangen. Ida zag de tweeling hun schoenen poetsen.

Elisabeth kwam naar Ida bij de wasserij en vroeg haar of ze haar haren wilde knippen.

'Ik heb gehoord dat jij hier de kapper bent,' zei ze.

'Van wie?' vroeg Ida.

'Dat weet iedereen,' zei Elisabeth, en ze hield een glimmende schaar omhoog.

'Hoe kom je daaraan?'

'Uit de EHBO-kist.'

'Natuurlijk.'

'Wil je zo goed zijn?'

Ida liet het meisje op een van de weinige vouwstoelen gaan zitten. Haar haren reikten bijna tot haar achterste, een donker kastanje, en het gewicht ervan lag zwaar als een touw op Ida's hand. Het rook vreemd genoeg alsof ze net uit een schuimbad was opgedoken.

Ida draaide het haar rond haar pols en pakte de punten bijeen om ze bij te knippen. Het was een voldoening schenkend gevoel om door de weerstand heen te knippen. Toen ze klaar was met het wegknippen van de dode punten, tikte ze op Elisabeths schouder. Het meisje draaide zich om op haar stoel.

'Hè?'

'Ik ben klaar.'

Elisabeth lachte. 'Je bent nog niet eens begonnen.'

'Wat bedoel je?'

'Ik wil het er allemaal af hebben.'

Ida hield haar hoofd scheef. 'Je haar is zo mooi,' zei ze. Dat wist Elisabeth vast wel, maar ze bleef haar alleen maar strak aankijken.

Ida vroeg: 'Weet je het zeker?'

'Ik heb nog nooit iets zo zeker geweten.'

Wie was Ida om het daar niet mee eens te zijn? Ze tilde de schaar op.

De tractor werd gerepareerd met behulp van het geld van de kandelaars van Ida's familie. David ging zelf naar Tiberias om ze te verkopen. Vier, vijf, misschien nog meer generaties aan herinneringen verspild aan een godvergeten vreemdeling. Ida was alleen met haar verdriet; de anderen wisten alleen dat alles nu eenvoudiger zou worden omdat de machine werd gerepareerd. De hele onderneming was een reusachtig verweven mozaïek. Thuis was dit alleen maar theorie geweest, maar hier was de waarheid ervan voor iedereen duidelijk te zien. Als iemand 's ochtends een vergissing beging en te veel zout toevoegde aan de gruwel, gingen de arbeiders met kwade zin het land op, in plaats van opgewekt. De velden voelden hun mismoedigheid. Het wieden ging trager. Het dorsen werd onvolledig gedaan. En dat had op zijn beurt weer invloed op de gruwel die ze de winter daarop zouden eten of niet eten.

Er was een verhit debat gevoerd over het al of niet houden van een seder, maar volgens Zeruvabel, wiens vader een befaamde Torageleerde in Minsk was, was Pesach van oorsprong de viering van het snijden van de wintergerst. Als ze dat zouden vieren, kon het worden opgevat als het nieuw leven inblazen van een sinds lang verloren gegaan landbouwfeest. Het hoefde niet iets religieus te zijn.

Er trok een onuitgesproken opluchting door de chaloetsiem. De meesten mochten dan wel zeggen dat ze goddeloos waren, maar ze waren hun hele leven met Pesach opgegroeid, en al zou niemand het ooit hardop toegeven, zonder dat feest zouden ze zich berooid hebben gevoeld. Ze zorgden ervoor dat het een feestelijke gebeurtenis was. In de eetzaal die nog steeds naar zaagsel rook, werden kleden over de tafels van ruwe planken gelegd. Tarweschoven, gerstschoven en olijftakken werden gebruikt als versiering. In Ida's ogen leek de viering op die manier eerder op Soekot dan Pesach; de van graanstengels gemaakte seis (vergelijkbaar met de hamer en sikkel van de communistische revolutie) zou bij een traditionele seder voslagen hebben misstaan. Graan (en alles wat gerezen was) was op die feestdag verboden. Of ging het daar nu juist om?

In het midden van elke tafel stond een sederschotel; dat was in elk geval traditioneel. Ze hadden geen lammeren om te slachten, maar elke schotel was voorzien van een kippenbotje. Die waren uit Tiberias gekomen; Sjosjanna had geprobeerd kuikens groot te brengen, maar zonder broedstoof waren de meeste doodgegaan. Ida watertandde van de geur van soep uit de gamellen op het propaanfornuis, maar de laatste tijd weigerde haar maag voedsel. Ze had geen trek, en voelde alleen paniek wanneer ze vroeg in de ochtend wakker werd, en een verminkend soort hartenpijn die ze nauwelijks kon verdragen. Sarah was even vaak wel als niet in de tent (en Ida had geen idee waar ze dan was), en het enige wat ze wist was dat ze alleen was met haar hart dat bonsde terwijl de grote zwaarte van het bewustzijn in haar lichaam terugstroomde.

Levi had haar weliswaar niet openlijk veroordeeld, maar haar zonde besmette elke uitwisseling tussen hen. Het was alsof de liefde die het ene moment zo in overvloed aanwezig was geweest, het volgende moment drooggekookt was in de verstikkende zon.

Levi was *haggadot* aan het uitdelen toen zij de eetzaal binnenkwam voor de Pesach seder. Hij had zijn anders altijd modderige schoenen ook gepoetst. Zijn haar zat keurig in een zijscheiding en was gekamd. Hij had een *kipa* op. De aanblik van dat alles maakte Ida bijna lichamelijk ziek van verlangen.

Hij stak zijn hand uit om haar een haggada aan te reiken, en ze keken er allebei naar in zijn hand, alsof er, zodra ze was uitgewisseld, ook iets anders officieel was afgerond.

Ida dacht terug aan de dag dat ze elkaar voor het eerst hadden ontmoet, toen hij haar zijn veldfles had aangegeven.

'De haggada,' zei hij, alsof hij haar ervan wilde verzekeren dat dat alles was wat hij haar gaf.

'Ik heb je bij de rivier gezien,' zei ze.

Ze zei niet: 'Op onze plek in de rivier', en Levi liep rood aan en perste zijn lippen op elkaar. Voor haar geestesoog speelde ze de beelden opnieuw af: de contouren van zijn naakte, gespierde rug, toen hij bleef stilstaan op de oever, met zijn ogen gesloten. Hij was zichzelf aan het zuiveren geweest voor Pesach, en gebruikte de rivier als zijn mikwa. Een poosje later had hij een gebedssjaal om zijn schouders geslagen, terwijl hij heen en weer schommelend aan het *davenen* was.

'Kom je bij me zitten?' vroeg ze. De tafels raakten al aardig bezet.

'Goed,' zei hij, maar toen aarzelde hij. 'Ik kan beter deze blijven uitdelen.'

Ze keken allebei naar de haggada boven op de stapel die hij vasthield. Het plaksel van de binding liet los. Net als Ida's kandelaars was het iemands familie-erfstuk. Het verhaal van Pesach teruggebracht naar de plek waar het allemaal was gebeurd.

'Charoset,' zei ze, met een blik over zijn schouder naar de sederschotel.

'Ja.'

'Eigenaardig dat iets wat symbool staat voor specie en bakstenen, de slavernij van...' Ze viel stil.

'Ida,' zei Levi.

'En maror,' zei ze, en ze zette alles op alles om haar stem licht te houden. Ze pakte haar vlecht vast.

Als ze weigerde te luisteren, hoefde ze niet te horen wat hij zei. 'Ik verafschuw mierikswortel,' zei ze.

'Ida?'

'Hè?'

'Het spijt me,' zei Levi.

'Wat spijt je?'

'Alles.'

Ida begreep het. Het speet hem dat datgene waarover ze hadden gedroomd dood was. Het speet hem dat ze nooit een kind zouden hebben. Het speet hem dat zijn idealisme het hem onmogelijk maakte om het haar te vergeven.

Zijn hart had zich gesloten, maar ook hij had gewild dat dat niet zo was. Hij zag dat sluiten als een tekortkoming van zichzelf. Maar dat betekende niet dat hij er iets aan kon veranderen.

Ze draaiden zich allebei om bij het geluid van iemand die met spijkerschoenen over de nieuwe vloer kloste. Ida maakte meteen gebruik van het moment om de haggada uit Levi's hand te pakken en langs hem heen te glippen. Ze zag Hannah op kop zitten met haar dochter Ruth op schoot; het meisje was lijkbleek, alsof ze vrijwel niets woog. Ida hield haar blik afgewend van het been van het meisje. Ruth maakte een zacht geluidje in haar keel toen Ida passeerde, maar Ida liep door. Ze vond nog een plek naast Elisabeth die bij het ontbijt had aangekondigd dat ze voortaan bij haar Hebreeuwse naam Esther genoemd wilde worden.

De kandelaars voor hen op tafel waren dezelfde goedkope exemplaren die ze met Rosj Hasjana hadden gebruikt. David zat zoals gebruikelijk aan het hoofd van de tafel en leidde hen door de seder.

'Dit is het brood der ellende dat onze voorouders in het land Egypte aten,' las hij voor uit de haggada, en Ida voelde de ellende alsof haar vlees brandde.

Ik keer terug en luister van boven terwijl zij de gebeden zeggen, maar ik hoor dat het gebeden zijn voor henzelf, lofprijzingen voor hun eigen vernuft. Ze vergeten dat er grotere krachten zijn dan die van henzelf, krachten die hen van het begin af aan hebben geleid.

## HOOFDSTUK 9

Alsof ze de ambivalentie van Pesach wilden goedmaken, vierden de chaloetsiem 1 mei met woeste overgave. De dag van de arbeid was iets waar ze allemaal achter konden staan, en ze dansten en dansten, en stampten hun woeste hora tot diep in de nacht. In het donker werd het werk vergeten, dat gruwelijk zware werk waar je rug kapot van ging en waar maar geen einde aan kwam. Het was alleen het werkelijk worden van een ideaal, als iets wat door tovenarij wordt opgeroepen, of door er alleen maar naar te verlangen. Ida hoorde het lied van Zeruvabels vedel, terwijl de sterren zich boven haar hoofd verspreidden als een bruidssluier. Maar ze zou niemands vrouw worden.

Ze was nog jong genoeg om zichzelf niet in de toekomst te kunnen voorstellen. Ze kon zich niet voorstellen dat er nog iets anders zou gebeuren, en dan nog iets anders en weer iets anders. Dat het leven zou doorgaan met veranderen.

Ida had nadrukkelijk het gevoel dat er alleen het huidige moment was. Een gezegende staat van zijn. En een vloek.

Ze kon de aanblik van een dansende Levi niet verdragen; kon het niet verdragen dat hij zijn armen aan de ene kant in die van Jitschak en aan de andere kant in die van Leah (een vrouw!) had gehaakt. Ze trok zich terug en glipte de duisternis in, met de volle maan boven zich als een lamp. De nieuwe nederzetting had een soort straat die door het midden liep, met aan weerszijden de stenen huizen van de Arabieren en in de verte de tenten. Naast de stal zag Ida twee figuren met hun hoofden naar elkaar toe gebogen; het waren Sarah en David. Sarah droeg haar blouse met de rode mouwen. Ida dacht eraan hoe het landschap om hen heen alles had weggenomen, maar dat de blouse iets was wat Sarah had mogen houden.

Ida wilde niet met die twee praten. Ze wilde alleen zijn. Ze liep in een grote boog om hen heen, maar de maan was zo helder dat ze het stiksel in Sarahs mouwen kon zien, en de ingevallen wangen van haar vriendin, alsof ze een oeroude hongersnood had overleefd. De nacht was stil, en ondanks de muziek van de dans in de verte kon Ida hun gesprek verstaan alsof ze naast haar stonden.

'Ik zal het aan de groep voorleggen,' zei David.

'Maar je weet dat het zo niet ligt.'

Er was een scherp randje aan Sarahs stem, iets schrils.

'Het ligt wel zo,' zei David. 'Alles hier ligt zo.'

Ida glipte langs hen heen. Ze liep voorbij het oude kamp, en de geesten van alles wat daar was gebeurd werden onzichtbaar, maar daarom des te levendiger. Het verbijsterde haar om de tastbare plek te zien waar hun tenten in het begin waren opgetrokken, waar ze die eerste dag waren aangekomen, de bocht in de rivier waar ze hun toevlucht hadden gezocht tegen de hitte waaraan ze nooit gewend zouden raken. Het leek wel of ze, als ze maar goed genoeg keek, de contouren kon ontwaren van haar vroegere ik, zittend op de oever met haar voeten in het water en Levi's arm rond haar schouder. Die ik lag maar een klein stukje op haar achter in de tijd. Ze had een deur willen hebben waar ze doorheen terug had kunnen stappen.

Ze liep door tot ze helemaal niets meer van de kibboets kon zien. Ze volgde het ezelpaadje langs de voet van de berg, waarvan de schaduwen over haar heen vielen als water. Ze voelde zich helemaal alleen, zo onder het hemelgewelf vol sterren. Met een gruwelijke steek moest ze denken aan de arme, lieve Ruth, zo ziek in de armen van haar moeder, en aan de dag dat ze samen op pad waren gegaan om haar kandelaars bij Fatima te halen. Ze dacht aan de kleine Eva thuis en aan haar eigen moeder. Wat zou het niet heerlijk zijn als haar moeder haar voorhoofd zou strelen, haar haren uit haar gezicht zou duwen. Haar moeder had dit kunnen regelen, die had de koppelaar om een jongen voor Ida kunnen vragen. Een aardige, orthodoxe jongen, wiens zionisme slechts een idee was, en geen dagelijkse werkelijkheid, een jongen die haar heel veel kinderen zou schenken. Maar daar was het nu te laat voor.

Diep binnen in haar ging er iets open, een ruimte die er daarvoor niet was geweest. Haar tranen kwamen nadrukkelijk en snel. Al haar verdriet nestelde zich in een keer op die plek. Ze huilde alsof ze werkelijk was verlaten.

Later, veel later keerde Ida terug naar de tenten. Van een kilometer ver zag ze dat de deur van de ziekenboeg openstond, een heldere vierhoek licht die zich aftekende tegen de duisternis. Iemand schreeuwde, en iemand schreeuwde terug. Een ander riep: 'Esther.' En daarna: 'Vlug.'

Nu hoorde Ida huilen. Stemmen die elkaar overlapten, opgewonden, geagiteerd. Ze maakten alles groter dan het was, dacht Ida. Groter dan het per se moest zijn. De discussies, de ruzies. Het wilde dansen tot diep in de nacht. Alles werd hier zo overtrokken, alsof er in het hart van hun onderneming een grote stilte heerste en ze als bezetenen probeerden die met geluid af te dekken.

Ida stopte niet om de zaak nader te onderzoeken. Ze liep rechtstreeks door naar haar tent.

Toen ze de flap optilde, zag ze Levi staan.

Het licht van de kerosinelamp viel op zijn gezicht en sneed dat precies doormidden. De ene helft was verlicht, de andere helft was in duister gehuld.

'Wat doe jij...' begon ze te vragen, en toen zag ze Sarah met tranen die over haar wangen rolden op haar stromatras gehurkt zitten.

'O,' zei Ida. 'Neem me niet kwalijk dat ik stoor.'

Haar geest flitste terug naar het tafereel van Sarah die zo nadrukkelijk onderhouden werd door David, aan de rand van het veld. Maar dat was vast al uren geleden.

'Gaat het wel?' vroeg ze, als wist ze best dat het een stomme vraag was. Ze duwde haar bril op haar neus omhoog. Ze voelde de aanwezigheid van Levi alsof hij een reusachtig licht was dat op haar neer straalde. Elk deel van haar was kwetsbaar, onbeschermd.

Ze dacht terug aan die hitte van hem in haar. Zijn geur van zout en zweet en iets anders dat helemaal alleen bij hem hoorde. Maar hij had het aan haar gegeven, en nu was het van hen allebei.

'Ik heb dit ook nog nooit gedaan,' had hij indertijd gezegd.

Het kostte haar de grootste moeite om niet haar hand uit te steken en zijn gezicht aan te raken. Maar hij was niet meer de hare. En nu was hij hier met Sarah.

Ida keek de tent rond. Er lag een halve schelp met de open kant omhoog, met daarin een klos garen, een naald en een knoop. Ze keek naar haar eigen bed, en toen nog eens. De revolver lag op haar wollen deken.

Sarahs rood omrande ogen volgden die van Ida.

Achter Ida was Levi's lichaam duister en dicht, een magneet waar ze zich hulpeloos naartoe getrokken voelde worden.

'Waarom heb jij dat wapen?' vroeg Ida. Het was alsof zij niet de woorden uitsprak, maar de woorden haar uitspraken.

In feite was ik degene die het haar liet vragen.

Terwijl Ida sprak, schoot Sarah naar voren, greep het wapen en drukte het tegen haar borstkas. Ze keek op en zag de vraag op Ida's gezicht.

'Ik heb nachtwacht,' zei Sarah afwerend.

'Sarah,' zei Ida. 'Wat is er aan de hand?'

Opnieuw rolden er tranen uit Sarahs ooghoeken. Ze veegde ze niet weg; het was alsof ze ze niet eens opmerkte.

Toen begon Sarah pas goed te huilen, en ze boog voorover en hield haar hoofd met beide handen vast. Haar krullen trilden onder het snikken.

'Ach achoti,' zei Ida. 'Kan ik iets doen?'

Sarah tilde haar hoofd op en ving Levi's blik op. De twee wisselden een soort stil sein uit dat Ida niet kon lezen. Probeerde Sarah Levi iets duidelijk te maken? Of was het andersom?

'Kan ik iets doen?' vroeg Ida nogmaals.

'Nee,' zei Sarah. En toen veranderde haar gezichtsuitdrukking. 'Eigenlijk wel,' zei ze. 'Wil je me een uur alleen laten?'

Ze liet haar blik langs de rand van de tent gaan, om de privacy aan te geven die ze daarbinnen wilde hebben.

Ida aarzelde. 'Waar moet ik dan heen?' vroeg ze. Maar ze wist meteen dat het geen goede vraag was.

'Ga met Levi mee,' zei Sarah.

Ida verstijfde. Sarah wist best dat ze niet met Levi mee zou willen, dat haar schaamte om het verlaten zijn zo groot was dat dat onmogelijk was. Maar Levi knikte. Ida zag zijn mooie, olijfkleurige huid, zijn lange wimpers. Hij zou haar meenemen. En jawel, dat zou zij toestaan. Ook al deed hij het niet voor Ida. Hij deed het voor Sarah.

Midden in de nacht keerde Ida terug naar haar tent om te slapen. Aan de overzijde van het veld waren de chaloetsiem nog bijeen rond de tent van David en Hannah. Opnieuw hoorde Ida een vrouw huilen.

Ze zwoer dat ze datgene wat zich tussen Levi en haar had afgespeeld nooit aan iemand zou onthullen. Het was iets wat haar voorgoed had veranderd.

Zodra ze de tent binnenkwam, wist ze dat hier ook iets was

veranderd. De volle maan scheen door de geopende flap en onthulde een bevroren tableau. Stilte vervulde de ruimte; zelfs het geluid was tot stilstand gekomen. Er zat een scheur in het weefsel van de tijd; een ogenblik lang was er alleen zuiver bestaan.

Sarah lag op haar bed. Haar krullen lagen om haar heen uitgespreid en haar wangen waren rood aangelopen, alsof ze even tevoren nog aan het rennen was geweest. De revolver lag naast haar hand, alsof die aan haar greep was ontglipt. Maar zelfs al voor Ida het wapen zag liggen wist ze dat Sarah dood was.

Ik was dood.

Maar ik was nog niet vrijgekomen.

Mijn ziel zat nog gevangen in mijn lichaam; het zou uren duren voordat ze naar buiten zou zijn gelekt, omhoog zou zweven boven de tenten, de ziekenboeg en de schuur. Het huis voor de nog niet geboren baby's. Van bovenaf zag het kamp er schokkend klein en onbetekenend uit, als iets wat door een klein meisje is opgezet voor haar poppen. Ik werd omhooggetrokken en kon bijna ontsnappen, maar het kartelige oppervlak van de berg kreeg me te pakken, fijne kant vastgehaakt achter een spijker.

**DEEL TWEE**
**DAVID**

HOOFDSTUK 10

Opnieuw keer ik terug. Ik zweef achter David boven de dorsvloer en kijk samen met hem over de kibboets uit. De velden liggen verspreid over het land in vierkanten kleur als de lappendeken van een vrouw. De tuin ritselt van de groenten; de schuur is tot de rand gevuld, en er zijn plannen om een uitbreiding te bouwen zodra het dorsseizoen voorbij is. Het kinderhuis is vol. Er zijn bijeenkomsten (heel wat bijeenkomsten) geweest om het ideale aantal voor de eerste lichting te bepalen. Uiteindelijk werd er besloten voor zes, en toen werd Magere Rivka per ongeluk zwanger; en wat gaf dat een *broiges*. Maar laat was beter dan vroeg, zoals met Hannah was gebeurd. En nu zaten er zeven in het eerste peuterklasje.

Van waar David stond, kon hij Rivka zich over de kraan zien buigen naast het douchehok, en ermee knutselen. Ze was altijd op zoek naar iets wat moest worden gerepareerd. Maar voorlopig was de commune in Davids ogen een volmaakt geoliede machine die precies zo functioneerde als de bedoeling was. De chaloetsiem stonden in een keurige rij, verplaatsten zich netjes samen en zwaaiden met hun seis. En voor degenen die niet sterk genoeg waren voor een seis, waren er sikkels. Voor de vrouwen.

De man op de grond gooide de schoven omhoog zodat de man op de kar ze kon opvangen. De karren trokken op naar de dorsmachine, gladjes over het veld zeilend om af te meren als schepen in een haven. Waarna de lange, zware graanschoven werden uitgeladen. David keek toe terwijl Jitschak zijn kar in overeenstemming met de windrichting manoeuvreerde, zodat de natuur een handje kon helpen bij het optillen van de schoven naar de bovenkant van de mijt. De schoven van Jitschak waren volmaakt geordend. Het bezorgde David altijd een merkwaardig tevreden gevoel om de ontvangende partij te zijn van dat soort scrupuleuze arbeid en er zijn eigen krul aan toe te voegen door elk touw door te snijden, als het scheiden van moeder en kind, om vervolgens elke bundel aan de mond van de dorser over te geven. De cilinder nam het graan op en zoog het naar beneden.

Wat er in de machine gebeurde, was net zoiets als wat zich in een vrouw voltrok. Het lichaam bood zich vrijwillig aan, er klonk het gekletter van stalen stangen, een reusachtig trillen. Binnenin kwam de *sjibolet* los, en dan het graan, en dan het kaf van het zaad. Wat er overbleef was slechts de gouden korrel zelf, als de essentie van een man die een ander mens kan maken.

De tarwe stroomde naar buiten door vier verschillende trechters in vier verschillende zakken, elk van beter kwaliteit dan de vorige.

Het was de pure korrel, de volmaakte kern, waar David naar streefde.

Naderhand werd de zakken een voor een dichtgebonden en weggesjouwd om Erets Jisraël te voeden.

'Wisselen,' riep iemand van onder de dorsvloer, waar uit donkere openingen de stro en het kaf werden geloosd. David kon zich de chaloets voorstellen, met zijn stofbril op tegen de stroom stro. Een man kon er levend in worden begraven; het was een wedren om hem weg te duwen voordat je er helemaal onder was verdwenen. Iemand moest midden in de stroom staan en de stro in hoge stapels slingeren. Die stapels werden de mijten waar de chaloetsiem later naartoe gingen om de liefde te bedrijven.

Wat het mooiste resultaat was waar een mens op kon hopen;

de idealisten moesten toch op sommige punten gelijk hebben?

David keek naar het oosten waar de hooipakmachine ook al volmaakt functioneerde. Daniel stopte er stro in; Jonatan bracht de draden aan en stapelde de kant en klare balen op. De riemen sloegen in de maat, als lijven die tijdens de seks tegen elkaar slaan.

En inderdaad had het hele proces wel iets van het in vorm dwingen van eros. Het zware werk, de climax, gevolgd door de wedergeboorte van de wereld.

Hannah zou dit romantische dikdoenerij hebben genoemd. Maar hoe kon ze de waarheid ervan ontkennen?

Wat hadden ze in het begin een *choetspa* gehad om te denken dat het tot nieuw leven brengen van een thuisland iets was wat zij konden verrichten. Met een merkwaardig gevoel van heimwee dacht David terug aan de strijd in het begin met de bedoeienen, met hun graatmagere geiten die alles op schrokten wat maar even groeide. De aanplant had een plantenziekte opgelopen, en de graankorrels waren zo hard en donker als knikkers. En toen het graan goed was, kwamen de sprinkhanen in een zwarte wolk die de hele hemel bedekte, met klikkende bekken; ze hadden elke vierkante centimeter van de aanplant verslonden. Maar na jaren vol gebroken motoren en kadachat en baby's die stierven van de dysenterie, schorpioenenbeten en honger, en velden die geel werden van de droogte, was de hele vertoning nu op gang gekomen. De karren kwamen de een na de ander aangereden uit het dal, de bek van de machine ging open voor de tarweschoven en de gouden stromen graankorrels kwamen eruit gestroomd, alsof er kranen waren opengezet.

Hij draaide zich af van het hele tafereel.

Waar hij heen ging, zou geen goud zijn.

Op de nieuwe plek zouden ze het weer helemaal van de grond af aan moeten opkweken. Zoals Hannah hem voortdurend hielp herinneren.

Waarom hadden ze al die jaren dan gewerkt? Had ze gevraagd. Om hun boeltje te pakken en te vertrekken?

Maar David kon de beschuldigende blik in Jitschaks ogen niet verdragen. De schaduw van het ongeluk hing over alles wat hij daar deed. Op de nieuwe plek zou niemand het weten.

Hij klom van de dorsmachine omlaag. Hij zou nog een laatste maal de kibboets rond lopen. In de voorraadkamer stonden de potten met spijkers keurig naar afmeting gerangschikt, en elk stuk gereedschap hing op zijn plaats tegen zijn eigen contouren die met krijt op de muur waren gekalkt. Dat was Meyers werk: zijn teken was nog steeds op alles te vinden.

Voor Hannahleh veroorzaakte dat alleen maar verdriet.

Verderop bij het schoolhuis zat Ruth te midden van een kring kinderen gehurkt in de tuin; haar lievelingsjuf Liora liet hun zien hoe je voorzichtig onkruid verwijderde door het onderaan bij de wortel door te knijpen. De kinderen keken naar Liora alsof ze hun moeder was; hun krullenkopjes (ze hadden stuk voor stuk krullen, viel David op) bogen zich naar haar toe.

Liora voelde Davids blik en tilde haar gezicht op. Het licht waarnaar ze was vernoemd zat als linten door haar haren geweven. Ze bleven elkaar even aankijken; David keek weg.

Hij bedacht dat hij tegen Ruth moest zeggen dat ze nog maar een paar minuten had, dat ze afscheid moest nemen van haar speelkameraadjes, die ze als broers en zusjes beschouwde. Maar hij wist wat voor gedoe dat zou geven, dat ze zou protesteren dat ze niet weg wilde, niet begreep waarom ze weg moesten, en David wilde dat niet te verduren krijgen, al helemaal niet met Liora erbij. Hij zou het aan Hannah overlaten. Hij zou zijn energie beter gebruiken door naar de schuur te gaan en te helpen de karren te laden.

Onderweg passeerde hij het eucalyptusbosje op de oever bij Kinneret. Hij raakte de bomen aan die hij zelf bijna een decennium geleden had geplant op de modderige oevers. Wat had hij zich er een zorgen om gemaakt, op zijn hurken met de gieter bij de jonge boompjes, in de dagen voordat ze een fatsoenlijk irrigatiestelsel hadden. Nu waren ze breed en hoog; de lange, smalle vingers van hun bladeren wezen naar beneden alsof ze je hoofd wilden strelen om je te troosten.

Hij fluisterde hun ten afscheid toe en sloeg toen af over het spoor dat over de helling van de oever was ingesleten. Naast de eetzaal zag hij Rivka. Met haar lag het anders dan met Liora. Rivka en hij lieten ternauwernood blijken dat ze elkaar kenden. Zo was het altijd geweest, dat elke band tussen hen werd afgedekt door een daad van wederzijdse ontkenning. En als beiden het ontkenden, kon iemand dan bewijzen dat de daad zelf had plaatsgevonden?

Rivka was de vrouw van Jitschak. Ze had een zoon, Gabriël, met net zo'n bos zwarte krullen als David.

Af en toe wilde David op de jongen afstappen en het hem vertellen. Maar natuurlijk hadden Rivka en hij een afspraak.

Rivka's nieuwe zwangerschap begon zich af te tekenen.

Ze tilde haar hoofd naar hem op. Haar glimlach was teder. En al spraken ze vrijwel nooit, nu zei ze toch een enkel woord: '*Matok.*'

Zoeteke.

Op dat moment steeg een gevoel in hem op van zo'n diep verdriet en wroeging dat hij bijna een kreet slaakte, zoals een man dat doet in de laatste ogenblikken van het liefdesspel. Hij drukte zijn kin tegen zijn borstkas om zichzelf onder controle te krijgen.

'Sjalom,' zei hij, waarmee hij haar de algemene term aanbood voor vrede, hallo, vaarwel, maar tegen de tijd dat hij erin slaagde zijn hoofd op te tillen, had zij haar blik alweer afgewend.

Terwijl David aan het rondlopen was, had Jitschak kennelijk de kar geparkeerd en zich ontdaan van de viezigheid van een dag werken voordat hij naar de schuur kwam. David trof hem al zingend tegen een van de paarden aan, terwijl hij zalf in haar wond wreef. Het tuig had een vurig rode schaafwond op haar achterbeen geschuurd.

Hij keek op. 'Helemaal klaar?' vroeg hij.

David knikte.

'Malka heeft een lunchpakket voor jullie gemaakt,' zei Jitschak met een gebaar naar een mand die was afgedekt met een geruite doek die onder de zitting was weggestopt.

'Het zeildoek zit in het canvas gerold,' zei Jitschak. Met krakende gewrichten kwam hij overeind. 'Het is niet genoeg, maar in Jaffa kunnen jullie meer krijgen.'

David knikte alsof Jitschak degene was die de touwtjes in handen had; terwijl hijzelf de details had georganiseerd van zijn en Hannahs vertrek. Hun verbanning. Ze zouden onderweg halthouden en de twee groepen van de Arbeidsbrigade verzamelen, en in Jaffa bij Moeder Lobinski nog wat loslopers ophalen. Vijfenzeventig in totaal. Hij zou zich aansluiten bij de uitgelaten jonge chaloetsiem alsof hij een van hen was. Alsof Kinneret en het ongeluk nooit hadden plaatsgevonden.

Het was natuurlijk niet zijn bedoeling geweest. Maar dat kon je een Arabier niet wijsmaken.

En natuurlijk beschouwden de Arabieren het niet als een ongeluk.

De lap witte stof was door Jitschak opgemerkt, vastgezet onder een steen als een in de val zittende vogel, met een losse flap stof die klapperde als een vleugel. Het was maar goed dat Jitschak degene was geweest die het had gezien: een andere chaveer zou het misschien helemaal over het hoofd hebben gezien. Maar Jitschak wist het, omdat hij het als zijn opdracht had gezien om alles te weten te komen wat hij maar kon over de Arabische dialecten en gebruiken. De witte lap stof was hun teken. Ze hadden een bloedvete uitgeroepen. Om wat David had gedaan zou er een Jood worden gedood.

De kibboets had Jitschak naar de Arabieren gestuurd als vredesgezant. Op de een of andere manier slaagde hij erin ze van de bloedvete af te brengen. Hij was aan al hun eisen tegemoetgekomen: een deel van het tarwe en een deel van de gerst. Toegang tot het water langs het betere ezelpad. Het recht om hun karren te keren op de Hebreeuwse velden. Medicijnen uit Tiberias voor de ogen van de Arabische kinderen. Maar dat was niet genoeg geweest. Jitschak was onder druk gezet om de Arabieren te beloven dat David zou vertrekken. Ze zouden zijn gezicht niet meer zien. Niet in deze omgeving.

Daarmee was het geregeld, had Jitschak gezegd. Je kon hen op hun woord vertrouwen.

Maar David was niet overtuigd. Hij dacht dat er nog steeds, naast een stenig pad, op een afgelegen heuveltop... Hij zou op zijn hoede moeten blijven. Voorgoed.

Hij was treurig om het vertrek. Hij had berouw. Maar hij kon ook niet ontkennen dat hij opgetogen was om wat er voor hem lag. Het was alsof hij in staat was zijn leven terug te draaien en opnieuw bij zijn jeugd te beginnen. Het hele avontuur van aankomen in Erets Jisraël, met een duidelijk doel voor ogen en het gevoel een Uitverkorene te zijn. Diezelfde uitverkorenheid die hij uit alle macht probeerde te ontkennen. Maar het was er wel, altijd, achter elke daad, dat gevoel dat hij Gods wil uitvoerde.

Hij dacht terug aan toen hij hier was aangekomen, vervuld van hoop, vervuld van belofte. En nu lag vrijwel op dezelfde manier de nieuwe plek in het verschiet. Leeg. In afwachting van hem om zijn merkteken erop achter te laten. Hij dacht aan het visioen van Ezechiël over het dal met de uitgedroogde botten, en aan het dal dat ze vandaag weer zouden opeisen. God had beloofd dat Israël zou mogen terugkeren naar haar thuisland onder de heerschappij van David...

Hij dacht, wist zeker dat het ergste nu achter de rug was. Terwijl het tegenovergestelde natuurlijk waar was.

David hoorde van verderop uit het kinderhuis schril huilen. Hannah was vast aan het proberen Ruth bij de andere kinderen vandaan te peuteren. Uiteindelijk verscheen ze met Ruth in haar armen. Ze had haar vast ergens mee omgekocht, want het gruwelijke lawaai was opgehouden. Hannah installeerde Ruth met haar pop op de kar, en al biggelden de tranen haar over de wangen, er ontsnapte geen geluid aan haar mond.

'Je krijgt het straks geweldig naar je zin, *boebala*,' zei Jitschak, terwijl hij door Ruths haar krieuwelde. Ze keek hem aan met een blik waaruit zo duidelijk sprak dat ze zich verraden voelde, dat David zijn hoofd afwendde.

Hij wist dat Hannah ook niet weg wilde. Ze was bang voor wat er zou gebeuren als ze haar vader alleen liet. Ze had aan het doodsbed van haar moeder beloofd dat ze bij hem zou blijven en voor hem zou zorgen. Dat was een obsessie voor haar geworden. Maar zelfs Hannah kon niet anders dan inzien dat ze niet konden blijven. Niet na wat er was gebeurd.

David zou de kleine Sakina niet zijn leven laten verwoesten.

En toch was het een schok voor hem hoe makkelijk het was om te vertrekken. Hij had verwacht dat ze zouden worden uitgezwaaid, maar uiteindelijk was het dorsen een reusachtige machine die niet te stoppen was. Als er maar een radertje tot stilstand kwam, betekende dat dat het hele proces tot stilstand kwam. Dus waren het alleen Gaby en Lenka die uit de keuken kwamen en hun schilferige rode handen aan hun schort afveegden, en Jitschak met een beschuldigende blik in zijn ogen.

Hannah klom op de bok en ging naast David zitten, met haar kaken strak en haar handen stijf ineengeslagen op haar schoot.

'De tractor maakt een raar geluid.' David tilde zijn kin op naar het veld, en Jitschak knikte maar draaide zich niet om om te kijken. Dat zou hij straks wel regelen.

'Sjalom,' zei Jitschak. Hij stond met zijn hand tegen de rug van Magere Rivka; Rivka hield Hannahs blik vast en keek niet naar David zelf.

Verder kwam niemand hen uitzwaaien; het leek wel of ze heimelijk vertrokken. De chaloetsiem waren op de velden en hielden het grote wiel draaiend. David pakte de leidsels. Hij tilde een hand op; Jitschak tilde in antwoord een hand op. Zoveel dat onuitgesproken bleef in dat ene gebaar.

David wendde de paarden en ze galoppeerden het veld af.

## HOOFDSTUK 11

Het kostte David en Hannah meer tijd dan verwacht om de chaloetsiem bij elkaar te krijgen. Iemand van de tweede Arbeidsbrigade kwam laat naar hun verzamelpunt in Petah Tikva en een jonge vrouw met een bril leek te zijn verdwaald in het pension van Moeder Lobinski in Jaffa; pas op het allerlaatste moment dook ze op, met haren die uit haar vlecht loskwamen en alle kanten op stonden. Maar uiteindelijk gingen ze op pad, en het kwam David voor als een klein wonder dat de wanordelijke rij pioniers de Emek bereikte terwijl de zon nog hoog aan de hemel stond. En toen voltrok zich een kleine ramp: de Arabieren verschenen vrijwel onmiddellijk daarna. Hij had gehoopt een dag of twee te hebben om zijn autoriteit bij de nieuwe groep op te bouwen. Het was een lastig klusje, leider zijn in een beweging die om gelijkheid draaide, en hij zou op een subtiele manier het vertrouwen van de jonge chaloetsiem moeten zien te winnen. Hij had wat tijd nodig. Maar terwijl de samengeraapte groep zijn weg zocht door het dal, kwamen de Arabieren van het naburige dorp uit hun lemen huizen om te kijken. David kreeg onmiddellijk de leider in het oog, een oude man wiens gezicht in een oeroud gevecht mismaakt was geraakt. De zwart-witte keffiyeh deed David altijd denken aan een schaakbord. Wist de oude man wat David had gedaan? Natuurlijk. Geruchten verspreidden zich als een lopend vuur tussen Arabische dorpen, via marktkramen en bedoeïenententen. Hij voelde de moektar veelbetekenend naar hem kijken, alsof ze een gruwelijk geheim deelden.

'De Hebreeuwse stam is hier om zich in dit dal te vestigen,' zei David met een gebaar naar de lange rij chaloetsiem die zich als een slangenstaart achter hem uitstrekte. En daarna schakelde hij over op Arabisch; hij wilde dat dit begrepen werd.

'Ik ben de moektar,' zei David, en raakte zijn neus aan.

Zijn Arabisch kon ermee door; wat hij had opgestoken was afkomstig van de keren dat hij had toegekeken als Jitschak met de Arabieren onderhandelde. Jitschak was de hoofdonderhandelaar geweest bij het aankopen van land in de Emek; zodra het land eenmaal was gekocht, bepaalde Jitschak precies waar de nieuwe nederzettingen zouden worden opgezet. Hij was een universele boer; hij kocht koeien en paarden in Damascus, muilezels van Cyprus, schapen in Turkije. Deze oude Arabier kende Jitschak vast, en heel even overwoog David de naam van zijn vriend in te zetten als zalf op de langzaam opbouwende spanning. Maar hij gaf de voorkeur aan respect boven vrede; hij wilde zijn autoriteit doen gelden.

'David. Moektar,' herhaalde hij, om zeker te weten dat hij werd begrepen.

'*Ya sayyid* David,' zei de Arabier. Ach, heer David.

Maar de begroeting had iets onoprechts. Niet dat hij de Arabier kon beschuldigen van gebrek aan respect, maar het was wel duidelijk dat deze oude man niet blij was om hem daar te zien.

'We gaan gauw verder,' zei David. 'De zon staat al hoog.'

De Arabier volgde Davids blik naar de hemel. Hij maakte een geluidje achter in zijn keel en David keek met toegeknepen ogen naar hem. Er stond een glimlach op het gezicht van de Arabier, die stevig op zijn plek bevroren zat. 'Er hebben zich al mensen in dit dal gevestigd,' zei hij.

Hij zei het in krom Hebreeuws. Hij wilde ook begrepen worden.

David voelde Hannah achter zich op de kar verstijven. Hij draaide zich niet om om te kijken, maar wist dat ze Ruth dichter tegen zich aantrok, in de bescherming van haar arm. Waar ze hadden gezeten, in Kinneret, was het dan misschien niet veiliger, maar het was wel bekend. Terwijl deze situatie niet vertrouwd was.

David verplaatste zijn gewicht. Ergens achter hem in de rij begon een chaloetsa te hoesten. Hij weerstond de aanvechting om om te kijken, en bleef in plaats daarvan recht vooruit kijken en de blik van de moektar vasthouden. Maar het gehoest werd steeds heftiger tot het klonk alsof ze op het punt stond te stikken, en uiteindelijk voelde hij zich gedwongen een blik over zijn schouder te werpen. Het was het lelijke meisje met de vlechten dat te laat was verschenen op de verzamelplek bij Moeder Lobinski. Ze stond dubbelgeklapt een afgrijselijk geluid te maken. Hij wou dat ze ophield; hoe kon hij op deze manier onderhandelen? Het gekuch werd nog erger en even maakte hij zich zorgen dat ze buiten westen zou raken. Nou ja, in elk geval zou ze dan stil zijn. Maar ze hoestte blijkbaar uit wat er in haar keel had vastgezeten en kwam overeind, waarna David zich afwendde. Wat had hij zo-even ook alweer tegen de moektar gezegd?

'Daar lijkt het anders niet op,' zei hij in het Arabisch. Hij liet zijn blik over het drassige, onbewerkte land gaan. Daar draaide het allemaal om: Er waren hier inderdaad mensen. Maar het land zelf was verwilderd. Het Erets Jisraël dat hij zich voorstelde was een volslagen ander land.

Bovendien had zijn volk hier tweeduizend jaar geleden gewoond. De Romeinen hadden hen verslagen; hun laatste stelling was Massada geweest. Sindsdien waren de Joden van vrijwel elke andere plek ter aarde verjaagd. Ze hadden door de woestijn gedwaald, vol verlangen naar hun thuisland, met een hunkering die in hun botten en hart zat verankerd als even zovele pijnlijke splinters. Ze waren verdreven, verdeeld geraakt, uitgestrooid als zaden door de wind. Sommigen hadden wortels gekregen in andere landen; aan de meesten waren beloften gedaan die nooit werden ingelost, en werden vervolgd en in de val gelokt waar ze maar kwamen. En nu kwamen ze dan eindelijk weer thuis om tot bloei te komen.

David keek op. De oude Arabier stond hem op te nemen.

'Er hebben zich hier al mensen gevestigd,' zei de man nogmaals, alsof David het de eerste keer niet had gehoord.

'Jullie bloemen zijn mooi,' zei David grootmoedig met een gebaar naar het stoffige dorp achter de Arabier, naar een paar verwilderde begonia's die in plantenbakken voor de ramen waren geplant.

De moektar bleef staren. Zijn keffiyeh deed denken aan een rode lap in de stierenvechtersarena.

'Ik zie je,' zei hij ten slotte.

Misschien was het een slechte vertaling die er in gebroken Hebreeuws uit kwam, maar David had het gevoel dat de oude man precies zei wat hij bedoelde: mijn ogen hebben je waargenomen. Ik heb je met mijn gezichtsvermogen in me opgenomen.

En de onuitgesproken consequentie: dit zal ik niet vergeten.

Hij had zich verplaatst tot voor Davids paard. Zijn teennagels waren lang en vergeeld, en krulden rond zijn tenen.

'Wilt u ons alstublieft excuseren?' zei David. Hij maakt een gebaar naar de chaloetsiem achter zich, wier ongeduld een woest dier was dat achter zijn rug stond te trappelen.

'Jullie zijn geëxcuseerd,' zei de Arabier.

Maar de manier waarop hij het zei, impliceerde dat hij een excuus aanvaardde, dat hij degene was die David vergiffenis had geschonken. Het kwam opnieuw in David op dat deze Arabier wist wat hij had gedaan. Hij kon aan het gezicht van de man aflezen dat hij vond dat David er te makkelijk van af was gekomen; de oude erecode was oog om oog, tand om tand.

Ineens herinnerde hij zich ook, als een windvlaag die door het dal trekt, dat Jitschak hem over deze oude Arabier had verteld, hem zelfs had gewaarschuwd. De man met het litteken. Een felle, licht ontvlambare ziel. Het zou hem duidelijk moeten worden gemaakt wie hier de baas was.

'Ik vraag of u opzij wilt gaan.'

'En toch gebruik je niet mijn naam.'

'Wat is die?'

'Dat is Moektar.'

Jitschak had hem aangeraden om toe te geven aan de Arabieren als er niets op het spel stond, om zich te sparen voor die momenten dat toegeven uitgesloten was.

'Moektar,' zei David hem inschikkelijk na, al deed het hem pijn.

Terwijl hij het woord uitsprak, kwam er een Arabische vrouw naar de moektar toe en zei: *'Jallah, Habib.'*

David grijnsde. Hij kon het niet laten.

De Arabier met het litteken was Habib. David had de eerste ronde gewonnen.

De Arabieren vertrokken met wapperende keffiyehs, hun benige schouderbladen zichtbaar onder de stof. Achter hem hadden de chaloetsiem het opgegeven en hun schoenen uitgetrokken; ze lagen lui op de modderige aarde. David zou net doen of het zijn idee was om halt te houden. Hij zou de gelegenheid te baat nemen om hen toe te spreken.

Er lag een berg canvas achter op de kar die hij beklom alsof het een podium was. Hij stelde zich Theodor Herzl voor zoals hij tijdens het eerste Zionistische Congres in Zwitserland in 1897 het podium had beklommen. David was nog maar een jongen geweest, maar het nieuws over de gebeurtenis in dat verre oord had zelfs hem in Bessarabië bereikt. Hij kon zich herinneren dat zijn ouders het in een koortsig gefluister rond de eettafel hadden besproken.

En hier stond hij, roerloos, met zijn handen losjes langs zijn zijden. De zon was log en zwaar. Hij verlamde je en maakte het moeilijk om te bewegen. David wachtte tot de hele groep stil was. Toen ze hem allemaal aankeken, tilde hij zijn handpalmen naar de hemel op. 'Vandaag is het *Jom ha aliya ha karka*. De dag van de opgang naar het land.'

De chaloetsiem bogen naar voren om zijn woorden in te drinken. Hij wist dat een deel van hen bij deze brigade waren ingedeeld zonder de ware omvang te begrijpen van wat ze aan het doen waren. Het was aan hem om het hun uit te leggen en hen te doordringen van een gevoel van ontzag voor hun monumentale gezamenlijke taak.

'Ik geloof niet dat we Gods uitverkoren volk zijn,' begon hij. Hij pauzeerde even om de godslastering te laten doordringen. Hij raakte een van zijn achterste kiezen aan met zijn tong.

'Maar ik geloof wel dat we hierheen geroepen zijn. Het is aan ons om de droom van een zionistisch socialisme te laten uitkomen.'

Achter hem zat Ruth tegen haar pop te mopperen. Wat haatte hij die pop vanwege waar ze hem aan deed denken. David maakte een kleine flapperende beweging met zijn ene hand, zonder naar Hannah te kijken, en ze legde het kind het zwijgen op.

Hij liet zijn blik over de samenkomst glijden. Heel veel jongens met gezichten die nog maar nauwelijks voor de eerste keer waren geschoren. Zijn ogen speurden als zoeklichten, sloegen het lelijke meisje met de bril over en bleven uiteindelijk rusten op een vrouw achter in de groep. Zijn adem bleef hangen in zijn keel. De lange krullen. De sterke schouders. Ze was tegelijkertijd heel mooi en heel Joods. Als David een beeld had van de vrouwen die de kinderen ter wereld zouden brengen in het nieuwe land Israël, dan was dit het.

Terwijl hij de groep de passage voorlas uit Rechters, stelde hij zich voor dat hij haar een liefdesgedicht in het oor fluisterde.

> En hij liet het volk afdalen naar het water. Toen zei de Heere tegen Gideon: Iedereen die het water met zijn tong oplikt zoals een hond likt, die moet u apart zetten, en iedereen die zich op zijn knieën bukt om te drinken eveneens.

Dat woord. Likken. Met al zijn betekenissen. Hij keek naar het meisje met de lange, donkere krullen en voelde zich stijf worden.

> Het aantal van hen die met hun hand het water naar de mond brachten om het op te likken, was driehonderd man. (...) Toen zei de Heere tegen Gideon: Door de driehonderd man die gelikt hebben, zal Ik u verlossen...

De chaloetsiem zaten naar hem te kijken.

David keek verder omhoog, naar de rand van de open plek en zag het silhouet van een Arabier te paard. De gedaante was van achteren uitgelicht, maar David hoefde het litteken niet te zien om te weten wie het was.

Zijn hand ging naar zijn zak, waar hij het gewicht van het wapen beroerde.

Het kostte hen een paar dagen om het graven van beveiligingsgreppels op touw te zetten. David werkte zij aan zij met de nieuwe pioniers. Hij zette zijn tien jaar oudere lijf af tegen de hunne. Als ze pauzeerde en op hun schoppen leunden, vroeg hij de jongens wat ze van een nachtwachtsysteem dachten. Een jonge chaloets, Dov genaamd, bood aan om de eerste dienst te draaien.

David zei: 'Geweldig.'

Dov vroeg: 'Mag ik de revolver?'

David rechtte zijn rug en greep het handvat van de schop stevig vast. Hij probeerde een acceptabele reden te bedenken om het verzoek van de jongen te weigeren. Maar hij kon alleen aan de bloedvete denken, en aan het feit dat hij op zijn hoede moest zijn. Hij kon niet onverhoeds zonder een wapen worden betrapt in de buurt van de Arabieren.

Alsof ze zijn gedachten kon lezen, zei een meisje: 'De Arabieren hebben geen kwaad in de zin.'

'Maak je een grapje?' antwoordde iemand, zodat David het niet hoefde te doen.

'Je kunt het ze niet kwalijk nemen,' zei iemand anders. 'Als ik hun was zou ik ons ook haten.'

David draaide zijn lichaam naar Dov toe. 'Je hebt straks een fluitje om op te blazen,' zei hij.

Dov zei iets wat David niet kon verstaan.

'Ik verstond je niet,' zei hij uitdagend.

Dov sprak nu duidelijk articulerend. 'Ik zei dat ik ze wel met een fluitje zal doden.'

David zei niets en liet zijn zwijgen het woord voor zich doen, maar het zat hem behoorlijk dwars dat hij met jeugdige ego's moest omgaan. Hij was dat aanvankelijke ellebogenwerk bijna vergeten: dat hadden ze in Kinneret net zo goed doorgemaakt, toen de pioniers nog een groep moesten vormen. Het verschil was dat hij indertijd zelf een van degenen was geweest die zich aan ellebogenwerk had bezondigd.

Tandenknarsend koos David voor een andere aanpak.

'Heeft iemand ideeën over manieren om het kamp af te sluiten? Om onszelf te beschermen?'

Onmiddellijk moest hij zichzelf schrap zetten tegen de stortvloed van belachelijke suggesties.

'We kunnen onszelf in prikkeldraad rollen,' schreeuwde iemand.

'Maar we hebben niet genoeg voor iedereen.'

'Met zijn drieën tegelijk, dan.'

'*Blintses*,' zei een ander.

David kreeg een donkerharige jongen in de gaten die zwijgend stond na te denken. Hij had deze chaloets diverse keren opgemerkt, de afgelopen dagen; hij had een kalm soort vastbeslotenheid over zich, een toewijding aan hun zaak.

'Wat denk jij?' vroeg David.

De jongen glimlachte naar hem omhoog en David zag dat er een scherfje van een voortand af was.

'Het graven van greppels is het voor de hand liggende antwoord. Maar in zekere zin maakt dat ook een bangelijke indruk.'

'In welke zin?'

De jongen haalde zijn schouders op. 'In de voor de hand liggende zin.'

David knikte. 'Hoe heet je?'

'Levi.'

'Goed, Levi. Dus we moeten die greppels laten schieten?'

'Ik ben niet hierheen gekomen om het land van de Arabieren af te pakken, of om hen te verdrijven,' zei de jongen. 'Uiteindelijk zullen we in staat zijn om vreedzaam naast elkaar te leven.'

Vanbinnen moest David lachen, maar hij hield zijn gezicht in de plooi.

De jongen zweeg even voordat hij verder sprak: 'Maar voorlopig hebben we een soort afscheiding nodig. De theorie versus de praktijk. We zouden een krachtige boodschap overbrengen (geen dreigement, maar een teken van zelfvertrouwen) als we vrij en in de open lucht zouden bivakkeren. Maar in werkelijkheid kunnen we dat risico niet nemen.'

David maakte in gedachten een aantekening van deze jongen. Hij verplaatste zijn blik verder en zijn ogen vielen op een tweeling met een bloempotkapsel en bretels. Ze leken ongeveer vijf jaar oud. Hij verwachtte half en half dat ze schoenen met gespen zouden dragen. Hun lippen zaten onder de littekens van een of andere kinderziekte die ze kennelijk hadden gehad.

Een soort pokken, of mazelen. Even had hij medelijden met hen, maar hij erkende dat niet publiekelijk.

'Zou jij alsjeblieft het graven van de greppels willen coördineren?' vroeg hij in plaats daarvan aan de eerste, degene met het hogere voorhoofd en de grotere oren. De meest voor de hand liggende keuze zou Levi zijn geweest, maar hij wilde zijn gelijkmoedigheid tonen.

'Zeker,' zei de jongen, al zag hij eruit alsof hij ternauwernood oud genoeg was om het bouwen van een kasteel van houten blokken te coördineren. Zijn broer zei hem na: 'Zeker.'

Dus wat de een zei werd versterkt door de ander. David liet zich niet tot een misplaatst gevoel van veiligheid verleiden. Twee loze beloften waren niet beter dan geen belofte.

'Willen jullie ten oosten van de rivier graven?' zei David.

In werkelijkheid maakte het hem niet uit waar ze groeven. De greppels zouden maar tijdelijk zijn; binnen een maand zouden de Arabieren vertrekken. David had niet meer dan tien gebouwen geteld, waarvan er een paar van steen waren, en de meeste van stro en leem. De binnenplaatsen waren overwoekerd met doornstruiken. De hypothecaris had hun verzekerd dat de Arabieren makkelijk naar hun broers in Nabloes, hun zonen in Beiroet konden worden afgevoerd. Of waar dan ook heen.

Maar de volgende ochtend meldde Dov dat de Arabieren waren gekomen en tot diep in de nacht te paard op wacht hadden gestaan. Zijn stem klonk weerspannig toen hij dit zei, alsof hij in dit verlies had gewonnen.

## HOOFDSTUK 12

De tweeling bood zich aan om tafels te maken die op tijd klaar moesten zijn voor Rosj Hasjana. De chaloetsiem hadden tot dan toe de maaltijden op de kale grond gebruikt, en dat had wel een zekere stoere charme, maar de Duitsers zagen een klusje waarvan David wilde dat het werd gedaan en waren zo vriendelijk het op te pakken.

'Bij die tafels hebben we stoelen nodig,' zei Selig.

'In de tent met de motoronderdelen staan sinaasappelkistjes,' zei Samuel.

David had er nauwelijks moeite mee om hen uit elkaar te houden. Samuel was degene met de strakkere onderarmen. Hij had de grootste oren van de twee. Hij sprak uitstekend Hebreeuws, dat van Selig kon ermee door.

'We hebben een paar fatsoenlijke stoelen nodig,' zei David.

Hij had in feite al bij het Agentschap voor wat stoelen gepleit door te stellen dat de chaloetsiem eerder kadachat zouden oplopen als ze rechtstreeks op de modderige aarde zaten, al had hij een tweede, heimelijke drijfveer. In zijn hoofd was zich een spel aan het vormen, een spel dat ze met de stoelen konden spelen. Zijn neven en hij hadden het als kinderen gespeeld, terwijl zijn beminde *bobbe* met haar tong klakkend, lachend toekeek. Zij draaide aan de slinger van de muziekdoos; en als de muziek ophield, moest je een stoel vinden. Bij elke ronde werd er weer een stoel weggehaald, tot er nog maar een over was en er een winnaar kon worden uitgeroepen. Het spel heette 'reis naar Jeruzalem'.

En ze waren hierheen gereisd. Hier waren ze dan.

Soms gingen de haartjes op Davids arm overeind staan wanneer hij dacht aan de taak die ze aan het volbrengen waren, en aan alles wat zijn volk had moeten overwinnen om dit land van melk en honing te bereiken.

In het spel zouden de spelers een voor een worden uitgeschakeld tot er nog maar een man overeind stond.

David zou die man zijn.

De jongens stonden naar hem te kijken. Samuel en Selig. Levi was ook aan komen lopen.

'We kunnen die stenen mee terug nemen bij wijze van stoelen,' zei Levi. Ze waren net klaar met het vrijmaken van het veld, uren en nog eens uren dodelijk vermoeiende lichamelijke arbeid.

'Meen je dat nou?' zei David.

Maar hij zag dat Levi zijn lippen opeen perste en zich schrap zette voor de arbeid.

'Ik help wel,' zei Selig in haperend Hebreeuws.

Zijn broer bemoeide zich ermee. 'Ik help Levi wel. Rust jij maar uit.'

'Het gaat prima met me,' zei Selig op scherpe toon. Zijn ogen waren diep in hun kassen verzonken, en zijn blik had iets onwerelds, alsof hij voortdurend iets vanuit de put van het verleden aanschouwde.

'Weet je het zeker?'

Er hing tussen de tweeling iets waar David niet de vinger op kon leggen; wellicht een verlangen van Samuel om zijn broer te beschermen. Selig zakte door zijn knieën, alsof hij uitgeput was. Dat leek voor Samuel de doorslag te geven; hij kneep zijn broer in zijn arm en wierp een blik naar de berg stenen langs de rand en daarna naar Levi die grijnsde, waarbij zijn tand met het scherfje eraf glinsterde als een amulet.

David liet het verder aan hen over. Op weg over het veld

kwam hij een meisje tegen dat op een stuk zeildoek zat. Ze was omringd door wit materiaal dat deed denken aan de sleep van een ingewikkelde bruidsjurk. Ze hield een naald opgeheven in een dik handje, en een klos rood garen.

'Hallo,' zei David tegen haar. Hij zag haar krullende okselhaar dat onder haar blouse uitstak.

'Sjosjanna,' zei ze. Ze liet haar naald zakken en wilde hem wegstoppen onder de opbollende plooien.

'Ik ben aan het naaien,' zei ze haastig alsof ze haar werk moest rechtvaardigen tegenover David; alsof hij ernaar had gevraagd. Maar ze bereikte het gewenste resultaat door Davids aandacht op haar taak te vestigen, en hij kwam dichterbij.

'Ben je aan het borduren?' vroeg hij.

Haar wangen waren al rood van de hitte, maar ze bloosde nu nog erger. 'Gewoon iets kleins.'

Ze hield een mouw omhoog zodat hij het kon zien; de mouw was overdekt met een ingewikkeld patroon van rode rozen. De blaadjes bloesemden omlaag over de schouder; de ranken kronkelden rond de manchet. Sjosjanna keek tegelijkertijd tevreden, alsof ze iets had gedaan waarvoor ze geprezen zou worden, en beschaamd, alsof ze wist dat ze iets verkeerds had gedaan.

David was de tweede mening toegedaan.

'Is dat nodig?' vroeg hij, waarmee hij haar de ruimte liet om zelf tot de conclusie te komen dat dat niet zo was.

'Schoonheid is noodzakelijk,' zei ze.

Hij ging rechtop staan, verrast dat ze hem van repliek had gediend.

'Het is een secundaire noodzaak,' zei hij.

'Kinderen hebben schoonheid nodig om tot volwassenen op te groeien.'

Haar bolle wangen gloeiden roze, met een zweem transpiratie overdekt. Ze had vaag iets varkensachtigs over zich. De wipneus.

'Er zijn hier geen kinderen,' zei David.

Ze trok haar wenkbrauwen op.

'Afgezien van mijn dochter,' zei hij.

Van ergens aan de overkant van het veld klonk het geluid van een startende motor, die weer afsloeg en opnieuw startte.

'We moeten aan het werk,' zei hij gefrustreerd.

'Werk is zichtbaar gemaakte schoonheid,' zei Sjosjanna.

'Schoonheid is voor later,' zei hij, geïrriteerd dat hij op zijn strepen moest staan. 'Als het werk gedaan is en wij inspiratie nodig hebben.'

'Noodzaak is de moeder van alle uitvindingen,' zei Sjosjanna en hij begon bijna hardop te lachen. Dit was geen bijzonder slim meisje, alleen een meisje dat citaten kon onthouden. Hij moest eenvoudigweg leren om haar mee te krijgen.

Hij vroeg haar op te houden met borduren en vertrok zonder te kijken of ze gehoorzaamde. Hij zocht de plek op waar ooit misschien een kas kon komen en boog over zijn blad met zaailingen. Alle loten lagen keurig op soort. Hij droeg de zaailingen omzichtig naar de nieuwe waterkraan. Ernaast was Hannah in de openluchtkeuken het eten aan het bereiden, met haar armen tot haar ellebogen in een schaal met moes, en haar haren met een halsdoek van haar gezicht weggetrokken.

'Aubergine?' vroeg hij.

'Kip,' zei ze.

Het was een flauw grapje, volgens hem, maar Hannah vond het altijd grappig.

Lachend zei ze: 'Iets uit niets,' maar hij hoorde het scherpe randje terug kruipen in haar stem. Ze hield niet van koken, en dat wist David. In Kinneret had ze bij het vee gewerkt.

'Wat een geluk dat we ergens zijn waar we de vrijheid hebben om onze feestdag te vieren,' zei David.

Maar Hannah snauwde terug: 'Ga me niet de les lezen. Ik ben geen kind.'

Aan haar voeten zat Ruth bij de waterkraan spruiten uit te trekken die de chaveriem zorgvuldig hadden geplant om kruiden te kweken. Haar donkere krullen waren over haar werk gebogen.

'*Ahoeva*,' zei David. 'Schei daarmee uit.'

'Wat wil je dan dat ze doet?'

'Ze zou iets kunnen planten in plaats van iets uit te trekken,' zei David.

Hij wierp een blik op zijn geliefde zaailingen. Hij pakte het potlood dat achter zijn oor zat weggestoken en gebaarde ermee alsof het het stokje van een dirigent was.

Ruth hield het vieze bruine kussen omhoog dat ze haar pop noemde. In Davids ogen was het een opgesierd speldenkussen. Sakina had ook een kleine lemen pot gehad die je zogenaamd op het hoofd van de pop kon laten balanceren, maar Ruth had die bijna onmiddellijk gebroken. Nu hield ze de pop omhoog tegen de uitgerukte spruiten en duwde die tegen het gezicht op de plek waar een mond zou hebben gezeten en ze maakte kauwgeluiden.

'Ik ben vol,' zei de pop met een hoge piepstem.

Ruth maakte geluiden als van ontsnappend gas tussen haar opeengeperste lippen door.

In Kinneret zou ze nu worden beziggehouden door Liora met het uit haar hoofd leren van een gedicht van Bialek of het oefenen van een traditionele volksdans voor een optreden bij het sjabbatmaal.

'We moeten ervoor zorgen dat er cultuur is in deze nieuwe kibboets,' zei David. Hij sloeg zijn ogen op naar de hemel en stelde zich lezingen en kunsttentoonstellingen voor. Misschien ooit een orkest.

'Ze heeft gewoon een speelkameraadje nodig,' zei Hannah.

David liet zijn ogen afdalen naar de kleine, appelvormige borsten van zijn vrouw.

Wat snakte hij ernaar om zijn handpalmen rond twee handen vol melkachtige, wellustige overdaad te klampen. Een meisje kreeg vorm voor zijn geestesoog, gekleed in een dirndljurk en met blonde vlechten. Ze was een combinatie van iemand die koeien molk en iemand die zelf melk produceerde.

'Er zullen andere kinderen komen,' zei hij.

'Ze heeft een zusje of broertje nodig,' zei Hannah. En daarna: 'Ik wil nog een kind.'

David kneep zijn ogen toe. Hij had kunnen weten dat het gesprek daarop zou uitdraaien. Hij deed zo zijn best om vrouwen niet weg te zetten als biologisch gedetermineerde wezens; om ze te behandelen als gelijkgerechtigde en competente arbeiders. Hij had gewild dat Hannah hem beloonde voor die inspanningen, maar in plaats daarvan liet ze haar vrouwelijke driften het belang van de gemeenschap overschaduwen. Ze kon toch zeker zelf wel zien dat ze niet in de positie waren om nog een kind te nemen?

'Kijk om je heen, Hannahleh,' zei hij. 'We lijden honger. Wat zouden we aan moeten met nog een kind?'

'Honger lijden is wel een beetje sterk uitgedrukt,' zei ze.

Haar maag knorde hoorbaar; ze moesten allebei lachen.

Dat was ik die naar omlaag probeerde te reiken om een druppel luchthartigheid toe te voegen, in de hoop dat die zich als een druppel bloed in water tussen hen zou verspreiden. Zo was het vroeger altijd. In Kinneret. Voor Kinneret. Toen ze verliefd werden, als kinderen.

Ik probeerde berouw te hebben, om de voorwaarden te scheppen waarin er iets beters kon gebeuren. Iets verlossends dat wortelde in liefde. Maar hoe ik ook mijn best deed, ik kon nooit iets veranderen aan wat er komen ging. Hoe dan ook zou dat gruwelijke gebeuren.

'De chaloetsiem zullen kinderen krijgen,' zei David tegen Hannah.

'Het *zijn* kinderen.'

'Dat zal ze niet tegenhouden.'

'Wat dacht je dan van het bevolken van Erets Jisraël met kleine Joden?' vroeg ze, maar David was moe en gefrustreerd. Hij wreef met zijn vuisten in zijn ogen. Het verlangen om een eind te maken aan het gesprek en weg te lopen overviel hem als koorts; hij boog zijn hoofd naar Hannah en fluisterde: 'Ik kom terug.'

Hij probeerde de indruk te wekken dat ze het gesprek later zouden hervatten, of dat er in plaats van het gesprek een ander soort lichamelijker intimiteit zou zijn. Misschien het soort intimiteit dat tot meer kinderen zou leiden. Maar zijn kwaadheid klonk in zijn stem door en zijn woorden kwamen eruit als een dreigement.

Dat hoorde zijn vrouw: ze zette een stap achteruit en legde een hand beschermend op de donkere krullen van haar dochter.

'Kom hier, Rutheke,' zei ze.

Ruth had haar voorstelling opgegeven en was haar pop in bed aan het stoppen onder een deken van gras dat ze uit de nieuw aangeplante wei had getrokken. Daarna kwam ze naar haar moeder en klampte zich wanhopig aan haar vast als aan een vlot. Het kind kwam nooit op die manier naar hem toe.

David draaide hen beiden de rug toe en hij liep weg in de richting van de tenten, met een doelbewuste tred die impliceerde dat hij iets dringends te doen had.

Als er dan een vrouw eenzaam en mooi in het namiddaglicht naast haar tent stond, was dat niet zijn schuld. Het was niet zijn schuld dat haar borsten vol waren en dat uit haar donkere krullen en de schaduw tussen haar borsten die ternauwernood zichtbaar was onder haar rechte jurk, het visioen opdoemde van het melkmeisje dat hij net had bedacht. Het was niet zijn schuld dat zijn lichaam reageerde, dat elk lichaamsdeel in de houding sprong.

Het was de chaloetsa die hem op de eerste dag was opgevallen; de Jodin die in haar eentje genoeg kinderen kon maken voor heel Erets Jisraël. De vrouw die Sarah heette. Had hij gedacht dat hij aan haar zou ontsnappen?

'Ik heb hulp nodig bij het openritsen van mijn jurk,' zei ze.

Hij knipperde en knipperde nog eens. Hij liet een vinger langs de nijnagel aan zijn duim gaan.

Ze draaide zich van hem af en tilde haar donkere krullen op, zodat er een rits zichtbaar werd die was vastgelopen in de stof.

Hoe kwam ze erbij om een jurk met een rits te dragen? Een jurk met karmozijnrode mouwen en een rok die zo te zien van zijde was gemaakt.

'Hij is van mijn moeder geweest,' zei ze, en ze wierp hem een verontschuldigende blik toe over haar schouder.

En toen: 'Hij bestaat eigenlijk uit twee delen. Een rok en een blouse.'

Dat wuifde hij weg alsof het een vlieg was.

Ze liet niet blijken dat ze wist dat ze hem had moeten overdragen. 'Ik heb alleen nog bijpassende rode muiltjes nodig,' zei ze lachend, met een gebaar naar haar zware werkschoenen. Maar David liet zijn gedachten niet gaan over haar jurk, want onder haar jurk was haar rug.

Vroeg ze hem om die aan te raken?

'Dus ik moet gewoon...'

'Hij is vastgelopen,' zei het meisje.

'Ik ben David.'

Ze lachte. 'Dat weet ik.'

Ze had een kuiltje. Het was bijna te veel.

'Ik ben Sarah,' zei ze.

Hij knikte. Er stond hier elk ogenblik heel veel op het spel; uit Kinneret wist hij hoe snel dingen verkeerd konden gaan en hoe lastig het was om het schip van de sociale conventies weer overeind te krijgen, als het eenmaal was omgeslagen.

Hij liet zijn ogen zakken van het mooie gezicht naar haar schoenen die net als die van iedereen onder de modder zaten.

'Werken maakt ons ieder voor zich sterker,' zei hij. 'En op die manier zullen we als groep oneindig sterk worden.'

Maar Sarahs ogen lachten, waaruit hij afleidde dat ze heel goed wist waar hij mee bezig was, om de seksuele spanning te verjagen. Het was geen toeval dat ze hem had uitverkoren om haar van haar kleren te ontdoen.

'Mijn lichaam is het jouwe,' zei ze, en hij kromp ineen van haar directheid.

'Elk lichaam behoort toe aan het collectief?' stamelde hij, om het zeker te weten, om duidelijk te krijgen wat ze bedoelde.

Ze knikte met een geamuseerde blik in de ogen.

'Uiteindelijk zullen de Arabieren het ook zo zien,' zei hij. 'Als wij het goede voorbeeld geven, zullen ze zich uiteindelijk bevrijden van de middeleeuwse klauwen van de effendi en…'

Nu was Sarah openlijk aan het lachen. Ze doorzag zijn onvermogen om zich over te geven aan de situatie, de manier waarop hij met behulp van getheoretiseer een schild wilde optrekken tegen onhandelbare menselijke begeerte, het soort begeerte dat het collectief probeerde te normaliseren.

'Monogamie is niet natuurlijk,' zei hij met een hoge stem die hij wel herkende, maar die beslist niet van hem was. 'Het is een vorm van burgerlijk bezit.'

Hij klonk als een plaat waarvan de naald tussen de sporen heen en weer springt, als een bezetene op zoek naar een plek om op te landen om daarmee te verjagen wat zich hier voltrok. En ook de rits wilde niet loskomen. De tandjes begroeven zich in de stof zoals hij zijn eigen tanden in Sarahs vlees wilde begraven. Hij rook haar zweet, de hitte van de velden, vermengd met een zurig luchtje waarvan hij zich voorstelde dat het van het driehoekje in haar kruis kwam. Daar wilde hij zijn gezicht in begraven.

Toen de rits loskwam, was er even een hikje van droefheid in zijn binnenste, gevolgd door een scherpe pijnscheut van verlangen, toen de rits haar melkbleke rug blootlegde.

Ze draaide zich naar hem om; heel even dacht hij dat ze hem ging kussen. Maar ze lachte alleen en zei: 'Dat had ik in mijn eentje nooit voor elkaar gekregen.'

Alsof hij zomaar een man was die haar had geholpen met een vastzittende rits. Alsof ze niet hem speciaal had gewild.

## HOOFDSTUK 13

De middag van Erev Rosj Hasjana kwamen twee paarden de binnenplaats op gegaloppeerd. Ze trokken een kar; op de kar zat Jitschak met zijn handen rond de teugels geklemd. Hij kwam Hannah ophalen. Haar vader, de oude Avraham, was overleden.

Hannah bleef merkwaardig rustig bij dit nieuws, bedacht David. Maar toen hij beter keek, zag hij dat haar reactie eerder een soort verstijving van ontzetting was. Ze stond naast het paard van Jitschak, dat Hannah herkende en opgewekt begon te hinniken, met haar hand begraven in zijn manen en haar ogen wijd open.

'Ik had eerder moeten gaan,' fluisterde ze, waarbij haar lippen vrijwel niet bewogen. 'Ik had Rutheke moeten meenemen.'

Maar toen David vroeg of ze Ruth nu meenam, liet ze hem furieus fluisterend weten dat ze niet in staat was met ook maar een complicatie extra om te gaan. Ze wilde het lichaam van haar vader in haar eentje zien. En dus pakte ze een kleine tas in en beklom de kar. David knikte naar Jitschak alsof ze een zakelijke overeenkomst hadden afgerond, en Jitschak knikte terug.

'Hoe lang blijf je weg?' vroeg David zijn vrouw, die in snikken was uitgebarsten zodra ze de veiligheid van Jitschak had bereikt. Ze negeerde hem en toen was de kar van de binnenplaats verdwenen.

Ruth begon ook te snikken toen hij het haar vertelde. Haar *sabba* was zonder haar van eenzaamheid gestorven, huilde ze. Ze had geweten dat hij zou sterven, en niemand had naar haar geluisterd. Ruth begon nog erger te snikken toen ze hoorde dat haar moeder was vertrokken en zij hier bij de volwassenen moest blijven. Bij haar vader. Waarom kon ze niet mee terug om haar dierbare Liora op te zoeken en haar grootvader nog een laatste maal ten afscheid te kussen? Heimelijk was David het daarmee eens; het had het meest voor de hand gelegen. Maar Hannah was al vertrokken.

Het meisje zat de hele Rosj Hasjana-maaltijd naast hem. Ze at niets, en toen zag hij dat hij haar eten voor haar moest snijden, eten dat niet zo lekker smaakte, moest David toegeven, omdat Hannah haar post in de keuken had verlaten. Hij ging aan het hoofd van de tafel staan en sprak de groep toe, en Ruth weigerde zijn hand los te laten. Hij droeg gebeden voor die hij uit zijn hoofd kende maar niet geloofde of zelfs maar echt hoorde. Na afloop bleven Ruth en hij helpen opruimen. Hij hoorde niet bij de keukenploeg, maar wilde het goede voorbeeld geven. Hij schraapte de tinnen borden af die al waren schoongelikt door de hongerige chaloetsiem, en doopte het bestek in de bak met zeepachtig bleekwater. Een van de zwerfkatten had er pas geleden van gedronken en was eraan gestorven, met zijn lijfje de volgende ochtend stijf en vol maden. Hij overwoog even de stenen die ze als stoelen hadden gebruikt naar het veld terug te rollen. Maar dat zou een verspilling zijn van zijn energie, en de stenen konden nog steeds als stoel worden gebruikt tot het Agentschap meer stoelen stuurde. Ruth zei: 'Ik ben moe. Waar is ima?'

'Ze komt gauw weer terug.'

'Wanneer?'

'Dat weet ik niet. Maar wel gauw.'

Ze ging aan hem hangen en begroef haar vingertjes in zijn arm.

'Au,' zei David.

'Gelukkig Nieuwjaar,' zei Samuel met een knik toen ze net wilden vertrekken.

'Gelukkig Nieuwjaar,' zei David. En toen: 'Ik moet mijn dochter naar bed brengen.'

Hij voelde de noodzaak om zijn vertrek te verklaren. En hij hield zichzelf voor dat Samuel hem had zien vertrekken.

In de gemeenschappelijke badkamer hielp hij Ruth haar tanden te poetsen met zuiveringszout en dat uit te spugen in de greppel die speciaal voor dat doel was gegraven. Het schonk hem voldoening om dat te zien; het nut ervan.

In hun tent lag zijn notitieboek open op het bed, bij een pagina met een schets van een openluchtoven, een zogenoemde taboen die ze in Kinneret hadden gemaakt, toen ze daar net waren. De Arabieren waren naar hen toegekomen en hadden hun een middag lang laten zien hoe dat moest: Joessef, voor wie David nog steeds bewondering koesterde, en een paar van zijn zonen. Ook in andere opzichten hadden ze de chaloetsiem geholpen zich aan het nieuwe land aan te passen door hun kruiden te laten zien die eetbaar waren en die je als een zalf kon gebruiken bij muggensteken. Ze hadden hun geleerd het wispelturige weer te voorspellen. David sloeg het notitieboek dicht. Het wapen zat onder hun stromatras weggeduwd. Hij haalde het tevoorschijn, draaide het om in zijn hand en bewonderde zijn zwaarte en glans.

'Abba?' vroeg Ruth.

Hij keek op. Daarna borg hij het wapen weer zorgvuldig op en stopte haar in.

'Ik heb mijn kleren nog aan,' zei ze giechelig.

'Geeft niet,' zei hij.

'Waar is Salaam?' vroeg ze.

'Wie?'

'Salaam. Van Sakina.'

Zijn hart begon te bonzen bij het horen van die naam, maar even later wist hij het weer. 'Je pop,' zei hij.

Ze knikte. 'Ik heb haar nodig om in slaap te komen.'

David keek de tent rond; Hannah had er een puinhoop van gemaakt in haar haast om te vertrekken. Hij tilde hemden op en de wollen deken en iets wat eruitzag als een half afgemaakt babydekentje.

'Ik kan de pop niet vinden, *ahoeva*,' zei David.

Hij keek haar kant op en verwachtte dat het een toestand zou geven, maar Ruth pakte het enige paar kousen van haar moeder, en David wist dat Hannah het niet fijn zou vinden, maar hij liet het meisje ze om haar handen winden, waarna ze haar duim in haar mond stak en begon te zuigen. De kleine oogleden fladderden even. Ze viel snel in slaap, en hij keek toe hoe haar borstkas rees en daalde en de duisternis over haar lichaam omlaag kwam.

Hij begon de Sjema te reciteren, maar hij sprak niet tot God. Het was tot de stilte. Tot het bestaan, of de eeuwigheid; tot het grote, open niets waaruit elk moment werd geboren.

Hij herinnerde zich dat gevoel van wat mogelijk was uit zijn jeugd, als hij in bed lag op een schemerige zomeravond en beneden in de keuken onder hem zijn bobbe hoorde rondlopen, en hij zich veilig, bemind en vertroeteld voelde. In die uren rond zonsondergang, met het geluid van de melkpaarden en kletterend glas beneden op straat, een meisje dat naar haar moeder riep, had hij het gevoel gehad dat de wereld daarbuiten voor het grijpen lag. Dat die veilige omarming die hij voelde het lanceerplatform was voor iets groters. De volwassenheid lag voor hem als een onvoorstelbaar spel. Hoe zou hij zich gedragen? Wie zou hij zijn? Ruth begon dieper adem te halen en hij zag hoe ze zich omdraaide onder het muskietennet. Hij stak zijn hand uit onder zijn eigen bed en vond het wapen terug. Hij trok het tevoorschijn, verlegde het op zijn hand en raakte voorzichtig de trekker aan. Als een jongen in een spelletje cowboys en indianen. 'Pief paf,' fluisterde hij in zichzelf.

Hij wist waar hij mee bezig was zonder het zichzelf te laten weten.

Ruth sliep; als ze wakker werd, zou ze de tent verlaten en donker aantreffen, maar dat hield hem niet tegen. Zijn voeten bewogen zich over de grens alsof zij het voor het zeggen hadden. Toen hij Levi passeerde, gaf hij toe aan zijn aanvechting om te spreken.

'Ik doe de nachtwacht,' zei hij. 'Maar jij moet het van me overnemen.'

De lucht om hen heen koelde vrijwel onwaarneembaar af. Over de schemering kwam het geluid van lachen aanzweven.

Levi zei: 'Natuurlijk.' Hij wreef met zijn rechterhand over zijn linker wenkbrauw. Hij stak een wijsvinger onder een snoer dat rond zijn pols gedraaid zat.

David stak hem de revolver toe alsof het een voorteken was.

'Was het niet eigenlijk...' begon Levi.

'Neem hem nou maar,' zei David. En de jongen stelde geen vragen, sprak niet de gedachte uit die zo duidelijk in hem omging: de afspraak was dat alleen David het wapen zou hebben.

Eerlijk gezegd wist David niet helemaal zeker waarom hij het wapen uit handen gaf, maar een sinds lang begraven instinct had dit moment gekozen om zich te doen gelden, en hij wist genoeg om te gehoorzamen.

Levi vroeg: 'Zal ik dan maar gaan?'

David keek met knipperende ogen op.

'Waarheen?'

'Wachtlopen.'

'O,' zei hij. 'Ja.'

Bij Sarahs tent aangekomen krabbelde hij zacht over het canvas. De sterren kwamen tevoorschijn en de schaduw van de berg was zwart en koel als het binnenste van iemands mond. Het had iets schoons, dacht David, als een ziel waarop alle onzuiverheden zijn weggeschrobd. David stond zichzelf niet toe na te denken over wat hij aan het doen was. Hij dacht niet aan zijn huwelijksgelofte, aan de choepa op de oever van het Meer van Galilea toen Hannah in verwachting van Ruth was, aan de sluier voor haar gezicht of de linten die door haar haren waren gevlochten. Aan Liora hiervoor, of Rivka.

Sarahs hoofd kwam naar buiten gestoken door de spleet in het tentdoek, met haar krullen woest rond haar gezicht. 'Ik zat al op je te wachten,' zei ze.

'Echt waar?'

'Mijn rits zit weer vast.' En ze moest keihard lachen, alsof ze hem de leukste mop aller tijden vertelde.

David zei: 'Ik kan wel even...' Hij tilde zijn handen op en deed het voorzichtig lostrekken van stof uit de tanden van een rits na.

'Nee,' zei ze. 'Ik maakte maar een grapje.'

Hij bloosde net zo dieprood als de borsjtsj van zijn bobbe; zijn hand ging automatisch naar zijn wang, naar zijn stoppels.

'Aha,' zei hij. 'Ik ga gewoon...'

Hij slikte een paar maal; hij raakte met zijn wijsvinger zijn adamsappel aan.

'Niks voor jou om zo'n zenuwachtige indruk te maken,' zei Sarah.

'Maak ik een zenuwachtige indruk?'

Hij deed een stap achteruit. Sarahs ogen waren op hem gericht. Die prachtige joodsheid van haar gezicht. Hij wist dat er chaloetsiem waren (Jitschak bijvoorbeeld) die bezwaar zouden maken tegen dit soort karakterisering, maar in Davids ogen was ze adembenemend, en ze was een Israëliet, en die twee waren vervlochten als het deeg in een sjabbatchalla.

'Waar ik eigenlijk hulp bij nodig heb, is het uit de knoop halen van wat prikkeldraad,' zei ze.

Het uit elkaar halen van draad was een klusje voor één enkel persoon. En de kracht van vrouwen moest worden gerespecteerd. Maar stel dat ze het echt niet in haar eentje voor elkaar kreeg? Was het een test?

Hij boog zijn hoofd opzij.

'Het is daar verderop achter de Gilboa,' zei ze. Ze wendde haar blik naar de berg, naar de poel van schaduw die hij in de schemering wierp. De hemel was nu bijna zo donker als de berg zelf, maar niet helemaal.

Zijn ogen volgden de hare en allebei zagen ze de plek waar het veld vlak werd onder het uitspansel van sterren, naast de rivier, de plek waar niemand hen kon zien.

Hij keek nog eens naar haar, om het zeker te weten. Ze trok haar wenkbrauwen op.

'Ja,' zei hij. 'Daar kan ik je mee helpen.'

Ze staken in stilte het veld over. Hij hoorde de losse snaren van Zeruvabels vedel en de chaloetsiem die aan het zingen waren: 'Wie gaat Galilea bouwen? Wij! Wij!'

De nacht viel en de hora was begonnen.

Toen ze buiten gehoorsafstand waren van de rest van het kamp, zei Sarah: 'Ik ben heel blij dat je me kunt helpen met die draad.'

Ze lachte voor de tweede maal opgewekt om het belachelijke van haar schijnvertoning. Er was geen spoortje schuldgevoel, noch enig besef van de consequenties. Het was alsof ook zij boog voor iets wat voorbestemd was. Alsof het al die tijd al in de sterren geschreven had gestaan.

De week verstreek als de bladzijden van een boek en Jom Kipoer stond voor de deur. Wie zou er in het Boek van het Leven voor nog een jaar worden bijgeschreven? Sommigen van hen zouden sterven. Dat stond vast. Schorpioenensteken, malaria. Er zou dysenterie komen. Niet behandelde zonnesteken. En dan zouden de minder voorspelbare sterfgevallen zich voordoen: een besmette wond. En misschien zelfs wel een sterfgeval door een revolver.

Die gedachte zette David steevast opzij.

Hannah was nog steeds weg, in Kinneret. Haar vader was een van degenen die het niet hadden gered.

De jonge Ida kwam naar hem toe in de groentetuin, waar hij de chaloetsiem het verstikkende onkruid jablit liet zien.

'Het is Grote Verzoendag,' zei ze met een licht verwijt in haar stem. Ze zweeg even om de moed bijeen te rapen. 'En Levi is erg ziek van de kadachat.'

David kon zien dat het haar moeite kostte om dit te zeggen, dat ze van nature volgzaam en zachtaardig was. Maar ze maakte zich zorgen dat ze God misschien zouden tergen; ze dacht dat Hasjeem kwaad zou worden als ze weigerden te stoppen met werken om de Grote Verzoendag te vieren, en dan zijn almachtige wraak op Levi zou botvieren.

Dat ze werkten was subversief, gaf David toe, maar naar zijn idee was het eerder in de orde van het kattenkwaad van een kind. Jom Kipoer was de dag om om vergeving van zonden te vragen, de dag om het verzoek in te dienen dat de geloften waar ze zich het komende jaar niet aan zouden houden, vervallen werden verklaard, zodat zij niet aansprakelijk zouden zijn. Het was een gebed dat antisemieten aanvoerden om hun overtuiging te rechtvaardigen dat Joden onbetrouwbaar waren. Maar hij verzekerde Ida dat hij op geen enkele manier geloofde dat Levi zou sterven als gevolg van hun overtreding.

'Dus... denk je dat we het risico kunnen nemen om de grootste van alle heilige dagen te negeren?' vroeg hij Ida.

'Nee,' fluisterde ze.

Haar ogen waren neergeslagen maar enorm groot achter haar brillenglazen. Hij wist dat ze een tent deelde met zijn Sarah. De een zo mooi en de andere zo onopmerkelijk. David had bijna medelijden met haar: dat ze niet mooi was, betekende dat het leven zwaar zou worden. Maar de chaloetsiem dienden bevrijd te worden van hun religieuze bijgeloof. En hier was een kans die zich een heel jaar lang niet opnieuw zou voordoen.

'We hebben je nodig in de wasserij,' zei hij.

Ze hief haar ogen op.

'Verlossing is te vinden in heilzaam werk in een geliefd land,' citeerde hij Herzl.

Ida deed haar mond open en weer dicht.

'Je werk is nodig,' zei hij. 'Vandaag net zo goed als elke andere dag.'

En daarmee was de kous af.

Dat nam niet weg dat Ida gelijk had dat Levi kadachat had. Het was geen ernstig geval; de stuiptrekkingen van de jongen vielen in het niet bij wat David zelf al vele malen had meegemaakt. Dat nam niet weg dat het opduiken van de aandoening betekende dat de muskieten hen hadden gevonden en binnenkort anderen ziek zouden worden; ze moesten op zoek naar kinine, en gauw.

David was maar al te blij om een excuus te hebben om de ezels te zadelen en naar Tiberias te gaan. Hij wist dat daar een kliniek was die werd gerund door katholieke nonnen die gratis en sneller kinine zouden leveren dan het Agentschap. Christenen geloofden dat de terugkeer van de Joden naar het Heilig Land een teken was dat de wederkeer van hun Messias aanstaande was.

De nonnen spraken Engels. Dat was wel een heel eigenaardige taal. Maar David was eerder in de kliniek geweest, toen Igor uit Kinneret ziek was, en de jonge non met het blonde haar en het grote houten kruis rond haar hals mocht hem. Door het gebaar te maken van een prikkende muskiet zou hij wel kunnen overbrengen wat hij wilde hebben.

Er waren andere dingen die hij in Tiberias kon doen als hij daar toch was. Ze waren nu al bijna door de kerosine heen. Hij zou een paar olielampen kopen en een grote glazen schoorsteen, en een timmerman inhuren om een extra aanhangwagen te maken voor de kar. Ze hadden moeren en een moersleutel nodig, en zoveel muskietennetten als hij maar te pakken kon krijgen. En als hij daar toch was, kon hij ook op zoek naar rode haremmuiltjes voor zijn liefste. Niet degene die weg was. Degene die hier was.

## HOOFDSTUK 14

Levi's toestand was een extra aanmoediging voor de groep om de moerassen te draineren. David organiseerde hen in teams, met in elk team een meisje om de jongens in het gareel te houden. Hij had gehoord dat er in Wenen een arts was die schreef dat iedere jongen ernaar verlangde om zijn vader te doden en met zijn moeder naar bed te gaan; David moest lachen als hij daaraan dacht. Een jongen wilde niets anders van zijn moeder dan vertroetelingen, en dat hij het centrum van haar heelal was. Daar probeerden ze hun hele leven naar terug te keren, en dat zou hen helpen zich te gedragen als er een meisje bij was.

'Zo niet nu, wanneer dan?' vroeg David aan de groep.

En zij riepen terug: 'Im lo achshav, ay-ma-tay.'

Terwijl hij aan het woord was, hing Ruth aan zijn arm; hij schudde haar af.

'Dat doet pijn,' zei ze verontwaardigd.

'Ik ben aan het praten, ahoeva,' zei hij tegen haar. De ogen van de chaloetsiem waren op hem gevestigd en volgden nauwkeurig hoe hij op zijn dochter reageerde. Hannah was nog steeds niet terug, en sommigen wisten dat hij naar Tiberias was gegaan en Ruth was vergeten. Het was niet helemaal duidelijk wat er in zijn afwezigheid was gebeurd, maar toen hij terugkwam klampte ze zich aan hem vast en huilde als een zuigeling. En vanaf die tijd hield ze hem voortdurend in het oog.

David was er niet aan gewend om zonder Hannah met Ruth te moeten omgaan, en al hield hij van haar, hij ergerde zich aan haar afhankelijkheid. Hij stuurde haar weg, en met hangende schoudertjes gehoorzaamde ze dan. Hij boog zich weer over de klus waar hij mee bezig was. Hij had zijn energie nu nodig om de arbeiders te motiveren. Naast het draineren van de moerassen was het ook van cruciaal belang dat ze aan de slag gingen op dat ene veld waarvan ze voldoende stenen hadden verwijderd om het te ploegen. Als ze ook maar iets wilden oogsten, was dit het moment. Er stond zelfs een tractor klaar om de ploeg te trekken, een luxe waarvan hij in het begin niet had durven dromen.

Toen David de ploeg overbracht naar het veld, betrapte hij Habib die onder de motorkap stond te gluren.

'Salaam,' zei David met een zo neutraal mogelijke stem. Hij dacht aan het advies van Jitschak, dat je als het maar even kon vriendelijk moest zijn tegen de Arabieren en hun het voordeel van de twijfel moest gunnen. En natuurlijk sprak het vanzelf dat de oude man dit apparaat wilde bekijken.

'Habib,' zei de Arabier, en hij prikte met een benige vinger tegen zijn borstkas.

'Dat wist ik nog,' zei David.

Habib wierp een blik op het drijfwerk en keek David vervolgens aan met een smekende gezichtsuitdrukking.

'Ya sayyid David,' zei hij. 'Ach, heer David. Het is zwaar zonder een ploeg. En onze kinderen hebben honger. Sommige liggen op sterven.'

David rechtte zijn rug en moest meteen denken aan de bloedvete waar hij zo bang voor was. Had de oude Habib het soms over Sakina? Was hij hem aan het bedreigen?

David antwoordde in het Arabisch. 'Chabibi, vriend van me. Ik vertrouw op Allah, net als jij. De zware dagen die we allemaal doorstaan zullen op een dag voorbij zijn.'

Maar dat stelde Habib niet tevreden; het was eerder een aanmoediging. Hij barstte los in een verhaal over de Arabieren die hun eigen land niet hadden bewerkt omdat de Libanese geldschieter uiteindelijk op bijna alle oogst beslag zou leggen. Opnieuw gluurde hij heimelijk naar de tractor. David bleef onbewogen; dat de Arabier een probleem had, was niet zijn probleem. Iedereen wist dat je het land moest bewerken om het te kunnen opeisen. En begreep Habib dan niet eens dat de Libanese geldschieter het land aan het Agentschap had verkocht, dus aan de Joden?

Uiteindelijk draaide Habib zich om. Zijn tot de draad versleten thawb deed David denken aan de gele gewaden van de Sefardiem. David wist dat de man de waarheid vertelde over de uitgehongerde kinderen, maar de niet in cultuur gebrachte moerassen rond het Arabische dorp spraken boekdelen. Wat verwachtte Habib dan?

Hij wist ook dat dat onbewerkte land in het voordeel van de Joden zou zijn, als zij de Arabieren dwongen te verhuizen.

David draaide zich weer om naar de tractor. Er zaten dikke klonten aarde in de grote achterwielen, die veegde hij weg. Hij raakte de as aan en haalde zijn in handschoen gestoken hand langs een spaak. Maar toen hij op het stoeltje ging zitten en de sleutel omdraaide om de motor te laten starten, kwam er een afgrijselijk knarsend geluid uit.

Hij kromp ineen en haalde zijn hand van de gashendel, maar het lawaai hield aan tot hij de sleutel eruit had gehaald en van de machine was gesprongen.

Het klonk alsof er een steen in de motor vastzat. Maar hij had hem net schoongemaakt; wat had er intussen kunnen gebeuren?

Onwillekeurig kwam er een beeld in hem op, van Habibs klaaglijke gezicht.

Onmiddellijk steeg er woede omhoog in Davids buik, als een soort vloedgolf. Ik zou iemand kunnen vermoorden, dacht hij.

Van de overzijde van het veld had Dov het geknars gehoord, en nu kwam hij met zijn armen langs zijn zijden zwaaiend naderbij. Zijn benige ellebogen staken uit alsof hij het slachtoffer van een hongersnood was, maar zijn stem klonk opgewekt. 'Wat is er met dat apparaat aan de hand?'

David knarsetandde. 'Er zit een steen tussen het drijfwerk,' zei hij.

Dov knielde. 'Het klinkt of je vergeten bent water in de tank te doen,' zei hij.

Normaal gesproken zou David aanstoot hebben genomen aan zo'n beschuldiging, maar hij was nu even bezig zin voor zin het gesprek door te nemen dat hij met Habib had gevoerd. Het klonk anders, nu hij het in zijn hoofd opnieuw afspeelde: het treurige verhaal was een dreigement.

'Kijk eens even,' zei hij tegen Dov.

'Ik zie geen steen,' zei die.

Als David iets had opgestoken van zijn jaren ploeteren in Erets Jisraël, dan was het wel dat je nooit een Arabier moest vertrouwen. Jitschak mocht zeggen wat hij wilde; maar David hoefde zichzelf niet te rechtvaardigen. Hij wist wat hij wist: de oude Habib had een steen in de machinerie van hun vooruitgang gegooid.

David klom weer op de tractor en draaide nog eens en nog eens de sleutel om. Het geknars ging verder. Uiteindelijk kuchte de motor, waarna hij meteen weer sputterde, en stilviel.

'Mag ik even kijken?' vroeg Dov.

David knikte toegeeflijk.

Dov liep naar de tank en ging op zijn tenen staan. David zag wel dat de jongen het oordeel van de man met meer ervaring niet terzijde wilde schuiven, maar dat zijn werkervaring (wat was Dovs werkervaring eigenlijk?) hem niet toestond de zaak zomaar te laten lopen.

Zat er wel water in de tank?

De vraag schoot door zijn hoofd en verdween.

Dov ging op zijn hurken zitten en schroefde het mondstuk los.

David zat boven op de tractor en zag dus niet de uitbarsting zelf, maar wat hij wel duidelijk zag was de verbazing op Dovs gezicht, alsof hij een geest had gezien of iets wat nog angstaanjagender en onnoembaarder was. Het leek alsof er een golf op hem af gestormd kwam, en toen die tegen hem aansloeg, vertrokken en verkrampten zijn mond en neus, zijn hele gezicht trok zich van zichzelf terug, met zijn tanden ontbloot en wijd opengesperde ogen. En toen kwam er een geluid uit Dovs mond dat David nog nooit van zijn leven had gehoord. Een geluid dat hem nog heel lang zou achtervolgen.

Later haalde hij de chaloetsiem bijeen. Ruth was aan hem aan het trekken en zei iets over haar pop. Maar hij gaf haar kortaf opdracht om bij de eucalyptus te gaan zitten en zei dat hij straks wel met haar kwam praten. Ze begon te huilen maar gehoorzaamde wel, en toen hij haar figuurtje met schokkende schouders langs de wijde horizon zag lopen, voelde hij wroeging.

Hij wist alleen dat hij eerst de chaloetsiem moest toespreken om elke paniek en verlies van autoriteit in de kiem te smoren. Er was een manier om elke situatie om te zetten in iets positiefs, maar hij wist pas hoe dat moest als hij begon te spreken. Hij was een denker die zijn eigen gedachten ontdekte door te praten. De woorden kwamen via vele, met elkaar verstrengelde wegen uit zijn mond en dan zag hij welke de beste was en volgde die dan.

Op die manier stond hij vaak te kijken van zijn eigen intellect en inzicht, zoals hem dat kon overkomen als hij een boek voor het eerst las.

'We zitten in een lastig parket,' begon hij. 'Maar we zullen dit jaar nog met vele lastige situaties worden geconfronteerd.'

Hij schraapte zijn keel en keek naar de jonge gezichten. Hun wangen waren roodverbrand en hun hals zat onder de korstjes. Sommigen hadden pleisters op hun handen om de blaren die ze van de schoppen hadden opgelopen te bedekken. Maar ze waren rustig, aandachtig. Hij liet de stilte hangen. Hij liet toe dat ze zich het ergste voorstelden, en op die manier zou het echte nieuws nog meevallen.

Hij ving een glimp op van Sarah achter in de groep, en hij liet zijn ogen aan haar voorbij glijden. Hij mocht zichzelf niet toestaan om te worden afgeleid.

Hij zei: 'De tractor is kapot.'

Een onuitgesproken ontzetting trok als een golf door de menigte. Strafte God hen omdat ze op de Dag van de Verzoening werkten? David wist dat ze dit dachten, maar niemand sprak het uit, en hij voelde hun stilte als bloed door zijn aderen bonzen. Arbeiders konden worden gemist. Waar er een viel, stond een ander op. De machinerie, de apparaten, hield de hele zaak draaiend. Ze hadden de tractor nodig om te ploegen. David dacht opnieuw aan Habib. Zeker als ze anders dan de Arabieren wilden zijn.

'We moeten hem repareren,' zei David.

Hij raakte het potlood aan dat achter zijn oor geschoven zat.

'Wie heeft er een idee?' vroeg hij.

Zijn stem was de hand die het instrument opwond, en onmiddellijk kwam het geluid, het koor van stemmen, allemaal jong, allemaal mannelijk: 'We kunnen die van de Arabieren nemen,' riep iemand.

'Ik weiger Erets Jisraël te verwerven door te stelen,' zei de idealist Zeruvabel knorrig. 'Ik weet niet hoe dat met jullie zit, maar ik ben hier niet heen gekomen om de Arabieren te verdringen.'

'Het was maar een grapje,' zei de eerste jongen. 'De Arabieren hebben geen tractor.'

'Levi kan hem repareren,' stelde een ander voor.

'Ben je de kadachat dan vergeten?' zei Sjosjanna. Ze was het eerste meisje dat iets zei, merkte David op.

'Er ontbreekt een onderdeel,' zei hij, waarmee hij hun nog een stukje van de legpuzzel gaf. In feite ontbraken er diverse onderdelen: bij de explosie was een bout weggeschoten en de pakking van plastic was van de hitte gesmolten.

'Dat kunnen we met onze blote handen maken.' Dat was een van de jongste mannen, ternauwernood zestien jaar oud.

David glimlachte toegeeflijk. Hij voelde dat hij van achteren werd aangeraakt en kromp ineen, maar het was Ruth maar.

'Abba...' begon ze, maar hij zei scherp: 'Ik ben bezig.' Het meisje ging stilletjes op de grond zitten, maar hij voelde haar aanwezigheid daar, een zware planeet in zijn baan. Hij verlegde zijn aandacht weer naar de groep.

'We zullen een manier moeten vinden om voor de reparatie te betalen,' zei hij, waarmee hij hen vereerde met het antwoord waarnaar hij op zoek was geweest.

'Kan het Agentschap dat niet doen?' vroeg de jongen.

'Uiteindelijk,' zei David. 'Maar dat duurt langer dan wij ons kunnen veroorloven te wachten.'

Hij schraapte zijn keel om zijn woorden kracht bij te zetten. 'We zullen een manier moeten bedenken om het ontbrekende onderdeel aan te schaffen.'

'Ik heb twintig lira,' riep dezelfde jongen weer.

Er werd hier en daar gelachen. Met dat bedrag kon je nog niet eens een handjevol halva kopen op de markt in Jaffa. Het irriteerde hem dat niemand in die hele groep de ernst van de situatie leek te begrijpen: zonder de tractor konden ze niet ploegen; als ze niet ploegden, kon er niet geplant worden; als er niet werd geplant, kon er geen nieuwe nederzetting komen in het dal van Jezreel. Geen nieuwe grote kibboets.

Hij bracht zijn gezicht in de plooi. 'Daar zit wat in,' zei hij. 'Heeft iemand nog geld? Of iets wat we kunnen verkopen?'

Maar dat had niemand, dus uiteindelijk moest hij ze allemaal laten gaan met het verzoek om als ze op een idee kwamen om aan geld te komen, ze naar hem toe moesten komen, of het nu dag of nacht was.

Toen hij het woord 'nacht' uitsprak, voelde hij het bloed naar zijn lendenen jagen. Terwijl de anderen zich verspreidden keek hij op en zag Sarah Ida iets in haar oor fluisteren. Eerst had hij haar vermeden, maar nu staarde hij strak in haar richting. De grote uiteenvallende groep verschafte hem een vermomming.

Hij voelde de drang om haar de rode muiltjes te geven. Hannah was er immers niet. En zelfs al was ze er wel, dan deed het er nog niet toe. Zij zou hem nooit verdenken.

Maar bij de gedachte aan zijn eigen schuld, zijn eigen verwijtbaarheid, doemde het beeld op van Dov die vlak voor hem kromp van de pijn, en hij rilde. Hij betrapte zich erop dat hij hoopte dat de jongen nooit zou herstellen, zodat zijn eigen fout niet aan het licht zou komen.

## HOOFDSTUK 15

De dingen die David hoognodig moest vergeten stapelden zich in hem op en hij dompelde zich onder in het werk om die dingen te vermijden. Hij was maar een tiental jaar ouder dan de anderen hier, en toch leek het een eeuwigheid geleden dat hij geen vrouw had, geen kind, en het hem vrij stond om zo grootscheeps en woest te leven als het leven hem maar toestond. Hij kon zich nog herinneren dat Erets Jisraël totaal geen grenzen leek te hebben en zich steeds verder uitstrekte, net als de rand van het geboortekanaal wanneer er iets nieuws wordt geboren. Op deze nieuwe plek kon hij zien wat voor avonturen het land bood, hoe de nieuwe chaloetsiem het land ervoeren als een wedergeboorte, terwijl hij alleen maar een hevig verantwoordelijkheidsgevoel ervoer: tegenover zijn bobbe, tegenover Bessarabië, tegenover alle Joden ter wereld, alsof het opbouwen van Erets Jisraël alleen op zijn schouders rustte.

Hij had bijna een man gedood met zijn onachtzaamheid.

En dan was er het meisje van daarvoor. Sakina.

Het was een ongeluk geweest. Maar dat had ze niet geweten toen ze stierf.

De escapade met Sarah was van een andere orde. Hij stond niet toe dat dat zijn geweten uitputte.

En waar was Hannah trouwens, en waarom was ze nog niet terug? Zij was degene die hem in de steek had gelaten.

Hij stond zichzelf toe de vernedering daarvan te voelen, de schande en de schaamte, en op die manier kon hij zich vrijpleiten van wat hij had gedaan. Ergens diep verborgen in hem zag hij wel zijn kinderachtigheid, zijn hypocrisie. Hannahs vader was gestorven. Haar beminde vader Avraham. Ze was erheen gegaan om sjiva te zitten, of zover als de seculiere zionisten haar toestonden sjiva te zitten. Maar David klampte zich vast aan het gevoel in zijn binnenste, dat als een stukje kraakbeen vastzat in zijn mond en dat hij maar niet kon klein malen en wegslikken; het gevoel dat hij ten onrechte in de steek was gelaten, en de wilde razernij kwam weer in hem op.

En om het allemaal nog erger te maken had Hannah Ruth bij hem achtergelaten. Het meisje hing als een molensteen om zijn hals. Hoe kon iemand ook maar iets bereiken met een kind erbij? Hij peinsde zijn hoofd af op zoek naar iets wat hij met haar kon doen.

'Waar is je pop?' vroeg hij de volgende morgen toen hij wakker werd en merkte dan ze haar ledematen om hem heen geslagen had.

'Salaam,' verschafte Ruth hem de naam.

'Salaam,' zei David haar na.

'Dat weet ik niet,' zei Ruth. 'Weet je nog wel?'

Haar onderlip kwam naar voren en David vervloekte zichzelf dat hij erover was begonnen.

'Waar kan ze zijn?' vroeg Ruth, en ze deed het openen van laden en kasten na om erin te kunnen gluren.

'Laten we haar gaan zoeken,' zei David.

Ze knikte, nu haar ongerustheid tijdelijk was weggenomen.

Hij hield haar bij de hand toen ze het veld overstaken. Diverse chaloetsiem zagen dat en glimlachten, en dankzij deze kleine dosis goedkeuring van buitenaf maakte zijn ergernis plaats voor trots.

Ruth was de grootste prestatie van zijn leven. Hij zag de beeltenis van zijn eigen gezicht in de hare terug en voelde een vreemde mengeling van genoegen en afkeer, om de natuur die in staat was tot zoiets ondoorgrondelijks dat zo volledig buiten de invloedsfeer van mensen viel. Neuken produceerde en reproduceerde de middelen om arbeid te verrichten, en dan niet in de vorm van een generieke arbeidskracht, maar in iemand die zo specifiek, zo particulier was dat de rest van de wereld kon zien bij wie ze hoorde, en dus wie verantwoordelijk voor haar was. Hij pakte Ruths hand steviger vast en kietelde de binnenkant van haar pols. Het giecheltje zond een gevoel van plezier door hem heen dat totaal buiten de geest om ging. Het was bijna iets seksueels, dacht hij, heel even; en vroeg zich af of Hannah gelijk had over hem. Ze had gezegd dat hij zijn eigen lichaam zo slecht kende dat hij seks nodig had om er binnen te komen. Hij dacht aan de slimme maker die ervoor had gezorgd dat kinderen op hun vader leken, waaruit een diep inzicht sprak in de mannelijke psyche, het besef dat een man anders zou weglopen. Waarom zou hij dat immers niet doen?

'Ik moet plassen,' zei Ruth, en hij keek omlaag naar haar, uit zijn dagdroom wakker geschrokken. Er liep een veeg viezigheid over haar wang; ze had nog steeds haar nachtjapon aan.

'Goed,' zei hij.

'Ik moet worden geholpen.'

'Goed.'

Hij wist alleen niet wat ze bedoelde met hulp. Hij herinnerde zich nog haar vagina, dat piepkleine spleetje toen ze uit haar moeder gleed. De maanden dat zijn relatie met haar onder andere bestond uit daar poep uit wegvegen wanneer hij haar stoffen luier verschoonde. De weerzin en de aantrekkingskracht die hij voelde omdat hij wist tot wat het zou uitgroeien.

Toen ze klaar waren op de wc (waar ze geen hulp nodig bleek te hebben, alleen supervisie en goedkeuring), pakte hij haar onder haar oksels en tilde haar op zijn schouders. Ze boog naar voren en kuste herhaaldelijk zijn kruin, uit dankbaarheid voor zijn aandacht. Het viel hem in dat hij haar de afgelopen dagen had genegeerd, en dat terwijl haar moeder weg was en zij hem hard nodig had. Hij werd overspoeld door schaamte. 'Het spijt me, ahoeva,' zei hij, maar ze gaf geen antwoord.

Hij nam haar mee om naar Trotski en Lenin te kijken. Hij nam haar mee om haar de kleine uitlopers van de wortels te laten zien in de nieuwe tuin. Hij nam haar mee om met haar voeten in de stroom te bungelen. Het was half elf 's ochtends. Hij wilde berouw hebben. Maar wat werd hij geacht de komende acht uur met een kind te doen? De dag was bedoeld om te werken. Of, nog beter, te denken.

Hij liet zich leiden door zijn voeten. Ze belandden voor Sarahs tent. Maar toen hij luid kuchte, kwam Ida naar buiten. Haar bril gleed in de hitte naar beneden.

'Sjalom,' zei ze.

Hij zag dat ze geen idee had wat hij van haar kon willen. Misschien maakte ze zich zorgen dat het iets te maken had met hun eerdere gesprek over Jom Kipoer.

'Ik moet je om een gunst vragen,' zei hij, zonder haar eerst te begroeten, en zijn stem klonk zo dringend dat hij er zelf van opkeek toen hij dat hoorde. 'Wil jij een paar uur op Ruth passen?'

Hij had Ruth van zijn schouders getild; hij voelde hoe ze zich aan zijn dij vastklampte. Ze begroef haar vingertjes erin en hij trok een grimas. Wist ze niet dat hij ook een mens was, met een lichaam dat kon voelen?

'Natuurlijk,' zei Ida meteen. 'Met alle liefde.'

Haar wangen waren rood aangelopen alsof ze aan het werk was geweest, en toen ze haar handen naar haar gezicht optilde zag hij dat haar knokkels onder de korstjes zaten. Ze glimlachte oprecht blij.

'Ik heb een klein zusje,' zei ze, maar daar ging Ruth een beetje van jengelen. Ze had van haar moeder gehoord dat zij misschien ook, ooit op een dag, een zusje zou krijgen, en dat wilde ze wanhopig graag. Stilletjes vervloekte David Hannah; en hij vervloekte Ida omdat ze erover begonnen was.

Ida ging op haar hurken zitten.

'Sjalom, Ruth.'

Het meisje keek op. 'Heb jij mijn pop gezien?'

'Ach nee, is ze weg?' vroeg Ida.

David kromp ineen, maar Ruth had er kennelijk geen moeite mee om los te barsten in een uitgebreide beschrijving van de hoofddoek van de pop, die je rond haar hoofd kon binden, en dat haar moeder er een knoop op had gezet, zodat je er ook een kipa van kon maken. David probeerde zich te onttrekken aan de situatie en deed een stap achteruit. Hij rook de hitte, alsof er in de verte iets aan het branden was. Er naderde een chamsin.

'Ik heb een idee,' zei Ida tegen Ruth. 'Heb je zin om met mij op een speciaal avontuur te gaan?' Ida stak haar vinger onder haar lint. Met haar andere hand duwde ze haar bril omhoog naar haar neusbrug.

Ruth sloeg haar wimpers op.

'Het is een geheim,' zei Ida. 'Je mag het niemand vertellen.'

Ruth zette grote ogen op.

David hoorde een chaloets iets schreeuwen, niet wat hij precies zei, maar het bevel in zijn stem. Een mug vloog lui rondjes om zijn hoofd.

'Dat moet je me beloven,' zei Ida.

Ruth knikte instemmend. Ze was een kneedbaar meisje, dacht David, dat met alle liefde meeging naar waar ze aandacht van volwassenen kreeg. En hij was dankbaar dat hij ontheven was van de verplichting die hij tweemaal op zich had genomen, om te beginnen bij de conceptie en opnieuw nu Hannah was vertrokken. Ida had hem bevrijd. Hij vroeg zich niet af wat hun avontuur zou zijn.

Pas later, toen Ruth aan David werd teruggegeven, met een

rode streep die vlijmscherp door haar kuit was getrokken, begon hij na te denken. Er droop bloed uit een onhandig aangebracht verband; er zat een korst in de holte tussen haar tenen. Hoe kon dit in zo'n korte tijd zijn gebeurd? Heel even was hij ongerust, maar bij de gedachte dat hij haar moest schoonmaken voelde hij zich moe. Dit was vrouwenwerk. Hij hoorde dit niet te zeggen, maar het was waar; als hij het voorheen niet zeker had geweten, dan zorgde die klodder bloed in haar sandaal ervoor dat hij het zeker wist. Hij accepteerde Ida's vage uitleg en liet Ruth met rust. De wond zou vanzelf wel genezen.

Jitschak was degene die de kar bestuurde waarmee Hannah thuiskwam. Magere Rivka zat naast Davids vrouw en hield haar hand vast. De engel Gabriël zat naast hen op het bankje. Een mooi maar zwijgzaam kind (het tegenovergestelde van Ruth in karakter, bedacht David, ook al was hij de vader van allebei) dat met een verbijsterde blik in zijn ogen om zich heen zat te kijken.

'Sjalom,' zei David rechtstreeks tegen Rivka, maar ze weigerde hem aan te kijken of er zelfs maar blijk van te geven dat ze had gehoord dat hij iets zei.

Hij klopte Gabriël ruw op zijn hoofd.

Voorzichtig stapte Hannah van de kar, alsof ze was teruggekeerd van een lang ziekbed. Ze was dun, met ogen die als twee blauwe plekken in hun kassen verzonken lagen. Zelfs haar stevige achterste waar hij zo gek op was, was minder omvangrijk geworden. Toen Ruth 'Ima, ima, ima' roepend op haar moeder afrende, sloeg ze haar bijna tegen de grond.

Hannah stak haar hand uit om zich in evenwicht te houden, waarvoor ze de schouder van Magere Rivka gebruikte, en niet die van David.

Als ze de snee in Ruths been al zag, zei ze er niets over.

Toen David haar op de wang kuste, rook hij de dood.

'Hannahleh,' zei hij in haar oor. Maar haar blik was zo vervuld van verdriet dat hij ineenkromp en bij haar vandaan stapte.

Jitschak en Magere Rivka laadden de kar uit. Er kwamen valiezen tevoorschijn, een pukkel, en drie van de blauwe hutkoffers die ze uit Rusland hadden meegenomen.

'Voorraden?' vroeg David. En Jitschak schudde zijn hoofd van nee.

'We blijven,' zei hij.

'Hoe lang?'

David ademde diep in en hield zijn adem vast.

'Voor onbepaalde tijd,' zei Jitschak. Hij liet zijn knokkels kraken.

Gabriël was van de kar geklauterd en had Ruth opgezocht, die zich nog steeds vastklampte aan Hannah, en ook hij klampte zich vast, met z'n drieën aan elkaar vast als verloren zielen op een zinkend schip.

David vroeg zich heel even af of er iets anders was gebeurd tijdens Hannahs afwezigheid, een ramp die nog groter was dan het overlijden van Avraham, iets wat verklaarde waarom Jitschak bleef. Maar toen hoorde hij uit de richting van de greppels de parelende lach van Sarah, hoog en meisjesachtig, en zijn gedachten gingen uit naar welke chaloets dat geluid aan haar ontlokte, als een parelketting. De vraag wat er met zijn vrouw was gebeurd op hun vroegere plek verdween uit zijn gedachten. Jitschak had het lachen ook gehoord. Hij nam David op. En David zag dat hij de blik herkende in de ogen van zijn vriend. Zonder dat hem ook maar iets was verteld, kende Jitschak het hele verhaal.

Was Jitschak daarom gestuurd? Om David en de vrouwen in de gaten te houden? Maar toen Jitschak vroeg of hij de ziekenboeg kon bekijken, wist David ineens beter. Het had te maken met wat er met Dov was gebeurd.

Chaim de boodschapper had het nieuws zeker per kameel in het land verspreid. Naast post en telegrammen en rollen stof van de markt, bezorgde hij roddels van koetsva naar koetsva, van boerderij naar kibboets. En algauw begreep David dat het Agentschap het ook had gehoord; zij hadden Jitschak gestuurd met verband en zalfjes, en met zijn geduld en het oog voor detail als van een arts.

Jitschak was hier om Dov te genezen. Ze konden David niet nog eens een moordenaar laten worden.

## HOOFDSTUK 16

Het was Davids schuld niet dat het meisje verliefd op hem werd. Hij nam haar mee naar de berg, legde haar op haar rug en trok haar jurk omhoog; hij sprak met haar over het bouwen van een watermolen naast de rivier. Trotski en Lenin konden de watermolen laten draaien; ze hadden niet eens een motor nodig. En het was zoveel makkelijker dan een of andere arme sloeber de emmers naar de tonnen te laten sjouwen en dan de tonnen naar de keuken, de wasserij en de verst weg gelegen velden.

Hij had het met haar over hoe geheimzinnig de geschiedenis kon lopen: Chaim Weizmann was niet naar Manchester verhuisd om het zionisme te verkondigen maar omdat chemische verfstoffen, zijn specialiteit als scheikundige, onmisbaar waren bij de weverijen daar. Maar toen hij in Manchester zat, sprak hij wel in het openbaar over Erets Jisraël en de Joden, en diverse vooraanstaande Engelsen waren aangestoken door zijn enthousiasme. Wie precies? De minister van buitenlandse zaken, ene lord Balfour. En Winston Churchill zelf.

David vertelde Sarah wat er in zijn hoofd omging, zijn theorieën en voorspellingen, en zijn hoop. Maar hij had net zo goed kunnen zeggen: 'Mijn *besjert*, mijn zielsverwant, jij bent het, en jij alleen. Voor jou zal ik mijn gezin verlaten, mijn vrouw, mijn kind. Voor jou doe ik alles.'

Hij had Sarah de rode muiltjes gegeven, die bij haar rode mouwen pasten.

Het was heel lang geleden dat Hannah zich aan hem had

vastgeklampt alsof ze hem nodig had; heel lang geleden dat hij het verlangen van een vrouw had gevoeld om door zijn hart en zijn geest te worden vervuld. Hannah wilde zijn zaad om zich voort te planten. Hoe meer zij het wilde, hoe meer hij het haar onthield door zich op het laatste moment terug te trekken en als een tiener op de klamme bleke huid van haar buik te ejaculeren. De striae van eerdere zwangerschappen waren nog steeds zichtbaar als littekens. Hannahs behoefte was plichtmatig. Maar Sarah wilde zijn essentie, en zoveel als ze er maar van kon krijgen, die essentie waarvan hij doortrokken was als duizend sterren tegen een stralende nachthemel.

Diep vanbinnen vond David niet dat hij iets verkeerds deed. De Hebreeuwse patriarch Jacob had immers twee zusters tot vrouw genomen, Rachel en Lea, en hun afstammelingen waren de Joden van Erets Jisraël van nu geworden. En dit was nog niets vergeleken bij hoe sommige Arabieren leefden. Maar Hannah zou daar anders tegenaan kijken. Nu Hannah terug was, moest hij beter op zijn tellen passen.

Vlak voor Chanoeka arriveerde er een groep nieuwe chaloetsiem. Hun gelederen waren langzamerhand aan het veranderen geweest, aangezien degenen die de harde levensomstandigheden niet aankonden in de nacht wegglipten. Deze nieuwe jonge zionisten kwamen hun plaats innemen. Sommigen van hen waren erop uit om Palestina te bevolken met jonge revolutionairen om te voorkomen dat de ziekten van imperialisme en kapitalisme ook hier voet aan de grond kregen. Eenvoudig door met je handen te werken, kon je de wereld laten zien hoe je een rechtvaardig leven moest leiden. Zo stond het in Profeten, en dat gingen ze doen, die idealisten van Hapoel Hatzair (De Jonge Arbeider) en volgelingen van Aaron Gordon.

David had zijn bedenkingen tegen dit idealisme. Het was de belichaming van een naïviteit waarvan hij had geleerd dat het hun zaak alleen maar kon schaden. Hij moest denken aan de jongen, Levi, die zo ver was gegaan om te weigeren het enige te eten wat hem zou genezen van zijn ziekte, namelijk vlees.

Er was een kip op de markt gekocht en de jongen had zijn gezicht ervan afgewend, alsof het een belediging voor hem was.

'Hou je niet van gebraden kip?' had David met gespeelde onwetendheid gevraagd.

'Ida heeft het harder nodig,' had de jongen gezegd, maar David weigerde hem er zo makkelijk vanaf te laten komen.

'Je bent vegetariër,' zei hij, en het woord was als zure melk in zijn mond.

En toch duwde de jongen het bord weg, en door dat gebaar voelde David een minachting die aan razernij grensde. Het was alsof hij met een opstandige zoon te maken had. Het bezorgde hem het gevoel dat hij er zelf niet in was geslaagd een taak van levensbelang te verrichten, er niet in was geslaagd het cruciale besef over te brengen hoe netelig hun situatie hier werkelijk was.

Diezelfde frustratie voelde hij toen de nieuwe groep te voet aankwam, met hun bezittingen achter zich aan sleurend door de dikke decembermodder. Zo'n beetje om de vijftien meter kwamen de karren vast te zitten en moesten Trotski en Lenin ze eruit trekken. Ondanks maanden proberen was David er nog steeds niet in geslaagd de spoorwegonderneming over te halen om een nieuw station voor de kibboets te bouwen. Hij vatte zijn falen op als een veroordeling van hemzelf. Hij beloofde zichzelf dat de volgende, derde groep per trein zou arriveren.

Toen hij die avond tegenover de nieuwe en oude gezichten stond, liet David zich bij zijn woordkeus leiden door het beeld dat hij eerder die dag had gezien.

'Jullie zijn hier gearriveerd als dolende Joden die hun bezittingen door de modder heen droegen,' zei hij. 'Eeuwenlang hebben de Joden gedoold, dakloos in de woestijn. Maar nu zijn jullie hier. Op jullie eigen plek. In jullie eigen land.'

Hij keek naar de groep. Het leek wel of ze bijeen stonden op een oud perron in Europa, met hun zware hutkoffers en hun valiesjes, in kleren die helemaal verkeerd waren voor het seizoen. Hij had een beeld van de schepen waarop sommigen van hen moesten zijn aangekomen, de lange reis om te ontkomen aan kozakken of pogroms. Hij voelde de last van hun nog niet beproefde ideeën over wat de Joden konden worden. Hij beschouwde de kibboets als een net dat groot genoeg was om hen allemaal binnen te halen, sterk genoeg om hen vast te houden, flexibel genoeg om datgene wat ze hier zouden opkweken de kans te geven zijn weg te vinden door de lege plekken.

'En als staten nu eens tot het verleden behoren?' hoorde hij een chaloets zeggen, die vast aan Leon Trotski dacht, en iemand anders antwoordde simpel en terecht: 'Dat is niet zo.'

De oude groep stond verspreid tussen de nieuwkomers; Sjosjanna met het okselhaar dat uit haar mouwen stak, Ida die aan haar vlecht wriemelde, Jasjka en Zeruvabel en Selig lieten hun ogen langs de groep gaan op zoek naar nieuwe vrouwen met wie ze wilden praten. En Levi was er, die ondanks zijn weigering om vlees te eten, was hersteld.

Jitschak stond alleen, een beetje bij de anderen vandaan. In Kinneret zou hij de nieuwkomers hebben toegesproken. Maar hier bleef hij op afstand, met zijn armen voor zijn borst gevouwen, David op te nemen, in te schatten, alsof hij een oude rabbijn was in een *beet dien*.

David had iets gelezen over een wijze uit de oudheid, Nachoem van Gamzoe, die erom bekend stond dat hij op elke gebeurtenis, al was het een ramp, reageerde met: '*Gamzoe letova,*' ook dit is ten goede. David probeerde daaraan te denken, probeerde het zelfs te geloven, maar nu Jitschak hier was gearriveerd, was zijn eigen autoriteit in de knel gekomen. Jitschak en hij hadden jaren geleden ruzie gekregen over een kwestie rond een Duitse ploeg. Jitschak had gezegd dat die tweemaal zo diep in de aarde zou snijden en tweemaal zoveel oogst zou opleveren. De Arabische ploeg was geschikt voor de stenige grond, had David gezegd, maar Jitschak, vriend van alle Arabieren in het land, had op de Duitse ploeg gestaan. En had hij niet gelijk gehad?

De oogst van het jaar daarop had zijn gelijk bewezen.

Dat was het soort gebeuren dat David nu per se wilde vermijden. Hij hoorde een jongen die hij niet herkende (een nieuwkomer) iets zeggen over dialectiek en het historisch imperatief. De arbeiders hoefden alleen maar op de juiste manier aan het wiel van de tijd te draaien om het doel te bereiken van de ware rechtvaardigheid.

Bij het woord rechtvaardigheid moest David aan Sakina denken; daarop zette hij haar bruine gezichtje uit zijn hoofd.

Onder de nieuwkomers was een Amerikaanse arts. Hij was gezet en klein, hij straalde een rust uit die voortkwam uit het gevoel bepaalde rechten te hebben, en hij had een kistje bij zich met aan de zijkant een kruis. David was onmiddellijk achterdochtig jegens de man. Zodra hij even van de harde omstandigheden hier had geproefd, zou hij ongetwijfeld rechtsomkeert maken naar New York of Boston, of waar hij dan ook vandaan kwam. Dat nam niet weg dat de kadachat huishield in hun gelederen en dat ze snakten naar medische hulp.

Toen David de groep had toegesproken, stak hij over naar de dokter om hem de hand te schudden. De vingers van de man voelden glad aan, als die van een kantoorbediende.

'Sjalom,' zei David.

De dokter sprak een lange zin in het Engels uit die David niet verstond.

David trok zijn wenkbrauwen op. De dokter zei nog iets in kreupel Hebreeuws, iets over hoe dankbaar hij was voor alles wat de Joden in Erets Jisraël deden voor de Joden in de diaspora.

Er stond een vrouw naast hem; David probeerde niet naar haar te kijken, maar hoe meer hij zijn best deed, hoe nadrukkelijker zijn ogen naar haar afdwaalden.

'Dit is Elisabeth,' zei de dokter ten slotte.

David wreef over zijn neus.

'Mijn verpleegster,' zei dokter Lowen. Hij raakte de schouder van het meisje aan. Haar donkere haar hing helemaal omlaag langs haar rug, bijna tot op haar billen.

'Sjalom,' zei David.

Hij hielp zichzelf eraan herinneren dat hij haar hand moest schudden zoals hij dat bij een man zou doen. Maar ze was zo vrouwelijk, met die belachelijk lange wimpers en een kam van schildpad boven haar oor.

Misschien konden ze die verkopen.

Elizabeth zei: 'Waar zullen we beginnen?'

David wierp een blik op haar. Misschien wist zij wel waar ze aan begon. Maar hij voelde zich er ongemakkelijk bij om haar instructies te geven; ze was zowel te assertief als te delicaat. Zonder er blijk van te geven dat hij haar iets had horen zeggen wendde hij zich weer tot dokter Lowen. 'We hebben veel gevallen van kadachat,' zei hij.

De dokter knikte. Hij trok aan zijn baard. 'Natuurlijk,' zei hij in zijn trage, moeizame Hebreeuws. 'De kinine van de boom in Palestina is anders dan…'

Maar zijn blik was vaag en dwaalde weg bij David.

'Mijn bril is op reis kapotgegaan,' zei hij voornamelijk tegen zichzelf.

De dokter keek in de richting van de ziekenboeg, en het schoot David te binnen dat daar iemand lag die dringender medische zorg nodig had dan de malarialijders.

'Mijn dochter is ook…'

Dokter Lowen boog zijn hoofd opzij.

'Je dochter?'

'Ze is zes.'

'Is ze ziek?'

De dokter legde onder het luisteren zijn handpalm op zijn kale plek.

'Ze heeft een schram opgelopen,' zei David.

Het voorhoofd van de dokter trok in rimpels. 'Wat bedoel je?'

'Of eerder... een snee.'

Hij verwachtte dat de dokter zou vragen hoe dan, en was dankbaar toen hij dat niet deed. Bemoedigd ging David verder. 'Het lijkt erop...'

'Ja?'

'Het is rood en warm. Het wordt erger.'

Vanuit de richting van de tenten klonk gelach. Iemand hief een opzwepende versie van 'Eliyahu hanavi' aan, het sjabbatlied dat Elia oproept te verschijnen, zich kenbaar te maken.

'Ik weet zeker dat het zal genezen,' zei David, terwijl in zijn stem het tegendeel van zijn woorden doorklonk.

De dokter ademde diep in en blies uit door zijn neus. 'Laat het me maar eens zien,' zei hij.

Hij rolde zijn mouwen op. Zijn werk was begonnen.

David nam dokter Lowen en Elisabeth mee over de drassige vlakte naar de inderhaast opgetrokken ziekenboeg. Hij tilde de tentflap op alsof het de ingang van een circus was, waar een gedrochtelijke verzameling ziekten was ondergebracht, en waar meer dan een van de patiënten ernstig ziek was vanwege zijn eigen achteloosheid.

Hij dwong zichzelf naar binnen te gaan. De dokter en de verpleegster liepen achter hem aan.

Binnen was het benauwd warm en het stonk naar jodium en uitwerpselen. Het aantal patiënten met malaria was toegenomen. David keek er zelf van op dat hij er misschien wel tien zag, sommigen rechtstreeks op een beddenplank, sommigen losjes bedekt met muskietengaas, in uiteenlopende stadia van de ziekte. Hij keek naar het gezicht van de dokter om daaraan af te lezen hoe ze het maakten, maar dokter Lowen bleef onbewogen. Hij liep van lichaam naar lichaam, bekeek hun pupillen en voelde aan hun voorhoofd. Elisabeth liep op eigen gelegenheid rond; zij was de eerste die Dov zag.

'Wat is hier gebeurd?' vroeg ze, en de mannen keken naar de plek waar zij op haar hurken naast de jongen zat en voorzichtig zijn verband optilde om eronder te gluren.

'Ongeluk,' zei David.

Elisabeth knikte. 'Wat voor ongeluk?' vroeg ze.

David gaf geen antwoord, in de hoop dat ze te veel in beslag werd genomen door haar onderzoek om er verder op door te gaan.

Maar ze keek van onder haar lange wimpers naar hem en raakte de haarlok aan die door haar kam van schildpad bijeen werd gehouden.

'Wat voor ongeluk?' vroeg ze nog eens.

'Hij heeft zich gebrand.'

Elisabeth ademde uit en draaide zich gelukkig weer om naar de patiënt, terwijl ze de dokter riep. Hij ging ook op zijn hurken zitten naast Dov, met een gezicht dat in de plooi bleef bij de aanblik van de verschroeide huid, de etterende zwarte wonden.

Samen waren ze fluisterend aan het overleggen. David zag hoe vertrouwd ze waren en benijdde hen daarom, de manier waarop ze spraken zonder woorden te gebruiken, de manier waarop ze als team functioneerden, twee verschillende armen aan een en hetzelfde lichaam. Het was duidelijk dat ze al een hele tijd hadden samengewerkt in Amerika. Sjie-ka-go hadden ze David verteld. Het kostte hem een minuut om het te begrijpen: Chicago. Wat een geluk om niet je best te hoeven doen om te communiceren; om iemand te hebben die je intiemste gedachten kende alsof ze van haarzelf waren. Was dat niet waar een mens naar verlangde? Om niet je best te hoeven doen voor liefde.

Alsof David met die gedachten Sarah had opgeroepen, klonk er geritsel bij de tentflap en kwam haar hoofd naar binnen gestoken. Ze had haar haar boven op haar hoofd opgetast als een model in een modetijdschrift uit Parijs. Ze was zo jong dat ze vast en zeker eeuwig zou leven.

Toen ze zag dat hij daar was (dat ze hem eindelijk had gevonden nadat ze de hele kibboets had afgezocht, fantaseerde hij), brak er een glimlach op haar gezicht door. David dacht dat hij misschien van zijn leven nog nooit zo blij was geweest om iemand te zien.

'Ik kom even...' begon ze, maar toen zag ze de dokter en de verpleegster en deed haar mond dicht.

De anderen werden inbeslaggenomen; ze hadden ternauwernood in de gaten dat er een nieuwkomer was verschenen. David maakte daar gebruik van en noodde Sarah binnen met zijn ogen. Hij oefende met de vertrouwdheid die hij tussen de dokter en de verpleegster had gezien, en Sarah nam de uitdaging aan. Ze kwam binnen en ging naast hem staan, zwijgend aan zijn zijde. Hun armen tegen elkaar aan. Zonder een woord te wisselen speelden ze ermee dat ze samen in het openbaar werden gezien, op een plek waar Hannah elk moment binnen kon komen. Het had iets subversiefs, iets roekeloos. Even dacht David dat de honger van Sarah net zo groot was als de zijne, misschien groter. En daarom wilde hij haar.

Het was geen liefde, het was honger.

Hij moest zeker weten dat zij die twee ook niet door elkaar haalde.

Op dat moment keek dokter Lowen van Dov omhoog. Hij zag Sarah en David naast elkaar staan, en David wist dat hij vast dacht dat deze vrouw zijn echtgenote was.

De ogen van de dokter schoten terug naar Elisabeth, die overeind kwam van naast Dovs bed. De dokter kwam zelf ook overeind, tilde een hand op en legde die tegen het smalle deel van haar rug. Hij liet hem daar liggen.

David raapte zijn moed bijeen. Hij tilde zijn eigen hand op, en legde die tegen het smalle deel van Sarahs rug. Alsof ze een spiegel waren, of een jonger stel dat een ouder stel nadeed.

Alsof er verder niemand ter wereld was, boog de dokter voorover en kuste de schouder van de verpleegster. David bloosde bij dit intieme gebaar. Hij trok zijn hand van Sarahs rug alsof hij zich had gebrand.

Uit de hoek van de ruimte klonk een kreet, en David schrok. Ruth. Haar lichaam was zo klein in vergelijking met de andere patiënten dat ze er net zo goed helemaal niet had kunnen zijn.

'Het doet zo'n pijn, het doet zo'n pijn...' jammerde ze.

'Is dit jouw kind?' vroeg de dokter.

David knikte. 'Ja.'

Ruth lag onder haar muskietennet te kronkelen alsof ze zich probeerde te bevrijden van een demon.

'Metoeka,' zei de dokter, tevreden met zichzelf, kon David zien, omdat hij dat Hebreeuwse koosnaampje kende en het kon gebruiken.

Hij ging op zijn hurken naast Ruth zitten en hield zichzelf in evenwicht met een hand. Hij tilde het muskietennet voorzichtig op en raakte haar been zo zacht mogelijk aan; en toch begon Ruth nog harder te huilen.

'Waar heeft ze zich aan gesneden?' vroeg de dokter aan David.

David woog zijn opties tegen elkaar af. 'Dat weet ik niet echt,' gaf hij toe.

Hij verwachtte dat de dokter zou zeggen dat Ruth ergens anders ziek van moest zijn, dat alleen een snee niet zo'n koorts kon opleveren, maar dat deed hij niet.

Ruth kreunde. 'Salaam,' riep ze. Haar zwarte krullen zaten van het zweet tegen haar gezicht geplakt.

'Vrede?' vroeg de dokter.

'Zo heet haar pop ook,' zei David. En toen rechtstreeks tot Ruth: 'Ik zal haar gaan zoeken.'

'Ik heb haar aan Selig gegeven,' zei Ruth, met een verdwaasde, koortsachtige blik in haar ogen, en ze probeerde nog iets anders te zeggen maar haar stem ebde weg en ze begon te huilen.

David suste haar. Zijn gebreken zaten in hem genesteld als matroesjka's.

Elisabeth wendde zich tot David. Er stond een uitdrukking op haar gezicht waaruit sprak dat het rottende been van het kind zelfs voor haar als verpleegster niet te verdragen was; ze had een pauze nodig, een korte afleiding.

'Hoe lang ben jij al in Erets Jisraël?' vroeg ze, alsof ze gezellig wat aan het babbelen was op een cocktailparty in Sjie-ka-go.

'Een hele tijd,' zei David; hij nam Elisabeths knappe gezicht op. Maar de dokter had Sarah naar zich toe geroepen en was tegen haar aan het praten; David probeerde met een oor naar het andere gesprek te luisteren.

'Het been is...' hoorde hij de dokter zeggen. En daarna iets wat niet te ontcijferen was. En iets wat klonk als het woord 'schimmel'.

'Van kindsbeen af heb ik altijd *alia* willen doen,' zei Elisabeth. 'Ik ben opgegroeid met verhalen over...'

David knikte, maar bleef zijn best doen naar de dokter te luisteren.

'Je kunt nog altijd proberen... onbewezen... onduidelijke resultaten...' hoorde hij.

Maar Ruth schreeuwde het opnieuw uit dat ze van de pijn wilde worden afgeholpen, en ook David voelde de onweerstaanbare aanvechting om zich los te maken van wat er plaatsvond. Hij kon het niet verdragen om Ruth pijn te zien lijden, om het smeken om hulp in haar gejammer te horen. De schimmel verdween uit zijn bewustzijn. Zijn geest vluchtte naar Sarah als een zwaluw die over de rug van de wind glijdt. Het enige waaraan hij kon denken was dat hij haar hiervandaan wilde meenemen en haar plat wilde neuken.

Toen hij dat op een later tijdstip deed, begon Sarah te huilen en stelde ze hem vervelende vragen over Hannah. Hij probeerde haar zo goed mogelijk gerust te stellen (het was een seksloos huwelijk, en dat was sowieso een burgerlijk instituut), maar Sarah begon alleen maar nog harder te huilen en uiteindelijk moest David bij haar weg. Hij zei dat hij dingen te doen had.

Ik laat die momenten de revue passeren. Ik kijk hoe ze zich opnieuw afspelen. Ja, ik had anders kunnen handelen. Maar ik had de omvang van wat me net was verteld niet begrepen.

Waarom niet?

Nu weet ik dat: omdat de dokter het zelf niet begreep.

## HOOFDSTUK 17

Die avond werd er gedanst. Iemand had bedacht om langs de rand van het veld toortsen aan te steken, waardoor de vorm van een zaal ontstond waar geen zaal was. Toen David door het hoge gras overstak, had hij het gevoel dat hij op een plattelandsbruiloft af liep, met stralende lichtjes die in de duisternis hingen.

Zoveel bruidegoms, en maar een handjevol bruiden. Tot zijn verbazing zag hij zijn echte bruid sinds jaren, Hannah, te midden van de jongere vrouwen. Waarom was zij niet aan Ruths zijde? In plaats daarvan was ze in gesprek met een van de jonge pioniers. David tuurde; het was Samuel. Ze was aan het kletsen alsof ze hem al een hele tijd kende; alsof ze samen een groots doel voor ogen hadden, wat natuurlijk ook zo was. Maar het ergerde David zoals Hannah haar hoofd achterover gooide van plezier, met een blik die hij tegenwoordig nooit meer aan haar ontlokte. Het stemde hem (zo subtiel dat hij er zich bijna niet van bewust was) beschaamd om haar in het openbaar kameraadschappelijk met een andere man te zien omgaan.

Hij sloeg het beeld van haar lachend met Samuel in zijn hart op om het te bewaren voor als hij het misschien nodig had.

Hannah voelde zijn blik en keek op. Heel even hield hij haar blik vast. Ze zag er zo uitgeteerd, zo oud uit. Maar achterdochtig was Hannah niet. Er was geen spiertje achterdocht in Hannahs lijf. Ze was de goedheid zelve.

Ooit was dat genoeg geweest om hem in haar greep te houden.

De pioniers waren aan het dansen, het wiel van het hele gezelschap draaide, en in het midden van het wiel was een kleiner wiel dat drie vrouwen zich onbezonnen hadden toegeëigend. Zij waren de glanzende edelsteen op de ring. Er waren Ida en Sjosjanna. Er was Sarah. Onder het dansen vielen haar haren over haar gezicht, haar wangen waren roze van inspanning en haar ogen straalden. Het leek wel of er aan alle kanten licht van haar af vonkte.

David was niet van plan geweest te gaan dansen. Hij had al die jaren geleden gedanst toen Hannah en hij in Kinneret waren aangekomen en van hetzelfde woeste optimisme vervuld waren als deze nieuwe chaloetsiem. Maar de muziek was opmerkelijk meeslepend. De jonge chaloets Zeruvabel had talent. En David kon geen kans laten lopen om dicht bij zijn Sarah te zijn.

Hij kwam naderbij, terwijl een onverwachte verlegenheid zich in zijn lichaam deed gelden. Hij had aanzien, alleen wist niet of hij om zijn eigen merites gewaardeerd werd of vanwege zijn positie. Maar toen hij zich in de grotere kring gewurmd had, leek het niemand op te vallen. Ook de jongens keken naar Sarah (Ida en Sjosjanna hadden er net zo goed niet kunnen zijn) en iets omklemde zijn ingewanden, een bijna onverdraaglijk verlangen, een razernij om zijn onvermogen om haar tot de zijne te maken. Ze was de zijne, hield hij zichzelf voor. Ze hoorde bij hen allemaal. En hij was de hare. Maar dat hele idee had iets leegs waar hij woest van werd, omdat het hem hielp herinneren aan al de manieren waarop zijn geliefde theorie had gefaald toen ze in praktijk werd gebracht. Hij gaf zich over aan de dans, aan de woeste energie van de kring zelf. Zijn voeten vlogen onder hem heen en weer, heen en weer en voerden hem razendsnel nergens heen. Zijn rechterknie deed pijn als hij daar op neer kwam. Hij was dertig. Maar de kring bleef rondtollen, steeds weer hetzelfde, als het gesloten circuit van Nietzsches eeuwige wederkeer.

Toen zij naar hem toekwam, leek het een wonder. Hij had gedacht dat hij de hele avond zou moeten wachten, tot de dans net als een rondtollende dreidel op Chanoeka was uitgedraaid en omviel. Maar toen de binnenste ring ronddraaide, passeerde Sarah hem en hield even zijn blik vast, terwijl een licht van blije verrassing over haar gezicht trok. Ze had niet verwacht hem daar te zien. Ze haakte haar linkerarm los van Ida, haar rechterarm van Sjosjanna. De twee kleinere vrouwen keken verward, nu ze in de steek gelaten waren door het helderste licht van hun keten. Ze hadden niet genoeg zelfvertrouwen om het centrum op eigen kracht in stand te houden, dacht David. Maar ze hadden geen keus, en ze lieten Sarah wegzweven als een luchtbel over de duisternis. Ze liep tot waar haar schaduw buiten het vierkante licht van de lantaarns viel. David keek naar de overzijde van de kring; Hannah had het niet gezien. Ze werd in beslag genomen door de dans. Haar geest zou niet wegdwalen.

David wachtte zolang als hij het kon volhouden (een paar minuten) en maakte zich toen zelf ook uit de kring los. Hij moest het diverse keren proberen, aangezien de lichamen aan weerszijden van hem zijn beweging interpreteerden als enthousiasme, hem nog steviger vastklemden en hun pas verhaastten. Jitschak volgde vanaf de overkant van de kring met onbewogen gezicht Davids pogingen. Uiteindelijk slaagde David erin zichzelf los te haken en hij deed een sprong achteruit om niet onder de voet gelopen te worden. Even haperde de kring omdat de dansers gedesoriënteerd en uit hun evenwicht waren, en heel even zag het ernaar uit dat de hele zaak uiteen zou vallen. Maar het gat herstelde zich, de twee jongens die aan weerszijden van hem hadden gestaan, vonden elkaars armen en het ronddraaien ging door.

David stond zwaar hijgend aan de rand van het veld met zijn handen op zijn knieën. Toen hij weer op adem was, ging hij rechtop staan. Hij zette een grote stap achteruit. Hij deed een tweede grote stap achteruit. En daarna keerde hij zich om en zette het op een lopen.

Sarah stond aan de rand van de rivier op een plek waar de berg oprees als een droom. Ze stond op hem te wachten. Ze deed niet haar best om het te verbergen of net te doen of ze met hem wilde spreken over iets wat te maken had met het vee of het dorsen.

'Ya sayyid David,' fluisterde ze met schorre, bijna onhoorbare stem.

Hij ging vlak bij haar staan en ontwaarde haar in schaduwen gehulde gezicht. Ze rook naar lavendel en hooi.

Hij boog naar voren en nam haar onderlip tussen zijn tanden. Hun lichamen beroerden elkaar nog niet, maar hun tongpunten streken vederlicht langs elkaar. Ze sloten hun lippen zo zacht mogelijk aaneen. Hij liet een hand langs haar onderrug gaan, langs haar rechterheup, maar hij trok haar nog steeds niet tegen zich aan. De warmte tussen hen in pakte samen als donkere wolken, dicht en beladen met regen; hij trok zich nog wat verder terug van de kus, waardoor hun lippen elkaar nog maar nauwelijks beroerden, alleen hun adem, de lage warmte. De top van zijn pik duwde tegen zijn broek. Hij had het gevoel dat hij weleens een zaadlozing kon krijgen zonder haar zelfs maar aan te raken.

Hij moest denken aan de eerste keer dat hij haar rok had opgetild en bij haar binnen was gedrongen tegen de zijkant van de kar, met de zon die in pluimen om haar heen neer straalde. De uitdrukking op haar gezicht die deels genot was, deels vervoering, en deels iets anders wat hij niet echt kon benoemen maar wel herkende, een soort ontsnapping of kwijtschelding van jezelf. En toen zag hij over Sarahs schouder iets vaags. Een contour. Iemand was de hoek om gekomen en had hen gezien. Davids blik kruiste die van Levi. De middag daarop had hij de jongen apart genomen.

'Kan ik je even spreken?' vroeg hij.

Levi knikte en liep gehoorzaam achter hem aan. Alleen straalde Levi's manier van lopen een zelfvertrouwen uit waar David door van zijn stuk werd gebracht. Hij was jong en oprecht nederig, en toch heel zeker van zichzelf.

David nam Levi mee naar een afgezonderde open plek aan de voet van de berg. Hij nodigde de jongen binnen alsof hij hem verwelkomde in zijn studeerkamer, alsof hij een belangrijke rabbijn was. 'Het spijt me dat ik je geen *babka* kan aanbieden,' zei hij bij wijze van grapje.

Levi glimlachte, maar het was het soort glimlach dat aangaf dat hij liever ter zake wilde komen.

David had besloten dat eerlijkheid de beste aanpak was.

'Ik wil eerlijk uitkomen voor wat je gisteren hebt gezien,' zei hij.

Even dacht hij dat Levi hem ertoe zou dwingen de zaak uit te spellen, maar na een pauze knikte de jongen en hij zei verder geen woord.

Achteraf wenste David dat hij het daarbij had gelaten. Maar zoals vaker het geval was voelde hij zich gedwongen de stilte op te vullen. Het leek of de woorden in zijn binnenste voorverpakt waren, door zijn hersenen waren klaargemaakt voor als ze eens van pas zouden komen en de juiste context ze tevoorschijn haalde. Soms had hij het idee dat de inhoud van zijn toespraken er minder toe deed dan zijn vermogen om ze op overtuigende wijze uit te spreken.

'Je weet dat we hier in de kibboets in gelijkheid geloven. Vrouwen zijn gelijk aan mannen. In alle opzichten.'

Levi knikte.

David zei: 'Er zijn instituten die deze gelijkheid in de weg staan. Het huwelijk is er een van.' Hij sloeg zijn handen voor zich ineen en ging van zijn rechter- op zijn linkervoet staan. De nieuwe kraan van het Agentschap begon piepend te protesteren toen iemand hem probeerde open te draaien.

'Monogamie belemmert de vrijheid van een vrouw,' zei hij.

'Daarmee wordt ze veroordeeld tot het huishouden. Trouwen gaat niet over liefde tussen twee mensen, zoals wij als kind met de paplepel ingegoten hebben gekregen, maar is bedoeld om vrouwen af te leiden van hun diepste verlangen om scheppend, betekenisvol werk te doen.'

Een onuitgesproken vraag hing in de lucht: als David zo tegen het huwelijk was, waarom was hij zelf dan getrouwd? Het antwoord was natuurlijk dat hij indertijd te jong en te onontwikkeld was om beter te weten. Als hij toen had geweten wat hij nu wist… Maar als hij dat hardop erkende zou dat zijn eigen onbeholpenheid belichten. Met zijn tong probeerde hij een stukje overgeschoten aubergine uit zijn achterste kies los te wurmen. Hij keek naar Levi's gezicht; de jongen was alert, oplettend. David voelde zich bemoedigd.

'Hier in de kibboets steunen we een vrouw niet alleen, maar we staan erop dat ze over de hele linie deelneemt aan haar erfgoed, haar recht om arbeider te zijn. En dat recht leidt tot de vervulling van haar potentie, niet alleen als vrouw, maar ook als mens.'

Er klonk een kleine plons in de rivier, een kikker of een vis. Hij wierp een blik op de lange, gezwollen lisdodden, met hun uitgebloeide toppen die aan een pik deden denken.

'Vrouwen hebben ook seksuele behoeften,' zei hij. 'Wij mannen hebben vrouwen veel te lang als ons bezit beschouwd. Als iets om te voorzien in onze eigen behoeften, terwijl we die van hen nauwelijks erkenden. Ik kan je wel vertellen, Levi,' (hij begon op dreef te komen), 'ik kan je wel vertellen dat een van de dingen waar ik behoorlijk opgetogen over ben, is dat ik hier in de kibboets de vruchten zie van een nieuw, modern model.'

Hij krabde aan zijn neus.

'Snap je wel?' vroeg hij, maar het was een retorische vraag. Hij praatte door tot hij bijna vergeten was wat hij eigenlijk probeerde te zeggen. Hij probeerde uit het gesprek weg te komen zonder te benoemen wat de jongen in feite had gezien: David die een vrouw kuste die niet zijn echtgenote was. Met een zo neutraal mogelijke stem, als een docent die een samenvatting geeft van zijn les, zei hij: 'Ik hoop dat je dat begrijpt.'

'Dat doe ik,' zei de jongen.

Maar het geluid van de stem van de jongen haalde David weg uit zijn hoofd, uit het genot om te spreken, en terug zijn angst in. Hij wilde niet dat Hannah het wist. Dat zou zijn leven ongelooflijk lastig maken, en hij wilde de vrijheid hebben om zich niet op zulke rommelige menselijke emoties als behoefte en onzekerheid te richten, maar op de theoretische kwesties waarmee ze als groep waren begiftigd.

'Vertel het alsjeblieft niet aan Hannah,' zei David, en meteen had hij spijt van die woorden.

Door expliciet te zeggen wat hij niet wilde, had hij het idee in Levi's hoofd geplant. Hij kon zien dat de jongen niet had overwogen dat te doen, maar nu hij ertegen was gewaarschuwd, had het idee postgevat.

'Dat zal ik niet doen,' zei Levi. Het scherfje dat van zijn voortand af was, maakte dat hij er heel jong uitzag. Met de rug van zijn hand wreef hij over een rode uitslag van muskietenbeten in zijn hals.

Maar David hoorde iets anders. In die woorden 'dat zal ik niet doen' lag het tegenovergestelde opgesloten: dat doe ik wel. Als ik daartoe besluit.

En erger nog: je kunt me niet tegenhouden.

David ging bij Ruth kijken, zowel om te zien hoe het met haar ging als om te bekomen van het gesprek met Levi. Toen hij het ineengedoken figuurtje van zijn kind zag, tilde hij haar op in zijn armen. Met haar tegen zijn borst geklemd stak hij de kibboets over, terwijl hij langzaam in- en uitademde om rustig te blijven. Er stond een groepje chaloetsiem bij de kraan bijeen gedromd; ze draaiden de kraan steeds weer open en spatten elkaar nat met de straal. Het was tegen het middaguur, werktijd, en hij raakte geïrriteerd zoals ze daar als een stel kinderen aan het dollen waren.

'Er moeten nog doornstruiken worden weggekapt aan de overkant van de binnenplaats,' zei hij toen hij hen had bereikt.

De chaloetsiem keken verbaasd op, alsof ze betrapt werden op het roken van de hasjiesj die soms van de Syrische velden bij de Arabieren terechtkwam. Diverse meisjes kwamen overeind en veegden het gras van hun rok. De jongens begonnen hun spullen bijeen te pakken.

Hij wist dat hij nog eens extra autoriteit ontleende aan het feit dat hij Ruth droeg. Hij was een vader, een volwassene die in meer dan een opzicht hoogst serieus was. Maar Jitschak was ook een serieuze volwassene, en die kwam net aanlopen, met zijn mouwen opgestroopt. Net als David had hij hun kinderlijke spelletjes bij de kraan gehoord, het verspillen van schaarse bronnen. Er stond een trek op zijn gezicht die David herkende van jarenlang groepsdiscussies en debatten; Jitschak had bloed geroken. David verlegde Ruth in zijn armen; hij voelde iets samenknijpen in zijn borstkas, als een moer in een machine die wordt aangedraaid.

'Ik heb je hier niet nodig,' zei hij kortaf, op zo'n manier dat alleen Jitschak het kon horen.

Hij bedoelde dat hij de situatie onder controle had, maar de toon die hij aansloeg onthulde zijn dieper liggende wrok, want wat had Jitschak hier op de nieuwe plek te zoeken? Had dan niemand bij het Agentschap en in Kinneret vertrouwen in Davids oordeelkundigheid?

Jitschak pikte de zweem vijandigheid in Davids stem op en zette zijn stekels op. De irritatie die zo-even nog tegen de jonge chaloetsiem gericht was, veranderde van richting als een zeil in de wind.

'Gaan we doornstruiken kappen? In het zaaiseizoen?' vroeg

hij aan David, maar wel zo luid dat iedereen het kon horen.

Ruth maakte een geluidje maar sliep door.

David wist dat hij zich er nog aan kon onttrekken. Maar in plaats daarvan snauwde hij terug: 'Je mag ook de wc's schoonmaken, als je dat liever doet.'

Jitschaks ogen werden groot. Maar hij sloeg pijlsnel terug. 'In het zaaiseizoen?'

Hij had altijd al van ruziemaken gehouden.

David wist nog goed hoe Jitschak aan Hannahs kant had gestaan in de ruzie over haar eerste zwangerschap en hoe ze hadden verloren. Misschien was die beslissing nog steeds de verklaring voor de woede die in hen allebei sudderde.

'De tractor is kapot,' zei David. Hij voelde zich gepikeerd dat hij gedwongen was dat te zeggen, alsof hij persoonlijk had gefaald.

Jitschak zweeg, maar uit die zwijgzaamheid sprak een norse weigering om zich door David te laten domineren. De andere chaloetsiem waren opgehouden hun spullen te verzamelen en keken afwachtend toe wat er ging gebeuren.

David kneep zijn ogen toe. Hij werd duizelig en wilde gaan zitten. 'Er staat een complete werkploeg te wachten. Wat stel jij dan voor?' David zette Ruth hoger op zijn heup en veegde opnieuw zijn voorhoofd af.

'Ik zal je vertellen wat mijn voorstel is,' zei Jitschak. 'Ik stel voor dat we mannen naar de fabriek sturen om daar te werken voor geld. Dan kopen we fatsoenlijke machines. En poef. Het veld is klaar. Dan dorsmachines, dan karren om de schoven naar de machine te brengen, en klaar is Kees. Makkelijk zat. Dat zou ik voorstellen.'

Zij tweeën hadden dit al duizend maal eerder doorgenomen, maar dat wisten de chaloetsiem niet. David beleefde er een pervers soort genoegen aan om dat voor hen op te voeren, om een van de oude, klassieke discussies in deze nieuwe groep te laten ontbranden. Moesten ze het land nemen door alleen Joodse arbeiders in te zetten? Of moesten ze Arabische arbeiders toelaten? En wat telde nu precies als arbeid? Dit waren vragen met talloze invalshoeken. Alle echte arbeid zorgde voor minder ruimte voor het praten over werken, wat eerlijk gezegd het deel was waar hij echt genoegen aan beleefde.

'Is dat de reden waarom we hier zijn, denk je? Om de kapitalistische machine te herscheppen met die paar kostbare hulpbronnen die we hebben?' vroeg hij.

Jitschak zei: 'Volgens mij zijn wij hier om een thuisland te scheppen voor ons volk. Op wat voor manier ook.'

David wist wel een argument voor wat Jitschak had gezegd, en hij wist welk argument Jitschak daar tegenover zou aanvoeren. De waarheid was dat hij beide zijden van deze discussie kon beargumenteren: Erets Jisraël tegen elke prijs versus Erets Israël met alleen Joodse arbeid. Maar voordat hij met argumenten voor beide kanten voor de dag kon komen, kwam een jongen ineens tussenbeide met: 'Laat die fabriek toch zitten. Laten we het graan van de Arabier pikken.'

De jongens begonnen onder elkaar ruzie te maken, sommigen op hoge toon, over de dorsmachine, hun Arabische buren, het kiezen van een tijdstip voor het planten en de oogst, de voor- en nadelen van mannen aan het werk zetten in de fabriek in ruil voor geld. David deed een stap achteruit, met Ruth, die kans zag door het kabaal heen te slapen, tegen zijn borst geklemd. Hij voelde zich merkwaardig content dat de chaloetsiem die nog maar even daarvoor net een stel kinderen hadden geleken die door de straal uit een tuinslang renden, nu ineens zo diep betrokken leken bij de goede zaak. Hij zag de Duitse tweeling op zich af komen lopen. Selig boog naar voren om hem iets in zijn oor te fluisteren, en instinctief deinsde David achteruit, omdat hij er niet van hield dat een man hem op die manier aanraakte. Maar luisteren deed hij wel. 'Ik heb een oplossing,' zei Selig bedeesd.

'Een oplossing waarvoor?'

'De kapotte tractor.'

Hij sprak in zijn slechte Hebreeuws, waarbij hij naar zijn broer keek in de hoop dat die zou vertalen, maar Samuel schoof weg alsof hij er niets mee te maken wilde hebben. David knikte om aan te geven dat hij Selig had begrepen en dat de jongen kon doorpraten. Hij verwachtte dat hij met een oplossing zou komen waarbij Arabische werkkrachten moesten worden ingezet, wat al eens eerder was geprobeerd en wat tot chaos en rampen had geleid, en hij was blij verrast toen Selig zei: 'Ik heb iets wat we kunnen verkopen.'

David voelde hoe Ruth in haar slaap van positie veranderde, en opnieuw moest hij denken aan toen ze een baby was. Hij bedacht dat Hannah misschien wel gelijk had, dat het hun weleens goed zou kunnen doen om weer het stralende nieuwe leven van een zuigeling te ervaren.

Selig hield een tas open die hij van zijn rug tevoorschijn had gehaald. David gluurde erin en zag een rafelig bruin kussen liggen waar bij de zomen vulling uit puilde. Hij keek met een vragende blik op.

'Neem me niet kwalijk,' zei Selig, en hij schudde even met de tas om de inhoud om te gooien. David keek nogmaals; er lagen twee mooie kandelaars, hoog en van zilver, met de sjabbatzegening erin gegraveerd.

Zijn mond ging open. 'Hoe kom je daaraan?'

Selig wendde zijn blik af en schraapte zijn keel. 'Mijn moeder heeft ze me van thuis toegestuurd.'

David was verbaasd; hij had gedacht dat de tweeling geen moeder had en er waren de afgelopen tijd geen leveringen van Chaim geweest. Maar goed, hier waren die voorwerpen, en ze zagen er waardevol uit.

'Het zijn kandelaars,' zei Selig in het Duits en vervolgens vertaalde hij het om David te laten zien dat hij wel enig Hebreeuws sprak. 'Pamotiem.'

Zonder te aarzelen draaide David zich om, om de groep toe te spreken. Hij mocht de kans niet laten lopen om degene te zijn die het goede nieuws bracht. Hij kuchte, en pas toen merkte hij dat Samuel heel dichtbij stond alsof hij hem iets wilde vertellen. David stapte bij hem vandaan. Hij keek de groep chaloetsiem strak aan om hen tot stilte te manen; hij was ongeduldig.

'Sjalom jullie allemaal,' riep hij. 'Ik heb nieuws.'

Ze keken op van hun geruzie, geïnteresseerd, maar ook spijtig dat ze zelf moesten ophouden met schreeuwen.

'Selig heeft een paar kostbare kandelaars van thuis ontvangen. Die kunnen we verkopen om de machines te repareren.' zei David.

Er viel een lange stilte. Daarna ging er ineens gejuich op. De chaloetsiem waren nog steeds zeer bevlogen, dacht David; ze grepen nog steeds elke kans aan om te juichen.

Toen het gebrul losbarstte, begon Ruth in zijn armen te kronkelen als een worm aan de haak. Ze probeerde haar hoofd op te tillen. Hij voelde hoe ze worstelde om iets te zeggen, om een zin te vormen ondanks de hitte van haar koorts. Toen ze er eindelijk in slaagde haar hoofd op te tillen waren er twee bijna volmaakte roze cirkels op haar wangen verschenen. Haar ogen waren glasachtig, als knikkers.

'Die kandelaars zijn van Ida,' zei ze.

Haar stem was hoog en helder, en de chaloetsiem draaiden zich nieuwsgierig om.

Onder hun onderzoekende blik kwam er een vreemd gevoel in David op. Zijn dochtertje kraamde uiteraard onzin uit, waar ze niets aan kon doen vanwege haar leeftijd. En toch zat er een soort waarheid in haar woorden. Precies hierover was David bezig geweest een theorie te formuleren, de manier waarop dingen tegelijkertijd waar en onwaar konden zijn, zo niet feitelijk dan toch in essentie. In sommige zaken zat een kern van waarheid ook al was hun inhoud onwaar.

Het was een theorie die hem goed uitkwam in zijn betrekkingen met zijn vrouw.

Ruth bleef kronkelen en klemde haar benen rond zijn middel, terwijl ze blijkbaar probeerde nog iets anders te zeggen. Maar David legde zijn hand tegen haar achterhoofd en duwde het tegen zijn schouder. Ze gaf zich gewonnen en vleide zich weer tegen hem aan en binnen twee seconden was ze alweer diep in slaap.

Hij zag dat Jitschak Ruth scherp in de gaten hield. David wist dat hij stellig geloofde in de unieke opmerkingsgave van kinderen.

Plotseling voelde David zich uitgeput. Hij moest gaan liggen.

'We gaan de kandelaars verkopen, en dan maar zien wat ze opleveren,' zei hij om een eind te maken aan het debat. Hij draaide zich om om te vertrekken en Ruth weer naar bed te brengen. Bijna had hij de ziekenboeg bereikt toen ik de beeltenis in zijn geest legde om hem er heel voorzichtig aan te helpen herinneren (wat trouwens het enige is waartoe ik in staat ben): het bruine kussen onder in de tas van Selig.

David draaide zich met Ruth nog steeds in zijn armen abrupt om en liep terug naar de plek waar de meeste chaloetsiem al waren vertrokken. De kraan liep nog, en kostbaar schoon water stroomde weg over de aarde. David draaide hem dicht. Selig stond er nog, met zijn haar dat alle kanten op stak, en de knieën van zijn broek zo erg versleten dat je de harige knieschijven eronder kon zien.

'Jij hebt de pop van mijn dochter,' zei David.

Selig maakte een geluid dat David niet kon duiden, en maakte daarna zijn tas open. Hij keek erin.

'Daar lijkt het wel op,' zei hij. Zijn stem was kalm, bijna laconiek, alsof hij een opmerking maakte over iets wat niets met hem te maken had.

'Mag ik die hebben?' vroeg David, om de een of andere reden nogal aarzelend, alsof hij om een gunst vroeg.

Selig keek naar de pop. 'En als ik hem nou wil houden?' vroeg hij.

Er klonk geen dreigement in zijn stem, alleen een vage nieuwsgierigheid naar Davids antwoord.

Selig zei: 'Ik heb jou de kandelaars gegeven. Als ik die pop daar nou voor in de plaats nodig heb?'

Wat een merkwaardig persoon, dacht David. Wat een ongelooflijk merkwaardig persoon.

'Ik verzeker je dat mijn dochter hem liever wil hebben dan jij,' zei David.

'En stel nou dat je dochter hem aan mij heeft gegeven?'

'Dat waag ik te betwijfelen,' zei David.

Ruth maakte een geluid in haar slaap, een kreetje dat klonk als 'lief' of misschien 'dief'.

'En als ik hem nu eens harder nodig heb dan zij?' probeerde Selig. Hij stak een vinger onder zijn blauwe bretel en liet hem even terug springen.

Dit was de grondgedachte achter de verdeling van goederen in de kibboets; degenen die het het hardst nodig hadden waren degenen die iets kregen. Medicijnen, kleren. Een fluit. De revolver. Selig was iets aan het uitproberen, zocht een grens op, maar David kon niet echt hoogte krijgen van de vorm van zijn verzoek of het kleine experiment dat hij aan het uitvoeren was.

'Dat is volgens mij onmogelijk,' zei David.

Hij verwachtte dat Selig opnieuw een bezwaar zou aandragen, maar ineens capituleerde de jongen, het spelletje dat hij aan het spelen was geweest was teneinde gekomen.

'Ook goed,' zei Selig. 'Als jij denkt dat het beter is.'

Hij viste Salaam uit de tas en droeg haar over. Hij leek tevreden gesteld, met een stralende nieuwe lach op zijn gezicht. David keek omlaag naar de pop. Er zat een nieuwe vlek op de getekende ogen, en in de mini-hoofddoek zat een scheur. Maar David slaagde erin een gordijn in zijn geest neer te laten. Hij vroeg niet naar wat hij niet kon zien. En ik moedigde hem niet aan.

Dat gordijn zou gauw genoeg open gaan.

David sjorde Ruth hoger op zijn heup. Ze begon zwaar te worden; ineens deden zijn armen pijn omdat hij haar zo lang had vastgehouden. Hij wist dat hij Ruth terug moest brengen naar de ziekenboeg, maar hij werd overweldigd door een golf van uitputting. Hij wilde die vijftig meter extra niet lopen. Nog maar net haalde hij zijn eigen tent, waar hij met Ruth naast zich neerzakte. Zijn oogleden waren zo zwaar dat het wel leek of ze met munten waren verzwaard. Hij werd overweldigd door een intens gevoel van dankbaarheid, dat hij een matras had, een bed, een plek waar hij zijn lichaam te ruste kon leggen. Het kostte maar een paar seconden voordat het touw van zijn bewustzijn uit de knoop gleed en zijn lichaam wegdreef over de zwarte, zware oceaan, maar een gekrabbel over het tentdoek deed zijn ogen open schieten. Onmiddellijk was hij wakker en alert; hij wist wie het was.

Hij had gezegd dat ze hier niet moest komen.

Ruth lag aan het voeteneind te snurken, haar opgezette been bij de rest van haar lichaam vandaan, maar de pop Salaam lag nog in Davids armen. Hij was met de pop tegen zijn borstkas geklemd in slaap gevallen.

Hij schoof hem onder zijn matras, zodat Sarah hem niet zou zien.

Ze droeg een kerosinelamp ook al was het nog maar eind van de middag.

'Wat doe jij hier?' vroeg hij fluisterend. Ze deed haar mond open om antwoord te geven en hij legde een vinger tegen zijn lippen. Ruth lag in haar slaap te woelen. Het was waar dat Hannah er niet was, maar dat had best wel zo kunnen zijn.

Het kwam niet in zijn hoofd op om zich af te vragen waar ze heen was.

Op wankele benen kwam hij langzaam overeind en liet zich door Sarah leiden. Hij stond machteloos tegenover haar aantrekkingskracht. Hij kon even weinig weerstand bieden als hij weerstand kon bieden aan de zwaartekracht. Het gewicht van zijn hele bestaan drukte op hem: zijn zieke dochter, die steeds zieker leek te worden, zijn eigen onafgebroken zweten, Hannahs verdrietige gezicht, Jitschaks beschuldigende gezicht, de kapotte machines, het veld vol graan dat ze niet konden binnenhalen. Terwijl Sara voor hem uit liep, bekeek hij haar achterste. Het wiegen van haar heupen, haar kleine, gladde billen, die zo veel jonger en strakker waren dan die van zijn vrouw.

Achter de schuur liet hij haar achterover zakken boven de holte van een omgevallen kruiwagen. Ruw trok hij haar jurk omhoog. Hij ritste zijn broek open, haalde zijn pik eruit en ramde hem in de stof van haar witte onderbroek, niet in staat die twee seconden te stoppen om het katoen opzij te trekken. Toen hij uiteindelijk toch in haar gleed, dacht hij dat hij meteen zou klaarkomen. Daar was ze helemaal om hem heen, warm en strak. Hij glipte erin en eruit en zijn pik werd overdekt met haar vochtigheid. Toen hij explodeerde, was het of hij haar al zijn problemen gaf en alsof zij zei: 'Ja, ja, ik neem ze allemaal aan.'

## HOOFDSTUK 18

De avond daarop was er aan de rand van het veld een licht. Het verschoof en veranderde tegen de schaduw van de berg. David besefte dat het iemand moest zijn die een vlam droeg. Hij zadelde Lenin, want afstanden waren hier misleidend. Wat dichtbij en makkelijk te bereiken leek, was vaak ver weg.

De ezel was in Kinneret gebruikt om de kar met watertonnen te trekken; zodra ze een pomp hadden, was het dier inzetbaar voor avontuurlijker ondernemingen. Het trok nu aan zijn halster en sloeg met zijn staart, maar David wond de leidsels stevig om zijn hand. Hij was er niet op uit om de toortsdrager te besluipen, maar evenmin wilde hij zichzelf al te luidruchtig aankondigen. En toch zag de oude Arabier hem aankomen. Hij hield de vlam hoog in de lucht zodat die schaduwen over zijn gezicht wierp en de glanzende, strakke lijn van zijn litteken nog duidelijker naar voren kwam.

'Waarom ben je hier?' vroeg David.

'Salaam,' groette Habib. Hij liet zien dat hij de man met beschaving was, degene die gedag zei voordat hij een ander beschuldigde. Het paard naast Habib was slank en gespierd, met een brede borstkas en opengesperde neusvleugels. Er zaten kwastjes en versieringen aan zijn zadel die pasten bij de van kwastjes voorziene hoofddoek die Habib droeg.

'Sjalom,' zei David om hem ter wille te zijn.

Hij probeerde meer op Jitschak te lijken, niet alleen omdat dat juist was, maar ook omdat het betere resultaten opleverde.

Habib ademde echter diep in en hoorbaar weer uit. Toen hij sprak, was dat in traag, duidelijk Arabisch. 'Jullie karren keren op onze velden.'

David snoof luidruchtig. 'Welke velden?'

Dat had hij niet moeten zeggen, maar hij kon het niet laten. Wat konden hun Hebreeuwse karren nou helemaal te zoeken hebben op die drassige troep die de Arabieren velden noemden? Dit was overduidelijk een excuus om te komen spioneren. Hij zei niet wat er daarna in zijn keel opwelde: dat het binnenkort sowieso geen kwestie meer zou zijn, omdat de Arabieren hun land moesten opgeven.

Om hen heen lag het afval verspreid van het werk dat de chaloetsiem die dag hadden verricht. David zag hoe Habibs blik op de dorsmachine viel; die was stuk, maar dat wist Habib niet. De zakken graan waren zo bol als Russische baboesjka's en David zag dat Habib die ook waarnam, en de beladen karren, en hij zag hoe er een blik in Habibs ogen verscheen. Iets van afgunst, wat David begreep, en iets van walging, wat hij niet begreep.

'Ik wil je vragen om daarmee op te houden,' zei Habib.

'Ophouden?'

'Ophouden om jullie karren op onze velden te keren.'

David bleef zwijgen. Hij wilde hem niet het genoegen gunnen.

De stilte duurde voort. David hoorde het vuur aan het uiteinde van Habibs toorts knetteren. Nu stak de Arabier hem in de grond, als een ontdekkingsreiziger die zijn vlag in de aarde steekt om nieuwe grond op te eisen. David las de gedachte af op het gezicht van Habib en heel even werd hij overspoeld door een hevig gevoel van wroeging; hij had gewild dat het niet zo hoefde te gaan. Waren ze niet allebei de geliefde zonen van Abraham? Maar de Joden hadden hier tweeduizend jaar geleden gewoond. Ze eisten iets op wat hun rechtens toebehoorde.

En niemand anders wilde hen hebben. In zijn hoofd somde hij de lange geschiedenis op van Joden die waren verjaagd, van alle landen die niets met Joden te maken wilden hebben. Waar moesten ze dan heen?

De mannen keken elkaar aan; geen van beiden wilde de eerste zijn die zich omdraaide.

'Ik heb dorst,' zei Habib ten slotte.

David begon bijna hardop te lachen. Uit Habibs opmerking sprak alles wat hij probeerde niet te geloven over de Arabieren: dat ze simpel waren. Niets konden leren. Dat ze alleen aan hun onmiddellijke behoeften dachten. Ze hadden zo lang op dit land gewoond, en wat hadden ze ermee gedaan? Bijna niets. De velden waarover Habib het had leverden nauwelijks genoeg op om de dorpelingen in staat te stellen hun eigen gezin te voeden. Hun huizen waren uit leem opgetrokken. In de regentijd haalden ze de geiten binnen en sliepen die naast hun kinderen. Dat had David met eigen ogen gezien.

Zijn blik bleef rusten op een hekpaaltje even verderop. Bovenop balanceerde een kan drinkwater die de chaloetsiem hadden achtergelaten na hun dag werken. David veronderstelde dat hij op de proef werd gesteld met Habibs opmerking dat hij dorst had; en jawel, hij wilde ook blijk geven van de welwillendheid waarvan hij wist dat die cruciaal was om de zaken goed te laten verlopen met de Arabieren. Als hij de Arabier toestond van dit water te drinken, toonde hij daarmee zijn menselijkheid, zijn compassie. Maar meteen kwam het tegenargument in zijn binnenste op: daarmee zou hij ook onderworpenheid tonen. Beide aanvechtingen buitelden in hem rond, zijn *jetser hatov* en zijn *jetser hara,* een engel en een duivel die om de macht streden.

'Er zit water in de ton,' zei hij uiteindelijk.

Habibs hoofd schoot omhoog, alsof iemand aan een riem rond zijn hals had gerukt. Het water in de ton was voor het vee. Dat wist Habib, en David wist dat hij dat wist. Het was troebel en groen. Er dreven kleine spikkels op het oppervlak die zichtbaar werden in het maanlicht.

David zag Habib de zaak herijken; hij wist dat de aanwezigheid van de Joden slecht was voor zijn volk, maar nu begreep hij pas echt de volle omvang daarvan.

Achteraf zou David terugdenken aan dit moment. Stel dat hij de man had laten drinken van het zuivere water? Wat dan?

Nog een ogenblik verstreek. Habib woog zijn opties. Ook hij had een hele dag gewerkt. Hij was te paard hierheen gekomen om zijn boodschap over te brengen aan David, en de avond had geen respijt gebracht van de hitte. Ten slotte knielde hij, zette zijn mond aan de ton en dronk.

Dit was voor David een bevestiging van iets, iets wat hij probeerde niet hardop uit te spreken maar wat hij niettemin geloofde over de essentiële primitiviteit van de Arabieren en de manier waarop ze leefden. Maar hun land had potentie. Er was zonlicht, een mooi uitzicht; zodra de kibboets het land had overgenomen, zouden de chaloetsiem kunnen uitzien op de vruchten van hun arbeid als de velden dichtgroeiden en werden omgehaald. Er zou ruimte zijn voor kleintjes. Niet die van Hannah en hem, maar die van toekomstige pioniers.

David had geduld gehad, en nu greep hij zijn kans. De oude moektar was naar hem toe gekomen. Het was altijd beter om op je eigen terrein onderhandelingen te voeren. Daar zou zelfs Jitschak het mee eens zijn.

'Jullie zullen je kamp moeten verplaatsen,' zei David tegen Habib.

Habib keek naar David. Hij klikte eenmaal met zijn tong, het woord voor nee.

En kamp was natuurlijk het verkeerde woord. David wist dat het iets geïmproviseerds, iets tijdelijks impliceerde, iets wat eigenlijk eerder op de situatie van de pioniers sloeg. Terwijl de familie van Habib hier al generaties lang woonde.

Habib vroeg David niet wat hij bedoelde. Hij tilde zijn hoofd op en stak zijn hand uit om de schacht van zijn toorts te beroeren. Daarop maakte hij een rukbeweging met zijn hand; dat gebaar beduidde dat er maar een verkeerd terechtgekomen vlam nodig was om de hele zionistische onderneming plat te branden.

Bij de gedachte aan brand begon David te zweten. Hij begroef zijn vingers in zijn zware donkere krullen en trok ze weg van zijn gezicht. Hij draaide zich om naar de kruik goed water die de chaloetsiem gebruikten tijdens hun werk. Er zat een zilveren schepje met een draad aan de kruik vast. Hij keek Habib niet in de ogen, maar stak het kopje in het water en dronk daarna met grote slokken. Hij deed het nog een tweede en toen een derde keer.

Toen hij opkeek, zag hij dat de wrok in Habibs ogen was omgeslagen in pure haat.

In Kinneret was een Arabier geweest die Joessef heette en in het dorpje even verderop woonde. Hij was familie van Anisa en Amir, en van Sakina, voordat ze stierf. Een oom. Joessef was echt een *mensch*, dacht David. Hij had de chaloetsiem uitgenodigd bij hem thuis en had hun snoepgoed en rosé voorgezet en zijn vrouwen voor hen laten draven. De vrouwen serveerden donkerrode granaatappelzaadjes in een blauw porseleinen kom; zij kenden ook die Joodse fabel dat er 613 zaadjes in elke granaatappel zitten die overeenkomen met de 613 mitswot. Op de binnenhof stonden amandel- en vijgenbomen. David wist nog goed dat Ruth en Gabriël en de andere kinderen een uitstapje naar dit huis als iets bijzonders hadden beschouwd. Joessef en zijn *misjpooche* bezorgden David en de andere stichters het gevoel dat wat zij hadden gedaan in orde was; niet alleen wat het zionistische streven betreft, maar ook ten aanzien van de Arabieren zelf. Hij liet hen voelen dat hun aanwezigheid welkom was, en daarmee rechtvaardigde hij de hele onderneming.

Maar niet alle Arabieren waren Joessef. Integendeel.

David had de bankier in Beiroet op zijn woord geloofd dat de Arabieren dit land zouden verlaten. Maar Habib en zijn mensen leken de voorkeur te geven aan hun vervallen lemen huizen en kale velden boven de dorpen in Syrië of Libanon waar hun familie woonde. Het begon David te dagen dat hij een reisje naar Tel Aviv zou moeten maken, naar het hoofdkantoor van de Centrale Arbeidersorganisatie om te bespreken hoe ze de Arabieren gedwongen konden verwijderen. Hij nam het Habib kwalijk, al wist hij dat dat onredelijk was, alsof het niet het goed recht van de man was om zijn huis en haard te verdedigen zoals het het goed recht van de Joden was om hun huis en haard op te eisen.

'Jij bent een slecht mens,' zei Habib, en David wist dat hij het had over wat er met de kleine Sakina was gebeurd.

'Jullie kunnen hier niet blijven,' zei David bot, met opeengeklemde kaken.

Habib raakte zijn litteken aan. 'Waar moeten we dan heen?'

Heel even had David de indruk dat het een oprechte vraag was, dat Habib een vriend was die om advies vroeg, en zijn hart werd zachter. Maar de toorts vlamde hoger op, waardoor hij aan het vuur moest denken, en hij pantserde zijn hart weer. Geen waakzaamheid die te groot zou zijn. Hij zag in dat een zwaardere bezetting van de nachtwacht nodig was. Niet een man, maar twee. En om de kibboets te beschermen moest hij zijn wapen uit handen geven.

De tractor was binnen een paar dagen gerepareerd. David had Samuel naar de markt gestuurd om de kandelaars te verkopen en daarna naar de stad om een vervanging voor de pijp te kopen, en voor de tank die na de explosie in stukken lag. De jongeman wilde kennelijk graag helpen, en het gaf hem een fijn gevoel om bevelen uit te delen en ze uitgevoerd te zien. Hij wist nog goed hoe het was om een kleine jongen te zijn op *cheder*, hoe de oudere jongens met hun lange pijpenkrullen hem plaagden met zijn hoge stem. Hoe onzichtbaar hij zich achter in de klas had gevoeld, alsof hij nooit iets zou voorstellen. Alsof hij nooit een idee van enige waarde zou koesteren.

Maar nu kon hij vlak voor zijn ogen van minuut tot minuut het succes van deze grote kibboets tot ontplooiing zien komen. Een kibboets die aan zijn brein was ontsproten. Aan dat van hem en van Jitschak, en in zekere zin ook aan dat van Samuel Scholessinger en Meyer, maar David had er het meest in geloofd, en moest je nu zien: die kibboets was er. *Kiboesj avoda ivrit*: de overwinning of triomf van Joodse arbeid. Er waren arbeiders op het land, arbeiders in de groentetuin, de keuken en de wasserij. Het werk nam hen volledig in beslag. Maar als hij gelijk had, zou er binnenkort tijd zijn voor studiegroepen, taalgroepen en het geestelijk leven. Hij had een visioen van een werkende klasse die cultureel en spiritueel ontwikkeld was: een klasse die heel Israël zou voorgaan om *am oved* te worden, in de breedste betekenis van het woord en dat niet alleen lichamelijke arbeid omvatte, maar ook intellectuele en artistieke arbeid.

Het Zionistisch Uitvoerend Orgaan was verdeeld geweest over het idee van de grote kibboets, en hetzelfde gold voor het Arbeidersbataljon. David had op die twee fronten strijd geleverd en David had allebei gewonnen.

Dat vertelde hij de chaloetsiem allemaal terwijl hij voor hen stond na hun avondmaal van pita, olijven en gele pudding. Ze hadden de gewoonte ontwikkeld om in de afkoelende avond bijeen te komen in de groeve, waarbij iedere pionier een steen uitkoos om op te zitten en ze een kring vormden met David in het midden. Het zweten had hem onlangs verlaten; hij had met zijn wilskracht de kadachat verjaagd. Hij was tot alles in staat.

De lucht hield nog wel de herinnering vast aan de hitte overdag, en de zware lucht van mest vanaf de velden, een verstikkende, weeë lucht. Het was bijna te benauwd om te praten. Maar veel jonge pioniers popelden om hun tanden in idealen te zetten. In Rusland of Polen waren ze lid geweest van de Zionistische Jeugd; ze hadden al jaren geruzied en gedebatteerd, en nu wilden ze de kans krijgen om datgene wat ze hadden geleerd na te leven.

David sprak vanavond over 'feiten scheppen' door actie te ondernemen, met Joodse arbeiders en Joodse arbeid. Als je erop ging zitten wachten dat de diplomatie je toestemming gaf, kon je eeuwig wachten.

Hij beroerde het potlood achter zijn oor.

'We hebben bijvoorbeeld de tractor gerepareerd,' zei hij. 'We hebben het geld van de kandelaars gebruikt. Als we erop hadden gewacht tot het Agentschap…'

'Ik heb een vraag,' riep een van de jongens.

David was licht geïrriteerd dat hij werd onderbroken, maar zei: 'Natuurlijk.'

Hij boog en strekte zijn handen. 'Je hebt mijn toestemming niet nodig om te spreken.'

De jongen knikte. 'Hoe zit het met *hagshama atzmit*? Persoonlijke verwerkelijking. Horen wij niet te helpen de doelen van het zionisme te verwezenlijken met onze eigen arbeid en offers? En niet door iemand anders geld te geven om het te doen?'

David haalde zijn vingers door zijn baard. Die begon lang te worden; het bezorgde hem een wijs, vaderlijk gevoel.

'Ja,' zei hij. 'Maar hagsjama isjit is niet van toepassing om het feit dat wij de kandelaars hebben verkocht. Het is vooral bedoeld voor de Joden in de diaspora die op afstand, met geld betrokken willen zijn en intussen hun lichaam schoon en onbedorven willen houden.'

Er zat een afte aan de binnenkant van zijn wang waar hij met zijn tong overheen ging.

'Er is voor ons geen toekomst in de streken waarheen we

verspreid zijn geraakt,' zei David. 'Als we daar blijven, worden we ofwel vernietigd bij pogroms, of we houden op Joden te zijn als gevolg van de assimilatie.'

'Dat klinkt nogal heftig,' zei Zeruvabel.

'Het is een feit.'

'Hoe weet je dat?'

Een vogel floot, drie hoge tonen gevolgd door drie lage tonen.

Normaal gesproken geloofde David in het uitleggen van je logica, in de luisteraar stap voor stap door een gedachteproces leiden, maar nu zei hij alleen: 'Dat weet ik gewoon.'

En terwijl hij het zei, werd hij overweldigd door een stellige zekerheid, en daaronder door het dringende gevoel dat hem soms midden in de nacht bezocht, een vurig besef dat dit hun moment was. Erets Jisraël was de enige veilige plek voor zijn volk.

Hij wist dat Hannah de Armeense genocide verschrikkelijk vond en dat de hele wereld die zo intens had ervaren dat iets dergelijks nooit meer zou kunnen worden herhaald. Maar David wist... Geen idee hoe, maar hij wist het... dat ze dat verkeerd zag.

Er zou een grotere slachting komen.

De chaloetsiem zaten afwachtend naar hem te kijken. Dus hij zei: 'Wij hebben ons hier voor hagsjama isjit ingezet. Wij belichamen dat beginsel. Dat tractoronderdeel was dan misschien niet door Joden gemaakt, maar er is wel een Jood naar de stad gelopen om het te kopen. Een Jood zal het gebruiken om ervoor te zorgen dat de grond vruchten voortbrengt, en dat de Joodse arbeid triomfeert. Wij zullen uitbreiden naar gebieden die in het verleden door Arabieren werden gemonopoliseerd.'

Hier zweeg hij even, en zijn gedachten gingen naar Habib, de kwastjes aan zijn sjaal die bij de kwastjes van zijn ezels pasten. Wat kon een man drijven om zich passend bij een dier te kleden?

'We moeten iets anders bespreken,' zei hij.

De menigte viel stil.

'Ik heb een uitwisseling gehad met de Arabische moektar.'

Hij liet dit even inzinken.

'De sjeik,' zei hij, een term die meer mensen kenden. 'We gaan ons nachtwachtbeleid aanpassen. Van nu af aan hebben we twee nachtwachten nodig.'

Hij laste een pauze in om het goed te laten doordringen.

'En ik zal mijn wapen overdragen aan degene die wachtloopt.'

Dit nieuws werd met plechtige bijval door de chaloetsiem ontvangen. Ze keken als kinderen die een privilege krijgen waar ze lang naar hebben uitgekeken: de kans om op de *bima* te staan, misschien, en te worden gezegend.

'Wat is er met de sjeik gebeurd?' vroeg Zeruvabel.

David schudde zijn hoofd. 'Dat doet er niet toe,' zei hij.

Wat hij eigenlijk bedoelde was: ik ben de hoeder van dat geheim.

En: ik schaam me te erg om het jullie te vertellen.

Hij keek weer naar de groep en zag de beschuldigende blik in Levi's ogen. Maar hij was uitgepraat. Hij pakte het potlood van achter zijn oor en stopte het samen met het notitieboek in zijn tas.

## HOOFDSTUK 19

Uiteindelijk was Jitschak degene die ervoor zorgde dat de Arabieren verhuisden. David had de zaak met de moektar zelf willen afhandelen. Dat was immers zijn verantwoordelijkheid. Maar hij moest toegeven dat hij zijn relatie met Habib al onherstelbaar had geschaad. Dus opnieuw was Jitschak gedwongen uit zijn naam tussenbeide te komen.

'Hoe heb je hem weten over te halen?' vroeg hij achteraf aan Jitschak.

De discussie over het kappen van de doornstruiken was vergeten, of in elk geval van tafel geschoven. Als Jitschak en hij ook maar een ding hadden opgestoken van tien jaar in een collectief wonen, dan was het wel dat wrok blijven koesteren geen goed idee was. David begreep dit verstandelijk, maar hij wist dat Jitschak, wiens kind Davids gezicht had, de wrede werkelijkheid ervan begreep.

Jitschak zat op zijn knieën een nieuw perk met groenten vrij te maken naast een wirwar van wonderboomplanten waaraan ze olie zouden onttrekken. Zijn knokkels waren gebarsten, en de barsten waren gevuld met viezigheid. Ondanks de grote rand van zijn hoed was zijn brede gezicht bruinverbrand. Hij keek op naar David en begon te glimlachen, alsof hij het tegen een niet al te slim kind had. Luchtig zei hij: 'Met een beetje vriendelijkheid kom je een heel eind.'

En de oude woede stak in David op. De ruzie die zo snel was vergeten, laaide even snel weer op, als een vlam die wordt beroerd door de wind.

David marcheerde weg en zijn geest volgde zijn voeten naar de ziekenboeg. Als Ruth niet snel beter werd, hield hij zichzelf woedend voor, moest er iets worden ondernomen. Maar voordat hij de ligplank van Ruth had bereikt, zag hij tot zijn grote schrik de dokter zelf buiten westen op een geïmproviseerd bed liggen, met vlekjes speeksel in zijn baard.

'Wat is er gebeurd?' vroeg David, als een bezetene op zoek naar iemand die dat zou kunnen weten. Ze mochten de dokter niet kwijtraken; ze hadden hem nodig.

'Het is hier bloedheet,' zei hij tegen niemand, en hij trok de mouwen van zijn witte overhemd los. Achter zijn rug gaf iemand antwoord: 'Vind je?'

Hij draaide zich om en zag een jongen staan die hij niet herkende, een jongen met fijne gelaatstrekken, hoge jukbeenderen en lange wimpers, en nog zonder de baard in de keel.

'Dat vind ik,' zei David op bruuske, sarcastische toon. 'Wat is er met dokter Lowen aan de hand?'

'Kadachat,' zei de jongen hoofdschuddend.

'Dat is duidelijk,' zei David droogjes. En vervolgens: 'Waarom heb je mij er niet bij gehaald?'

De jongen zei: 'Heb jij dan een oplossing? Iets wat de dokter niet weet over de kadachat?'

'Ik heb het zelf heel vaak gehad,' zei David, en hij dacht terug aan de keer dat Erets Israël hem voor het eerst had betreden, de aanvallen van rillingen en stuipen waarvan Jitschak hem op het hart had gedrukt dat het de gebruikelijke overgangsrite was. De ziekte had hem bijna het leven gekost.

De jongen herhaalde zijn vraag, en nu klonk zijn stem onthutsend vrouwelijk: 'Heb jij een oplossing?'

Davids wangen kleurden rood. 'Ik wil graag op de hoogte worden gehouden,' zei hij.

'Moet ik Sjosjanna ook op de hoogte brengen? Of Leah?'

'Ga je gang. Alsof je daar iets mee opschiet.'

'Het is makkelijk zat om over gelijkheid te praten,' zei de jongen. 'Maar waar blijft de actie?'

Dat werd David te veel. Hij zei: 'Zo is het wel weer genoeg.' Wie was dit brutale kind? Met toegeknepen ogen probeerde hij het gezicht thuis te brengen.

'Je herkent me niet,' zei de knaap.

'Nee.'

'Ik ben Esther.'

Davids hoofd bleef leeg. Moest dit helpen, dan?

Hij tuurde nogmaals, en als een druppel verf die wordt toegevoegd aan een glas vloeistof veranderde het gezicht voor hem; waar eerst een jongen was geweest, was nu een meisje.

Esther, dacht hij. De Hebreeuwse variant van Elisabeth.

Met grote ogen keek hij naar haar, en heel even stelde zijn verbijstering zijn woede in de schaduw. 'Je hebt een ander van jezelf gemaakt,' zei hij.

'Het land heeft een ander van me gemaakt,' zei ze. 'Het heeft me naar zijn beeld geschapen.'

David wist dat ze op de genadeloosheid van Erets Jisraël doelde, op de hitte, het stof en de muskieten. Maar onder dat alles had deze aarde iets zachts. Met de juiste aanraking zou ze opensplijten onder het blad van de dorser als een vrouw onder een man.

Een straaltje zweet liep langzaam tussen zijn schouderbladen omlaag. 'Heb jij het niet warm?' vroeg hij Elisabeth.

Ze schudde haar hoofd. 'Jij bent ziek,' zei ze effen.

Het was alsof ze compleet was veranderd, dacht David. Niet alleen qua uiterlijk, maar ook in persoonlijkheid. De vriendelijke, capabele verpleegster had plaatsgemaakt voor een kreng van een wijf.

'Jouw dokter is ziek,' snauwde David.

'Hij is mijn dokter niet,' snauwde ze terug.

'Ook goed,' zei David.

Hij zag dat er tranen in haar ogen waren opgeweld; wie weet waarom? Hij ontdooide en voelde zich ineens vaderlijk.

'Het is al goed, Elisabeth,' zei hij en stapte op haar af. Maar zij reageerde vinnig met: 'Ik heet Esther.'

David kreeg ineens een grote, wanhopige behoefte om te ontsnappen. De emoties van vrouwen deden denken aan wonden die je per ongeluk kon openleggen, zonder kwaad in de zin te hebben, en het bloed zou voorgoed over je heen gutsen. Hij begreep dat soort wisselvalligheid niet. En omdat hij het niet begreep, verafschuwde hij het.

Hij draaide zich af, liep naar de overzijde van de ruimte en knielde naast zijn Ruth. Hij wilde haar meenemen, weg hiervandaan. Ze zou later een van die woedende, onvoorspelbare vrouwen worden, net als Elisabeth (Esther), net als haar moeder. Was het iets besmettelijks, dit soort woeste vrouwelijkheid? Kon Ruth het oplopen, net als kadachat?

Was kadachat besmettelijk?

Zijn hoofd tolde. Aan dat aspect had hij niet gedacht. Als iemand het eenmaal had opgelopen, kon die het dan overdragen op een ander?

Maar de rede keerde weer, en hij schudde zijn hoofd als een hond die water van zich afschudt. Hij ging weer op zijn hurken zitten en keek naar zijn dochter, dun en breekbaar alsof ze zo kon knappen. Hij tilde haar op zoals vroeger toen ze een baby was. Het wonder van dat losse bundeltje van een nauwelijks gevormd persoon in zijn armen. Wat was hij blij geweest dat ze een meisje was. Bij een jongen had hij zich bedreigd gevoeld.

Hoe zou het zijn geweest als hij zijn plaats als vader van Gabriël had opgeëist? Hij stond zichzelf niet toe om zich dat af te vragen.

Soms verscheen Sakina aan hem in zijn dromen. Ze was van

Ruths leeftijd geweest en was met Ruth aan het spelen geweest toen het ongeluk gebeurde, maar in de droom leek ze jonger. Over haar schouder droeg ze een dikke vlecht en haar wenkbrauwen waren al aaneengegroeid tot een lange reep donker haar. Haar lippen waren vol en vochtig, de vrouw die ze zou worden scheen er al doorheen. Ze was vast niet te jong om als bruid te worden verkocht; daar zag hij de Arabieren echt wel voor aan. Misschien was ze al beloofd aan een of andere tandeloze grootvader. Voor de Arabieren was een dochter een uitstekende investering, wist hij, die wel vier, of vijf, of zelfs tien kamelen opleverde.

Waar hadden ze met hun hoofd gezeten, die oude mannen in hun tot de draad versleten djellaba, die zo volkomen in beslag werden genomen door hun spelletje domino en hun waterpijp dat ze niet merkten dat een klein meisje in de avond was afgedwaald naar een plek waar ze niet thuishoorde. En wat had David anders moeten denken toen hij uit de schuur een ongebruikelijk geluid hoorde en de schim van iemand zag die hij niet kon thuisbrengen en die in de verborgen voedselvoorraad aan het snuffelen was? De sprinkhanen hadden dat jaar alle velden kaalgevreten, zonder onderscheid te maken tussen Arabier en Jood, terwijl de Arabische mannen in het café zaten te roken en hun vrouwen wanhopig op de velden met hun gewaden wapperden, dus natuurlijk had het kleine meisje honger gehad. De Arabieren hadden haar zelf in een kwetsbare positie gebracht.

Eigenlijk waren zij degenen die haar hadden gedood.

En toch zag David Sakina in zijn nachtmerries, met haar voorhoofd bepareld met zweet, en de haveloze nachtpon die tot voorbij haar knieën reikte. Ze hield de kussen-pop Salaam tegen haar borstkas geklemd. Haar ogen waren onmogelijk groot, maar het was het kreetje dat hij niet kon vergeten, het geluidje dat aan haar was ontsnapt vlak voor hij de trekker overhaalde.

Pesach brak aan zoals het altijd ging, met de bijbehorende discussie over hoe het gevierd moest worden, als het al gevierd moest worden. De waarheid was dat David heel lang had gewacht op zijn eigen Pesach. Thuis was het zijn vader die voorging in het lezen van de haggada, het verhaal van de bevrijding van de Joden uit de slavernij in de woestijn van Egypte en hoe ze daarna Mozes waren gevolgd naar het Heilig Land. In Kinneret hadden ze Jitschak die eer verleend. Maar hier, nu, was David de patriarch. Hij stelde zichzelf voor als Abraham of Isaak, op een roodpluchen kussen aan het hoofd van een heel lange tafel, al opdrachten voor het voorlezen van stukken tekst uitdelend, en tot diep in de avond citerend uit de heilige tekst. Hij keek naar het bleke gezicht van Ruth, die nietig ineengedoken bij haar moeder op schoot zat, en het schoot hem te binnen hoe hij als kind naar de voordeur had gekeken die op een kier had gestaan om Elia, de Messias te verwelkomen, en half en half verwachtte dat de profeet elk moment kon verschijnen en aan hun tafel plaatsnemen.

Hannah glimlachte naar David, met haar kin op het hoofd van hun dochter. Ze wist dat dit een triomf voor David was. Ze moedigde hem aan. Heel even schoot er een steek van liefde door hem heen.

Ooit was David in de groene heuvels van Samaria, een streek van schapen en welige olijfboomgaarden, verdwaald geraakt en had hij aangeklopt bij een landhuis om de weg te vragen. David verachtte deze vroege kolonisten, degenen die rond de eeuwwisseling waren gekomen en nu een leven leidden dat zich niet onderscheidde van dat van Libanese landheren, met de fellahien die in hun wijngaarden ploeterden en nieuwe Arabische dorpjes die rondom omhoogschoten voor de mensen die van heinde en verre kwamen op zoek naar werk. Hoe zat het dan met die Joodse arbeid? Was dit een manier om Zion op te bouwen?

Maar het was die dag bloedheet geweest en de in blauwzijden

kipa gestoken man had hem mee naar binnen genomen en een dienstmeisje had hem een koel, melkachtig drankje aangeboden dat ze *lebeniye* noemde. Een meisje dat waarschijnlijk de dochter van de man was, had in een keurig gesteven jurk toonladders op de piano zitten spelen. En ondanks de hitte had er een koele bries rond de opbollende, losse gordijnen gewaaid. Het drankje was zoet op Davids tong. Maar het meisje was waaraan hij vaak terugdacht, dat meisje met haar bleke pofhandjes op de pianotoetsen, en haar schone, glanzende haar.

En zij was het tot wie hij zich in zijn eigen voorstelling richtte, die hij zelfs wilde overtuigen, toen hij de beroemde woorden declameerde: 'Dit is het brood der ellende dat onze voorouders in Egypte hebben gegeten. Laat allen die honger hebben, komen en mee-eten...'

Het enige probleem was dat het zo'n pover maal was. Wat zou dat meisje, dat gewend was aan een bord vol, hebben gedacht? Er waren de gebruikelijke pita, gebakken aubergine en gruwel. David probeerde niet te oordelen. De vrouwen maakten het beste van het weinige dat er was.

De jonge chaloetsiem leken nog het meest te genieten van het opzingen van de plagen (sprinkhanen, bloed, duisternis). In hun stem hoorde David hun verlangen om te laten zien dat ze die best begrepen, dat ze vonden dat hun eigen lijden even groot was als dat van hun voorouders.

En misschien was dat ook zo. Het was moeilijk om niet geroerd te raken; David rilde even terwijl hij de woorden uitsprak, met zijn oren gespitst op het geluid van Arabische indringers, zoals de Hebreeërs lang geleden hadden geluisterd naar geluiden van de Egyptenaren die achter hen aanzaten.

Na de sedermaaltijd kwam Samuel naar hem toe en zei zacht: 'Er is iets wat ik je moet vertellen.'

De mannen waren de avond in getrokken; de vrouwen waren

achtergebleven om de vaat te doen.

David wachtte af.

'Ik spreek niet namens mezelf,' zei de jongen.

'Goed,' zei David.

'Ik weet niet zo zeker of dit wel iets is wat jij moet horen,' zei Samuel.

David werd onrustig. Aan de overzijde van de binnenplaats zag hij Sarah die een gieter vulde. Was ze net zo mooi als dat fantoom van hem dat haar toonladders oefende? Nee. Maar het scheelde niet veel.

'Wat is de betekenis van opbiechten?' vroeg Samuel. Zijn ogen waren gevestigd op iets in de verte, alsof hij het tegen niemand in het bijzonder had. 'En tegenover wie moet je biechten? Tegenover God? Of jezelf?'

David zuchtte en zette zijn tanden op elkaar. 'Het is vandaag Pesach, en niet Grote Verzoendag,' hielp hij Samuel herinneren.

Hij zag dat Sarah voorover gebogen stond en stelde zich voor dat hij haar van achteren zou benaderen, zou verrassen, zodat ze nog geen moment kon protesteren. Hij strekte een kuitspier, een oude blessure die weer leek op te spelen. Meestal was Samuel een lieve jongen. Waarom zeurde hij dan nu zo? 'Je hoort verantwoording af te leggen aan de kibboets,' zei David, 'aan de groep.'

Hij zag dat dit niet het antwoord was dat Samuel nodig had om met zijn geheim voor de dag te komen. Er was een geheim codewoord, en hij wachtte erop tot David daar per ongeluk op zou stuiten, waarop hem de zonde zou worden kwijtgescholden waarvan hij bang was dat hij die beging. David wilde daar geen deel aan hebben.

Toen Hannah kwam aanlopen, was hij opgelucht.

Die opluchting duurde echter maar kort. De warme blik die ze aan de sedermaaltijd hadden gewisseld was verdwenen. Hij zag dat ze weer kwaad op hem was; zelfs al voor ze iets had gezegd kon hij voorspellen dat haar woorden de glasachtige kalmte zouden hebben die bedoeld was om woede te camoufleren. Hij probeerde te bedenken waar ze kwaad over kon zijn, maar de mogelijkheden waren zowel te vaag als te talrijk om tot een antwoord te komen.

Ze kwam aanlopen en ging voor hem staan. Ze zei niets. Hij wachtte.

'Weet je waar Salaam is?' vroeg ze uiteindelijk. Haar rechterooglid trilde bijna onwaarneembaar, maar het was een teken dat David maar al te goed kende.

Uit zijn ooghoek zag David dat Samuel toekeek. De mond van de jongen stond half open; er was nog steeds iets wat hij wilde zeggen. Maar David negeerde hem en veranderde van houding tot hij met zijn rug naar hem toe stond. Uiteindelijk droop Samuel af.

'Sorry?' zei hij tegen zijn vrouw.

Nu keek ze hem woedend aan. Ze was dicht genoeg bij om haar zweet te kunnen ruiken.

'Salaam,' zei ze. 'De pop van je dochter.'

In zijn binnenste kwam een stortvloed van gevoelens op: schuldgevoel, woede, schuldgevoel, irritatie, koorts, schuldgevoel, hitte. Hij wist wel degelijk waar de pop was. Of hij had het ooit geweten. Maar hij kon het zich niet herinneren.

'Ruth zegt dat jij hem hebt,' zei Hannah. Haar toon ging aan het eind omhoog, alsof ze een vraag stelde.

'Ze heeft gelijk,' zei David. Dit was niet de schuld van Ruth. Hij wilde niet dat er aan haar werd getwijfeld. 'Maar ik kan eenvoudig niet bedenken waar hij nu is.'

'Hoezo?' snauwde Hannah. 'Op hoeveel plekken kan die nu helemaal zijn?'

Maar David vertelde de waarheid. De hele dag had hij zich een houding gegeven tegenover de chaloetsiem, een lef die een verraad was aan zijn ware ik, maar bij Hannah was hij daar ver voorbij. Bij haar kon hij tenminste zichzelf zijn.

Hij probeerde het zich te herinneren. Hij riep een beeld op van de smerige pop, onder de vlekken en met uitpuilende vulling, maar werd overvallen door een rilling. Hij beheerste zijn lichaam uit verzet tegen de zwakte.

Hannahs hand schoof onder haar hoofddoek, om haar eigen nek te masseren.

'Het spijt me,' zei hij dus maar. Soms hielp een spijtbetuiging. Maar Hannah liet zich niet vermurwen.

Hij zei: 'Ik heb iets te doen,' al was het overduidelijk dat hij niets te doen had, dat het een doorzichtig excuus was. David draaide zich om om te vertrekken. Zijn vrouw reageerde niet.

Bij het oversteken van het veld zag hij de knappe verpleegster Elisabeth. Ze stond naast Sjosjanna, hun schouders raakten elkaar. Niet Elisabeth, corrigeerde hij zichzelf, maar Esther. Dat nieuwe jongensachtige kapsel van haar was echt doodzonde.

## HOOFDSTUK 20

Op 1 mei was er alweer gruwel en aubergine. De zomer naderde, maar Ruth knapte niet op.

Ze ging juist erg achteruit.

David ging naar de ziekenboeg en schrok van haar been, dat bijna komisch was opgezwollen, met inmiddels een zwarte rand rond de oorspronkelijke wond. Het vlees was dood en aan het rotten. Het rook bedorven, als rauwe vlees dat te lang in de zon heeft gelegen. Hij zag een vlieg lui en hongerig erover rondkruipen, hij boog omlaag en wapperde het beest als een bezetene weg.

Aan Ruths bleke gezicht ontsnapte een zacht gekreun.

'Abba,' zei ze.

Geen haakje dat hem zo scherp kon priemen als haar hoge, heldere stem. Erets Jisraël was zijn enige ware droom, en hij wilde niets liever dan het bevolken met arbeiders, maar het was heel moeilijk om die arbeiders in dit land te laten opgroeien. In Kinneret had hij een foetus gezien die halverwege de zwangerschap was overleden als gevolg van ondervoeding; Lenka had weeën gekregen en vervolgens had ze een klont glibberig bloed ter wereld gebracht die bij nadere beschouwing oogleden had, en piepkleine handen die het land hadden kunnen bewerken. Hij had gezien hoe de vrouw van Meyer niets meer met hem te maken wilde hebben toen hun dochter dood was geboren. En natuurlijk had hij gezien wat er met Hannah was gebeurd, en met zijn eerste kind. Of, als het dan niet zijn eerste kind was, dan toch het eerste kind van hun samen. Hij geloofde niet in spijt, en toch vrat de spijt aan zijn binnenste. Hij rilde als hij er aan dacht hoe hij zich had gedragen, en hij voelde hoe die emotionele rilling tot de lichamelijke stuipen leidde die hij inmiddels met elke ademtocht moest verjagen. Hij weigerde zich te laten strikken, door de kadachat, door zijn dochter, door de dingen die hem aan de wereld van zijn lichaam vastbonden, waar hij niets in de hand had, waar diep binnen in hem een wanhopige behoefte was en hij zich niet kon terugtrekken en niet veilig kon zijn binnen zijn hoofd.

'Abba,' zei Ruth nogmaals.

In tegenstelling tot het opgezette been was de rest van haar lichaam uitgemergeld, haar huid zo wit als room, met de blauwe aderen in haar oogleden duidelijk zichtbaar, bijna doorzichtig. Er flitste een beeld van die foetus door zijn hoofd. Hij duwde hem weg.

'Ahoeva,' zei hij, en hij boog voorover om haar op te tillen. Maar terwijl hij dat deed begon zijn hoofd te tollen; de wereld zakte scheef en hij legde een handpalm plat op de aarden vloer om zich in evenwicht te houden. Even dacht hij dat hij moest gaan liggen. De gedachte dat er voor hem gezorgd zou worden was oneindig aantrekkelijk. Hij dacht terug aan het veren bed van zijn moeder toen hij een jongen was; hij kon zich herinneren dat hij buikgriep had en thuis bleef van de *cheider*, en dat het knappe dienstmeisje hem bessen en room kwam brengen met een zilveren lepel erbij. Maar als hij hier naast zijn dochter in de ziekenboeg ging liggen, wist hij dat hij niet meer zou opstaan.

Wankelend kwam hij overeind.

'Abba,' smeekte Ruth. 'Blijf bij me. Ga niet weg.'

Er lagen nu dikke tranen op haar wangen. David deed alsof hij haar niet hoorde huilen toen hij de tent verliet.

Later ging hij wel op zoek naar Hannah. Ze zat in kleermakerszit naast de knineboom met een toneelstuk van David Pinski opengeslagen op haar schoot. Hij was blij om te zien dat ze niet vergeten was hoe ze moest lezen. Hij liet zich naast haar op de grond zakken; toen zijn knie de hare beroerde, verschoof hij de zijne niet.

'Wat denk jij?' vroeg hij, en hij hoefde niet te zeggen wat hij bedoelde. Ze vroegen zich allebei dag en nacht af of de tijd was gekomen.

'Ik denk niet dat ik het kan,' zei ze.

'Wij zouden het ook niet zelf doen,' zei David. 'We vragen iemand anders. Jitschak?'

Even zwegen ze.

'Jitschak kan het ook vast niet,' zei Hannah.

'Je hebt gelijk,' gaf hij toe. 'Iemand die haar niet kent.'

'Weet je nog, toen met Igor...'

Ze wisten allebei nog goed hoe Igor zich had verzet toen de tijd was gekomen, ook al was hij volwassen en had hij vooraf ingestemd met de amputatie. Ze hadden hem een bit gegeven en zoveel whisky als ze maar voorhanden hadden, tot hij vrijwel buiten westen was, maar toen de zaag de huid doorboorde, en daarna de spier en het bot, kreeg Igor een blik in zijn ogen die David nooit zou vergeten. En dan het geluid dat van diep in hem opwelde. Mensen waren er niet op gebouwd om dat soort pijn te verdragen.

'Het heeft hem gered,' zei David.

'Hij is nooit meer dezelfde geworden.'

'Maar hij leefde tenminste.'

David raakte zijn neus aan en kneep zijn ogen toe. Hij probeerde zich een voorstelling te maken van Ruths dijbeen onder haar huid. Er steeg een gevoel in hem op waarvan hij hoopte dat het braaksel was, maar waarvan hij wist dat het tranen waren. Hij keek Hannahs kant op, met haar ellebogen op haar gekruiste knieën, haar hoofd in haar handen. Toen ze opkeek, waren er ook op haar gezicht tranen. Aarzelend stak hij zijn hand uit en pakte de hare. Ze liet het toe. Ze zaten in de schemering die de rest van hun leven bij hen zou blijven, als ze zouden doorzetten wat ze overwogen.

Uiteindelijk zei Hannah: 'Ik kan het gewoon niet.'

David werd overspoeld door opluchting, met de kracht van een golf. Het was de beslissing die hij wilde, maar hij kon niet degene zijn die het uitsprak. Hij kon de verantwoordelijkheid niet dragen.

Hannah was sterker. Dat was ze altijd geweest.

'Goed,' zei David. 'Je hebt gelijk, Hannahleh.'

'We geven haar nog wat tijd.'

'Kunnen we haar meenemen naar Tiberias?'

'De nonnen kunnen haar vast helpen,' zei Hannah.

'Laten we dat eerst proberen.'

Hannah knikte; dat was afgesproken.

'Ik ga er morgen met haar heen,' zei David.

Vanaf het veld hoorde ze een motor afslaan, weer tot leven sputteren en opnieuw afslaan. David hield Hannahs hand nog even vast, kneep erin, en kwam overeind. Zijn knieën knapten. Hij boog zijn rug. Toen hij vertrok, begon de zon onder te gaan, en zij zat daar nog steeds, met de Pinski opengeslagen op haar schoot.

## HOOFDSTUK 21

Sarah droeg een strakke blouse met een lage halsuitsnijding en ruime, rode mouwen. David had hem eerder gezien, dacht hij, maar hij viel hem nu pas op. Wat er zo opmerkelijk aan was, was niet dat zij er prachtig in uitzag (wat inderdaad het geval was), maar dat ze er uniek uitzag. In de menigte van uitwisselbare chaloetsiem zag ze eruit als zichzelf.

Een regel uit het sjabbatgedicht '*Esjet chajil*', dat een man voor zijn vrouw voordraagt, kwam in hem op: 'Een sterke vrouw, wie zal haar vinden? Zij is meer waard dan edelstenen. (...) Iedereen in haar huis gaat gekleed in scharlaken.'

Er stond alleen een merkwaardige uitdrukking op Sarahs gezicht, een onderdrukt soort anticipatie, alsof ze hem iets te vertellen had maar probeerde te voorkomen dat het aan haar mond ontsnapte.

'Waar kom jij vandaan?' vroeg ze.

Hij wilde haar niet vertellen over zijn gesprek met Hannah, dus hij zei eenvoudigweg: 'De ziekenboeg.'

'Was de dokter daar?' vroeg Sarah.

David trok zijn wenkbrauwen op. 'Hoezo?'

Sarah trok aan haar mouw. 'Ik wilde hem een paar vragen stellen,' zei ze. 'Hoe ziek is hij?'

David gaf geen antwoord.

'Je mag de dokter graag,' zei hij.

'Ja,' zei ze afwezig, tot het tot haar doordrong wat hij bedoelde. 'Hè? Nee.' Ze trok haar neus op. 'Wat bedoel je?'

'Die keer...' zei David, al wist hij dat hij zich belachelijk gedroeg. 'Toen we in de ziekentent waren.'

Hij wilde niet zeggen dat hij de hand van de dokter op haar schouder had zien liggen, al was het nog zo licht, maar evenmin kon hij ontkennen hoe hij zich daaronder had gevoeld. 'Waar hadden jullie het met z'n tweeën over?'

Sarah zette van frustratie grote ogen op. Er was duidelijk iets anders wat ze hem wilde vertellen en ze had eindelijk alle moed bijeengeraapt.

'Hij was onzin aan het kletsen,' zei ze. Ze sloot haar ogen en drukte haar wijsvingers tegen haar slapen.

David wist dat hij het op zijn beloop moest laten, maar hij kon het niet laten. 'Wat voor onzin?'

Hij stelde zich voor dat de dokter Sarah in het Engels kooswoordjes had ingefluisterd, Amerikaanse rijmpjes, liefdesliedjes die zijn vader lang geleden zijn moeder had toegezongen voordat ze hem verwekten.

'Hij zei dat je Ruth schimmel te eten moet geven.'

Deze boude uitspraak was zo'n eind verwijderd van wat David had verwacht, dat hij dacht dat hij haar verkeerd had verstaan. 'Schimmel? Wat voor schimmel?'

Ineens herinnerde hij zich dat hij iets dergelijks had horen zeggen, maar heel vaag.

'Hoe moet ik dat nou weten?'

'Van bedorven kaas of zoiets?'

'Precies.' Ze aarzelde. 'Denk ik.'

Er stonden tranen in haar ogen.

'Wat is er?' vroeg David. Ineens zag hij, toen hij beter naar haar keek, dat Sarah omgeven was door duisternis, iets waar ze niet lang meer weerstand aan zou kunnen bieden.

'Ik ben in verwachting,' zei ze.

Hij raakte het hek aan om houvast te vinden. Een van de paaltjes begon los te raken; hij zou Samuel vragen het te repareren.

Toen hij opkeek, zag hij de rechte rij stenen huizen van de Arabieren die zij nu gebruikten om schoffels, tuigage en zakken graan in op te slaan. Achter de huizen tekenden zich de contouren af van de driekanten tenten alsof het even zovele mooie rokken waren. Hij zag dit allemaal bij maanlicht, terwijl de nacht zo dicht naar hem oprukte dat er geen ruimte meer was tussen de nacht en zijn lichaam. De nacht maakte geen onderscheid tussen de Arabische lucht en de Joodse lucht en de laatste schamele ademhalingen die zijn bobbe thuis in Bessarabië had verzwolgen.

Sarah stond naar hem te kijken.

'Je moet het laten weghalen,' zei hij.

Sarahs hand lag plat tegen haar buik. Ineens zag David hoe uitgemergeld ze eruitzag, met ingevallen wangen. De gedachte kwam in hem op dat de zwangerschap geen stand zou houden, dat ze allemaal zo'n honger leden dat het niet levensvatbaar was.

'Het spijt me,' zei hij.

'Wat spijt je?' vroeg ze bruusk, alsof er te veel opties waren om uit te kiezen.

'Alles.'

Maar Sarahs stem klonk ineens agressief. Ze deed hem aan Hannah denken.

'Wat heeft het voor zin om hier te zijn? Als we geen kinderen krijgen?'

'Waar het om gaat is dat wij moeten zien te overleven,' zei David.

Nu klonk er ook iets scherps in zijn stem door. Wat hij zichzelf niet had toegestaan te weten, overspoelde hem nu: hij had dit zien aankomen. Al dat huilen van Sarah had tot iets geleid. Dit was uiteraard de laatste bestemming. Je had die rubberen omhulsels op het hoofdkantoor van het Agentschap waarvan David heel goed wist waar ze voor waren. Hij begreep oorzaak en gevolg. Hij was anders dan de Arabieren die bijvoorbeeld niet begrepen dat de kadachat niet van het moeras zelf kwam, maar van de steek van een muskiet. Hij vervloekte zichzelf omdat hij in de kloof was gevallen tussen hoe de dingen nu eenmaal waren en de dingen zoals hij wilde dat ze waren, een kloof die hij niet kon dichten. Alweer.

'Je moet het laten weghalen,' zei hij nog eens. Hij ging met zijn tong over zijn pijnlijke kies. 'Kijk om je heen. We zijn ziek. We lijden honger. Wat moeten we met nog een kind?'

'Laten opgroeien.'

'Wacht nog een jaar, of misschien twee.'

'Jij hebt wel een kind.'

'Dat ligt anders.'

'Niet waar.'

'Ik zal het aan de groep voorleggen,' zei hij.

Sarahs gezicht vertrok, net als dat van Dov toen het geraakt werd door het gloeiendhete water, en opnieuw deed die uitdrukking van geschoktheid en woede hem aan zijn vrouw denken. 'Wat heeft de groep met mijn zwangerschap te maken?' vroeg Sarah.

'Wat ze daarmee te maken hebben? Daar hebben ze alles mee te maken.'

'Dat meen je niet.'

'De groep gaat stemmen,' zei hij.

Diep uit Sarahs keel klonk een verstikte kreet.

Zijn handen knepen dicht. Met of zonder condoom had ze weleens beter kunnen oppassen. Misschien had ze dit wel met opzet gedaan.

'Ik zal het aan de groep voorleggen,' zei hij opnieuw. Wat hij er niet bij zei was dat het niet voor het eerst zou zijn.

'Je weet best dat het zo niet ligt,' zei Sarah met een stem die nu klonk als die van een smekend kind.

'Er zit niets anders op,' zei David, en in al zijn zelfvertrouwen overtuigde hij bijna zichzelf. Opnieuw klonk een kreet van de vrouw, als van de pijn bij een bevalling. De wereld tolde. David legde zijn hand weer op het paaltje om houvast te hebben maar het wiebelde onder zijn greep.

Toen hij uiteindelijk opkeek naar de blauwzwarte hemel, zag hij Ida. Ze was misschien honderd meter verderop, en wandelde voort met haar ogen strak gericht op de contouren van de godvergeten heuvels. Uit de manier waarop ze angstvallig niet naar hen keek, leidde David af dat ze hen had gehoord.

Over Sarahs wangen stroomden tranen.

'Hoe moet ik er dan vanaf komen?' gooide ze eruit. Daar had hij nog niet over nagedacht. Hoe had Hannah het gedaan? Zout? Kinine? Nee, ze was naar de Arabieren gegaan. Naar Anisa. Zijn gedachten gingen naar de logistiek, naar de bemoedigende vraag wat voor stappen er moesten worden ondernomen, maar Sarah kwam tussenbeide. 'Ik wil het houden,' zei ze. 'Jij hebt al een kind.'

David zocht steun. 'Mijn dochter gaat dood,' zei hij.

Pas toen hij dit zei, wist hij dat het waar was. Het besef overspoelde hem als een warme tinteling die in zijn lendenen begon en via zijn buik en borst omhoog steeg tot zijn hele bovenlichaam zinderde van de hitte.

Zijn dochter lag op sterven, door zijn achteloosheid. Hij had haar alleen gelaten bij Ida.

Het was haar schuld. Van Ida.

Ze had Ruth net zo goed zelf een snee hebben kunnen bezorgen.

Maar het was niet meer dan een schram geweest, protesteerde de stem vanbinnen. Je kon toch zeker niet doodgaan aan een schram?

Hij dacht aan Igor, hoe erg die chaloets had gevochten toen David hem in bedwang hield. Hij dacht aan de nonnen in Tiberias die ook niet zouden kunnen helpen. Razernij overspoelde hem, op de hele situatie, de hitte, de schorpioenen en het land dat nog niet de helft had opgeleverd van wat hij had verwacht. De razernij breidde zich uit naar Sarah, de vrouw van vlees en bloed die hier voor hem stond, met lichamelijke behoeften, een mensenhart, die iets van hem wilde dat hij niet kon geven. Ruth lag op sterven. Wat moest hij met nog een baby?

Hij had altijd zijn toevlucht gezocht tot zijn bekwaamheid; die had hem tegen zichzelf in bescherming genomen. Hij kon die gebruiken om zich uit bijna alles te redden. Maar hier, nu, op deze nieuwe plek die eigenlijk bedoeld was om hem zijn zonden kwijt te schelden, stapelden de onoplosbare problemen zich op. Hij voelde het in zijn lijf als het verlangen om te neuken, maar met neuken kwam je niet ver. Deze razernij moest een uitlaatklep krijgen via zijn handen. Sarah stond te wachten. Haar gezicht stond kwetsbaar. Door de pure onderwerping die eruit sprak leek het wel of ze om straf vroeg.

## HOOFDSTUK 22

David liep terug naar zijn tent. Zweet gutste van hem af. De stuiptrekkingen kwamen op alsof er iets in hem opgesloten zat dat zich een weg naar buiten klauwde. Hij zag dat de top van de Gilbao met sneeuw bedekt leek, alsof het een berg was uit de streek waar hij als kind woonde. Lichtbundels rond de top werden langer, trokken zich terug, en werden weer langer, de hemel zelf was een levend, pulserend wezen. Hij was donkerpaars geworden, en de wolken hadden zwarte contouren als een vrouwenoog beschilderd met kohl. Een jonge filosoof, een Oostenrijker, had net een tekst uitgebracht die de *Tractatus Logico-Philosophicus* heette. Chaim had een exemplaar voor David meegenomen toen hij de post kwam afleveren. David beheerste genoeg Duits om de kern ervan te begrijpen. Aan datgene wat we niet kunnen uitspreken moeten we in stilte voorbijgaan. Maar had God de wereld niet uit de taal opgeroepen? *Tohoe vabohoe.* God zei: Laat er licht zijn. En er was licht.

Op de oever van de stroom zag David twee jonge chaloetsiem. Hun gezichten waren onderling verwisselbaar geworden, verschillende trekken op een enkele generieke achtergrond, van de kinderloze onderwijzeres Sjosjanna tot de moederloze Duitse tweeling en de schaamteloze vedelaar Zeruvabel. Het waren doodeenvoudig verschillende uitvoeringen van het idealisme dat hij was kwijtgeraakt. Dov, wiens enthousiasme hem zijn gezicht had gekost. Lea, die oprecht dacht dat de Joden en de Arabieren in vrede konden samenleven.

De donkere hemel vertoonde een roze ribbel, en langs de rand van de horizon schoot licht als vlammen omhoog. Uiteindelijk begon hij minder te rillen en kwamen de gezichten tot rust. Hij zag Levi, de goede zoon, en Ida, de nalatige vrouw die zijn dochter een snee in haar been had laten oplopen. Goed en kwaad stonden schouder aan schouder; en door zijn koorts heen zag hij dat de wereld nu eenmaal zo was. Het goede bestond niet dankzij het kwaad, of ten koste ervan, maar maakte er deel van uit. Een en hetzelfde. Ze waren onafscheidelijk.

Ida had hem met Sarah horen praten.

Het volle besef stortte op hem neer; hij zette zijn tanden op elkaar en zijn lichaam beefde.

Sarah was zwanger, en Ida wist het.

Ze was het op dit moment aan Levi aan het vertellen.

Hij moest op zoek naar Hannah. Hij moest het zelf tegen haar zeggen, voordat een ander dat deed.

De stuiptrekkingen waren een soort visioenen geworden. Ze overvielen hem, zonden heftige sidderingen door hem heen, en hij zag zichzelf als jongen op de bima, niet in staat zich een weg te banen door het stuk uit de Thora waarvoor hij naar voren was geroepen, het stuk waardoor hij een man zou worden. Zijn lichaam zwoegde. Hij bleef naast de stalen wasbakken staan, zette zich schrap, en de golf sloeg over hem heen: 'Indien jullie dat willen, gaat het niet om louter een droom.' Herzl. Waarom had hij er zo lang mee gewacht om kinine te nemen? Was hij niet al gebrandmerkt met het vuur van Ha'aretz? Jawel. Maar hij zou opnieuw worden gebrandmerkt.

Toen de stuiptrekking ten einde was, kwam hij wankelend overeind. Hij dwong zichzelf door te lopen, naar Hannah. In de verte was hun tentflap opzij getrokken; licht stroomde door de spleet. Hij zag zijn vrouw met zijn kind in haar armen, en Ruths lichaam was zo slap als dat van een zuigeling. Hij werd getroffen door de gedachte dat die houding iets vaags christelijks had,

Madonna en kind, de ontspannen manier waarop de moeder het zachte hoofd van het kind ondersteunde. Er stonden chaloetsiem, wier namen hij niet kon noemen, rond de ingang van zijn tent verzameld, alsof het de deur was van de stal waar zich een groot wonder had voltrokken. Er huilde een wolf in de nacht, en David voelde het geluid door zijn aderen razen. Het bonken in zijn slapen verergerde. Dit was het bloed dat hem in leven hield, dat hem hier in zijn thuisland had gebracht, en dat nu besmet was met een ziekte die hij niet kon benoemen. Het was de ziekte van het kapitalisme. De ziekte van de begeerte. De ziekte van het persoonlijke falen. Kadachat kwam als naam bij lange na niet in de buurt van datgene waarvan hij in de greep was.

Toen hij dichter bij de tent kwam, sijpelden er geluiden in de stilten tussen zijn harteklopen. Hij hoorde een zacht geruis dat de wind had kunnen zijn, maar huilen bleek te zijn. Het werd luider: gesnik. En toen gejammer.

Het was Hannah. Er stonden anderen om haar heen, over haar heen gebogen, maar zij was degene die het lawaai maakte.

'Hannahleh,' zei hij tegen de voeten van zijn vrouw. 'Ik moet je iets vertellen.'

Hij kon niet kijken naar datgene wat in haar armen lag, of zelfs maar naar haar gezicht, dat vuurrood was van de lichaamssappen, vertrokken van een emotie die niet in de vorm van een woord paste. Het jammeren overstemde alle andere geluiden. Het was alsof hij alleen tot zichzelf sprak, toen hij zei: 'Ik krijg weer een kind.'

Hij kon op Hannahs gezicht geen erkenning aflezen dat hij iets had gezegd; ze had het niet gehoord, of ze had het wel gehoord maar niet begrepen, of als ze het wel had begrepen, interesseerde het haar niet. Haar lichaam zat ineengedoken over de kleine Ruth. Ze schommelde heen en weer, heen en weer, alsof ze iets van leven in haar kind terug wilde schudden. De geluiden die uit haar kwamen leken op niets wat David kon beschrijven, en dus tilde hij zijn handen op en bedekte zijn oren.

Morgen zouden ze Ruth in de grond leggen, dacht hij. Ze zouden haar in *tachrichiem*, in witlinnen doeken, wikkelen, en haar in Erets Jisraël zelf begraven, alsof ze het offer was dat het land had geëist. De grootse holte van de aarde zou haar geheel verzwelgen.

Hannah jammerde.

Moest ze werkelijk zo tekeergaan? Ze was uit Erets Jisraël gekomen en zou naar Erets Jisraël terugkeren. En nu was er een ander kind op komst. Maar toen Davids mond opening om Hannah dit te vertellen (had hij haar dit niet al verteld?) kwam er een ander geluid van diep in zijn lichaam, en zijn benen begaven het onder hem. Hij beefde, zijn ogen konden zich niet meer scherp stellen, het geel verscheen in het oogwit. Rond zijn mond schuimde speeksel. En vanuit de diepte van de stuiptrekking voelde hij het wapen in zijn zak. Hij kon zich niet bewegen om het aan te raken, maar zijn geest bleef rusten in het gegeven. Het bood hem een duidelijke plek om verlichting te vinden, iets om zich op te richten.

Toen hij later wakker werd, herinnerde hij zich niets.

## HOOFDSTUK 23

Vanuit mijn plek buiten de tijd kan ik je iets vertellen wat waar is: God bestaat, maar niet zoals mensen Hem zich voorstellen, als de wraakzuchtige Adonai die genadeloos straffen uitdeelt. Hij is hier, de God van de Joden, de enige God, in alles, in de bosjes, in de dichte acaciastruiken, de uitgestrekte moeraslanden. In het land van de gerst, de wijnranken en vijgenbomen, van olijfolie en honing. En Hij wil in ieder van ons bezield blijven. Wij zijn Zijn inspanning. Niet meer dan de bloemen en de stenen in de rivier, de Arabische taboens, maar ook niet minder.

Ik kijk achterom naar David die in zijn eentje het veld op strompelt. De maan was in rafelige flarden gescheurd aan de punten van het prikkeldraad van het hek. Maar uiteindelijk zag hij wat ik nu ook zie: je kunt niets binnenhouden, en niets buitenhouden. Als je dat probeert te doen is het een poging om een heelal te ordenen dat in de kern pure chaos is. Het is een poging iets in bedwang te houden wat de chaloetsiem weigerden God te noemen, maar dat even zo goed het niets kon worden genoemd. Het kon tijd of eeuwigheid worden genoemd; het heeft dezelfde uitgestrekte leegte in zijn kern.

Vroeg in de morgen was er nog een lijk. Het mijne.

David knielde als eerste naast mijn bed, raakte als eerste de krullen aan die rond mijn hoofd verspreid lagen, raakte als eerste met zijn vingers de plek aan waar de kogel naar binnen was gegaan. Hij deed het werktuiglijk, als een kind dat tijdens de biologieles de huid onderzoekt van een kikker die met elk orgaan keurig gelabeld voor hem open ligt, vastgezet met spelden. Dat was het soort onderwijs dat Jitschak later zou geven aan de kinderen, toen er nieuwe kinderen waren. Maar Ruth zou daar niet bij zijn.

David zag mijn bloed, stond op, en liep snel mijn tent uit. Hij zette zich schrap tegen een stortvloed van gevoelens waarvan hij niet wist of hij ze zou overleven. Hij kwam tot bij het hek voordat de golf hem inhaalde, hem op de knieën dwong, hem dwong zijn mond te openen, en een stof aan hem ontlokte die dierlijk noch emotioneel nog geestelijk was, maar al die dingen in elke denkbare combinatie. Dat woordeloze ding dat hem menselijk had gemaakt werd uit zijn mond getrokken als een sliert aaneen gebonden halsdoeken. Hij kokhalsde en kokhalsde nogmaals. Pas toen deze gruwelijke wirwar uit de val van zijn lichaam was losgetrokken, kwam het huilen.

Pas toen begreep hij op een plek diep binnen in hem, dat zijn dochter er niet meer was. Hij had het zaad van het leven in deze aarde geplant, en wat er was opgegroeid behoorde het land, en ook hem toe. Zoals de amandelbomen de woestijn toebehoorden en de wind de kale berghelling, zo was het meisje met de zwarte krullen ontsproten aan zijn gedachten en zijn verlangen. Hij had haar tegen zijn borst geklemd zodra ze was geboren, toen ze naar bloed en gist rook en alleen nog werd gedreven door het instinctieve verlangen naar de tepel. Ze had haar hoofd naar zijn borstkas gedraaid en hij had haar niets te geven gehad.

Hij had de baby aan haar moeder doorgegeven, waar ze thuishoorde, maar de droefheid en de frustratie van dat moment hadden hem nooit helemaal verlaten. Niets wat hij te bieden had kon zijn honger naar nodig zijn stillen. Later ontdekte hij andere manieren om Ruth lief te hebben. Hij had haar meegenomen naar de schuur toen de koe aan het bevallen was, en de helft van het kalf eruit puilde terwijl de koe zo te zien zonder iets te merken op gras stond te kauwen. Hij had Ruth geholpen zachtjes het jonge dier het licht in te trekken. Hij was samen met haar het hoge graan in gewaad dat bijna tot boven haar hoofd reikte, en hij had haar laten zien hoe je een aar afpelde, door die tussen haar kleine handpalmen te wrijven zodat het kaf loskwam. Hij had met haar over de heuvel gelopen in Zichron, zwaaiend naar de Arabische meisjes die maar een klein beetje ouder waren dan zij, en die in hun kleurige jurken voorover gebogen stonden om de wijnranken door te kappen. Van een eenzame boom had hij een zoete carobpeul geplukt, waar ze op kon zuigen. En hoog in de heuvels had hij haar een vervallen stenen deur laten zien, met een deurknop die nog vastzat aan de gebarsten stenen. Het was allemaal bijna onbevattelijk oud. Van voor de tijd van Isaak en Rachel en zelfs van Abraham. Zelfs nog van voor de Kanaänieten.

Ruth was niet onder de indruk geweest. Misschien was ze te jong om het naar waarde te schatten. Misschien als ze een jongen was geweest. Maar David had een jongen, een zoon, en op hem kon hij ook al geen invloed uitoefenen.

Alles wat hij haar liet zien nam Ruth met grote ogen in zich op. Ze hield van hem. Maar uiteindelijk keerde ze altijd terug naar haar moeder.

In de dood begrijp ik wat ik bij leven niet begreep: Davids afwijzing van mijn zwangerschap had niets met mijzelf te maken. Hij had altijd een gevoel van verzet gehad tegen alles wat vrouwelijk was, een angst om te worden overvleugeld en omsingeld. En daaronder schuilde haat tegen het vrouwelijke in hemzelf. Alles wat hij ooit had gedaan was een poging geweest om ruimte tussen hemzelf en zijn moeder te scheppen. Het moederland, Rusland, en het land dat het zijne was, Erets Jisraël. Zijn moeder van vlees en bloed, en de moeders van zijn kinderen. Wij allemaal.

Ik zweef boven mijn eigen lichaam en kijk achterom naar David. Het zweet was op zijn lichaam gestold als een soort pantser dat hem helemaal bedekte. De bries stak op tegen zijn naakte huid en hij rilde. Er kwam weer een stuip op. De trilling begon in zijn nek, de plek waar een wolvin haar welp met haar tanden vasthoudt, en liep omlaag langs zijn rug, zijn armen, zodat alles aan hem onbeheersbaar sidderde. Hij had het ijskoud; hij wilde voor een vuur staan. Er kwam een beeld in hem op van een hand die een lucifer optilde, van Habibs toorts. Ook de Arabieren waren in de duisternis op zoek naar licht. Hij had ze slecht behandeld. Het platbranden van de wereld was op dezelfde manier noodzakelijk voor het leven als de dood. Terwijl de vlam in zijn achterhoofd opkwam, stak ook de wind op. Het was een spookachtige wind, van dingen die voorbij waren. En van alles wat er nog moest komen.

# DEEL DRIE
# HANNAH

## HOOFDSTUK 24

Ik ga terug en zie bloed. Dat van de groep en dat van mijzelf. Dat van Hannah, dat elke maand dikker werd. Ze ging op haar hurken boven het gat in de grond zitten, trok haar baarmoeder samen en de klodders gleden naar buiten, glibberige zwarte stukjes die haar aan de moederkoek deden denken, en daarvoor, aan de abortus. Ze roken naar ijzer en wind en kleurden de grond vuurrood.

Ze wist dat menstruaties zoals deze betekenden dat de tijd dat ze kinderen kon krijgen teneinde kwam. Ze was nog jong. Maar zo was het ook bij haar moeder gegaan. Een korte periode waarin ze haar wereld het leven kon schenken, en daarna gleden de deuren dicht.

Ze wist ook wat het betekende om haar moeder kwijt te zijn. Het was alsof een deel van haarzelf niet langer op de wereld bestond: een plattegrond met contactpunten, context. De hazelnootbruine ogen van haar moeder; Hannahs hazelnootbruine ogen. Haar moeders *rugelach*; Hannahs voorliefde voor de geur van rijzend deeg dat tegelijkertijd haar moeder leek te omringen en haar te zijn. Alsof Hannah haar moeder kon verzwelgen en haar dan vanbinnen vasthouden zoals ze zelf in haar moeder was opgerezen. Een omkering.

Hannah herinnerde zich de waterige ogen van haar moeder de dag voordat haar hart het begaf en ze voorover zakte aan de rivier waar ze de looierij hadden gebouwd.

'Je moet me iets beloven, Hannahleh,' had ze in het Russisch gezegd.

Er was iets in de stem van haar moeder dat maakte dat Hannah oplette.

'Laat je vader hier niet zonder mij achter.'

Hannah lachte. 'Ga jij dan ergens heen?'

Het gezicht van haar moeder stond streng, en Hannah begreep wat ze bedoelde. '*Mamosjka*,' zei ze, 'doe niet zo raar.'

De ogen van haar moeder glimlachten terug, maar haar mond niet.

'Maar goed, waarom zou ik dat ook doen?' vroeg Hannah. 'Ik kan nergens anders heen.' Ze gebaarde om zich heen naar Kinneret, naar het kinderhuis, de rijpe velden, het water. 'Hier hoor ik thuis.'

Maar haar moeder had iets gezien wat Hannah was ontgaan, en ze hield vol.

'Het is al goed,' zei Hannah lachend. 'Ik beloof het.'

Haar moede knikte, maar Hannah kon zien dat ze er niet helemaal gerust op was.

'Je vader heeft je nodig,' zei ze.

Hannah bracht de bebloede lappen naar Ida, het meisje dat in de wasserij te werk was gesteld. Het was rond het middaguur, de zon stond recht boven hen, nergens een plekje schaduw of respijt te bekennen. Ida hield een van haar vlechten vast, alsof ze zich aan het land wilde verankeren met een touw. Ze stak haar andere hand uit naar het bundeltje lappen, maar Hannah reikte het nog niet over. Ze zag het afgrijzen en de walging op het gezicht van het meisje; ze voelde het verlangen om haar te beschermen en een strijdig verlangen om niets te verbergen. Een behoefte om Ida's walging te trotseren.

'Je moet deze voor me wassen,' zei ze.

'Natuurlijk,' zei Ida. Ze trok haar neus op.

Hannah stond op haar tong te bijten, terwijl de verontschuldiging voor haar eigen bloed alles op alles zette om aan haar te ontsnappen, alsof ze zich als een dier uit haar val probeerde te vechten.

'Dank je,' zei ze.

Maar het kostte haar nog even om het bundeltje, dat in een knoop schone stof die inmiddels ook van bloed doordrenkt raakte bijeen zat geknoopt, uit handen te geven. Deze chaloetsa, Ida, met haar lange vlechten en haar bril, had nog de onschuld van een kind over zich. En met het overdragen van de bebloede lappen schold Hannah haar die kwijt. Haar onschuld zou haar worden ontnomen.

Toen Hannah terugkwam van de wasserij keek Ruth naar haar omhoog vanuit de hoek van de tent.

'Waarom is Sakina doodgegaan?' vroeg ze haar moeder.

'Mensen sterven,' zei Hannah. Hoe vaak had ze deze vraag niet al beantwoord? Honderd keer? Duizend keer? 'Ze worden oud of ze worden ziek.'

'Sakina was niet oud of ziek,' merkte Ruth op.

'Soms gebeurt er een ongeluk.'

'Maar?'

'Savta was oud. Kom eens hier, Rutheke.'

'Heeft Sakina een ongeluk gehad?'

'Ik was er niet bij toen ze doodging,' zei Hannah.

Ruth was degene die erbij was geweest, maar misschien had ze instinctief weggekeken, of anders was ze het echt vergeten of was ze niet in staat geweest de herinnering in haar jonge geest vast te houden.

'Heeft abba het ongeluk gemaakt?' vroeg Ruth, alsof ze wist wat er in Hannah omging. 'David?' verduidelijkte ze, voor alle zekerheid.

David had dit probleem moeten oplossen. Als er iets was wat hij op zich had moeten nemen dan was het dit wel. 'Wat is Salaam aan het doen?' vroeg Hannah om haar dochter af te leiden.

Ruth stak haar hand uit naar haar pop en liet haar even op en neer springen op de aarden vloer van de tent, alsof ze aan het dansen was. Ze maakte de ronde knoop los boven op het hoofd van de pop die Hannah eraan had genaaid om er een kipa van te kunnen maken. Die arme Ruth had geen speelgoed en hier op deze nieuwe plek had ze ook geen speelkameraadjes; het minste wat Hannah kon doen was zorgen dat ze het uiterlijk van de pop kon veranderen. Ruth vond het prachtig om de pop van Arabier naar Jood te kunnen veranderen, en dan weer terug naar Arabier; ze streek de hoofddoek glad over de rug van de pop.

'Salaam is eucalyptus aan het planten,' zei Ruth. De vingers van het meisje waren dun, knokig, haar babyvet was bijna helemaal verdwenen, al was het moeilijk uit te maken of het kwam doordat ze groeide of doordat ze honger leed. Haar ogen waren reusachtig, en daarachter ontvouwde zich het tafereel op de oever in Kinneret, de kinderen die Jitschak en Liora kleine gaten hielpen graven om de jonge boompjes in de moddderige oever te planten.

'Kom je schoenen eens aantrekken,' zei Hannah.

'Waar is Noam?' vroeg Ruth.

'Waar we vroeger woonden.'

'Dat weet ik,' zei Ruth.

'Schoenen,' zei Hannah.

'Noams zus ben ik, en zijn andere zus is Susan.'

Hannah glimlachte om de manier waarop de kinderen in het kinderhuis hadden aangenomen dat ze familie van elkaar waren. Ruth was net zo in een concurrentiestrijd verwikkeld met Susan als echte zussen vaak waren, al vond ze het wel leuk om haar naam uit te spreken, omdat die zo ongewoon was in hun groep. Leah had een familielid in Amerika dat was gestorven, en toen Leah was bevallen, had ze haar dochter die naam gegeven.

Ruth was de namen van haar lichting in het kinderhuis aan het opsommen om ze in haar geheugen weg te sluiten.

'En Gabriël,' zei Ruth. 'Onze engel.'

De enige, dacht Hannah, die werkelijk aan Ruth verwant was.

'Eerst je linkervoet,' zei Hannah.

'Het licht van Zion is in de ogen van de wilde dieren.'

'Hier je hiel in steken,' zei Hannah.

Ze pakte Ruths voet vast, die bijna haar hele handpalm besloeg. De vorm en de verdeling van de tenen waren nog hetzelfde als toen ze zes jaar terug werd geboren, de tweede teen was een beetje langer dan de grote teen. Hannah wist zeker dat ze die voeten er zo zou uithalen. Jawel, als ze de blote voeten van alle kinderen in Erets Jisraël te zien zou krijgen, zou ze nog in staat zijn degene aan te wijzen die van haar dochter waren.

'Ik wil hier blijven,' zei Ruth.

Glimlachend tilde Hannah haar hoofd op. 'Op de nieuwe plek?'

'In onze tent.'

De tenten waren net overeind gezet; de jonge chaloetsiem waren de hele nacht bezig geweest om ze neer te zetten. Hannah werd doodmoe van hun hoop en hun energie.

'Het is tijd om naar buiten te gaan, op zoek naar je abba,' zei ze.

Ruth begon woest op en neer te springen, met een sandaal bungelend aan haar enkel.

'Waar woont Gabriël? En Susan en Mikhol?'

'Waar wij vroeger woonden. In Kinneret.'

Ruths gezicht betrok. Telkens als ze het hierover hadden, was het een soort steeds terugkerende nare droom voor het meisje, hetzelfde tafereel dat keer op keer werd afgespeeld. Ruth raakte er nog altijd van in verwarring dat de grenzen van Kinneret (het Meer van Galilea in het oosten, het Arabische dorp, waar Anisa nu woonde zonder haar dochter Sakina, in het zuiden) niet de grenzen van de hele wereld waren. Hannah zag hoe Ruth worstelde om de plekken in haar hoofd te arrangeren, te bepalen waar zij was in relatie tot de kinderen die ze als haar zusjes en broertjes beschouwde.

'Kunnen we niet teruggaan?'

Hannah zuchtte diep, en Ruth sloeg toe. 'Voor een bezoek.'

'Nu niet, Rutheke.'

Natuurlijk zouden ze nog weleens op bezoek gaan. Hannah dacht aan haar vader die aan iets leed waarvan niemand wist wat het was. De ouderdom, zou je zeggen; alleen was hij nog niet zo oud. Ze zou nooit de belofte vergeten die ze aan haar moeder had gedaan. Hannah was immers degene die haar ouders uit Rusland naar Erets Jisraël had gehaald. Zij had hen overtuigd en ze waren gekomen.

'Stop je voet er maar in,' zei Hannah.

Ruth schopte de sandaal die aan haar enkel bungelde weg en hij vloog de tent door, sloeg tegen het tentdoek en viel op de grond. Ruth giechelde. Hannah kneep haar ogen zo stijf dicht als ze maar kon.

'Wat doe je, ima?'

'Ik neem even een momentje rust.'

'Bij het planten heb je precies de goede hoeveelheid modder nodig.'

Hannah zweeg.

'Ima?'

'Ja, boebala?'

'Een baby laten groeien is net zoiets als een zaadje planten.'

Hannah knikte. Dit was het zinnetje dat Ruths teerbeminde Liora hun had bijgebracht.

'Eerst moet je het zaadje in de aarde planten,' zei Hannah voor het begin van het verhaal, maar Ruth stampte met haar voetje op de grond, sloeg haar armen voor haar borstkas over elkaar en blies haar wangen op. 'Ik wil Liora zien,' riep ze.

In Kinneret werden de kleintjes collectief opgevoed. De

groep had besloten dat moeders niet de vereiste objectiviteit konden behouden, dus werden er andere vrouwen bij het kinderhuis aangesteld. Vrouwen wie het belang van de groep ter harte ging. Zonder de persoonlijke voorkeuren die de biologie met zich mee leek te brengen.

Hannah herinnerde zich nog heel goed (en ze zou het ook nooit vergeten) hoe ze in paniek raakte toen ze Ruth aan Liora bij het kinderhuis aan de andere kant van de kibboets overdroeg, toen ze drie dagen oud was. Er was over gestemd; alleen kinderloze vrouwen zouden worden aangenomen voor de positie van kinderverzorgster. Alleen kinderloze vrouwen waren objectief genoeg om te zien wat er nodig was. De zuigelingen zouden de borst krijgen (dat was niet meer dan natuurlijk), maar het maakte niet uit welke melk producerende moeder dat deed. De moeders werden geacht juist niet hun eigen kind te voeden. Maar toen de kleine Susan ziek werd, zag Leah kans om zich via Liora naar binnen te werken. Hannah wist zeker dat ze Susan meer had gegeven dan de anderen. Susans beentjes waren mollig en zaten vol kuiltjes, terwijl Ruth een mager hoopje stokjes was. Ze wist nog hoe ze 's nachts vanaf de overkant van de kibboets een baby had horen huilen en zeker wist dat het Ruth was, en niet naar haar toe kon.

En toen begon langzaamaan de drang uit haar weg te trekken. Niet die intense liefde die zo vlijmscherp was dat ze haar kon verminken, haar doormidden kon snijden van vreugde en pijn. Maar het instinctieve deel dat wist wat ze met haar kind moest doen, zonder te hoeven nadenken. Wanneer ze dicht bij haar moest komen en wanneer ze haar dochter de ruimte moest geven; wat ze moest doen om te zorgen dat ze luisterde, en vooral wat ze moest doen om haar te laten ophouden met huilen.

Ruth haalde de andere sandaal van haar voet en slingerde die door de tent achter de eerste aan. Er steeg een stofwolkje van het tentdoek op.

'David heeft dat ongeluk gemaakt,' zei Ruth. Ze stelde geen vraag, ze deed een uitspraak. 'Nu is Sakina dood,' concludeerde ze.

'Ga je schoenen pakken,' zei Hannah. Ze voelde een kreet in zich opkomen.

Ruth schudde haar hoofd van niet en wachtte af wat haar moeder zou doen. Ze zag dat Hannah zich ergerde, kwam naar haar toe en sloeg haar armen stevig om haar heen. Ze duwde tegen Hannahs borsten.

'Geen melk,' zei ze. En toen: 'Ik hou zo verschrikkelijk veel van je, ima, dat ik wou dat ik dood kon gaan.'

'Hè?'

'Net als Sakina.'

'Sakina was veel te jong om dood te gaan,' zei Hannah. 'Ik hou ook van jou, Rutheke.' Er stonden tranen in haar ogen, van uitputting, ergernis, frustratie en eenzaamheid. Ze was absoluut niet voorbereid op dit alles.

'Ga ik dood?' vroeg Ruth haar.

Hannah trok haar dochter tegen zich aan. 'Nog heel lang niet.'

Aanvankelijk dachten ze dat het kadachat was, maar dan zonder de stuipen. Hannahs vader werd geel en verloor gewicht.

'Ik ben oud,' had hij tegen haar gezegd, toen ze aan het inpakken was voor hun vertrek uit Kinneret, en zij had afwijzend gezegd: 'Je bent jong.'

Hij bleef ernstig kijken. Hij was een forse man, lang en met brede schouders die zijn talliet uitvulden, en alleen als je dat wist, kon je zien hoe erg hij achteruit was gegaan. Afgezet tegen hoe hij vroeger was geweest.

'Het spijt me dat ik wegga,' zei ze.

Ze wilde worden vergeven, maar nog liever wilde ze dat hij eerlijk was. En toen hij zei: 'Ik red me wel, maar je hebt de wensen van je moeder niet geëerbiedigd,' had Hannah haar ogen dichtgedaan tegen de pijn.

'Ze dwingen me te vertrekken,' zei ze, alsof ze een klein kind was. 'Om wat David heeft gedaan.'

Haar vader liet zich vermurwen en wenkte haar naar zijn geroeste metalen bed. Ze gaf hem het glas water aan dat naast zijn bed stond en hij kwam onhandig op een elleboog overeind. Hij nam een lange slok en liet zich weer op het bed zakken, terwijl hij zijn mond afveegde aan zijn arm. 'Dank je wel,' zei hij.

Hij liet zijn hand op de hare liggen; dat zou hij in Rusland nooit hebben gedaan, maar in dat opzicht had Erets Jisraël hem zachtmoediger gemaakt.

'Ach, *bissela*,' zei hij. 'Was het leven maar eenvoudig.'

'Is het dat dan niet?'

Hij lachte. 'Je bent nog steeds de dochter van je moeder.'

Daarmee leek hij alles te hebben gezegd wat hij wilde zeggen. Hannah begreep de boodschap niet, al begreep ze wel dat er een was gegeven, en het feit dat hij haar die boodschap had gegeven leek ervoor te zorgen dat hij zich beter voelde.

'Ga nou maar,' zei hij met een wapperend handgebaar alsof hij een vlieg verjoeg. Zijn ogen glimlachten echter. 'Je hebt mijn zegen.'

Hij had het niet over David, en dat was voor hen allebei ook beter.

'Ik kom weer op bezoek. Samen met Rutheke,' zei Hannah.

'En je andere kleintjes,' zei Avraham.

'Binnenkort,' zei Hannah.

Haar vader had zijn ogen dicht toen zij de tent verliet. De geest van haar moeder fluisterde haar in het oor: 'Verlaat hem toch niet. Dat had je beloofd.'

Had ik haar toen maar kunnen waarschuwen.

## HOOFDSTUK 25

'Ik wil nog een kind,' zei Hannah tegen haar man.
'Dat weet ik,' zei hij.
'Nu,' zei Hannah.
David stond over een blad met groentezaden gebogen, elk soort in zijn eigen bakje; hij keek naar haar omhoog. Er zat een veeg van iets op zijn wang, waarvan ze eerst dacht dat het aarde was van de velden, maar wat bij nadere beschouwing potlood bleek te zijn. 'We hebben niets te eten,' zei hij.
'Ik ben avondeten aan het klaarmaken,' zei ze, al wist ze ook wel dat hij het daar niet over had. Dat nam niet weg dat ze nog wat aardappelschillen had gevonden en die met het laatste beetje meel had gebonden en nu tot aan haar ellebogen in het deeg voor *latkes* stond. Er was bijna geen olie, dus ze zouden heel droog zijn. Maar in elk geval was het eten.
Er zat een richel aan de binnenkant van haar wang waar ze haar eigen vlees in haar slaap had proberen op te eten. Ze liet haar tong langs de schrijnende streep gaan.
'Het is Rosj Hasjana,' zei David.
Hannah hield even op. Een ogenblik lang was ze de tijd van het jaar vergeten. In Kinneret kon je die afleiden uit de gewassen, maar hier waren nog geen gewassen om het jaargetijde aan af te lezen.
'Vandaag?'
'Dinsdag.'

'Dan eten we vanwege een ander feest,' zei ze met het oog op de latkes.

'Aubergine?' vroeg hij.

'Kip,' zei ze om het spelletje mee te spelen. Het was een onnozel grapje, dacht ze, maar David vond het altijd leuk. Maar zijn korte glimlach was zwakjes, zijn gezichtsuitdrukking werd kwaad, en hij wees naar een plek waar mensen bijeen stonden aan de voet van de berg. De chaloetsiem hadden een kring gevormd rond een lange knaap met rood haar die voor hen speelde op zijn vedel. Af en toe klonk er luid gejuich.

'Zien ze dan niet dat er werk te doen is?'

'Laat ze toch feestvieren,' zei Hannah. 'Ze zijn in het thuisland aangekomen.'

Daar zat een kern van waarheid in, en iets van sarcasme. Ze kon zich haar eigen woeste optimisme van de begintijd herinneren, en verlangde ernaar terug. Erets Jisraël was nog steeds haar droom; maar dromen kostten veel werk en ze was doodmoe.

'We moesten het nieuwe jaar maar inluiden,' zei David met zijn vingers in zijn zwarte krullen begraven.

Hannah knikte, te moe om woorden te vormen. Of ze al of niet, en hoe dan, de Joodse feestdagen moesten vieren was een discussie die ze al duizend maal hadden gevoerd. Zonder het verder te hoeven bespreken, waren ze het erover eens dat ze er aandacht aan moesten besteden, maar dan luchtig, met de nadruk op hun betekenis voor de landbouw.

'Ik kies wel een paar meisjes uit om je te helpen koken,' zei David.

Vermoeid stelde Hannah zich voor hoe hij zijn blik zou laten gaan langs de jonge vrouwen.

'Ik wil nog een kind,' zei ze opnieuw. Ze moest denken aan de woorden van haar vader voordat ze hem achterliet. Ze stond zichzelf niet toe na te denken over de eerste baby die ze uit haar had laten weghalen, of aan de andere kinderen die in Kinneret speelkameraadjes voor Ruth waren geweest en die haar hadden vrijgepleit van de noodzaak om een zusje of broertje voort te brengen. Hier was de lucht vervuld van spookachtige stilte, ondanks de chaloetsiem die maar bleven lachen en zingen. Het was een stilte die onder geluid doorliep. Een hongerige stilte.

'Nog niet,' zei David.

'We hebben niet veel tijd meer,' zei Hannah.

De andere vrouwen en zij waren naar Palestina gekomen met het idee dat ze een nieuwe wereld konden scheppen. Maar nu zag ze in dat seksuele gelijkheid het voor mannen, en niet voor vrouwen, makkelijk maakte om in hun behoeften te voorzien. Wat vrouwen wilden (wat zij wilde) ging dieper dan een climax. Het was iets ongrijpbaarders, iets wat ze voor zichzelf lastig te benoemen vond, en als je iets niet kon benoemen, hoe kon je het dan opeisen?

Een kind was eenvoudiger.

Het was niet in haar opgekomen dat David een tweede maal nog eens nee zou kunnen zeggen.

'Kijk om je heen, Hannahleh,' zei hij. 'We lijden honger. Wat zouden we aan moeten met nog een kind?'

'Honger lijden is wel een beetje sterk uitgedrukt,' zei ze.

'Het is een verkeerd moment.'

Ze kon haar oren niet geloven dat hij dat nog eens tegen haar durfde te zeggen, maar ze hield vol.

'Hoe zit het dan met Erets Jisraël bevolken met kleine Joden?'

In de verte hadden de chaloetsiem de armen in elkaar gehaakt. De vedelaar met het rode haar tilde zijn strijkstok op en de dansers murmelden vol verwachting. De avond viel, het wiel begon te draaien, en de vedelaar gaf zich over aan zijn instrument. De pioniers met hun wijd gesneden witte overhemden en kaki shorts sprongen op en neer en zongen zo hard als ze maar konden. Ze bleven puur op hun instinct in leven, zoals Hannah dat ooit ook had gedaan. In de eerste jaren in Kinneret hadden ze alleen hartige Arabische geitenkaas gegeten en water gedronken, waarbij ze de helft van hun lichaamsgewicht kwijt raakten, en alles was in orde geweest.

Meer dan in orde. Fantastisch.

'Ruth heeft iemand nodig om mee te spelen,' zei Hannah.

David keek in de verte, alsof hij naar een radiosignaal luisterde dat van diep uit zijn hersenen kwam. En toen hoorde Hannah het geluid boven de muziek uit, van iemand die zijn naam riep, met nadruk op allebei de lettergrepen: 'Daaa-vid.'

David stond op; de schemering was gevallen en hij kon vast de zaden niet meer zien die hij aan het sorteren was geweest.

'Ik moet ervandoor,' zei hij en wees met zijn kin in de richting van waar zijn naam was geroepen.

'Ik ben nog niet uitgepraat,' zei Hannah.

'Straks,' zei hij, al weglopend.

'*Fersjtinkener*,' zei ze zo hard dat hij het wel moest horen, maar hij draaide zich niet om. Hij had het voorrecht om alleen daar in zijn hoofd te zijn waar hij wilde zijn. Terwijl zij steeds opnieuw in haar lichaam moest terugkeren.

Ruth greep Hannah beet en hield zich vast aan haar middel; ze probeerde haar moeder te gebruiken om zich overeind te houden, terwijl ze haar eigen voeten van de grond tilde en daar bleef hangen.

'Au,' zei Hannah.

Het was vroeg in de morgen en nu al smoorheet. De zon wriemelde zich een weg onder de stof van de tent door. De eerste tent die overeind was gezet was voor Ruth en Hannah; het was zogenaamd ook Davids tent, al was hij afgelopen nacht niet bij hen komen slapen, maar tot diep in de nacht opgebleven om te dansen met de tieners. Hannah had hen 'Hatikva' horen zingen toen de zon ten slotte opkwam.

Ze kon het het gevoel niet onderdrukken dat de chaloetsiem de eerste tent aan Ruth hadden toegewezen om het kind zowel onderdak te bieden, als ook om haar uit het zicht te verwijderen.

'Ima?' vroeg Ruth.

'Ja, Rutheke.'

'Sjalom.'

'Sjalom, boebala.'

'Mag ik zwemmen?' vroeg Ruth, waarna ze zich op de matras liet ploffen en aan de witte draad begon te trekken die aan de zoom van haar laken was losgeraakt.

'Niet doen, schatje.'

'Niet doen, schatje,' zei Ruth haar na.

Hannah hield haar hoofd scheef.

'Rutheke,' zei ze waarschuwend.

'Rutheke,' zei het meisje haar na.

'Laat dat, Ruth,' zei Hannah.

'Laat dat, Ruth.'

Hannah keerde haar de rug toe en begon hun spullen recht te leggen. Er was een wasbord dat ze buiten de tent neerlegde, en de draad waaraan Ruth had getrokken nam ze tussen haar tanden en beet hem door. 'Het is te vroeg om te zwemmen,' zei ze. 'Laten we op zoek gaan naar iemand met wie je kunt spelen.'

Er was niemand met wie Ruth kon spelen. En toen haar dochter haar na zei: 'Laten we op zoek gaan naar iemand met wie je kunt spelen,' werd Hannah overweldigd door een soort stille wanhoop die ze nog nooit had gevoeld. Was dit werkelijk het plan? Om hier een kind te hebben, als enige in het gezelschap van volwassenen? Een eenzaam meisje in de woestijn van Palestina, koppig en sterk genoeg om haar moeder tot waanzin te drijven?

Zij had hun oude plek niet willen verlaten en in haar lichaam steeg de wrok op en vulde haar als rook. Ze maakte zich vreselijk zorgen om haar vader. Ze was in zichzelf teleurgesteld omdat ze de belofte aan haar moeder had verbroken, en bang, en ze wist niet wat ze moest doen. Bij het Agentschap hadden ze gezegd dat ze David en haar nodig hadden om de nieuwe plaats, het nieuwe idee te organiseren: de eerste grote kibboets na vele kleine. Het was een hele eer om de voorbereidingen te mogen treffen voor het nieuwe zionisme dat zich uiteindelijk over het hele land zou uitstrekken. Maar iedereen wist dat de reden waarom Davids daarvoor was gevraagd eigenlijk de bloedvete was. Zijn gezicht mocht niet meer gezien worden op de oude plekken.

Ruth had een andere draad gevonden waaraan ze nu zat te trekken zoals ze met de eerste had gedaan.

'Ik zei dat je daarmee moest ophouden, boebala.' En voordat Ruth haar kon napraten, zei ze: 'Wat zou Liora daar wel van zeggen?'

Maar dat was een loos dreigement. Ruth zou dolgelukkig zijn om weer terug te zijn in Liora's invloedssfeer, de vrouw die haar van zuigeling tot peuter en daarna tot kleuter had geloodst, degene die in alle opzichten behalve in naam haar moeder was geweest. Ruth zou zelfs dankbaar zijn geweest om een reprimande van Liora te krijgen. En ze leek Hannahs onvermogen en razernij op te pikken, want toen Hannah de tent verliet, waarbij ze het tentdoek opzijschoof waardoor het hele geval bijna omsloeg, volgde Ruth haar op de hielen en probeerde haar middel opnieuw vast te grijpen.

'*Ani ohevet otach*, ima,' zei ze. Ze klampte zich aan Hannah vast alsof ze verdronk.

Hannah liet zich vermurwen en keek omlaag. Ruth had haar pop Salaam opgepakt en droeg die weggestopt onder haar arm, waar hij precies paste.

Ze liepen samen de benauwde ochtend in. Een groep chaloetsiem probeerde de oude houten ploeg te gebruiken. Het geval zwenkte en weigerde zich te laten leiden, en de voor erachter kronkelde woest heen en weer. Er ging gelach op onder de chaloetsiem.

Iemand riep in het Arabisch: 'Insjallah.' Als God het wil.

Iemand anders had de taak toegewezen gekregen om de opslagruimte te ordenen, en op een stuk modderige aarde lagen spullen uitgestald als voor een rommelmarkt: halsters voor de paarden en versleten leren leidsels. Grote ijzeren wasbakken, een vioolstrijkstok, een grote metalen kist met glazen lantaarns en extra pitten. Troffels, met spijkers beslagen schoenen, een dure verrekijker die in een etui had moeten zitten. Te midden van de chaos stond een eeneiige tweeling met een bloempotkapsel en bretellen. Ruth keek van de een naar de ander en toen weer terug naar de een, en daarna naar haar moeder voor uitleg. Maar Hannah voelde zich te moe. Ze was verbaasd toen Ruth op de twee mannen afstapte en dapper vroeg: 'Jullie zien er hetzelfde uit. Zijn jullie een tweeling?'

Ruth had van Jitschak over tweelingen gehoord toen het oude werkpaard Shira was bevallen van twee veulens. Dat moest ze hebben doorgetrokken naar deze menselijke tweeling, en Hannah kon een gevoel van trots niet onderdrukken.

Ze hielp zich er vlug aan herinneren, zoals ze er al vele malen aan was herinnerd in de loop van de jaren, dat zij niet meer verantwoordelijkheid droeg voor Ruths prestaties dan wie ook, en dat ze er beslist minder verantwoordelijk voor was dan Liora.

'Dat lijkt me duidelijk,' zei een van de tweeling.

Hij stak een wijsvinger onder een van zijn rode bretellen en keek haar met een grijns aan.

Ruth keek met een vragende blik naar Hannah. Ze kon het onvriendelijke gedrag van de man niet interpreteren. Dat maakte geen deel uit van haar referentiekader.

Hannah haalde diep adem. Het rook naar klaver in de zon.

De andere tweelingbroer wierp zijn broer een schuinse blik toe en zei vriendelijk tegen Ruth: 'Je bent een slim meisje. Heb je weleens vaker een tweeling gezien?'

'Alleen bij paarden,' zei ze. Ze ging op haar tenen staan en tuurde naar zijn gezicht. 'Wat is er met je lippen gebeurd?' vroeg ze.

Hannah kromp ineen, maar de Duitser lachte. 'Niets. Dat zijn sproeten.'

'Op je lippen?'

'Grappig, hè?' zei hij.

Hij krieuwelde door haar haar, waar ze zich met liefde aan overgaf. Hij stak zijn hand uit. 'Ik ben Samuel, En mijn broer is Selig.'

Zijn broer keek naar de uitwisseling zonder de moeite te nemen zijn minachting te verbergen, met zijn voorhoofd in rimpels getrokken en zijn vlekkerige lippen getuit. Daarna draaide hij zich om.

'Ik ben Ruth,' zei Ruth, zich niet bewust van Seligs verdwijnende rug. Ze schudde Samuel de hand, blij om te worden beschouwd als een persoon van enig gewicht.

Samuel was een enigszins groter dan zijn broer, en hij had een hoger voorhoofd en grotere oren.

'Hij spreekt niet veel Hebreeuws,' zei Samuel over Selig, nu hij weg was, alsof dat een verklaring was voor zijn onbeleefde gedrag.

'Ik spreek alleen Hebreeuws,' zei Ruth trots, en Samuel trok zijn wenkbrauwen op om te laten zien dat hij onder de indruk was.

'Je bent al een hele tijd in Erets Jisraël,' zei hij.

'Mijn hele leven al,' zei Ruth. Ze stak Salaam omhoog zodat Samuel de pop kon zien. 'Mijn pop spreekt Hebreeuws én Arabisch,' zei ze.

Ze verschikte de hoofddoek zodat die het voorhoofd van de pop bedekte.

'Maar vooral Arabisch,' zei ze. 'Want ze is van Sakina geweest.' Ze liet luidruchtig een wind ontsnappen en giechelde. 'Je kan haar hoofddoek zo knopen dat het een kipa wordt,' zei ze, en wilde het laten zien.

'Neem me niet kwalijk,' zei Hannah terwijl ze probeerde haar dochter uit de weg te manoeuvreren, zodat Samuel kon vertrekken, maar hij zei: 'Waarvoor?' en stak zijn hand uit om die van Ruth vast te pakken.

'*Ma shlomech?*' zei hij.

'*Tov toda*,' antwoordde Ruth.

Ze gingen met z'n tweeën tussen de uitgestalde spullen zitten. Loogzeep en jerrycans benzine van rood plastic. Hannah aarzelde even en ging toen ook zitten. Het was prettig om niet te bewegen.

'Mijn broer heeft iets heel moeilijks meegemaakt,' zei Samuel meteen tegen Hannah, alsof hij erop had zitten wachten zichzelf van een last te bevrijden; alsof hij heel lang, zijn hele leven, aan Selig vast had gezeten, op dezelfde manier was bekeken, en hij de streng wilde doorknippen die hen in andermans ogen had verbonden. Hij had zitten wachten op iemand om het aan te vertellen, en nu was Hannah er. Of in elk geval dacht ze dat. Later zou ze zich afvragen of het niet meer uit berekening was.

Samuel zat niet naar Hannah te kijken; hij keek juist weg; maar aan zijn strak gehouden lichaam voelde ze dat hij op antwoord wachtte.

'Ik begrijp het,' zei ze.

Hij knikte zonder zijn blik omhoog te richten.

'Hij heeft in een gevangenkamp gezeten,' zei hij. 'In Siberië.'

Hannah maakte een meelevend geluidje maar vroeg niet waarom; het was omdat hij een Jood was. Dat was de waarheid waarvoor Erets Jisraël een tegenwicht moest gaan vormen. Een plek waar Joden veilig waren en niet bang hoefden te zijn om zomaar ineens te worden afgevoerd naar een willekeurig kamp.

'Er zijn vreselijke dingen met hem gebeurd,' zei Samuel.

Ruth was de spullen om hen heen aan het schikken al naar gelang grootte, van groot naar klein: van wastobbe naar wasbord, daarna de paardenharen kwasten en dan de fijnere schilderkwasten, maar nu keek ze op. Haar wangen waren felroze van de warmte. 'Wat voor vreselijke dingen?' vroeg ze.

Samuel keek schuldbewust naar Hannah.

'Het was koud,' zei Hannah.

'Was er sneeuw?' vroeg Ruth.

'En ijs,' zei Samuel.

'Ik heb nog nooit sneeuw gezien,' zei Ruth.

'Het heeft eens gesneeuwd toen jij klein was,' zei Hannah.

'In de winter is de regen ijskoud,' gaf Ruth toe, alsof ze Samuel wilde voorbereiden op iets wat hij zich in hitte nog niet kon voorstellen. Er trok een uitdrukking over haar gezicht; het drong tot haar door dat haar moeder erin geslaagd was om haar af te leiden. Ze wendde zich rechtstreeks tot Samuel. 'Wat is er met je broer gebeurd?'

Ze haalde een tinnen vork langs het wasbord, waar Hannahs gezicht van vertrok.

Hannah zag dat Samuel een vriendelijke man was, maar wel een man zonder ervaring met kinderen. 'Soms zijn mensen onaardig tegen Joden,' zei ze tegen Ruth. Ze strekte haar benen voor zich uit en stak haar tenen naar voren.

Ruth knikte ongeduldig. Dat wist ze; dat had ze altijd geweten. 'En ook tegen Arabieren,' zei ze, wat ook een belangrijk onderdeel was geweest van wat er in het kinderhuis werd onderwezen.

'Misschien hebben ze dingen met zijn lichaam gedaan die pijn deden,' zei Hannah.

'Zoals abba met Sakina heeft gedaan?'

Samuel keek met een ruk op, zijn donkere haar glom in de hitte. Niemand van de chaloetsiem wist wat er op de oude plek was gebeurd. Hannah en David waren dat heimelijk overeengekomen; het was niet nodig om er expliciet voor uit te komen. Het zou hem in een kwaad daglicht stellen (het zou hen allemaal in een kwaad daglicht stellen), als de jonge chaloetsiem wisten dat ze verbannen waren.

'Misschien hebben ze hem geslagen,' zei Hannah tegen Ruth. 'Misschien had hij niet genoeg te eten.' Ze veegde haar gezicht droog met de achterkant van haar arm.

Ineens was Ruth geïnteresseerd. 'Waar hebben ze hem geslagen?' vroeg ze.

'Dat weet ik niet, boebala.'

'Op zijn gezicht?'

'Nee,' loog Hannah.

'Op zijn *toges*?'

Hannah stelde zich een bazige bobbe voor die in een Siberische gevangenis volwassen kerels over de knie legde en met een pollepel op hun achterste sloeg. 'Misschien,' zei ze.

Samuel stond een vingernagel te bestuderen, met een roze zweem op zijn bleke wangen.

'Liora is een keer naar Jeroesjalajim geweest om dingen te leren over Maria Montessori,' zei Ruth. 'Er worden geen klappen uitgedeeld,' voegde ze eraan toe. 'Kinderen zijn ook mensen die het verdienen met respect te worden behandeld.'

Ze beet op haar onderlip, maar kon zich de rest van het citaat niet herinneren. 'Op de oude plek had ik broers en zussen,' zei Ruth tegen Samuel.

'Welke oude plek?'

'Kinneret,' legde Hannah uit. 'Waar wij vandaan komen.'

Maar ze wist dat deze nieuwe chaloetsiem ternauwernood in de gaten hadden dat hier iets aan vooraf was gegaan. Ze dachten dat ze zelf de eerste Joden waren die zich ooit in Erets Jisraël hadden gevestigd.

'Ze waren de kinderen van anderen,' voegde Hannah eraan toe. 'De kinderen werden samen grootgebracht in het kinderhuis.'

'Hoeveel kinderen?' vroeg Samuel.

'Zes.'

Hannah plukte een grasspriet en rolde die tussen haar duim

en wijsvinger. 'Ik ben nog een keer zwanger geworden,' zei ze, al kon ze, zodra de woorden aan haar waren ontsnapt, niet geloven dat ze dat had gezegd.

Ruths hoofd schoot omhoog.

'Ima?' vroeg ze.

Hannah negeerde haar, maar Ruth zei: 'Echt waar?'

Hoe was ze op dit gevaarlijke onderwerp gekomen, dacht Hannah. Door met een andere, geïnteresseerde volwassene te praten; Samuel straalde iets van kalmte uit. Het leek wel of ze een gezin op een zondagse picknick waren. Ze was even niet op haar hoede.

'Meisjes mogen ook een kipa dragen,' zei Ruth nu nadrukkelijk na wat Liora haar had bijgebracht. Ze hield haar lappenpop omhoog en keek die met zo'n blik van aanbidding aan dat de beide volwassenen moesten lachen. Ruth tilde het hoofddoekje op en knoopte het vast, waarmee de transformatie was voltrokken.

'Dat is waar,' zei Hannah. 'En waarom is dat zo?'

Ze hoopte het meisje af te leiden, maar Ruth zei: 'Wat voor ander kindje heb je gekregen?'

'Geen ander kindje,' zei Hannah. 'Alleen jou, boebala.'

Maar ze wist dat Samuel het had begrepen. Een zwangerschap was niet hetzelfde als een kind. Er kon in dit woeste land van alles gebeuren met een zwangerschap, zoals er in een gevangenis van alles kon gebeuren met een Jood.

Ruth drukte haar gezicht tegen haar pop en ademde diep in. Hannah dacht er liever niet aan hoe de pop waarschijnlijk rook, maar Ruth leek er troost aan te ontlenen. Ze zette Salaam op Samuels schoot neer. 'Mijn zus,' zei ze eerbiedig, al knipperend met haar wimpers.

Samuel glimlachte. 'Ze is schattig.'

Ruth knikte plechtig. Ze stond op, pakte een lange pook en begon ermee langs de binnenkant van de tobbe te schrapen. Ze gooide de pook in de tobbe, wat een gruwelijk gekletter gaf als van metalen deuren die worden dichtgetrokken. Ze probeerde de tobbe in te klauteren, maar de punt van haar sandaal bleef achter de rand hangen en Samuel schoot toe om te voorkomen dat ze met haar kin vooruit op het metalen oppervlak zou vallen.

'Dank je wel,' zei Hannah, met haar hand op haar hart.

'Graag gedaan,' zei Samuel. En toen hij haar aankeek, zag Hannah dat hij het wist; niet alles, maar genoeg.

Later, toen ze weer bloedde, zocht ze Ida weer op. Nu droeg ze de lappen met minder schaamte dan toen het meisje een volslagen vreemde was, maar ze vond het nog steeds gênant om ze over te dragen. Ze probeerde een afleidingsmanoeuvre te bedenken, een andere reden waarvoor ze kwam. David was vergeten wat hij had beloofd, om een paar meisjes te vinden om haar te helpen Rosj Hasjana voor te bereiden, en dus vroeg Hannah Ida.

'Ik heb tafellakens nodig,' zei Hannah. 'Voor de maaltijd. Of iets wat als tafellaken kan worden gebruikt. Misschien een rol stof? En ik heb een kiddoesjbeker nodig.' Hannah zweeg even. Ze raakte de haren rond haar gezicht aan die uit haar knot waren ontsnapt.

'Zou jij kunnen proberen om die spullen bij elkaar te krijgen?'

Ida knikte.

'En *pamotiem*,' zei Hannah.

Ida zweeg.

'Kandelaars,' vertaalde Hannah in het Russisch, voor het geval Ida het Hebreeuws niet kende. 'Al heb ik geen idee waar je die zou moeten vinden,' voegde ze er met een verontschuldigende gezichtsuitdrukking aan toe.

Nog steeds zweeg Ida met opeengeklemde kaken. Tot ze zei: 'Ik heb geen kandelaars.'

Hannah leek verrast door de heftigheid waarmee Ida antwoord gaf.

'Dat geeft niks, achoti,' zei ze vriendelijk. 'Maar zou je in de onuitgepakte kratten willen kijken of je er daar een stel kunt vinden?' Ze dacht aan de troep waartussen Samuel zo-even had gestaan. Daar zaten er vast een paar tussen.

'Vraag maar aan Samuel,' zei Hannah.

'Een van de tweeling?'

Hannah knikte.

En Ida rende weg voordat Hannah haar kon bedanken.

## HOOFDSTUK 26

De chaloetsiem hadden de tenten opgezet en de wasserij ingericht en nu begonnen ze op het land te werken. Daar was Hannah dankbaar voor, en ze was wrokkig omdat zij niet de kans kreeg om daaraan deel te nemen. Dag en nacht kleefde Ruth aan haar als theeblaadjes, ze stelde duizend vragen en weigerde haar schoenen aan te trekken. Was het geen belofte van Erets Jisraël geweest dat Hannah hier niet in haar eentje voor zou staan? Dat de chaloetsiem de kinderen gezamenlijk zouden grootbrengen, als een grote tros druiven aan de wijnrank, rijpend in de natuurlijke zonneschijn en uitgroeiend tot zoetheid? Het kerngezin was een route naar isolement, een route die ze zouden overlaten aan de kapitalistische steden in Europa en Amerika. Maar Hannah betrapte zich erop dat ze dingen deed die ze nooit had hoeven doen: het achterste van haar dochter afvegen en haar zover zien te krijgen dat ze het laatste beetje pap opat, dat ze op haar bord liet liggen terwijl ze voortdurend klaagde dat ze zo'n honger had.

Wat had ik er niet voor over gehad om die dingen te doen. Stuk voor stuk. Maar ik heb natuurlijk nooit de kans gekregen. Hannah viel in slaap met het meisje tegen haar zij gedrukt, en Ruth schopte haar tegen haar ribben en benen, en ze werd wakker met blauwe plekken op plaatsen waar ze die nog nooit had gehad. En een verrekte spier in haar hals omdat ze zich in allerlei bochten had gewrongen om plaats te maken voor de pop van Ruth. Al die jaren dat ze ernaar had verlangd om haar kind naast zich te hebben, al die jaren dat ze zich had voorgesteld haar kreten vanaf de overkant van de kibboets te horen, en nu ze een excuus (een reden) had om naast haar dochter te slapen, verlangde ze naar vrijheid en armslag.

En toch miste het contact met de kleine meid zijn uitwerking niet. 's Ochtends, wanneer de zon zich een weg baande door de wanden van tentdoek, ademde ze de geur in van Ruths lieve, warme huid; ze verwonderde zich over de stofvlokken in haar haar en het dons dat nog steeds op haar bovenarmen en oorlelletjes zat. Hannah knabbelde op de wangen van haar kleine meid alsof Ruth van klapstuk was gemaakt en Ruth probeerde zich giechelend los te wurmen. Die intimiteit had Hannah nog nooit meegemaakt, de intimiteit om op dezelfde plek als haar kind wakker te worden, en de gedachte aan wat ze had gemist stortte zich over haar heen. Een melkachtige ochtend met haar baby, blote huid tegen blote huid, allebei opnieuw wegzeilend, met het mondje nog steeds vastgeklemd aan de tepel. De korte mollige beentjes die haar dochter naar haar toe droegen toen ze in de schuur was gevallen en haar knie had opengehaald aan een spijker; Ruth die het hemd van haar moeder omhoogtrok om melk te krijgen. Om de liefde en de troost te krijgen waar ze recht op had.

Hannah stond op om naar het privaat te gaan. Toen ze terugkwam, had Ruth het hele muskietennet in beslag genomen.

'Sabba is ziek,' zei het meisje. Ze propte de rand van de smerige pop in haar mond en zoog.

'Niet doen, Rutheke,' zei Hannah.

'Hoorde je wat ik zei?' vroeg het meisje.

'Ja,' zei Hannah.

'Zieker,' zei Ruth. 'Meer zieker dan eerst.'

Ze stapte van de matras en bevrijdde zich uit het muskietennet. Er was een holletje dat ze de dag ervoor in de lemen vloer had gemaakt, zodat ze daar haar blauwe knikker in kon begraven en weer uitgraven. Ze hervatte dit spel nu alsof ze er nooit mee was opgehouden, alsof er geen tijd was verstreken toen ze sliep.

'Weet je het zeker?' vroeg Hannah.

Ruth knikte. Ze pakte de vieze knikker op en bekeek hem; ze stopte hem in haar mond.

'Rutheke. Spuug dat ding uit,' zei Hannah.

Ze stak haar hand uit en Ruth spuugde de knikker braaf in haar hand.

'Ik weet het zeker,' zei Ruth.

Ruth stak haar hand uit en Hannah gaf haar de knikker terug. 'Niet in je mond stoppen,' zei ze.

'Aanraken maar niet in je mond stoppen?' vroeg Ruth.

Hannah herkende dit als een mantra die Liora had gebruikt toen de kinderen peuters waren; toen alles om hen heen rechtstreeks hun mond in ging. Al dacht men in de kibboets eerlijk gezegd dat kinderen hun instincten best konden volgen en dat dat geen kwaad kon.

Hannah dacht aan Sakina.

Toen had het wel kwaad gekund.

'Kan ik met jou mee thuis?' vroeg Ruth.

'Waar thuis?' vroeg Hannah, al wist ze best wat Ruth bedoelde.

'Bij Liora.'

'Naar waar we vroeger woonden?'

Ruth knikte. 'Als sabba doodgaat.'

'Waar heb je het over, boebala? Sabba is niet dood.'

Ruth haalde haar schouders op. 'Ik wil naar huis.'

Wat waren haar schouderbladen dun, dacht Hannah. Zo fijn uitgesneden als vleugels.

'We moeten hier Erets Jisraël opbouwen,' zei Hannah vermanend. 'Weet je nog wat Liora zei? Dat is de belangrijkste taak.'

'Ik haat je,' zei Ruth. Ze tilde haar blauwe knikker op en smeet hem keihard naar Hannahs gezicht.

'Au. Waarom doe je dat nou?'

Brandende tranen schoten Hannah in de ogen. Ze wreef over de plek waar de knikker tegenaan was geslagen, het jukbeen onder haar rechteroog. 'Je had me wel blind kunnen maken,' zei ze bestraffend, terwijl ze haar wangen droog veegde. 'Je had me wel dood kunnen maken.'

Pas toen ze haar eigen woorden hoorde, besefte Hannah wat voor effect die zouden kunnen hebben. Ruth zette grote ogen op, en Hannah zag even duidelijk alsof het een toneelstuk was dat de chaloetsiem opvoerden in de steengroeve recht voor hen, wat er zich in het hoofd van haar dochter afspeelde. Het optillen van het geweer. Het lichaam van het kleine meisje dat viel. De stilte die in de lucht hing toen Sakina's hoofd tegen de grond was geslagen, en later, de volwassenen (Arabieren en Joden) die samen naar omlaag stonden te kijken. De pop die nu naast Ruth zat, weggegooid in de hoek, haar sjaal weggetrokken van haar gezicht.

'Het spijt me, ima,' zei Ruth en ze begon te huilen.

Hannah sloeg haar armen om haar dochter. Ze streelde over haar rug maar probeerde haar niet de tranen uit het hoofd te praten; die zouden komen en uiteindelijk opdrogen. Als je die tranen voorkwam, zouden er later alleen maar meer komen.

En Ruth troosten was ook een troost voor Hannah. Het plezier werkte twee kanten op. Misschien was het verkeerd om aan haar eigen behoeften tegemoet te komen via de veel dringender behoeften van het kind, maar het was een zware reis hierheen geweest en ze snakte naar de warmte van het lichaam van een ander mens. Ze wilde nodig zijn voor iemand, en Ruth had haar nodig.

'Het is wel goed, boebala,' zei ze en ze hield het huilende meisje tegen zich aan.

'Ga jij dood?' Met slijm over haar wang uitgesmeerd keek Ruth omhoog.

Hannah wreef het weg met haar duim.

'Waarom? Vanwege de knikker?'

Ruth knikte met opengesperde ogen.

'Natuurlijk niet.'

Ruth zoog op haar lip. Haar zwarte krullen hingen voor haar gezicht.

'Maar sabba wel.'

Hannah zweeg.

'Sabba!' zei ze nog eens nadrukkelijk, alsof Hannah hardhorend was.

'Iedereen gaat op een dag dood,' zei Hannah gelaten.

Ze werd weer beslopen door de grote vermoeidheid; ze wilde gaan liggen. Ze wilde met rust worden gelaten, al was het maar even. Een kussen over haar hoofd trekken en uitrusten.

'Niet één dag,' zei Ruth.

Hannah gaf geen antwoord.

'Een dag,' zei Ruth. 'Niet acht dagen.'

Ze had Salaam weer opgepakt; Hannah zag de omgekeerde halve cirkels die op het gezicht van de pop waren getekend waardoor die eruit zag alsof ze sliep. Die pop bofte. Rutheke zat met de stof van de pop met zo'n kracht over haar wang te wrijven dat ze haar huid schaafde.

'Wat betekent het Hebreeuws? Wie ging erheen.'

Waar had Ruth het nu over? Hannah had geen idee.

'Salaam ging erheen, en alle kinderen ook,' zei Ruth, alsof ze een privé-verhaaltje aan zichzelf zat te vertellen. 'Als je niet ziet wat komt, moet je nooit iets naars zeggen.'

'Boebala,' zei Hannah afwezig. Ze wreef over haar elleboog.

'Die bes is giftig,' zei Ruth, terwijl ze haar blauwe knikker voor de mond van de pop hield en haar hem liet opeten.

David bleef de hele dag weg en kwam 's avonds naar hun tent. Hij ging op zijn hurken zitten en kuste zijn dochter op haar kruin. Hannah dacht aan de engel Gabriël met net zo'n bos donkere krullen, net zulke oren die een volmaakte richel waren om een potlood op te leggen.

'Tot morgenochtend,' zei David tegen zijn dochter.

'Insjallah,' zei Ruth. En: 'Waarom heb jij een geweer?'

'Ik doe de nachtwacht,' zei David.

'Ik dacht dat je ging studeren?' zei Hannah.

'Dat doe ik ook. Terwijl ik wacht loop.'

Op de oude plek had dat kunnen kloppen. Daar waren ze zo gesetteld dat de nachtwacht zuiver een formaliteit was. Maar wat Hannah betreft kon hij hier wel iets verstandigers doen dan Marx te zitten lezen terwijl de Arabieren met hun vlammende toortsen langs galoppeerden.

Die felle oude Arabier Habib wist wat er met Sakina was gebeurd.

Het leek wel of David de enige was die het was vergeten.

Met krakende knieën kwam hij overeind en rechtte zijn rug. Hij stak het wapen in zijn tas, samen met zijn boek.

Ruth zei: 'Abba?'

Hij keek naar haar; ze gaf hem een steen.

Die wilde hij ook in zijn tas stoppen, maar zij zei: 'Nee, hier,' met haar vinger naar een stapeltje dat ze had aangelegd van stenen die ze interessant vond.

'Waarom geef je hem dan aan mij?' vroeg David.

'Om hem op de stapel te leggen,' zei Ruth.

'Dat had je zelf ook kunnen doen.'

'Ik wilde dat jij hem kreeg.'

'Je wilde hem op de stapel hebben.'

'Ik wilde dat allebei,' zei Ruth.

'Dat is belachelijk,' zei David veel te cru.

Ruth haalde haar schouders op alsof ze wilde zeggen dat het nu eenmaal zo was. Dat je de brenger van het nieuws niet de schuld moest geven.

Hannah keek naar de stapel stenen. Die deed aan een graf denken.

'Sabba gaat dood,' zei Ruth.

Daar was David het niet mee oneens. 'Iedereen gaat dood,' zei hij, waarmee hij herhaalde wat Hannah eerder had gezegd. 'Iedereen en alles gaat dood.'

Maar dat boeide Ruth niet.

'Kom mee, Salaam,' zei ze. 'We gaan naar huis.'

# HOOFDSTUK 27

De middag daarop kwam een kar de binnenplaats op rijden. Hannah dacht dat het een toerist was die Rosj Hasjana in Erets Jisraël wilde meemaken, maar Jitschak bleek aan de teugels te zitten. De paarden gehoorzaamden hem volmaakt, hielden halt en keken om zich heen met hun enorme, rollende ogen, alsof ze in stilte deze nieuwe plek en hoeveel (of hoe weinig) er was bereikt aan het beoordelen waren.

Jitschaks haar had zich in de tijd sinds zij was weggegaan nog verder teruggetrokken. Hij zag er dikker, robuuster uit dan zij zich herinnerde, en ergens in haar achterhoofd kwam de gedachte op dat David misschien gelijk had. Dat ze hier op de nieuwe plek werkelijk honger leden.

Toen haar oude vriend van de bok klauterde en zei: 'Avraham is dood,' kostte het Hannah een paar seconden om te begrijpen wat hij bedoelde. Later vroeg ze zich heel even af waarom hij de voornaam van haar vader had gebruikt, maar de dood behoorde net als al het andere aan de groep toe en als hij de oude man als de vader van Hannah had benoemd, had dat haar verdriet misschien tot een privilege gemaakt. Dat nam niet weg dat ze intens medeleven in Jitschaks ogen zag en hoe verschrikkelijk hij het vond om degene te zijn die haar het nieuws vertelde.

'Maar ik was van plan binnenkort te komen,' zei Hannah bij de gedachte aan de belofte die ze aan haar moeder had gedaan. 'Ik kom echt binnenkort.'

Jitschak wreef met een knokkel in zijn ooghoek.

'Ik vind het heel naar, achoti,' zei hij.

Het kwam niet door het nieuws zelf, maar door zijn kooswoordje, dat ze instortte. Hannah zakte op haar knieën alsof ze een marionet was en haar bespeler langzaam de touwtjes liet zakken. Een voor een klapten haar gewrichten in; op haar knieën, op haar gezicht, met haar handen uitgestrekt voor haar hoofd op de aarde. Ze proefde Erets Jisraël. Met haar gezicht tegen de aarde gedrukt fluisterde ze de zegenwens: '*Baroech atah Adonai Elohenoe melech ha-olam, dajan ha-emet.*' Gezegend zij U, Heer, onze God, Koning van het Heelal, Rechter van de Waarheid.

Hannah was negen toen ze voor het eerst bloedde, ouder dan Ruth nu was, maar nog altijd jaren te vroeg. Het bloed beschaamde haar en ze zei het niet tegen haar moeder maar haalde een paar gebleekte lappen van onder de gootsteen. Aan tafel haalde haar moeder het licht van de sjabbatkaarsen langs haar eigen gezicht, met roze, warme wangen, en Hannah zag het monster van vlees en behoeftigheid waar ze zelf in veranderde. Maar na de maaltijd kwam haar vader naar haar toe. Hij had een boeket wilde bloemen bij zich die hij aan de oever van de rivier en bij de greppel langs de ongeplaveide weg had geplukt. Het donkerrood, geel en blauw deden aan spatten verf denken. Zijn witte baard beroerde de bloemen die hij tegen zijn dikke zwarte jas aan hield.

'*Mazal tov*,' zei hij, en zijn glimlach was zo warm en vriendelijk dat de tranen haar in de ogen sprongen.

'Waarvoor?' vroeg ze, maar ze wist het wel. En ze wist ook dat hij haar niet in verlegenheid zou brengen door het te zeggen. Dat was niet netjes. Het hoorde niet thuis in de wereld van de mannen.

'Net als de bloemen groei jij,' citeerde hij in plaats daarvan de Tora, en hij overhandigde ze haar.

Hij raakte haar wang niet aan. Maar ze rook wel tabak en het leer van zijn tefilien en ze wist dat hij haar tegen zich aan zou trekken en haar vol trots en liefde zou vasthouden als de voorschriften dat toestonden. Haar vader. De man die haar had gemaakt. Voor Hannah was er geen andere God.

Ze keek op en wist weer waar ze was.

Waarom moest Jitschak ook huilen?

Zodra ze zijn tranen zag, kalmeerde ze. Als ze allebei huilden, maakte dat het mogelijk dat dit werkelijk was gebeurd. Even daarvoor had ze het niet geweten; de hele ochtend waren de paarden vanuit Kinneret naar haar op weg geweest, met het nieuws over de dood van haar vader, maar tot het moment dat dat haar had bereikt, was ze onwetend geweest.

'De *chevra* is het lichaam aan het voorbereiden,' zei Jitschak.

Welke chevra? Welk lichaam? Maar al toen Hannah zich dat stond af te vragen, wist ze dat ze haar vader in windselen zouden wikkelen en hem in een gat op de helling bij de anderen zouden leggen. De jonge chaloets Gesjer die zichzelf van het leven had beroofd. Diverse mensen die aan de kadachat waren gestorven. En de klodder bloed die haar eerste kind was geweest lag in diezelfde aarde, onder een rotsblok.

In zijn vroege jeugd had Hannahs vader zich geschikt in een nobel maar liefdeloos leven in dienst van de Tora. En toen het nichtje van zijn leraar naar de stad kwam en hij op de hoge leeftijd van 31 verliefd werd, was hij God eeuwig dankbaar gebleven voor zijn tussenkomst. Hij bleef zelfs dankbaar toen alle kinderen meisjes waren: Sjoelamiet, daarna Anna, en ten slotte Hannahleh, het kleintje, met ogen die onwaarschijnlijk blauw waren en hem aan zijn eigen moeder deden denken. Hij had haar met de kwastjes aan zijn gebedssjaal laten spelen; op vrijdagavond wanneer hij hen zegende, voelde ze dat hij iets langer bij zijn lieveling bleef treuzelen.

Zou hij Sjoelamiet of Anna hierheen gevolgd zijn? Erets Jisraël was voor hem een concept, een symbool voor de geestelijke vrijheid van Joden, en niet zozeer een concrete plek. De uitdrukking op zijn gezicht toen zij hem vertelde wat ze van pan was, stond haar nog helder bij. Alia doen? Zijn kleintje Hannahleh? En ze wilde dat haar abba meeging?

Ze dwong zichzelf op te staan; haar botten voelden hol aan, alsof ze van stro waren gemaakt. Ze kon zomaar omver worden geblazen.

'Als je zover bent, neem ik je mee,' zei Jitschak.

'Zijn ze het graf aan het graven?' hoorde ze zichzelf vragen.

Jitschak knikte, wat het kleinste gebaar was dat hij zich kon veroorloven en dat toch haar vraag zou beantwoorden.

Ze zag dat zijn hemd gescheurd was. De chaloetsiem geloofden niet in God, maar er waren nog steeds bijgelovigheden die niemand wilde opgeven.

'Zal ik mijn hemd ook scheuren?'

Hij haalde zijn schouders op om te zeggen dat dat aan haar was, en knikte vervolgens instemmend.

Ze keek omlaag en zag dat ze het hemd met de in rood geborduurde mouw droeg. Die was op zijn ronde door de wasserij bij haar terechtgekomen, alsof zij was uitverkoren of getekend. Maar niet om voorbijgegaan te worden. Het leek alsof die ijdelheid haar had voorbestemd voor pijn.

Het katoen scheurde makkelijk. Door dat te verscheuren scheurde Hannah haar vader los van deze wereld. Ze voelde dat zij degene was geweest die hem had vermoord.

'Ik ga mijn spullen pakken,' zei ze. 'Ik ben zo klaar.'

En daarna: 'Hoe lang blijf ik weg?'

Ze voelde zich net een klein kind aan wie moest worden verteld wat er aan de hand was.

'Sjiva duurt een week,' zei Jitschak. Hij wreef over zijn elleboog waar de huid vol harde, eeltachtige kloofjes zat.

Het schoot Hannah weer te binnen dat er in Kinneret een verkorte sjiva was ingevoerd, een versie die twee of drie dagen duurde, wat de rouwenden troost bood maar verder iedereen de gelegenheid gaf door te werken.

'Wie graaft het graf?' vroeg ze.

We praten onderweg wel,' zei hij.

Hannah ging terug naar haar tent. Ze pakte een hemd en het hoedje dat ze aan het naaien was geweest, voor een baby, en zag Ruths pop Salaam liggen, die ooit van Sakina was geweest. Waarom lag die daar? Waarom hadden ze die niet aan Anisa teruggegeven? Ze voelde hoe elk voorwerp dat van haar vader was ineens een gewicht kreeg dat ze zich nooit had kunnen voorstellen; hoe elk hemd, elke talliet, elk theekopje dat hij had beroerd nu onmiddellijk kostbaar zou worden. Dan kon het toch niet anders dan dat Anisa precies hetzelfde voelde over dingen die van haar kind waren geweest? Ze voegde Salaam toe aan haar bescheiden stapeltje spullen en keerde terug naar de binnenplaats.

De tranen begonnen weer over haar wangen te biggelen en iets onder in haar maag begon steeds verder omhoog te kruipen om te ontsnappen. Dadelijk zou ze het niet meer binnen kunnen houden.

Een van de jonge vrouwen, Sarah, stond in een prachtige rode jurk naast de waterpijp. Al was ze nog zo diepbedroefd, Hannah ervoer het als een schok: ze had het recht niet om zo'n jurk te dragen. Hannah vroeg of ze tegen David wilde zeggen dat zij wegging.

Het meisje knikte zwijgend.

'Ik ben zover,' zei Hannah tegen Jitschak.

'Wil je Ruth niet meenemen?' vroeg hij aarzelend.

Hannah dacht even na. Ze wilde alleen zijn met haar vader, om echt afscheid te nemen. Ze schudde haar hoofd.

Hannah kon bijna niet geloven hoe goed georganiseerd de oude kibboets was vergeleken bij de nieuwe. Het was te vergelijken met wat ze voelde toen ze net in Jaffa was, met de schepen die de haven in en uit voeren, de kooplui met hun specerijen, de soek die naar vis, geitenvlees, zoute kaas en koopjes geurde. Menachem was in de verte, achter het speciale beschermende net dat ze in Amerika hadden besteld; de bijen produceerden genoeg honing om in Rosj Pina te verkopen. De eetzaal glom van een nieuwe laag verf ter voorbereiding op Rosj Hasjana. In haar afwezigheid waren er diverse nieuwe gebouwen opgetrokken, en het zaagsel geurde nog na in de lucht.

Het was dorstijd en lange rijen mannen die een stuk ouder leken dan de jongens op de nieuwe plek stapten en zwaaiden in de maat. En in de tuin was Liora, met de gouden huidskleur waarnaar ze vernoemd was, aan het doen wat ze altijd had gedaan. De kinderen dromden om haar heen; ze doopten appels in honing. Wat had Ruth dat heerlijk gevonden. Liora's lach klonk op. De groentetuin om haar heen stond in volle bloei, de lange komkommers deden aan fallussen denken, de tomaten waren vol en geurig; je kon bijna de salade proeven die ze van zulke ingrediënten kon maken. Ze zou hem bestrooien met de hartige feta die ze van Anisa kreeg.

Hoe kon Sakina's moeder het opbrengen om haar eten met de Joden te delen na wat er was gebeurd?

Nou ja, ze had nog meer kinderen, dacht Hannah. Maar nee, dat was belachelijk. Dat kon haar verdriet alleen maar bemoeilijken.

Liora had Hannah gezien. Blij verrast glimlachte ze stralend en wuifde. Hannah en zij waren bevriend; ze hadden geen reden om dat niet te zijn. David had ervoor gekozen Liora te negeren na zijn misstap, waardoor Hannah werd opgezadeld met de rol van vriendelijke lotgenote. En Liora hield van Ruth als van een eigen kind. Hannah wist dat Liora niets liever wilde dan naar haar toe rennen, haar omhelzen, vragen hoe het met haar ging, hoe het met Ruth ging, te vertellen hoe erg ze haar miste, maar ze zou de kleine Susan, Noam en Gabriël nooit midden in een les alleen laten. Onderwijs was van het allergrootste belang.

'Sjalom,' riep Liora, en de kleintjes zwaaiden ook, heel even benieuwd of Ruth bij Hannah was. Daarna werd hun aandacht weer getrokken door wat er vlak voor hen gebeurde, zoals dat bij kinderen zo makkelijk gaat.

Rivka was degene die naar hen toe kwam terwijl Jitschak de paarden stond vast te binden en Hannah uit de kar stapte. Ondanks de onophoudelijke druk van de schok en het verdriet die ze binnenin voelde, moest Hannah bijna lachen: ze werd niet voor niets Magere Rivka genoemd. En door haar nieuwe zwangerschap leek de rest van haar magerder dan ooit, alsof elk onsje vet aan de baby was gegeven. Haar armen waren net stokjes, haar benen lang en veulenachtig, haar jukbeenderen scherp. Uit niets bleek dat ze in verwachting was, behalve uit de uitstulping zelf, die eruitzag alsof ze een enorme meloen uit de tuin onder haar hemd had gestopt.

Weer een jongen, dacht Hannah, te zien aan de manier waarop ze droeg.

Ze had er net zo uitgezien toen ze in verwachting van Gabriël was.

'Sjalom, *chabibti*,' zei Magere Rivka, zoals ze in de begintijd elkaar allemaal hadden genoemd, vastbesloten om het Arabische karakter van het land zoveel mogelijk te respecteren. 'Ik vind het zo naar voor je.' Ze pakte Hannahs hand vast en drukte die in de hare. 'Moge de herinnering aan hem een zegen zijn.'

Hannah wist dat ze Rivka kon vragen naar de laatste dagen van haar vader, maar dat wilde ze niet, nog niet. Dat kwam later wel.

Bij Rivka had ze net als bij Liora het gevoel dat ze deel uitmaakten van een zusterschap; en al had geen van de andere vrouwen het onder woorden gebracht, het was een uitgemaakte zaak voor hen. Ze stelde zich voor dat het net zoiets was als de verknochtheid die de vrouwen van een en dezelfde man zoals de (Arabische echtgenotes?) wellicht koesterden. Rivka en zij hielden van elkaar. En allebei waren ze blij dat ze niet in de positie van de ander verkeerden.

Allebei hadden ze David een kind geschonken. Toen Rivka zwanger was geraakt, had Jitschak zich aangeboden als vader van het kind. En om wat voor reden ook was er nooit sprake geweest van rancune tussen de twee vrouwen. Misschien kwam dat doordat ze indertijd volledig in beslag werd genomen door de kleine Ruth, bedacht Hannah. Het was een merkwaardige regeling, maar ze werkte wel. Er waren heel weinig vrouwen; ze weigerden de mannen tussen hen te laten komen.

Nu kan ik zeggen dat dat me kwetste. Waarom was dat later zo anders, voor mij? En ik bewonderde Hannah nog wel zo. Als het had gekund, had ik dat haar verteld.

Dan had ik gezegd hoe erg het me speet wat er ging gebeuren.

Hannah omhelsde Rivka en deed een stap naar achteren om haar bult te bewonderen.

'*Bsja-a tova*,' zei ze. Alles op een juist moment.

Rivka zei: 'De komende *sjevat* zal er, insjallah, een nieuw kind in het dorp zijn.'

Hannah had via Chaim, degene die op zijn kameel de post bezorgde, gehoord dat Gaby uit de keuken in verwachting was. En Malka had haar cherubijn gekregen. De kibboets had erover gestemd; er zou een hele nieuwe lichting komen.

'Waar is Ruth?' vroeg Rivka, alsof ze naar haar eigen kind informeerde.

'Die heb ik bij David achtergelaten,' zei Hannah.

Het zwijgen van Rivka bevatte een licht verwijt; David had nog steeds een zwakke plek voor Magere Rivka, maar dat was niet wederzijds. 'Ik hoop dat hij goed voor haar zorgt,' zei Rivka. 'Dat hij oplet.'

'Dat hoop ik ook.'

'Ik mis haar,' zei Rivka. En Hannah was dankbaar voor die woorden. Een kind behoorde hun immers allemaal toe.

Hannah was te snel in verwachting geraakt. Het Agentschap had nieuwe condooms gestuurd, maar de chaloetsiem waren jong en de seks welde uit hun poriën, en nog geen week later was de voorraad alweer op. Ze hadden immers kans gezien Erets Jisraël te bereiken? Er stond een heel veld vol graan die ze zelf hadden geplant. Ze hadden de stenen verwijderd, de aarde omgeploegd, en die bezaaid met het zaad van hun nieuwe thuisland. Nu zouden ze oogsten. Ze zouden zich door niets laten weerhouden.

Indertijd was Davids idealisme zuiver geweest, en zijn geloof in totale gelijkheid werd niet ingedamd door enige werkelijke ervaring. Hannah moest hem nageven dat zijn verlangen om haar zwangerschap aan het collectief voor te leggen niet voortkwam uit gebrek aan hartelijkheid. Het was gebaseerd op een soort heldere logica waarvan Hannah de laatste tijd het gevoel kreeg dat het haar boven de pet ging. Er was geen ruimte tussen zijn theorie en zijn praktijk.

'We moeten het de groep vertellen,' had hij gezegd toen ze hem verlegen het nieuws voorlegde dat ze twee manen lang niet had gebloed. Maar het was niet het uitblijven van de menstruatie die ervoor had gezorgd dat ze besefte wat er aan de hand was. Ze had de conceptie gevoeld. Er was een steekje geweest, als van een naald. Een klein, opmerkelijk pijnlijk kneepje. De mannen zeiden dat de kadachat het brandmerk was dat Erets Jisraël op hen drukte. Maar voor Hannah was dit scherpe kneepje wat haar aan het land verbond.

Ze was hier. Haar kind zou hier worden geboren.

'Ik wil het graag nog even onder ons houden,' had ze bedeesd geantwoord, en als ze daar nu aan terugdacht, gruwde ze van haar eigen naïviteit. Wat had ze toch weinig begrepen van heel veel dingen.

David had diep ingeademd door zijn neus en de adem ingehouden. Daarna ademde hij weer uit.

'We hebben in de vergadering afgesproken dat we pas na Jom Kipoer met kinderen zouden beginnen,' zei hij.

Grote Verzoendag was pas over elf maanden, en Hannah was al drie maanden ver. Hun kind zou bijna een jaar ervaring hebben die de andere kinderen niet hadden.

'Doet dat ertoe?' had ze gevraagd. Ze had het retorisch bedoeld.

Maar David had het letterlijk opgevat. 'Daar hebben we de middelen nog niet voor. Weet je nog wat we in de groep hebben besproken? En we kunnen geen arbeiders missen. We hebben iedereen nodig op het veld.'

Bij de herinnering aan de ernst van die specifieke discussie (hoe had ze het kunnen vergeten) kwam er een kilte over Hannah. Dat waren de tijden van de belachelijk lange bijeenkomsten; de kwestie van de zwangerschappen was besproken alsof het over het fokken van gevogelte of over de kruisbestuiving van de olijf- en de amandelbomen ging. Uiteindelijk, na een week lang de voor- en nadelen bespreken, waarbij sommige mensen redelijk bleven en anderen hun zelfbeheersing verloren, en een iemand zelfs naar buiten stormde en uiteindelijk de kibboets verliet, hadden ze besloten dat er nog een jaar lang geen kinderen zouden komen.

Aan de stellen (David en zij, Liora en Jonatan, Lenka en haar chaveer Reuven die haar en Erets Jisraël later in de steek zou laten) werd het verder overgelaten om te voorkomen dat het gebeurde.

Deels was de reden voor het uitstel de hoop dat ze een chaveera voor Jitschak zouden vinden, zodat ook hij bij de eerste generatie ouders kon horen. Iedereen was gelijk, maar het leed geen twijfel dat Jitschaks uitstekende genen en politieke ervaring met name wenselijk waren. Als zich onder de eerste kinderen een zoon of dochter van Jitschak Cohen zou bevinden, zou dat een zegen voor de kibboets zijn, en voor de geschiedenis.

In alles wat ze deden schuilde het gevoel dat ze geschiedenis aan het schrijven waren, dat hun versie van de geschiedenis nog moest worden verteld.

'We zullen het aan de groep moeten voorleggen,' zei David.

'En wat gaan we hun dan vragen?' had Hannah gezegd.

'Of we dat kind moeten krijgen.'

Ze keek hem aan; zijn donkere ogen waren op haar gericht en er sprak tederheid uit, een blik van bezorgdheid waaruit ze afleidde dat hij van haar hield en dat de baby immers ook van hem was. Maar daaronder zat iets anders. Iets wat daar altijd had gezeten, maar wat Hannah nu voor het eerst herkende.

Haar hart begon te bonzen. David sprak door, maar zij was aan het tellen. Ze was in haar hoofd aan het optellen hoe de stemming zou uitpakken. Ze zouden eerst tot overeenstemming proberen te komen, maar als dat niet lukte, gingen ze het in stemming brengen. Reuven zou nee stemmen. Jonatan zou nee stemmen. De vrouwen zouden vast en zeker met haar mee stemmen. Maar Rachel misschien niet. Die had naast de mannen meegevochten in de Russische Revolutie en was hier aangekomen met een revolver in haar breitas.

En haar ouders? Die waren net een stel mascottes, bejaarden aan wie een ereplaats was toegekend omdat ze de eeuwigheid waren overgestoken om hier te komen, maar hun wijsheid en ervaring telden hier niet mee als het op iets belangrijks aankwam. Die zouden geen stem krijgen.

In de begintijd was er een chaveer geweest die Meyer heette. Als hij later was gekomen, hadden ze misschien begrepen dat hij aan een of andere aandoening leed. Een bezeten behoefte om zaken onder controle te hebben, om de kalveren en hun bijbehorende emmers melk keurig in de rij te zetten, en dan weer terug te lopen om te bekijken of hij het wel op de goede manier had gedaan. Hij kende hele bladzijden Herzl uit zijn hoofd en kon ze woord voor woord opdreunen. Hij kende geen enkele nuance in zijn denktrant. Hij was in een ultraorthodox gezin opgegroeid, en al leefde hij de voorschriften niet meer na, hij hield zich wel strikt aan allerlei regels die niet per se ergens op sloegen maar nu eenmaal van God gegeven waren dus onweerlegbaar waren. Het was de opdracht van ieder, van elke man, om die naar de letter te volgen. En de God van Meyer was nu het zionisme.

Meyer was degene die voorstelde om blind te stemmen. Dat het de chaloetsiem ernstig zou beïnvloeden als Hannah zou toekijken terwijl ze hun stem uitbrachten.

'En horen ze niet ook te worden beïnvloed?' had Jitschak gevraagd, met zijn grote handen losjes op zijn schoot. 'Door de gevoelens van hun kameraad? Degene die de baby draagt?'

Bij het woord 'baby' viel er een stilte. De chaloetsiem hadden kans gezien te vergeten dat ze het over een mens en niet over vee hadden.

'Zijn we hier niet om een betere wereld te scheppen?' had Jitschak gevraagd.

Zelfs Meyer werd daar stil van. Maar uiteindelijk had hij met een lichte aarzeling in zijn stem gezegd: 'Inderdaad, dat is zo. En de vraag is of deze betere wereld op dit moment kinderen omvat, of pas over een jaar.'

Hannah had kunnen weggaan. Ze had naar het pension van Moeder Lobinski kunnen gaan, of naar de haven van Jaffa om haar lichaam te verkopen, of naar de grote stad Jeroesjalajim, die ze nog niet had gezien, al was ze de oceaan overgestoken voor Zion. Maar wat had ze in haar eentje met een kind binnen de muren van de oude stad moeten aanvangen? En ze moest rekening houden met haar ouders. Zij had hen mee hierheen genomen, ondanks hun ouder wordende lijf, ondanks het feit dat hun droom over Erets Jisraël zo volslagen losstond van het land zelf dat het eigenlijk iets totaal anders was. Ze kon hen niet achterlaten bij de jonge, onervaren chaloetsiem. En evenmin kon ze hen weghalen bij dat beetje comfort dat ze eindelijk hadden verworven.

Tenzij David erop had aangedrongen. Tenzij hij ermee had ingestemd dat hij zou meegaan. Maar hij had niet ingestemd.

Hij had niet ingestemd.

In de tijd die het kostte om Hannahs zwangerschap te bespreken had de koe twee kalveren geworpen. Beide hadden het gered en ze produceerden nu meer melk dan de kibboets aankon. Liora had de overvloedige oogst aan bessen moeten inmaken. En wat had een baby nog meer nodig, behalve melk, fruit en liefde? Dat had Hannah willen zeggen, maar de paniek die zich een weg zocht door haar lichaam zou ervoor hebben gezorgd dat haar woorden er schril en houterig (vrouwelijk) uitkwamen, en de kibboets draaide om kalme logica en rationaliteit.

De discussie duurde langer dan er ooit een had geduurd. Langer dan de discussie over het kopen van de Amerikaanse dorsmachine in plaats van de broedmachine, wat erop uitdraaide dat Reuven met een glazen stormlantaarn had gegooid die tegen de muur in scherven uiteen was gespat. Ze konden niet tot overeenstemming komen. Ze praatten de hele nacht en werkten de hele dag en praatten de hele volgende nacht door. Daarna sliepen ze. Maar er stond gerst op het land die moest worden gemaaid. Zelfs deze pioniers die niets heerlijker vonden dan debatteren konden zo niet doorgaan. Ze hadden het afgesproken, bracht Meyer hun in herinnering. Bij het ontbreken van eensgezindheid zouden ze stemmen.

Meyer had een griezelig soort stemlokaaltje opgetrokken en liet hen een voor een binnenkomen. Magere Rivka zat naast hem om ervoor te zorgen dat alles volgens het boekje ging. Uit het verloop van de discussie (die ze zwijgend had gevolgd, als iemand die in de rij stond voor de galg) had Hannah kunnen afleiden wie aan haar kant had gestaan. Magere Rivka natuurlijk. Jitschak natuurlijk. Reuven had heen en weer geswitcht maar uiteindelijk was hij beland bij de keuze om nog een jaar te wachten tot de kudde melkvee wat robuuster was. Hij had vast nee gestemd. Rachel had nee gestemd. Jonatan had nee gestemd. Natuurlijk had Meyer nee gestemd.

Op het laatste moment hadden ze haar ouders toestemming gegeven om hun zegje te doen; na een lange discussie over hoe belangrijk het was dat elke stem gelijk gewicht kreeg. Het was duidelijk hoe zij zouden stemmen, maar uiteindelijk was iedereen het erover eens dat hun levenservaring niet kon worden genegeerd.

Hannahs ouders waren met zo'n verdriet en zo'n gelatenheid het stemlokaal van Meyer in een hoekje van de kippenstal binnen gekomen, dat Hannah het niet kon verdragen daaraan te denken. Haar vader droeg zijn talliet alsof hij de synagoge binnenging; de handen van haar moeder waren knoestig en gerimpeld, alsof ze van de ene op de andere dag een oude vrouw was geworden. Hun dochter was zwanger, en zij gingen hun stem uitbrengen over de vraag of de baby moest worden geaborteerd. Hadden ze hiervoor hun thuis verlaten? Hiervoor?

En toch deugde de uitslag niet. Hannah nam hem achteraf door terwijl de tranen haar over de wangen rolden en ze onsamenhangend klanken uitsloeg. Ze maakte kolommen waar ze vinkjes in zette en snikte met haar hoofd in haar handen. Ze was drie manen ver. Een jongen, wist ze. Zou dat hun overhalen? Nee.

David zat naar haar te kijken en deed geen poging haar te troosten, want ze was niet te troosten.

'Hoe kan dit nu kloppen?' vroeg ze. 'Heeft Lenka dan tegen me gelogen? Of Gaby?'

Ze hield haar hand tegen haar buik gedrukt. Het was nog te vroeg om de baby te voelen bewegen, maar ze stelde zich voor dat een half-gevormd hartje zijn protest aan het kloppen was.

'Wie?' vroeg ze wanhopig. 'Wie?'

Toen ze opkeek naar haar man, zag ze het antwoord. Haar adem stokte ervan in haar keel.

'Nee,' zei ze. 'Dat meen je niet.'

David bleef zwijgen. Hij liet het wel uit zijn hoofd om antwoord te geven.

Ze knipperde tegen het licht alsof ze een nieuwe wereld zag.

Ergens daarbuiten boven het uitgestrekte land Palestina was een hoge toon van rouwbeklag opgeklonken.

Ze at het Rosj Hasjana-maal samen met Jitschak en Rivka in de oude eetzaal. Het was een fijn gevoel omringd te zijn door mensen die ze kende, die haar kenden, als familieleden. De speciale feestelijke challa was dik en glanzend als het levenswiel. Ze hadden pilav met rozijnen en amandelen, en Gaby's befaamde komkommersalade. Er waren diverse kippen geslacht en gebraden. Hannah wist hoeveel pijn dat de kinderen deed, voor wie de kippen speelkameraadjes waren; na school gingen ze dagelijks rechtstreeks naar de schuur, waar de jongens op de kippen afstoven waardoor ze de lucht in schoten in een groot vertoon van piepende veren, terwijl de meisjes ze stevig op hun schoot vastklemden en over hun kopje aaiden alsof het katjes waren. Maar Susan, Noam en Gabriël zaten zoetjes met het vlees op hun bord; ze begrepen dat Ruths sabba dood was. Hij was de oude man van hun dorp. In zekere zin was hij de sabba van hen allemaal geweest, aangezien hun eigen grootouders nog in Minsk en Berlijn waren, en in Susans geval in Philadelphia.

Magere Rivka hield de hele maaltijd door Hannahs hand vast. Hannah at bijna niets. Achteraf liep ze bijna mechanisch met haar bord in de keurige rij: een emmer zeep, eentje met water, eentje met loog. Rivka bracht haar naar een lege tent die af en toe werd gebruikt om bezoekers in onder te brengen, maar Hannah aarzelde bij de aanblik van de kale stromatras, de lamp zonder olie en verder niets ernaast om hem mee aan te steken.

'Slaap je liever bij ons?' vroeg Rivka, bij Jitschak en haar, bedoelde ze. Gabriël sliep in het kinderhuis met de andere kinderen.

Hannah schudde haar hoofd. 'Ik red me wel,' zei ze. 'Maar ik ga eerst een wandeling maken.'

'Wil je gezelschap?'

'Nee, bedankt.'

Maar ze was blij dat Rivka wist waar ze heen ging zonder dat ze het hoefde te zeggen: naar het Meer van Galilea, langs het hoge riet en Lenka's onverstoorbare troep ganzen, over het pad langs het water naar het Arabische dorp.

Daar trof ze Anisa in haar tuin aan, alsof ze op Hannah had staan wachten.

'Salaam,' zei Hannah.

Anisa was ouder geworden, zag Hannah. Alsof er in een enkel jaar tien jaar door haar lichaam was gejaagd. Er zaten nu grijze strepen in haar zwarte haar en de wallen onder haar ogen hadden een purperrode zweem. Een eind achter haar zaten vier mannen rond een kaarttafel hun pijp te roken.

'Wil je binnenkomen?' vroeg ze in het Arabisch, al wist Hannah dat ze het net zo goed in het Hebreeuws had kunnen vragen.

'Heel even,' zei Hannah. 'Ik heb iets wat ik je wil geven.'

Anisa keek verrast, maar ze draaide zich om en ging Hannah voor het lemen huis in. Het zou overdreven zijn geweest om te zeggen dat Anisa met Hannah bevriend was, maar ze waren vriendschappelijk met elkaar omgegaan, als tegenwicht tegen het heftige wantrouwen van hun manvolk. In de begintijd had Anisa haar broer Joessef naar hen toe gestuurd om de chaloetsiem te laten zien hoe je een taboen bouwde. De lemen oven van de Arabieren was geschikter voor dit land dan de open vuren die de pioniers gebruikten. Later had ze Rivka en Hannah laten zien hoe je sterke muntthee zette; het werd in de kibboets nog steeds Anisa-thee genoemd, en Hannah nam aan dat dat altijd zo zou blijven.

En toen Hannah hulp nodig had bij het beëindigen van haar zwangerschap had Anisa laten zien hoe dat moest.

'Hoe gaat het met je?' vroeg Hannah nu.

Anisa knikte maar gaf geen antwoord. Dat was niet beledigend bedoeld, maar gewoon haar manier van doen. Hannah kon van alles aflezen uit haar stilte. Anisa draaide zich om, om wat aanmaakhout te pakken om water te kunnen koken, en Hannah zag dat ze weer in verwachting was. Daar keek ze niet van op; in haar ogen leken de Arabische vrouwen wel voortdurend zwanger, en in dat opzicht benijdde Hannah hen. Er werd niet geruzied over wie het land zou omploegen of wie de dorsmachine zou repareren (al hadden zij natuurlijk geen dorsmachine) en wie de kinderen zou grootbrengen. Zij hadden geen langdurige vergaderingen tot in de nacht over de politieke kant van kinderopvang of de verdeling van arbeid. De moeders brachten hun eigen kinderen groot. Hoe moeilijk kon het helemaal zijn?

'Je bent in verwachting,' ze Hannah.

Anisa knikte. 'Komende maart, insjallah, zal er een nieuw kind in het dorp zijn.'

Had Magere Rivka niet net precies hetzelfde gezegd? Dat wilde toch ook iedereen, dat nieuw leven de plaats innam van het oude leven?

Anisa zei niet tegen Hannah dat ze op een meisje hoopte, dat het nieuwe kind haar Sakina zou vervangen, maar dat was ook niet nodig.

Hannah voelde ineens een gruwelijk verlangen om haar hand

op Ruths voorhoofd te leggen, om voorover te buigen en de geur in de nek van haar dochter op te snuiven: warm en vochtig als gist.

Ze stak haar hand in haar tas en haalde Salaam tevoorschijn. Ze stak de pop naar Anisa uit.

'Rutheke had dit nog steeds,' zei Hannah. 'Ik dacht dat je hem misschien terug wilde hebben.'

Anisa boog naar voren om te zien wat Hannah vasthield; ze was nog maar een paar passen van Hannah verwijderd toen ze de pop van haar dode dochter zag. Haar adem stokte even, alsof ze een klap had gekregen.

'O,' zei Hannah. 'Wat spijt me dat. Ik dacht alleen...'

Ze keek omlaag naar de pop met de omgekeerde halvemaansogen waardoor het leek of het gezichtje voortdurend huilde. 'Ik weet dat Sakina vast dol op haar was,' zei Hannah.

Anisa was druk bezig haar gezicht weer in de plooi te krijgen, om het verdriet even snel weer te begraven als het haar had besprongen.

'Nee,' zei ze. 'Ik wil hem niet hebben.'

Zorgvuldig, angstvallig hield ze haar ogen afgewend van de pop.

'Het spijt me,' herhaalde Hannah.

'Ruth mag hem houden,' zei Anisa. Maar ze kon het niet laten en toen ze toch een blik op de pop wierp, kromp ze ineen, tot ze stilhield. 'Wat is dat?'

Ze wees naar Salaams hoofd. Ruth had de hoofddoek bovenop vastgezet met de knoop, dus de pop droeg haar kipa.

'O,' zei Hannah, 'dat stelt niets voor. Gewoon een knoop die ik erop heb gezet zodat Ruth de hidjab van de pop bovenop kan vastzetten.'

Maar Anisa had gezien dat er een Joodse van Salaam was gemaakt.

In het begin was het een keer voorgekomen dat de chaloetsiem hun kinderen naar het Arabische dorp hadden gestuurd, in het regenseizoen, terwijl zij een nieuw afwateringssysteem uitprobeerden. De ogen van de Arabische kinderen waren vaak mistig van de trachoom, maar de kadachat trof hen in minder groten getale. Anisa's moeder had gezegd dat de Arabische vrouwen voor de Joodse kinderen zouden zorgen. En dat hadden ze gedaan. Het was eigenlijk nog helemaal niet zo lang geleden dat dat was gebeurd. Maar nu was er een grens overschreden. Hannah was gekomen in de hoop op een verzoening, in de hoop zich te verschonen van de zonden van haar man David, maar nu begreep ze dat dat er niet in zat. Ze had Anisa lang gekend; tien jaar, nog meer zelfs. Joessef had de kolonisten altijd vriendelijk bejegend. Er was sprake van een zekere mate van welwillendheid tussen deze groepen Arabieren en Joden. Ze hadden recepten uitgewisseld, medicijnen voor hun kinderen en tips over waar je het best wilde kruiden kon plukken.

'Mijn vader is net overleden,' zei Hannah, met haar gedachten bij die lange geschiedenis. Maar Anisa keek nogmaals verbijsterd op.

Stond er verdriet om de oude Avraham op Anisa's gezicht te lezen? Nee. Anisa dacht dat Hannah naar medelijden hengelde. Ze dacht dat Hannah het overlijden van een grootvader aan ouderdom probeerde gelijk te stellen aan de dood van een zesjarige ten gevolge van een revolverschot.

De banden die er tussen hen waren geweest waren nu verbroken. Een volwassen man had een kind vermoord.

Hannah had gehoopt dat de verbanning van David en haar had volstaan. Dat het feit dat zij vertrokken waren (dat David vertrokken was) voldoende ruimte zou overlaten om iets anders in de barsten te laten groeien. Maar in Anisa's gezichtsuitdrukking zat iets groters, iets duisters zonder contouren, zonder vorm. Een soort vlek die zich verspreidde en niet meer tegen te houden zou zijn. Kon Hannah het Anisa kwalijk nemen? Dat kon ze niet.

Ze wist zelf wat het was om een kind te verliezen.

'Ik denk aan Sakina,' zei ze. De woorden voelden als schuurpapier in haar keel. Maar het was erger om net te doen of er niets was gebeurd.

Wat verlangde ze ernaar om de naam van haar baby hardop genoemd te horen worden. Ze zou hem Avraham hebben genoemd, naar haar vader. Avramtsjik. Kleine Avraham.

Anisa knikte. 'Dank je wel,' zei ze. En toen: 'Ga nou maar, alsjeblieft.'

Tranen sprongen Hannah in de ogen; ze knipperde ze weg. 'Natuurlijk,' zei ze.

'Jalla, Mahmoed,' zei Anisa.

Ze stond met een vertrokken gezicht op, met een hand tegen haar onderrug. Maar ze wachtte tot Hannah als eerste vertrok.

'Gelukkig Nieuwjaar,' zei ze.

En Hannah zei: 'Dank je wel.'

Ze wasten het lichaam van haar vader, waarbij ze zorgvuldig alles wat op zijn huid lag verwijderden, maar zijn baard lieten ze zoals hij was geweest. Ze dompelden zijn lijk onder in de kolk aan de rand van de rivier die gebruikt werd als mikwa. Daarna werd haar vaders lichaam in tachrichiem gewikkeld. De sjerp werd in de vorm van de letter Shin om hem heen gebonden. Het gat was dieper dan nodig, maar niemand wilde het risico lopen dat de jakhalzen erbij konden, en ze konden zich allemaal nog goed herinneren wat er in het begin was gebeurd, voordat ze deze les hadden geleerd.

Net als de anderen geloofde Hannah dat de dood een voortzetting was van het leven. Het land Israël had Joden nodig om het te voeden, met hun werk, hun zweet en daarna met hun vlees. Avraham zou in de gerstoogst en het maaien weer opgroeien. Het was een heidens soort vertrouwen waar de religieuze Joden thuis van zouden gruwen, maar zij hoorde tot de jonge chaloetsiem die zagen hoe het er op het land aan toeging. Zij hadden kans gezien zich te onttrekken aan de geldschieterij, de weverijen en de diamanthandel. Zij waren op zo'n manier met de levenscyclus verbonden dat ze daaraan het zelfvertrouwen ontleenden om te zeggen wat overduidelijk waar was: God was niet in de synagogen. Hij was hier, in de woeste, purperrode wind, de donkere wolken en de koude hemel in de winter als de zon onderging. En dit alles wat haar omringde was de hemel waar haar vader voortaan zou verblijven.

Daar had Hannah in elk geval gelijk in. Had ik haar dat maar kunnen vertellen.

Hannah keek zonder met haar ogen te knipperen toe, en weigerde weg te kijken. Ze herinnerde zich hoe haar vader haar met zijn talliet had laten spelen als klein kind en zij het gebruikte als een tent waaronder alle kleine Israëlieten bijeen kwamen. Boebala had hij haar genoemd. En soms bissela. Zijn kleintje. En nu was hij dood. Het leek idioot.

Ze bleef tot de volgende sjabbat in Kinneret. De laatste nacht droomde ze dat haar vader naar haar toekwam, in de opengeslagen tentingang bleef staan en haar vertelde dat er weer een kind aankwam. Dat de bevalling zwaar zou zijn en dat ze zich helemaal moest geven. Toen ze wakker werd met haar hart kloppend in haar keel, wist ze dat ze in het Hebreeuws had gedroomd. Na tien jaar had dat het Russisch verdrongen als de taal van haar diepste ik.

Langzaam deed ze haar ogen open. Jitschak stond bij de ingang van de tent. In de bundel zonlicht achter hem dansten stofvlokjes. Hij kwam binnen, als een broer, en ging op de rand van haar stromatras zitten.

'Het is ochtend,' zei hij.

Ze was nog half in slaap; ze knikte. Ze liet haar tong langs haar beslagen tanden gaan.

'We willen met je mee terug,' zei hij.

Ze rolde om zodat ze hem kon aankijken.

'Waarheen?'

'Naar de nieuwe plek.'

'Oké,' zei ze, en ze sloot haar ogen een langdurig moment. Daarna deed ze ze weer open.

'Waarom?'

Jitschak aarzelde. 'Je maakt een eenzame indruk.'

Ze keek hem in het gezicht en zag dat er nog een reden was. 'Jitschak,' zei ze.

'Er is een ongeluk gebeurd,' zei hij.

Hannah kwam overeind. 'Ruth?' vroeg ze, terwijl het drijfzand haar ledematen binnen sijpelde.

Maar Jitschak schudde zijn hoofd geruststellend. 'Iemand anders,' zei hij. 'Een jonge chaloets.'

'Samuel?' vroeg ze. 'Een van een tweeling?'

Jitschak dacht na. 'Nee. Dov?'

Hannah spande zich in om een gezicht scherp te krijgen, maar er waren zoveel pioniers.

'Er gebeuren altijd ongelukken,' zei ze.

Jitschak knikte. 'Dit schijnt iets met David te maken te hebben.'

Hannah ging weer liggen. Ze schermde haar ogen af met de achterkant van haar arm, alsof ze lag te zonnebaden op het strand.

'Hoe weet je dat?' vroeg ze.

'Van Chaim,' zei Jitschak.

Het nieuws verplaatste zich sneller met de kameel van de postbode dan per telegram in Rusland. Hannah had gehoord dat er in Jeruzalem, op het bureau van het hoofd van het Agentschap een telefoon stond. Ze nam aan dat dat nog sneller ging, maar het was net zo moeilijk om je dat voor te stellen als om je voor te stellen dat Mozes werkelijk de Rode Zee had gescheiden. Hannah paste de stukjes van Jitschaks woorden in haar hoofd aan elkaar. David had iets verkeerds gedaan. Het zou wel iets te maken hebben met een slechte inschatting of een hardvochtige uitval. Jitschak en Rivka hadden erover gehoord en nu wilden ze mee komen om toezicht op hem te houden. De Joden konden zich niet veroorloven dat David weer een fout maakte.

Ze wist wat David ervan zou vinden, dat hij zou willen dat zij bezwaar maakte. Maar dat kon ze niet opbrengen. Wat zou het heerlijk zijn om Jitschak en Rifka bij zich te hebben op de nieuwe plek, mensen die ze kende en van wie ze hield.

'Goed,' zei ze.

Jitschak knikte kortaf, alsof hij een zakelijke overeenkomst afsloot.

'En Gabriël,' zei hij.

'Natuurlijk. Ruth zal blij zijn om hem te zien.'

Hannah vroeg zich voor de duizendste keer af of de kinderen begrepen in wat voor relatie ze tot elkaar stonden. Was het mogelijk dat kinderen dingen weten zonder dat hun dat ooit is verteld?

Ik had kunnen antwoorden: dat was niet alleen mogelijk, het was inderdaad precies de manier waarop ze dingen te weten kwamen. Ze zagen wat er om hen heen was en namen dat op. Het groeide. Het veranderde. Het was een soort mutatie. En dan kwam het weer naar buiten, op een onvoorstelbaar moment, en in een onvoorstelbare vorm.

## HOOFDSTUK 28

Hannah zag meteen dat Ruth geblesseerd was.
'Wat is er met je been gebeurd, boebala?' vroeg ze, toen het meisje in haar armen sprong.
'Dat heb ik pijn gedaan.'
'Het ziet er lelijk uit.'
De snee was heel dun, alsof de huid met een scherp geslepen mes was open gespleten. Aan weerszijden zat een gloeiend rode, opgezette, ribbelige richel. Boven en onder aan de snee kwam gele pus naar buiten gesijpeld; het deed Hannah denken aan de rupsen die zich soms de amandelbomen in werkten. Ze stelde zich voor hoe haar vader, die zich uiteindelijk in Kinneret op de tuinbouw had gestort, zorgvuldig een snee in de bast aanbracht om vervolgens de boosdoener eruit te peuteren, waarvan hij blijkbaar de locatie kon raden.
'Capnodis,' had hij gezegd, met de crèmekleurige worm verlept op de punt van zijn mes in het licht. 'Dit ongedierte is de vijand van elke fruitboom in Erets Jisraël.'
'Hoe heb je die opgelopen?' vroeg Hannah nu aan Ruth.
Ze raakte de snee voorzichtig aan, en Ruth kromp ineen.
'Ik heb je gemist, ima. Waar ben je geweest?'
Ruth leek veel groter dan ze was geweest toen Hannah vertrok, alsof ze in tien dagen een totaal ander meisje was geworden.
'Ik moest terug om afscheid te nemen van sabba.'
'Waarom moest je afscheid nemen?'

'Hij is gestorven,' zei Hannah eenvoudig.

Dat ze zo direct was, kwam niet voort uit de behoefte om zich ethisch te gedragen en zo eerlijk mogelijk te zijn, maar lag aan het feit dat de gedachte aan liegen haar doodmoe maakte.

Ze zette zich schrap voor een huilbui, maar Ruth had een lege blik in de ogen, alsof ze zich niet echt kon herinneren over wie ze het nu eigenlijk hadden, wie haar grootvader geweest was.

'Ik heb snee met kandelaars gemaakt,' zei ze.

'Wat zeg je, boebala?'

'Op de binnenplaats met knikkers en de jongen met blote toges.'

Hannah pakte de kin van haar dochter beet, en bewoog zachtjes haar gezicht tot ze haar in de ogen kon kijken.

'Je sabba is dood,' zei ze. 'Hij ligt nu in de aarde begraven, in Kinneret.'

'Dat heeft abba me verteld,' zei Ruth. En toen: 'Hebben ze hem pijn gedaan?'

'Wie?'

'Net als Selig?'

Hoe had Hannah die eindeloze optocht van onbeantwoordbare opmerkingen kunnen vergeten? De terugkeer naar het moederschap was alsof je terugkeerde naar een totaal andere wereld.

Ze ging zitten en legde haar hoofd in haar handen. Wat miste ze haar vader. Ineens waren er wel een miljoen dingen waarvan ze had gewild dat ze hem die had gevraagd, over zijn voorouders, zijn jeugd, zijn geloof. Nu was hij er niet meer. Er was niemand meer over om het aan te vragen. En die zou ook nooit meer komen.

Ruth duwde haar hoofd zachtjes tegen Hannahs ribbenkast. Ze maakte klaaglijke geluidjes. Ze zei: 'Als ik een tweelingzus had, zouden er twee van mij zijn.'

'Ja,' zei Hannah.

'Gabriël is er,' zei Ruth toen dat haar te binnen schoot.

'Morgen mag je met hem spelen. Nu is het tijd om naar bed te gaan,' zei Hannah.

'Ik ben niet moe.

'Je moet slapen om je been te laten genezen.'

Ruth keek omlaag naar haar been alsof ze vergeten was dat dat er was. 'Het stinkt,' zei ze, en daarna: 'Ik ben Salaam kwijt.' Er welden tranen in haar ogen op. 'Ik kan haar nergens vinden.'

Hannah werd getroffen door een golf schuldgevoel. 'Ik heb Salaam,' zei ze. 'Het spijt me, boebala.'

Ze stak opnieuw haar hand in haar tas en haalde de pop tevoorschijn, waarna ze de hoofddoek netjes rond het gezicht schikte. Ze probeerde niet te denken aan Anisa's diep getroffen gezichtsuitdrukking. Van Ruth verwachtte ze ook woede, maar er klonk juist pure blijdschap in haar stem toen ze jubelde: 'Heb jij haar? Ik dacht dat ze weg was.'

Ruth pakte de pop, drukte haar gezicht ertegenaan en snoof, alsof ze een lenteboeket rook, waarna ze de pop op armlengte hield en hem met zo'n aanbidding aankeek dat Hannah in lachen uitbarstte. 'Wat hou jij veel van Salaam,' zei ze.

'Sakina hield ook van haar,' zei Ruth. 'En nu ben ik haar ima.'

Hannah deed haar ogen dicht.

'Laten we onze tanden gaan poetsen,' zei ze.

'Kreeg Selig een snee in zijn been toen hij in de gevangenis zat?'

'Tandenpoetsen,' zei Hannah.

'Boe. Boe. Boe,' zei Ruth, en ze bedoelde: Ik heb je iets gevraagd. Ik wil antwoord.

'Ik weet niet of hij een snee in zijn been heeft gehad,' zei Hannah. Ze schraapte haar keel. 'Misschien.'

'Zijn broer zei dat ze hem pijn hebben gedaan.' Ruth zweeg even. 'Ima?'

'Ja, Rutheke.'
'Ik wil Salaam aan hem geven,' zei Ruth.
'Aan Samuel?'
'Aan Selig.'
'Samuel was degene die met je speelde.' Waarmee Hannah bedoelde: Samuel is de aardige van de twee.
'Weet ik,' zei Ruth. 'Maar Selig is verdrietig.'
'Is dat zo?'
'Omdat ze hem in de gevangenis pijn hebben gedaan.'

Hannah keek omlaag naar haar dochter. Ruths gezicht was magerder, hoekiger dan het vorige week nog was geweest. Haar krullen zaten vol klitten; het was al een tijdje geleden sinds iemand ze had gekamd. Hannah legde haar hand op Ruths hoofd; ze kromde haar vingers alsof ze op het punt stond een ladder op de piano te spelen en begroef haar vingertoppen al masserend in haar schedel.

'Aa,' zei Ruth genietend.
'Je bent een lieve meid, boebala.'
'Mijn been doet pijn,' zei Ruth. In haar ooghoek verscheen een traan. 'Het doet zo'n pijn,' zei ze, en ineens was ze aan het jammeren.

Hannah hees haar op haar schoot. Ruth had duidelijk uitgezien naar de thuiskomst van haar moeder. De tent rook vaag naar urine en Hannah vroeg zich af of Ruth in haar afwezigheid misschien een ongelukje had gehad. Of misschien moest er nieuw hooi in de matrassen. In Kinneret hadden ze ze volgestopt met gedroogd zeewier uit het Meer van Galilea.

Ruth huilde in lange, bevredigende uithalen, uithalen die ze had bewaard voor de veiligste persoon die ze kende, op Liora na. Hannah hield haar geduldig vast. Ruth was vervuld van pijn en die gooide ze eruit zoals het lichaam een kippenbotje ophoest dat in je keel is blijven steken.

'Vertel nog eens wat er is gebeurd?' vroeg Hannah.

'Ik heb een snee gekregen,' zei Ruth met geknepen stem door haar tranen heen, boos omdat haar moeder op de oorzaak van haar verwonding bleef hameren in plaats van op het effect.

Met een zucht streek Hannah over de keurige rij wervels op de rug van haar dochter. Ruth was warm. Opnieuw keek Hannah naar de wond op Ruths been; de rode kring eromheen leek in de paar minuten dat ze aan het praten waren nog wel groter geworden te zijn. Hij omvatte inmiddels bijna haar hele been onder de knie. 'Laten we jou maar eens in bed stoppen, boebala.'

Maar Ruth greep Salaam vast, drukte de pop uit alle macht tegen haar borstkas, kuste het smerige poppengezicht en snoof de geur op. 'Ik wil Salaam aan Selig geven,' riep ze.

'Morgenochtend.'

'Nu,' zei Ruth.

'Niet zo hard,' zei Hannah.

'Jij bent stom,' schreeuwde Ruth.

Hannah trok haar wenkbrauwen op. Ruth jammerde graag en vond het fijn om met gevlei haar zin door te drijven, maar zo had ze nog nooit tegen haar moeder gepraat. Ze zou in nog geen miljoen jaar met zo'n stem tegen Liora hebben gesproken. Maar Hannah wist dat zij de prijs betaalde voor het feit dat ze haar dochter had achtergelaten, en voor de eventuele achteloze verwaarlozing die in haar afwezigheid had plaatsgevonden, dus ze zette zich schrap en dwong haar stem rustig naar buiten te komen.

'Morgenochtend,' probeerde ze nog eens, maar Ruth pikte een zweem op van haar onzekerheid, haar verbijstering, en op de grond stampend zette ze het nog luider op een schreeuwen, in een stroom niet van elkaar te onderscheiden geluiden die aan een alarm deed denken.

Jonge chaloetsiem liepen langs de opengeslagen tentflap; Hannah zag hoe ze hun nekken verdraaiden in de richting van het gruwelijke lawaai. Ruth stormde rond op zoek naar iets om tegenaan te trappen. Ze ontblootte haar tanden. Ze stompte haar samengebalde vuisten in de stromatras en haalde uit naar het gezicht van haar moeder; Hannah trok zich net op tijd terug.

Het zou niet lang duren voordat Hannah terug verlangde naar deze razernij, de uithalen, deze belichaming van leven in haar dochter. Maar nu voelde ze zich gegeneerd, beschaamd.

De chaloetsa Sjosjanna stak haar hoofd naar binnen. 'Kan ik iets doen?' vroeg ze.

Hannah had van dankbaarheid wel kunnen huilen, maar een kind neemt nu eenmaal alle ruimte voor gevoel in. Het was aan de moeder om een vat te vormen voor de emoties van het kind. En waar moest zo'n moeder met haar eigen emoties heen? Nergens heen.

'Ik red me wel,' zei Hannah tegen Sjosjanna. En vervolgens: 'Neem me niet kwalijk.'

Achteraf zou Hannah zich dat herinneren, en bedenken dat als Sjosjanna zelf moeder was geweest, ze misschien had geweten dat ze tegen Hannah moest zeggen dat ze zich niet hoefde te verontschuldigen, dat ze niet verantwoordelijk was voor het wangedrag van haar kind. Maar Sjosjanna dacht vast dat Hannah invloed had op wat Ruth deed. Dat ze haar gedrag kon uiten aanzetten, net als de nieuwe waterkraan. En Ruth, die de aanwezigheid van Sjosjanna oppikte, voerde haar optreden nog eens extra op, omdat ze genoot van het grotere publiek. Ze hield haar been vast en schreeuwde: 'Het doet pijn, ima. Zorg dat het ophoudt.'

Sjosjanna's woeste wenkbrauwen schoten omhoog. 'Gaat het wel goed met haar?'

Hannah stond op het punt ja te zeggen, dat het goed met haar ging, maar er klonk iets in het huilen van haar dochter door waarvan ze in paniek raakte. Het was zeker waar dat hier een voorstelling werd gegeven, maar de pijn die er de kern van uitmaakte leek wel echt. Ze haalde haar schouders op om aan te geven dat ze dat niet wist.

Het krijsen nam toe, leek tot een hoogtepunt te komen en Sjosjanna bedekte haar oren. Daarna zakte het weer terug tot huilen.

'Doet het echt zo erg pijn?' vroeg Hannah, en Ruth keek haar met diepe minachting aan.

'Ik wil Salaam aan Selig geven,' zei ze.

Hannah was compleet vergeten dat dat de uitbarsting in gang had gezet.

'O,' zei ze. 'Goed.'

Ruth knipperde met haar ogen. Ze wreef er even in en keek omhoog om zeker te weten dat ze het goed had begrepen. 'Mag dat?'

'Ja.'

En van het ene op het andere moment was de storm voorbij. Sjosjanna trok zich stilletjes terug.

'Laten we eerst even je schoenen aantrekken,' zei Ruth tegen haar pop. 'En je tanden poetsen.' Ze keek door haar opdrogende tranen omhoog, om ervoor te zorgen dat haar moeder het grapje vatte.

Hannah keek ongerust toe terwijl Ruth opstond. Het meisje kromp ineen toen ze gewicht op haar been zette en ging weer op haar achterste zitten. 'Mij op,' zei ze tegen Hannah, haar manier om te zeggen dat ze wilde worden opgetild.

Hannah sjorde het meisje met moeite omhoog en bedacht dat ze dit niet nog heel lang kon volhouden. Haar baby was nu een kind. Ze had een nieuwe baby nodig ter vervanging van de oude. Ter vervanging van wat ze was kwijtgeraakt en al eerder was verloren.

Selig zat het wapen schoon te maken. De onderdelen lagen voor hem uitgespreid, en daarnaast diverse smerige lappen en een jerrycan olie. De kogels lagen verspreid, alsof er net diverse malen met het wapen was geschoten.

'Ik heb mijn pop voor je meegenomen,' zei Ruth.

Hannah zette zich schrap, maar Selig glimlachte alleen.

'Salaam,' zei hij.

Hoe kwam het dat hij de naam van de pop kende?

Ruth knikte plechtig. 'Om te zorgen dat je niet meer droevig bent.'

'Dank je wel,' zei Selig zonder een spoortje verbazing. Het leek wel alsof dit de officiële voltooiing was van iets wat hun tweeën al eerder voor ogen had gestaan, de uitkomst van een lange onderhandeling. Hannah had het gevoel of ze halverwege een verhaal erbij betrokken was geraakt. Er moest in haar afwezigheid iets zijn gebeurd.

Selig pakte de pop aan. Hij legde hem over zijn schouder alsof het een baby was die hij een boertje moest helpen laten. Zijn handpalm bedekte de hele rug van de pop.

'Ik zal goed voor haar zorgen,' zei hij.

'En teruggeven,' zei Ruth.

Nu was Selig degene die plechtig knikte.

'Dat beloof ik.'

Hij sprak alleen tegen Ruth; hij had ternauwernood naar Hannah gekeken om haar aanwezigheid te erkennen. Het was duidelijk dat hij wat haar betreft totaal geen gevoelens had. Maar Ruth behandelde hij als zijn gelijke.

'Ik heb mijn been bezeerd,' zei ze. En zoals dat altijd ging bij Ruth, maakte het uitspreken dat het echt waar was, en plotseling kromp ze ineens, haalde haar gewicht van het been en ging op de grond zitten.

Selig knikte. 'Wat naar,' zei hij.

Er lag een donkere schaduw over zijn kaak waar een baard

doorkwam. In de verte hoorden ze iemand zingen in mismaakt Frans: 'Allons, enfants de la patrie, le jour de gloire est arrivé.' Er hing een geur van gebakken ui in de lucht waar het water je van in de mond liep.

'Hebben ze je been in de gevangenis pijn gedaan?' vroeg Ruth.

Hannah stond op het punt haar het zwijgen op te leggen, maar Ruth noch Selig keken naar haar.

'Ja,' zei hij. 'Maar vooral mijn rug.' Hij perste zijn lippen op elkaar en trok zijn neus op. 'Wil je het zien?'

Ruth knikte.

Selig legde de pop omzichtig neer op een omgekeerde sinaasappelkist. Hij verschikte de hoofddoek en draaide zich om. Hij wurmde zijn bretellen opzij en tilde zijn wijdgesneden linnen hemd op. Daaronder zat een stuk huid dat bijna volledig overdekt was met littekens.

Hannahs adem stokte.

'Ze hebben je echt pijn gedaan,' zei Ruth peinzend. Ze pakte de hand van haar moeder vast om zichzelf gerust te stellen met haar aanwezigheid, maar ze bleef wel naar Selig kijken.

Selig trok zijn hemd weer omlaag, stopte het achter zijn broekband en trok zijn bretellen weer omhoog. Hij draaide zich om en keek Ruth aan.

'Dat hebben ze zeker,' zei hij. 'Maar ik ben beter geworden.'

Samen keken ze naar Ruths been. Het gloeiend rode ovaal met de zwarte lijn erdoorheen, de korsten pus, de opgezette enkel.

'Word ik ook beter?' vroeg ze.

Selig gaf geen antwoord.

Wat hij wel zei, was: 'Maar eigenlijk ben ik niet helemaal genezen.'

Ruth stak een vinger in haar neus en begon te peuteren.

'Ik ben niet meer zo aardig als vroeger,' zei Selig alsof hij het over een ander had.

'Wat bedoel je?' vroeg Ruth.

Selig hield zijn hoofd scheef. 'Mensen irriteren me,' zei hij. Waarna hij eraan toevoegde: 'Alleen volwassenen,' zodat Ruth zou weten dat zij daar niet bij hoorde.

'Doe je naar tegen ze?' vroeg ze.

Er trok een langzame grijns over Seligs gezicht. 'Ik haal graag trucjes uit,' zei hij.

Ruth boog haar gewonde been en begon op haar goede been op en neer te springen. 'Ik ben gek op trucjes,' zei ze en ze oehoede als een uil.

'Je kunt makkelijk trucjes uithalen als je een tweeling bent,' zei hij. Hij keek naar Ruth om haar betrouwbaarheid in te schatten. 'Wil je weten wat voor truc ik met Ida heb uitgehaald?'

Nu kreeg Hannah het gevoel dat ze echt een indringer was, dat ze zaken hoorde die privé waren. Ze deed een paar stappen bij hen vandaan en keerde hen de rug toe. Maar ze kreeg nog wel de behoedzame uitdrukking mee op Ruths gezicht. 'Ik ben dol op Ida,' zei het meisje.

'Heus waar?' zei Selig. Uit zijn toon leidde Hannah af dat hij oprecht geïnteresseerd was.

Ruth had waarschijnlijk geknikt, want Selig zei: 'Je hebt gelijk. Ik weet niet wat me soms bezielt.'

'Wat heb je gedaan?'

'Ik heb haar laten denken dat ik mijn broer was. Ze gaf me twee geschenken, een voor ieder van ons. Maar ik heb het Samuel niet verteld,' zei Selig.

Even zei Ruth niets, maar toen ze sprak, klonk haar stem verzoenend. 'Iedereen maakt fouten,' zei ze, wat een letterlijk citaat van Liora was. 'Je hoeft alleen maar te zeggen dat het je spijt.'

'Dat zal wel,' zei Selig, maar Hannah hoorde de twijfel in zijn stem. 'Nee,' zei hij. 'Daar is het te laat voor.'

## HOOFDSTUK 29

Ruth en Gabriël speelden de hele volgende ochtend met elkaar. Ruth zat met haar been omhoog en Gabriël deed net of hij dokter was, en daarna dat hij haar moeder was, en daarna Liora. Ruth verdroeg het allemaal met een opgewektheid die grensde aan extase. Hannah wist zeker dat als haar been niet zo'n pijn had gedaan, ze was opgestaan en aan het dansen was geslagen.

Na een poosje liet Hannah hen alleen en liep ze naar de velden. Het oogsten verliep traag. Het project met het nieuwe kamp voor de Arbeidsbrigade was met enorme verve gestart, maar was inmiddels vrijwel tot stilstand gekomen. Bij terugkomst kon ze de hele onderneming met Jitschaks ogen zien, en ook de vragen: was David wel in staat om deze kibboets te besturen? Hoe kwam het eigenlijk dat ze hem dat hadden toevertrouwd?

In haar afwezigheid was er iets met een van de machines gebeurd. Ze had er geen behoefte aan om naar de details te informeren, maar nu zaten er chaloetsiem bloemenkransen te maken terwijl het rijpe graan en de gierst rondom doorschoot. Het verlangen naar een nieuwe baby kwam weer in haar boven, als een rank die zich omhoogwerkt langs latwerk, en toen ze het probeerde te negeren wikkelde een rank zich rond haar hals en wurgde haar. Haar bezoek aan thuis had het gewekt; om die jonge meisjes in verwachting te zien, dat gevoel van doelbewustheid van Liora aan het hoofd van de volgende generatie. En de chaloetsa Malka die met een cherubijntje op haar heup rondliep. Zijn roze wangen en dikke vingertjes, en zijn ogen die alles met grote aandacht volgden.

En tegelijkertijd lag Hannahs vader in een gat in de grond. Nooit zou hij meer de kop van zijn pijp met tabak vullen, of zijn gebedssjaal omdoen en naar de rivier afdalen om daar te baden voor de sjabbat. Hij zou haar geen boebala meer noemen, zoals zij Ruth nu noemde. Hij zou nooit meer zijn lange baard tegen Ruths wang drukken en haar hard aan het lachen maken.

Sabba had Ruth hem genoemd. Zij gebruikte het nieuwe Hebreeuwse woord. Maar Hannah wist dat haar vader *zejde* genoemd wilde worden.

Waren er eigenlijk wel wensen van haar vader die zij niet had opgeofferd aan het nieuwe land?

David stond bij de machines aan de achterkant van de benzinetank op de tractor te klungelen, zijn gezicht in rimpels alsof hij een puzzel probeerde op te lossen. Zodra hij haar zag, ging hij overeind staan.

'Wat naar van je vader, Hannahleh,' zei hij.

David had haar vader bijna twintig jaar gekend; en haar vader had van hem gehouden, misschien niet helemaal als een beminde zoon, dan toch als een zoon van wie hij vervreemd was geraakt. Maar nu David haar probeerde te omhelzen, kwam ze onwillekeurig in opstand.

Hij keek op over haar schouder en ze hoefde zich niet om te draaien om te weten dat iemand achter haar langs liep; ze wist dat het de chaloetsa zou zijn met de lange krullen en het felrood geborduurde hemd met de bloemen erop.

Hannah wist nog goed hoe het was om het voorwerp van Davids affectie te zijn. Hij was wat de grootmoeders *tsjedevnik* noemden; hij straalde iets uit wat andere mannen niet hadden. Men was het erover eens dat hij geen veilige keuze was. Men was het erover eens dat hij een hartenbreker was. Maar een vrouw moest nu eenmaal onwaarschijnlijk stevig in haar schoenen staan om nee tegen hem te zeggen. Hij was het soort man voor wie je nu eenmaal koos, als je het geluk had door hem te worden uitverkoren. Met alle liefde. Met het gevoel dat de wereld je met bloemen bestrooide en dat die bloemen voorgoed rond je hoofd zouden blijven neerdalen.

Hannah had diep medelijden met de chaloetsa met de rode mouwen. Sarah. Wat haar te wachten stond, zou grote pijn veroorzaken.

'Hoe was het thuis?' richtte David zich weer tot Hannah.

Hij streek met een vinger over zijn neusbrug.

'Prima.'

'Heb je sjiva gezeten?'

'Nee,' zei ze.

Wat ze wel hadden gedaan, was wat ze altijd hadden gedaan sinds de eerste chaloets was gestorven aan de kadachat: de verkorte versie van sjiva. Maar Hannah wist dat David niet echt naar het overlijden van haar vader informeerde. Het ging eerder over zijn eigen nalatenschap: deden ze de dingen nog steeds zoals hij het had geregeld?

'Liora doet je de groeten.'

David knikte kortaf. Hij verschikte het potlood achter zijn oor.

'Waarom zijn de chaloetsiem niet op het land?' vroeg ze.

Hij wierp een blik in de richting van de plek waar de anderen rondhingen bij de nieuwe waterpijp. Een van de jongens deed handstandjes. Hij zette een paar passen op zijn handen, begon te wiebelen, en viel dan om onder applaus van de anderen. Iemand anders was met sinaasappels aan het jongleren.

'Het is een circus,' zei Hannah.

David zette de hiel van de ene voet in het verlengde van de teen van zijn andere voet, alsof hij over een evenwichtsbalk liep.

'Hoe zit dat met die jongen die brandwonden heeft opgelopen?' vroeg Hannah. David keek op.

'Dus dat heb je gehoord?'
'Van Chaim.'

Er trok een opstandige blik over Davids gezicht: dat betekende dat ze terecht dacht dat hij iets met het ongeluk te maken had.

'Weet ik niet,' zei David.
'Hoezo? Was je hier dan niet?'
'Ongelukken gebeuren nu eenmaal,' zei hij.
'En het been van je dochter? Wat is er met haar gebeurd?'
Hij haalde zijn schouders op.
'Nou?'
'Weet ik niet,' zei hij.

Hij klonk als een brutaal kind dat maar een loos antwoord heeft op elke vraag die door een volwassene wordt gesteld.

Hannah liet een scherp, luid lachje horen. Ze moest eraan denken hoe anders deze David was dan degene die hij verder aan iedereen toonde. Hoe hij het tegenover haar had opgegeven en niet meer zijn best deed de zelfzucht in zijn binnenste te verbergen.

Hoe kwam het toch, vroeg Hannah zich af, dat van iemand houden betekende dat je je tegenover hem of haar van je slechtste kant liet zien? Liefde was net een verdovingsmiddel dat langzaam uitgewerkt raakte onder achterlating van de bonzende pijn en de bloederige open wond. Dat viel niet te voorkomen. Alle liefde volgde een neerwaartse route van euforie naar berusting, en vandaar naar minachting.

Ze nam aan dat David haar op dezelfde manier bekeek. Als iets wat moest worden getolereerd, of zelfs doorstaan.

'Ze heeft een enorme snee waar pus uit komt. Ze heeft koorts,' zei Hannah. Onder het uitspreken van die woorden kwam er razende woede in haar op. Ze was een week weg geweest omdat haar vader was gestorven. En toen was er dit gebeurd. 'Ze houdt maar niet op met huilen,' zei Hannah. 'Ze vergaat van de pijn.'

'Wie?' vroeg David.

Hannah stak haar hand uit en gaf hem een klap.

Hij kromp ineen, maar slechts een beetje alsof ze hem had geholpen door een muskiet van zijn wang te verwijderen.

'Het is Ida's schuld,' zei David. Hij wreef over de rode plek op zijn wang, maar zei verder niets over wat ze had gedaan.

'Het meisje van de wasserij?'

David knikte.

'Wat deed zij dan met Ruth? Wat is er gebeurd?' vroeg Hannah.

David gaf geen antwoord.

Hannah probeerde het nog eens. 'Heb je zelfs maar de moeite genomen om de snee schoon te maken?'

Davids zwarte krullen waren smerig en op zijn rechterkuit zat modder. Ze wist dat hij het gevoel had dat als Erets Jisraël aan zijn lichaam kleefde, hem dat zelf deel van Erets Jisraël maakte.

'Wat dacht je dan?' zei hij.

'Met zeep?'

Hij haalde zijn schouders op.

'De wond is besmet. Je moet zeep gebruiken,' zei Hannah. Ze zwegen, allebei met hun gedachten bij Igor.

David haalde nogmaals zijn schouders op. 'Dit ligt anders,' zei hij. 'Het is maar een schram.'

Magere Rivka en de engel Gabriël wilden de Chanoeka-kaarsen samen met Ruth en Hannah ontsteken. Dat hadden de kinderen in het verleden allemaal samen met Liora gedaan, die er griezelig goed in was om oude Hebreeuwse feesten waarvan niemand het bestaan zelfs maar kende, weer in ere te herstellen. Ze had de Israëlische volksdansen uit de lucht geplukt die in de vergetelheid waren geraakt, en had ze de kinderen bijgebracht. Ze had hun laten zien hoe je *Toe Bisjvat* vierde, een feest waar niemand ooit van had gehoord. En ze had een oude Tora gevonden die Rivka nu uit haar tas tevoorschijn trok, samen met de toelopende kaarsen om erin te zetten.

De regenbuien waren begonnen en het was een koude dag. Ruth was overgebracht naar de ziekenboeg, die Hannah nu door de ogen van Rivka zag: een smerige tent vrijwel zonder medische voorzieningen en een lading door de kadachat getroffen semilijken. En bij lange na niet genoeg dekens om iedereen warm te houden. In de hoek lag een man overdekt met gruwelijke brandwonden. Hannah besefte vol afgrijzen dat hij Dov moest zijn.

Die nacht kwam er verandering in Ruths toestand; ze haalde oppervlakkig en snel adem. Maar toen Rivka de kaarsen begon neer te zetten, leefde ze op en zei: 'Hervullen vanaf rechts, verlichten vanaf links,' een ezelsbruggetje dat Liora hun had bijgebracht.

De engel Gabriël zei: 'Ze heeft gelijk,' waarmee hij Ruths woorden bevestigde. Hij herinnerde zich ook wat Liora hun had geleerd.

'Geef hem eens aan mij,' zei Ruth, en ze stak haar hand uit naar de menora.

'Ik wil het doen,' zeurde Gabriël.

'Gabriël,' zei Ruth in een imitatie van Liora's stem als ze gehoorzaamd wenste te worden, en de jongen deed wat hem gezegd werd. Hij leek op Rivka.

Hannah glimlachte bij de aanblik van de twee kinderen die hier weer naast elkaar zaten met hun hoofd over de menora gebogen. Van achteren kon je ze bijna niet uit elkaar houden.

Magere Rivka zei: 'Er zijn gisteravond nieuwe chaloetsiem aangekomen.'

'O?'

'Dertig stuks.'

'Een grote kibboets,' zei Hannah. 'Dat is precies wat hij wil.' En toen: 'En waar de commissie toe heeft besloten.'

'Ik heb gehoord dat er een arts bij zit,' zei Rivka.

Ze maakte een discreet gebaar naar Ruths been. Het kind had zich weer achterover laten vallen op haar matras, en lag daar met gesloten ogen.

'Echt waar?'

De engel Gabriël was plechtig en vol eerbied de zegen aan het uitspreken: 'Gezegend zij U, Heer, Die het licht van de Chanoeka-kaarsen doet ontbranden.'

Waarom had David haar niet verteld dat er een arts was?

'Weet je het zeker?'

Rivka knikte.

Hannah zei: 'Zodra we de kaarsen hebben aangestoken, ga ik op zoek.'

Achteraf bevestigde Rivka dat Hannah naast Rutheke in slaap was gevallen. Gabriël en zij waren op hun tenen weggeslopen om hen door te laten slapen. Het was zo'n lange dag geweest, zo'n lange week, zo'n lang jaar. Hannah had wel voorgoed kunnen doorslapen. Maar ze werd gewekt door een rode schaduw aan de achterkant van haar oogleden, en een knetterend geluid. Ze droomde over een vreugdevuur. Er werd op de vedel gespeeld, en de hora tolde woest rond terwijl de vonken de nacht in vlogen. Toen ze haar ogen opendeed, bleek de stromatras in brand te staan. De menora was omgevallen, en allebei de ontstoken kaarsen (de *sjamasj* en de kaars voor de eerste avond van het feest) schoten uit in een heftig vuur. Ze sprong overeind, stapte op een gloeiend kooltje en schreeuwde het uit. Ruths ogen vlogen open. Het meisje keek om zich heen en zag de vlammen; ze probeerde overeind te gaan staan, maar haar been kon haar gewicht niet dragen, dus ook zij slaakte een kreet, en begon te huilen.

Bij de tentopening stond een emmer smerig water. Die was daar niet neergezet voor als er brand uitbrak, maar om er lappen in te kunnen dopen en die vochtig op het lichaam van de man met de brandwonden en de koortsige halzen van de kadachat-slachtoffers te leggen. Hannah tilde de emmer op en gooide hem leeg over de matras. Daarmee werden niet alle vlammen gedoofd; voor de rest van de vlammen gebruikte ze een rondslingerende sandaal, en zo was de brand eenvoudig te doven. Hijgend bleef ze staan, met een hand tegen haar borst gedrukt. Hoe had ze in slaap kunnen vallen? Wat kon alles toch snel in rook opgaan. Stel dat ze niet op tijd wakker zou zijn geworden.

De middag daarop baande Ruth zich een weg naar haar moeder en klemde zich vast aan haar kuit. 'Ik wil Salaam,' zei ze.
Hannah haalde haar tong langs een hoektand.
'Die heb je aan Selig gegeven, weet je nog wel?'
'Ik wil haar terug.'
'Het is goed, boebala. Ik ga haar halen.'
Ze nam Ruth mee naar haar eigen tent en legde haar op de matras. Het meisje sloot haar ogen en legde haar vuistjes boven haar hoofd, zoals ze dat als baby had gedaan. Ze viel meteen in slaap. Hannah ging op zoek naar Selig. Hij was op precies dezelfde plek als waar hij de dag daarvoor was geweest, alleen waren de onderdelen van het wapen weer in elkaar gezet en hield hij het in zijn hand.
'Sorry dat ik je stoor,' zei ze. 'Maar mag Ruth haar pop terug hebben?'
Seligs stemming was echter omgeslagen. Hij mocht haar dan eerder hebben genegeerd, nu sprak hij haar met de grootste verachting toe.
Hij zei: 'Ik heb haar al teruggegeven?'
'Echt waar?' vroeg ze.
'Aan David.'

Op zoek naar haar man keek ze tegelijkertijd uit naar de dokter, en vroeg aan de chaloetsiem of iemand hem had gezien. Maar niemand had hem gezien. Uiteindelijk trof ze David aan bij de gedeeltelijk opgetrokken koeienstal (een geraamte zonder wanden, waardoor je er zo doorheen kon kijken) al starend naar Sarah. Hannah zag bijna zelf de fantasie die zich in zijn hoofd afspeelde: een chalet in de Alpen, en dan heel toevallig het melkmeisje tegen het lijf lopen. Heel even werd ze compleet overvallen, en haar zachte kant kwam onverwachts naar boven, als een kind dat zijn hoofd om de hoek steekt.

Was zij dan niet goed genoeg? Hoe was het zover gekomen?

'Ruth wil haar pop hebben,' zei ze tegen David.

Ze zei niets over de brand de dag tevoren, dat Ruth wel had kunnen omkomen, dat die toestand die moest doorgaan voor een ziekenboeg nu vol natte kooltjes en roet was.

'Ik heb bijna de tractor gerepareerd,' zei hij. En toen ze bleef zwijgen: 'Ik heb het onderdeel.'

'Volgens hem heb jij hem.'

'Dat is ook zo.'

'De pop?'

David krabde zich over zijn voorhoofd. 'Wie zei dat?'

'Selig.'

'Wie?'

'Die ene van de tweeling.'

David raakte zijn neus aan, en vervolgens het potlood achter zijn oor.

'Heeft Selig hem aan jou gegeven?' vroeg Hannah.

Ze zag dat het David zwaar viel om zelfs maar net te doen alsof hij oplette. Hij begon door zijn notitieboekje te bladeren op zoek naar een naamloos voorwerp. 'Ik heb geen idee.' Toen stelden zijn ogen zich scherp, omdat het hem te binnen schoot. 'Ja.'

Hannah schraapte haar keel.

Hij keek haar met een lege blik aan.

'Mag ik hem hebben?' vroeg ze.

Hij keek om zich heen alsof de pop zomaar ineens voor zijn ogen zou verschijnen. Toen zei hij: 'Ik weet niet waar hij is.'

De vlammen van de razernij laaiden weer in haar op; ze hield haar adem in om ze in bedwang te houden.

'Magere Rivka zegt dat er een dokter is die ons kan helpen,' zei ze.

'Met de kadachat?'

'Met onze dochter.'

'De dokter is ziek,' zei David.

Het klonk alsof hij een verknipte mop vertelde. Kon dat echt? Een dokter die was verschenen en nu al ziek was?

Maar natuurlijk wist ik dat David gelijk had. En de dokter zou niet meer herstellen. Hij zou zich bij de gelederen van de verloren zielen voegen en langs me heen opstijgen.

'Er is een verpleegster,' zei David. En aan zijn stem hoorde Hannah af dat ze mooi was.

'Is de dokter ernstig ziek? Hoe erg zijn de stuipen?'

'Hij komt uit Amerika,' zei David, alsof dat alles verklaarde.

Hannah dacht aan Ruth daar alleen in die tent, zonder haar moeder, zoals ze dat in het kinderhuis geweest was. Hannah droeg een voortdurend verlangen naar haar eigen kind mee, ook al was het meisje onder handbereik. Ze kon eenvoudigweg niets tegen dat soort liefde doen. De enige oplossing was te zorgen dat haar kind gelukkig was.

'Probeer alsjeblieft de pop te vinden,' zei ze.

David nam haar op om haar stemming te peilen, om te zien hoe serieus haar verzoek bedoeld was en wat de consequenties zouden zijn als hij het negeerde. Hij zag dat ze het meende.

## HOOFDSTUK 30

Magere Rivka kwam naar haar toe en pakte Hannahs arm om haar mee te nemen naar het veld waar de chaloetsiem aan het dansen waren.

'Maar... Ruth,' zei Hannah. 'Ik moet de dokter zoeken.' Het schoot haar te binnen wat David haar had verteld, dat de dokter ziek was geworden. 'De verpleegster,' corrigeerde ze zichzelf.

Rivka keek haar aan, een en al jukbeen en puntkin. 'We gaan straks wel op zoek naar de verpleegster,' zei ze. 'Maar kom nu eerst mee dansen. Dat heb je nodig. Ruth redt zich heus wel een uurtje.'

Hannah liet zich door Rivka meevoeren. Ze kwamen langs Samuel bij de waterkraan en zeiden even kort gedag.

'Ga je mee dansen?' vroeg Hannah.

'Het is allemaal een grote danspartij,' zei de jongen.

Hannah moest lachen. Ze liepen door en algauw hadden ze het rondtollende wiel bereikt. De jongen met het rode haar was over zijn strijkstok gebogen en het zweet gutste van zijn gezicht. De maan droop omlaag als nectar. De woeste kring deed aan iets denken op een kermis, met lichtjes die waren opgehangen en zakflacons whiskey die uit het niets waren opgedoken en van hand tot hand gingen.

Ze zag het meisje op wie David verliefd was, met de mooie rode blouse aan die ze van hem had mogen houden. Zij stond in het midden van de kring, als een kers op de taart.

'Ze zijn allemaal nog zo jong,' zei ze tegen Rivka, met een gebaar van haar kin.

Rivka lachte. 'Zo jong zijn we zelf ook geweest. Niet zo lang geleden.'

Hannah was maar tien jaar ouder dan deze pioniers, maar ze had het gevoel of ze honderd jaar op hen voorlag. Het wiel tolde als een bezetene. En dat waren dan de mensen die Erets Jisraël zouden opbouwen? Deze kinderen?

Ze voegde zich bij de dansers en liet zich meevoeren. Het was alsof ze in de armen viel van een oude, vertrouwde geliefde, iemand die precies wist, die altijd precies had geweten hoe hij haar plezier moest verschaffen. De avond was bloedheet, met de Melkweg uitgesmeerd langs de hemel. Toen ze inhaakte, voelde ze de warmte en het zweet van haar buren, hun kloppende pols vlak onder hun huid. Haar voeten hadden deze passen altijd gekend, de hora uit haar jeugd, de hora die bij haar ouderdom zou horen. Ze nam haar rechtmatige plaats in in de kringloop der dingen. Ze danste en danste.

Toen de kring eindelijk tot stilstand kwam, liep Hannah terug naar haar tent; twee chaloetsiem, een jongen en een meisje, stonden bij de rivier. Het meisje was Ida, degene die Hannahs bebloede menstruatielappen heel discreet had gewassen. Een lief meisje, een en al onschuld. Had David haar de schuld in de schoenen proberen te schuiven van Ruths been? Hannah lachte spottend in zichzelf. Ze probeerde zich de naam te herinneren van Ida's chaveer. David had haar over die jongen verteld, een uitzonderlijk harde werker, een ware erfgenaam van het zionistische project. Deze jongen voerde Ida aan haar arm mee naar het hek aan de rand van het veld. Zelfs op een afstand kon Hannah zien dat hun wangen rood aangelopen waren van het dansen. De rok van het meisje danste nog steeds rond haar knieën. Terwijl Hannah toekeek pakte de jongen Hannahs bril van haar neus en zette hem zelf op. Het intieme gebaar was bijna ondraaglijk voor Hannah. Het leek alsof Ida's lichaam een uitbreiding van het zijne was, bedacht Hannah; alsof hij iets duidelijk moest zien en zij degene was die hem daarbij hielp.

Levi. De jongen heette Levi.

Had Hannah ooit op die manier van een man gehouden? Dat had ze. Maar haar herinnering eraan zat in haar hoofd; ze kon zich niet dat speciale lichamelijke genot herinneren. Was ze nu in staat tot zo'n zuivere liefde? De romantische liefde had het bij haar verbruid. Maar misschien dat een kleintje haar zou vertellen over andere vormen van liefde.

Toen Hannah bij haar tent aankwam, zag ze een meisje wankel op zich aflopen.

'Elisabeth,' zei het meisje en ze stak haar hand uit. Ze keek vol verwachting naar Hannah, alsof haar naam haar iets zou zeggen, maar Hannah keek met een lege blik terug. Er kwamen op het moment dagelijks zoveel nieuwe mensen aan.

'Elisabeth,' zei de vrouw nogmaals. Ze giechelde. 'De verpleegster.'

Alles in Hannah was ineens paraat. 'O,' zei ze. 'Een verpleegster.'

Elisabeth lachte nogmaals. 'Ik heb gehoord dat jij een zieke dochter hebt,' zei ze, ernstiger.

De tranen sprongen Hannah in de ogen.

'Vind je het fijn als ik naar haar kom kijken?' vroeg de jonge vrouw.

Ze had lang, glad haar dat bijna tot op haar billen reikte, en Hannah kreeg de aanvechting om haar hand uit te steken en het te strelen. 'Maar het is nacht,' zei ze.

Elisabeths blik verzachtte. Ze zwaaide op haar voeten en met de rug van haar hand tegen haar mond liet ze een boer. Ineens zag Hannah dat het meisje dronken was.

'Kom morgenochtend maar,' zei ze.

Elisabeth knikte. Ze hikte en zwaaide weer even heen en weer. Tegen de tijd dat Hannah was vertrokken, zat het meisje op haar knieën in de greppel over te geven.

## HOOFDSTUK 31

De volgende ochtend waren de chaloetsiem al bij het ochtendgloren op en aan het werk. Hun vermogen om zonder slaap op de been te blijven, zelfs om te floreren, verbaasde Hannah. Ze had zelf het gevoel dat er niet genoeg slaap in de wereld was om haar te verzadigen.

Het was natuurlijk de vermoeidheid van een moeder. Maar er was ook een dieper zittende uitputting, die eerder existentieel was. Voelde iedereen zich zo vermoeid van alleen maar bestaan?

Ze ging naar de ziekenboeg en trof daar zoals beloofd Elisabeth aan, die haar dronken avond berouwde en wier wangen een grijze zweem hadden. Samen hurkten ze naast Ruth. Het meisje lag op haar rug met haar vuisten stijf gebald op haar buik en haar wangen rood aangelopen. Haar donkere krullen zaten tegen haar slapen geplakt van het zweet. Af en toe tuitte ze in haar slaap nog steeds haar lippen om melk te onttrekken aan de sinds lang verdwenen tepel. In Wenen was een dokter die over dat verschijnsel schreef, een dokter over wie David het had gehad, maar Hannah kon zich zijn naam niet herinneren.

Elisabeth keek in de keel van het meisje, en in haar ogen en oren, misschien omdat ze zich schrap moest zetten voordat ze zich over het been kon buigen.

'Het had meteen moeten worden schoongemaakt,' zei ze zakelijk, toen ze het linnen wegtrok; de zwelling liet zich niet meer inbinden door een verband. Ze maakte een warme zoutoplossing en depte daar voorzichtig de wond mee; Hannah wendde haar ogen af.

'Het zout parelt gewoon van de huid af,' zei Elisabeth toen ze zag hoe Hannah keek. Uit haar blik sprak een merkwaardig mengsel van bedroefdheid en aanvaarding. Wat had ze graag gewild dat ze kon helpen.

Elisabeth vertrok op zoek naar nieuw verbandmateriaal, zei ze, en haar lange haar zwaaide heen en weer achter haar rug als de slinger van een grootvadersklok. Hannah had de heftige aanvechting om Ruth van deze plek vandaan te halen. Het was er te smerig, te vol bederf. Ze wilde niet wachten tot de verpleegster terugkwam. Ze zag kans om een arm onder Ruths schouders te manoeuvreren en de andere arm onder haar knieën, en om wankelend overeind te komen. Ze probeerde Ruth op haar schouder te hijsen, en verwachtte niet anders dan dat haar dochter zich wel zou aanpassen aan haar vorm en haar hoofd zou laten rusten, maar het lijfje van het kind was volkomen slap.

'Boebala,' fluisterde ze Ruth in het oor.

Ze wilde dat haar dochter uitrustte en genas, maar ze wilde ook dat ze wakker werd en vol liefde en erkenning naar haar moeder keek. Maar Ruth verroerde geen vin.

In hun tent struikelde Hannah bijna toe ze Ruth op de matras probeerde te laten zakken. Eindelijk lukte het om haar neer te leggen, waarna ze haar schoenen uittrok en naast haar ging liggen. Ze plooide haar lichaam om dat van haar kleine meid. Uren later werden ze in precies dezelfde houding wakker.

'Twee Chanoeka-kaarsen in een doos,' zei Ruth slaperig.

'Ik ben mama Beer,' zei Hannah.

Ze haalde haar vingers door de zachte krullen van Ruth. Haar adem rook naar vuilnis.

'Nee, twee dingen,' zei Ruth.

'Hoe bedoel je?'

'Jij bent mama Beer en ik ben een gans.' Ze veranderde van gedachten. 'Jij bent een lynx en ik een geit.'

'Wat zou het kleintje tegen mama zeggen?'

'Ik. Wil. Mijn. Toetje.' Ruth giechelde. 'Ik. Wil. Plassen.'

'Echt waar?'

Het was al te laat. Hannah voelde hoe de warme vloeistof zich over de matras verspreidde.

'Boebala toch,' zei ze.

Het leek wel of Ruth in alle opzichten achteruit ging. Alsof de ballon van haar leven langzaam leegliep. Stukje bij beetje lieten haar vaardigheden haar in de steek: ze kon niet lopen. Ze kon niet eten. En nu dit.

'Het spijt me, ima,' zei Ruth beschaamd. Hannahs hart deed pijn, een echte, fysieke pijn achter haar borstbeen.

'Het geeft niets,' fluisterde ze in het oortje. 'Het is maar een ongelukje.'

Ruth draaide zich op haar zij en hield haar hoofd vast alsof ze dat wilde beschermen tegen iets dat te warm of te luid was. 'Ik wil met Gabriël spelen,' zei ze. En toen: 'Ik wil Salaam.'

Hannah zei: 'Laten we eerst maar eens dit natte laken weghalen,' maar het kleintje was in slaap gevallen. Haar lippen waren geopend, haar ademhaling was schor en onregelmatig.

Hannah slaagde erin het laken weg te halen door het onder het slappe lichaam weg te trekken. Toen ze daarmee klaar was, dwong ze zichzelf naar de wond van haar dochter te kijken. Telkens wanneer ze dat had gedaan, had ze gedacht dat Ruth zomaar genezen zou zijn, en telkens weer was ze geschokt geweest toen het tegenovergestelde het geval bleek te zijn. De plek van de snee zelf was nu bleek vergeleken bij de huid eromheen, die rimpelig en zwart aan het wegrotten was. Een stuk huid was hard geworden, als een schildpadschild. Het rook naar de kibboetslatrine, maar dan veel erger. Een geur waar de dood in zat.

'Ima,' zei Ruth wakker wordend.

'Ja, schatje.'
'Help me.'
De ogen van het kind gingen open, hun heldere blik was op Hannahs ogen gericht. Maar Hannah kon niet helpen. Het leek wel of Ruth geen antwoord van Hannah nodig had om dat in te zien. Er trok een uitdrukking over haar gezicht. Geen teleurstelling in haar moeder, alleen bedroefdheid en misschien overgave. Haar ogen vielen weer toe. De snelle ademhaling begon weer.

Midden op de ochtend kwam Jitschak naar Hannah toe. 'Ik moet met Habib praten,' zei hij.

Ze wisten allebei dat David geen vooruitgang had geboekt met het overreden van de Arabieren om hun huizen te verlaten. De vader van Habib was hier geboren, en de vader van zijn vader, tot en met, beweerde hij, Ismaël in de Bijbel.

Hannah was de steek van Ruth met heet water en een prop staalwol aan het schoonschuren.

'Ik wil niet dat haar overkomt wat Igor is overkomen,' zei ze tegen Jitschak, met een knikje naar Ruth. Allebei dachten ze zwijgend terug aan het been dat in Kinneret helemaal moest worden afgezet.

'Nee,' zei Jitschak peinzend, en daarna: 'Ik denk dat het helpt als jij meekomt.' Hij liet zijn knokkels luidruchtig knakken, met zijn ene hand rond de andere vuist als een bal in een handschoen.

'Waarheen?'

'Om met Habib te praten.'

David had Hannah kwaad aangekeken vanwege haar gebrek aan concentratie, maar Jitschaks ogen stonden vol medeleven.

Hannah wist dat Jitschak Habib al kende sinds de begintijd toen hij te paard Erets Jisraël doorkruiste en elke tent en soek bezocht om *zhourat* of muntthee te drinken en een *hargileh* te roken met de Arabische mannen.

'Je wilt dat er een vrouw meegaat,' zei Hannah.

Jitschak knikte. 'Dat zou kunnen helpen.'

'Waar is Rivka?'

'Die is met Gabriël naar Tiberias op zoek naar kinine.'

Hannah ademde in. 'Moet je er nu meteen heen?' vroeg ze.

'Ik denk van wel...' zei Jitschak. 'Ik heb zomaar een gevoel.'

Hannah begreep dat Jitschak het land als een stroom door zijn lichaam voelde trekken. Hij pikte onrust op als een naderend koufront: als zijn instinct hem ingaf dat het tijd was om iets te ondernemen, dan was dat ook echt zo.

Ik wist natuurlijk dat dat ook de reden was waarom hij de geschiedenis zou ingaan als een van de grote stichters van Erets Jisraël.

Maar Hannah aarzelde. Ze wilde niet weg, zelfs niet voor een uur. 'Kunnen we Ruth meenemen?'

'Natuurlijk, achoti,' zei Jitschak vriendelijk. Hij zweeg even. 'Maar is ze niet te ziek?'

Hannah knikte verdrietig. Natuurlijk was ze dat.

Jitschak ging nog een uur op het land werken; Hannah wist dat hij de chaloetsiem het goede voorbeeld wilde geven, ook al waren de machines kapot. Daarna at hij een kom *kasji* en wreef hij de paardenzadels op. De zon stond hoog aan de hemel toen Hannah en hij bij het Arabische dorp aankwamen. Jitschak knikte naar haar, waaruit zij afleidde dat hij achterom zou rijden om naar Habib te zoeken; hij zou de hut van de sjeik herkennen omdat die hoger was dan de andere.

Er was verder maar een andere vrouw in de buurt, en een hele troep kleine kinderen. De vrouw liep op Hannah af en wenkte haar een lemen huis binnen. In het midden van de ruimte stond een stoel van smeedijzer, compleet overdekt met roodbruine roest. Hannah glimlachte dankbaar en ging zitten. Een ernstig jongetje kwam op haar af en klom op schoot. Hij wapperde met zijn lange wimpers naar haar, pakte haar oorlelletjes vast en keek haar diep in de ogen.

'Salaam,' zei Hannah.

De Arabische moeder lachte. Haar ogen waren felgroen achter haar hidjab. De vrouwen wisselden een veelbetekenende blik uit. Ze wisten allebei tot welke man in het dorp dit kleintje zou uitgroeien.

'Fatima,' zei de vrouw, en ze hield een theepot op die ze wel onder haar lange gewaden vandaan leek te hebben getoverd. Hannah knikte; Fatima schonk in. Het rook naar Anisa-thee.

Er kwam een andere jongen dichterbij, van een jaar of zes, zeven, met magere beentjes waarin de contouren van zijn knieschijven en enkels zich duidelijk aftekenden. Hannah zag dat zijn rechteroog ooit geïnfecteerd was geweest met trachoom, en er was nog steeds een wolkige vleug te zien.

'Ik heb een dochter, Ruth, die ongeveer zo oud is als jij,' zei Hannah in haperend Arabisch.

De jongen leek het te begrijpen. 'Ik ken Ruth,' zei hij.

Hannah ging rechtop zitten. Ze tilde de peuter van haar schoot en hij draafde weg.

'Echt waar?' vroeg ze de oudere jongen. En toen, om het te controleren: 'Wie is Ruth?'

Fatima was de theepot bij het aanrecht aan het vullen, en ze draaide zich om naar haar zoon. 'Abdul,' zei ze. Er klonk een verwijt in haar stem door, en iets van een waarschuwing.

'Dat is een meisje dat hier is geweest,' zei Abdul schouderophalend, alsof het hem verder koud liet. Maar Hannah kende kinderen, en ze zag dat Ruth blijkbaar indruk op hem had gemaakt.

Abdul boog naar voren en maakte een snel gebaar langs zijn been alsof hij het vlees opensneed met een mes.

Fatima keek op.

'Ruth is mijn dochter,' zei Hannah snel; ze wilde voorkomen dat iemand waar zij bij was iets zou zeggen waar hij of zij later spijt van kreeg.

Er trok een meelijdende blik over Fatima's gezicht; Hannah deinsde ervoor terug.

'Ruth heeft die snee opgelopen toen de kinderen aan het spelen waren,' zei ze haastig tegen Hannah.

In Hannahs maag opende zich een bodemloze put van angst. Ze had zichzelf de hele tijd voorgehouden dat Ruth wel ernstig ziek was, maar dat de wond niet meer was dan een schram. Zoals David had gezegd. Maar Fatima had de uitkomst al in het ontstaan van de verwonding zelf gezien. Haar familie woonde al eeuwen op deze heuvels en in deze moerassen. Zij wist alles van jakhalsbeten, chamsins en de oogziekte; ze wist alles van kadachat, ondervoeding en ringworm.

Fatima had mensen zien sterven. Kinderen.

Natuurlijk wist ze wat er met Sakina was gebeurd.

'Je hebt die snee niet zien gebeuren?' vroeg Hannah.

Fatima schudde haar hoofd.

'Ik was binnen met Ida aan het praten,' zei ze.

Even dacht Hannah dat ze het Arabisch van de vrouw verkeerd had verstaan, maar Fatima maakte een gebaar van lange vlechten langs haar gezicht en kleine rondjes voor haar ogen bij wijze van bril. Had David dan de waarheid verteld en was Ida er inderdaad bij betrokken? Er trok een uitdrukking over Fatima's gezicht alsof ze zich realiseerde dat ze iets had gezegd wat ze niet had moeten zeggen. Ze keek over de vloer van aangestampte aarde naar het aanrecht alsof ze naar iets specifieks zocht. Haar ogen schoten naar een grote doos die vol stond met een specerijenrasp, een koffiemolen, een vijzel en stamper. Het leek of ze heel erg niet naar iets probeerde te kijken waarvan ze niet wilde dat Hannah het zag.

Als Hannah zich niet zo'n zorgen had gemaakt over Ruth, had ze misschien even de tijd genomen om zich daarover te verbazen. In plaats daarvan zei ze, eerder tegen zichzelf dan tegen Fatima: 'Het is niet zomaar een schram.'

Fatima vroeg: 'Is het kind in orde?'

De vraag klonk nogal behoedzaam, alsof ze niet echt op het antwoord zat te wachten.

Hannah schudde langzaam haar hoofd. Ze liet haar tong langs haar voortanden gaan. 'Nee,' zei ze. 'Dat is ze niet.'

'Je zou een kleikompres kunnen proberen,' zei Fatima, maar Hannah wist dat dat een oudewijvenremedie was die even nutteloos was als de gedroogde kruiden die ze gebruikten om de kadachat te genezen.

'Dank je wel,' zei Hannah. 'Dat zal ik doen.'

Alles wat niet werd uitgesproken liep als een ijskoude ondergrondse rivier onder dit gesprek door. Ze wisten allebei dat zo'n kompres niet zou helpen.

Abdul had zijn kans gegrepen en was er met zijn broertje op zijn hielen vandoor gegaan naar de binnenplaats. In de hoek van de kamer zag Hannah aan een touwtje een amulet hangen; een blauwe kraal met concentrische kringen om een iris aan te geven. Hij was bedoeld om het boze oog af te wenden. Misschien dat Fatima die zou willen uitlenen. In dat opzicht hadden de Arabieren gelijk. De chaloetsiem waren vierkant tegen alles wat maar suggereerde dat het heelal groter was dan zijzelf. Groter dan waar zij invloed op konden uitoefenen. En toch, wist Hannah, was het wel zo.

Jitschak was geslaagd in zijn onderhandeling met Habib. Hannah hoefde de details niet te horen om te weten hoe het was gegaan; beleefd. Diplomatiek. Niet door loze beloften te doen die je niet kon waarmaken, maar door aanspraak te maken op het Arabische eergevoel, hun neiging om zich aan hun woord te houden. Dit was ironisch genoeg hetzelfde systeem waaruit de bloedvete was voortgekomen. Een uitgesproken rechtvaardigheidsgevoel. Oog om oog, tand om tand.

Hannah zag Jitschak en Habib uit de lemen hut komen waar

ze hadden gepraat, en ze wist dat het voor elkaar was. Habib zag er niet zozeer verslagen als wel oud uit. Hij was hier opgegroeid. Zijn vader was hier opgegroeid, en zijn grootvader. Hij had geweten welke netel giftig was, hoe je het gif van een slangenbeet moest verwijderen, de verhouding tussen modder en stro om de stevigste muren te bouwen. Hij kende de grotten waar de oude profeten hadden gewoond, de berg waar Ismaël zijn volk had toegesproken. Maar nu waren de Hebreeërs gekomen en was zijn volk gedwongen het geld aan te nemen dat ze zo hard nodig hadden. Hannah zag het litteken op Habibs wang en wist dat dat uit een andere tijd stamde, een tijdperk waar hij vast wanhopig graag naar wilde terugkeren. Een tijd dat hij macht had en werd gevreesd. Hannah zag ook dat Habib een vriendelijke man was. Hij raakte zacht Fatima's schouder aan als een signaal dat alleen zij tweeën begrepen. Misschien vertelde hij haar wat hij had gedaan. Want bij zijn aanraking kwam Fatima overeind en maakte ze een halve buiging naar Hannah, alsof zij zich ook overgaf.

Habib begeleidde Hannah en Jitschak de binnenplaats op. Toen hij zijn hand optilde, nam hij niet alleen afscheid van zijn bezoekers; hij nam afscheid van het land zelf. Hannah bedacht dat Habib alle recht had om woedend te zijn, dat het woord woede nog niet half beschreef wat zich in zijn hart afspeelde, en ze was verbijsterd hoe vriendelijk hij daaronder bleef. Blufte hij? Hannah had onmogelijk net alsof kunnen doen. Voor haar ging overgave gepaard met woede.

## HOOFDSTUK 32

Pesach werd op de nieuwe plek gevierd, die Hannah nog steeds als de plek van Fatima beschouwde. Waar waren de Arabieren heengegaan? Hannah wilde het zowel niet als wel weten.

Hannah hielp Ruth eraan herinneren (al wist het kind dat natuurlijk al) dat op Pesach de bevrijding van de Joden uit de slavernij werd gevierd. God zond tien plagen naar hun vijanden de Egyptenaren tot ze gedwongen waren de Joden te laten gaan. Toen maakte God een volk van de Joden.

'We waren slaven in Egypte,' zei Hannah en wees naar het zuiden, en Ruth tilde zwakjes haar hoofd op om het gebaar van haar moeder te volgen, alsof ze de farao zelf van tussen de heuvels zou zien verschijnen.

Hannah was vastbesloten haar kind te laten deelnemen aan de sedermaaltijd; op zijn minst zou ze getuige zijn van wat haar ouders hadden bereikt in het nieuw leven inblazen van een droom die bijna verloren was geraakt. Toen ze de nieuwe eetzaal binnenkwamen, passeerden ze Ida, en Hannah hoorde haar tegen Levi zeggen: 'Ik heb je zo-even bij de rivier gezien.'

De twee wisselden een blik uit die zo beladen was van betekenis dat het maar een ding kon betekenen.

'Kom je bij me zitten?' hoorde Hannah Ida vervolgens vragen, en ook de vreugde in Levi's eenlettergrepige antwoord 'goed,' ontging haar niet. Wat zou zij niet overhebben voor zo'n lief, simpel gesprek.

Aan tafel hield ze Ruth op haar schoot, het lichaam van haar kind was warm en slap. Met haar kin rustend op het hoofd van Ruth nam ze David op, die aan het hoofd van de tafel stond als een kleine jongen die zich voorbereidt op het reciteren van een les. Ze zag dat hij zenuwachtig was, haar hart werd week en ze voelde trots. Ze zond hem een bemoedigende glimlach toe. David hield hun allemaal voor dat het feest bedoeld was ter viering van de eerste gerstoogst. Geloof had er absoluut niets mee te maken. Maar in Hannahs ogen was het een daad van geloof dat ze de haggadot hadden klaargelegd en de roodharige Zeruvabel naar Tiberias hadden gestuurd voor de wijn en de mierikswortel. De jonge chaloetsa Sjosjanna had besloten de matses zelf te maken op een open vuur, zoals de Joden dat jaren geleden vast ook hadden gedaan. Matses werden dan wel geacht het brood der ellende te zijn, bedacht Hannah, maar het was het lekkerste wat ze sinds hun aankomst hadden gegeten. De chaloetsiem verslonden ze tot de laatste kruimel.

Ruth was de enige die geen trek had. Hoe lang was het wel niet geleden sinds het kind ook maar iets had gegeten? Haar lichaam voelde aan als een zak stokjes, net als toen ze net was geboren. Tijdens de maaltijd tilde ze haar hoofd een beetje op om rond te kijken. Ze zag de tinnen kandelaars en zei: 'Die van Ida waren mooier.'

Hannah trok het kind tegen zich aan en suste haar.

De chaloetsiem reciteerden met groot plezier de namen van de plagen, waarbij ze hun kindervingers in de wijn doopten en voor elk daarvan een druppel op hun bord lieten vallen: kikkers, luizen, sprinkhanen, bloed, duisternis. De dood van de eerstgeboren zonen was de tiende en laatste plaag; de Joden hadden hun deurposten met bloed ingesmeerd zodat God zou weten dat Hij hun deuren voorbij moest gaan.

Jawel, God had de eerstgeboren Joodse jongens gespaard. Maar Ruth was een meisje. Telde zij eigenlijk wel?

Hannah moest ook denken aan het vastbinden van Isaak.

God had Abraham gevraagd zijn eerstgeboren zoon te offeren. Abraham had zijn zoon mee de berg op genomen, en de jongen vroeg hem onschuldig wat er zou worden geofferd. Dat wordt nog wel duidelijk, zei Abraham tegen Isaak. Toen ze ter plekke waren gearriveerd, bond hij zijn eigen zoon op het altaar vast en hief zijn mes. Pas op dat moment werd de ram in de struiken zichtbaar.

Hannah wist dat in de Arabische koran Ismaël degene is die wordt geofferd.

Hannah had haar eerste kind opgeofferd. Ze had erop gewacht dat God tussenbeide zou komen, maar dat deed Hij niet. Haar versie van het altaar was een tent in het dorp van Anisa, met een oude vrouw die wist welke kruiden je moest gebruiken. Het bloeden had veertig dagen en veertig nachten geduurd, net als de zondvloed van Noach toen de wereld werd gezuiverd.

Ze dacht aan de kleine Sakina, het Arabische meisje dat ook niet gered was.

Was Erets Jisraël daarvoor bedoeld? De gesneuvelden die zich opstapelden alsof ze deel uitmaakten van een voorbeschikt plan; alsof het land zelf niet in staat was de vrede te verduren.

Na de seder droeg Hannah Ruth weg. Gabriël was weg gedwaald en was een steen op het droogste deel van de binnenplaats aan het rond schoppen. 'Kom spelen, Rutheke,' zei hij, maar het meisje was te moe om zelfs nog maar haar hoofd op te tillen.

Sjosjanna was in de tuin, met iemand die Hannah niet herkende. Een meisje met een androgyn uiterlijk, met fijnbesneden trekken.

'Sjalom,' zei het meisje met een lieve lach.

Hannah keek nog eens goed. Het was de knappe verpleegster Elisabeth.

'Je hebt je haar geknipt.'

'Ja.'

'Je ziet er... heel anders uit.'

Hannah probeerde haar vinger te leggen op wat er eigenlijk aan het meisje was veranderd. Het was dan misschien slechts een cosmetische verandering, maar het had ook iets wat dieper zat, iets essentiëlers. Hannah verschoof Ruth in haar armen en tuurde ongegeneerd naar Elisabeth om er greep op te krijgen.

'Elisabeth,' zei ze, toen het antwoord plotseling tot haar doordrong, 'je bent verliefd.'

Met een glimlach zei Elisabeth: 'Noem me maar Esther.'

Ze was omringd door romantische liefde, maar Hannah kon zich met geen mogelijkheid herinneren hoe dat voelde. Ze dacht terug aan die jongen, Levi, die de bril van Ida op zijn eigen neus zette om de wereld vanuit haar standpunt te bezien. En aan Rivka die inmiddels al jarenlang van Jitschak hield en die op haar beurt ook werd bemind.

'Je bent gelukkig,' zei ze tegen Elisabeth. Esther.

Het meisje lachte. 'Dat ben ik.'

'Kan een man je gelukkig maken?'

Esther lachte opnieuw. 'Ik had het niet over een man.'

Ze waren allebei stil van verwondering. De verpleegster had zichzelf totaal getransformeerd. Hannah was van ontzag vervuld. Wat ongelooflijk, wat uitgesproken bekrachtigend om een nieuw leven op te pakken als je daartoe werd geroepen.

Ruth bewoog en kreunde in Hannahs armen. Ze probeerde iets te zeggen, maar haar woorden kwamen eruit als een stroom gebrabbel. Hannah liep met haar dochter de zijdezachte, purperen avond in. Ruth drukte haar mond tegen Hannahs oor, en er kwam een woord uit, en dat woord was: 'Salaam'.

Hannah liep naar de nieuwe tent en legde haar lieve last neer. Ze drapeerde het muskietennet volmaakt om haar heen, alsof ze een boeket wilde bloemen aan het schikken was. Daarna ging ze op zoek naar David. Die stond naast een rode jerrycan, met zijn voorhoofd vol zweetdruppels en zijn zwarte krullen tegen zijn voorhoofd geplakt.

'Heb je eraan gedacht om op zoek te gaan naar Salaam?'
'Ja,' zei hij.

Maar zijn glazige blik was over haar schouder heen gericht, naar de jonge chaloetsa Sarah. Het liet Hannah koud met wie hij neukte. Wat haar niet koud liet was dat hij zich niet op Ruth kon concentreren.

'Echt waar? Waar was hij?' vroeg Hannah.

David keek haar aan alsof hij haar voor het eerst zag. 'Wat?'

'Salaam? De pop?'

'O,' zei hij moedeloos. 'Geen idee.'

Hij dacht terug aan een andere vrede die verloren was gegaan.

Later zocht hij Hannah wel op op de plek waar ze het tuingereedschap aan het ordenen was, een klus die al sinds hun aankomst op de nieuwe plek had liggen wachten, maar die alle chaloetsiem om de een of andere reden hadden genegeerd. Hij had een toneelstuk van David Pinski bij zich, en ze betrapte zich erop dat ze stikte van frustratie omdat hij ondanks alles wat zich om hen heen afspeelde, blijkbaar kans zag tijd vrij te maken om te lezen. Hij ging zitten en klopte op de grond naast zich; zij ging zitten. Hij gaf haar het boek. Ze legde het op haar schoot. 'Ik ben net bij Ruth geweest,' zei hij.

Er bleef een lange stilte tussen hen hangen. Ze hoorden iemand schreeuwen en een andere stem schreeuwde terug.

'Wat denk jij?' vroeg hij ten slotte.

Hannah raakte het toneelstuk op haar schoot aan, van papier dat zo dun en glad was als de bladzijden van een gebedenboek. 'Ik denk dat we het moeten doen,' zei ze.

Ze dwong de woorden omhoog en naar buiten. Het was het enig juiste. Maar ze voelde Ruths lichaam in haar armen, rook de stank van de gangreen en zag voor zich hoe hard Ruth haar best deed om flink te zijn, en ze begon te huilen. Ze stak haar hand uit om die van David vast te pakken.

'Weet je nog, toen met Igor...' zei ze, maar ze kon haar zin niet afmaken. Dat hoefde ook niet. David was erbij geweest. Hij was degene geweest die Igor in bedwang had gehouden terwijl Meyer de zaag hanteerde. 'Het heeft hem wel gered,' zei David.

'Hij is nooit meer dezelfde geworden.'

David knikte. 'Je hebt gelijk,' zei hij. En toen: 'Ik kan het niet.'

Hannah dacht aan alles wat Ruth al had doorgemaakt, de eenzaamheid die haar kind had moeten verdragen, en ze wist dat ze er niet voor kon kiezen om haar ook maar één extra portie pijn toe te brengen.

'Dank je wel,' zei ze.

'Waarvoor?'

'Dat je nee zegt,' zei ze.

David kneep in Hannahs hand. Ze dacht dat hij nog even bij haar zou blijven zitten, en merkte dat ze dat graag wilde. Maar ze kon het niet verdragen dat ze misschien zou worden afgewezen, dus vroeg ze het niet. Ze stond op en gaf hem het toneelstuk terug.

'Veel leesplezier,' zei ze, en voor een deel meende ze dat zelfs. Hij had hard gewerkt en had zoveel tegenslag gehad.

## HOOFDSTUK 33

Hannah ging naast haar kleine meid liggen. Ruth had in haar koortsige toestand haar kleren uitgetrokken en was naakt. Hannah krulde zich rond haar rug alsof ze het lichaam van haar dochter weer in zichzelf kon opnemen, waar het veilig zou zijn.

Hannah was niet voorbereid geweest op de felheid van moederliefde, die aanvoelde als een pijn waar ze nooit vanaf zou komen. Ze was bereid geweest om van haar kind te houden maar niet om haar te willen dienen; en ze had niet geweten dat het dienen van haar kind haar het meest intense genot zou schenken, dat ze zichzelf diende door dienstbaar te zijn aan het kind. En evenmin had ze geweten dat dit niet zou eindigen als ze geen baby meer was, en dat het knagen mettertijd alleen maar zou toenemen. Het was een honger die moest worden gestild. Naarmate het kind ouder werd, werd de honger om dicht bij haar te zijn sterker, net als het gevoel van spijt dat ze haar die eerste nachten in het kinderhuis niet had vastgehouden. De dagen dat ze haar in de steek had gelaten zou ze nooit meer terugkrijgen.

En nu ging haar kind achteruit. Stukje bij beetje verdwenen de mijlpalen die Ruth had veroverd weer in de duisternis.

'Boebala,' fluisterde Hannah.

'Ja?'

'Ben je wakker?'

'Ja.'

'Ik hou van je, Ruth.'

'Ik van jou, ima.'

Hannah hield haar adem in.

'Waar ga ik naartoe?' vroeg Ruth.

Ze wilde net doen of ze niet begreep wat het meisje bedoelde. Maar nu had Ruth haar het hardst nodig. Om de waarheid te vertellen.

'Je gaat de aarde in, boebala.' Hannahs gezicht was nat van de tranen.

'Is het daar donker?'

'Nee. Het is er licht.'

'Is sabba daar ook?'

'Jazeker.'

'En Savta?'

'Ja.'

'En Sakina?'

'Ja, lieve schat. Ja.'

Maar diep vanbinnen schermde Hannah nog steeds de waarheid voor zichzelf af. Ze koesterde het idee dat de vreselijke dokter die het had gewaagd meteen bij aankomst ziek te worden zich zou vermannen. Hij zou opstaan uit de doden zoals de Messias in wie de nonnen in Tiberias geloofden, en een wondermiddel toepassen. Ergens nog dieper binnenin wist Hannah dat dit niet waar was, maar wat ze ook wist was dat ze niet zonder haar kind kon leven. En de ene waarheid overschaduwde de andere en stond niet toe dat die eerste waarheid bleef bestaan.

Ruth zou beter worden.

Ruth zei iets en Hannah rolde om zodat ze haar kon verstaan.

'Ik wil Salaam hebben,' jammerde het meisje zwakjes. 'Ik wil Salaam. Wil je alsjeblieft Salaam halen.'

Hannah had een steek onder Ruth geduwd, en nu hoorde ze de urine erin druppelen. Ze rook de poep, donker en los als de dood, die uit het lichaam van haar dochter glipte.

Ze wurmde zich weg bij Ruth en stak haar hand uit naar een krant uit Tel Aviv die ze in vierkanten had geknipt. Ze duwde de schaamlippen van haar dochter uit elkaar en veegde de kleine vulva af, waarna ze Ruths billen bij haar anus vandaan duwde en de vegen poep verwijderde. Onder het afvegen kwam er meer uit, een grote vloed stront met daarin draden slijm en vlekken donkere olie die naar ziekte stonk. Hannahs hand zat onder de diarree; ze veegde het af en ging daarna verder met het schoonvegen van de billetjes van haar dochter. Er was geen sprake van een beslissing om geen walging te voelen, alleen zakelijk handelen. Of de poep nu van Ruth of van haarzelf was, dat maakte geen verschil.

Nu stootte Ruths lichaam een grote vloed uit, ze slaakte een kreetje en verkrampte. Hannah dacht terug aan de weeën, haar machteloosheid tegenover de pijn, en ze wist dat dit was wat Ruth voelde. Haar lichaampje werd op het strand gegooid; het dobberde langzaam terug met het getij, tot een grote golf haar weer optilde en haar uit alle macht teruggooide naar de levenden. Ze was een muisje tussen de kaken van een enorme vleeseter die haar de lucht in gooide en met zijn tanden weer opving. En weer de lucht in smeet. Straks zou haar nek breken. Daarna zou hij haar verzwelgen.

In Hannah zelf rees ook iets dierlijks op. Ze verschoonde Ruths kleren en wikkelde haar in een licht, linnen laken. Het had iets weg van de windselen voor de doden (dat ontging haar niet) maar ze volgde een of ander primitief instinct. Ze zou verder iedereen wegsturen. Wat hier gebeurde was privé; het was niet iets van de mensenwereld. Ze had de aanvechting om het lichaam van haar kleintje schoon te likken. Ze zag dat mensen rituelen hadden ontworpen om zich te troosten en dat die rituelen loos waren tegenover het jammeren van het heelal. Ze zou met haar blote handen een gat graven, daarin gaan liggen en haar dochter meenemen. Ze zou een baarmoeder maken in de buik van de aarde en samen zouden ze daarnaar terugkeren.

De stank die van Ruths been afsloeg was niet te bevatten. Misschien hadden David en zij wel ongelijk over de amputatie. Ze kon Ruth vastbinden en dan de bijl gebruiken terwijl het kind sliep. Als ze had geweten wat er te gebeuren stond, had ze dat gedaan. Maar dan nog zou het te laat zijn geweest.

Alsof Ruth de gedachten van haar moeder hoorde, schreeuwde Ruth het uit van protest. Hannah trok de schoudertjes van haar dochter naar zich toe.

'Boebala?' vroeg ze.

Maar er kwam geen antwoord.

De infectie had zich verspreid door Ruths bloed. Dat wist Hannah zonder te weten hoe dat kwam.

Ergens daarna (Hannah had geen idee meer wanneer) kwam Magere Rivka haar gezelschap houden; de mooie verpleegster Esther kon onmogelijk van nut zijn. Ruth raakte buiten bewustzijn, haar voorhoofd gloeide als een kooltje. Uit haar anus sijpelde smerige zwarte vloeistof. Hannah haalde een emmer en vulde die met water uit de rivier waarna ze het ene na het andere kompres op haar voorhoofdje legde. Om middernacht zorgde Rifka ervoor dat Hannah ging slapen. Hannah herinnerde zich niet dat ze haar ogen dicht deed en evenmin de paar uren die verstreken tot ze wakker werd. De maan overgoot hen vanuit de geopende spleet van de tent. Hannah stond op. Haar gewrichten waren stijf en toen ze haar knieën strekte, voelde ze zich een oude vrouw. De vrouw die ze binnenkort zou worden.

Er klonk geluid vanaf Ruths slaapplek, een geluid dat het nieuws overbracht dat de rest van haar leven zou veranderen. Het was een geluid dat een levende maakt, maar waarin het zaad van de niet-levenden verborgen is. Het bestaan ervan bevatte zijn tegendeel. De handeling van het oversteken van de aangestampte aarden vloer naar het lichaam van Ruth bevatte diezelfde tweedeling, het gaan en het niet gaan, het verlangen om te zien en de wanhopige behoefte om niet te zien. Gelijke delen voortstuwing en afstoting. Hannah wist dat ze een grens overging tussen leven en dood, waarna haar eigen in leven zijn nooit meer hetzelfde zou zijn. Ze wilde die grens niet oversteken; ze moest hem oversteken. Het was net zoiets als iets gemangelds en harigs tussen het raderwerk van de tractor zien zitten. Zoals de weeën hadden geleid tot de geboorte van Ruth: de omvang van de helse pijnen die in golven opkwamen, maar die weigeren aan te gaan was net zoiets als het leven zelf weigeren. Alleen die pijn doormaken zou je door de pijn heen helpen.

## HOOFDSTUK 34

De sprinkhanen waren gekomen, net als in de Bijbel. 'Toen liet de Heer die hele dag en die hele nacht een oostenwind over het land waaien. Toen de morgen aanbrak, had de wind de sprinkhanen aangevoerd.' Ze kwamen in een zwarte wolk en vulden bij zonsopgang een hoek van de hemel boven Kinneret. Tegen het ontbijt was de hele hemel zwart. De chaloetsiem hadden te horen gekregen dat dit zou gebeuren; het was Allahs manier, had Joessef gezegd, om op te bouwen, af te breken en weer op te bouwen, maar in Kinneret hadden ze dat niet geloofd. Ze dachten dat ze onoverwinnelijk waren.

David, Jitschak, Menachem en Reuven waren met potten, lege kerosinekannen en pollepels uit de keuken al klepperend en schreeuwend de velden op gerend om te proberen de sprinkhanen te verjagen. Ze waren op de gewassen, op elke groente in de tuin en op elk oppervlak van het levende land neergedaald. De lucht was vervuld van het gezoem van hun kauwende kaken. Hannah was samen met Rivka, Lenka en Gaby de boomgaard in gerend. De vrouwen sloegen met hun rok tegen de boomstammen alsof die in brand stonden. Af en toe werd de laag sprinkhanen die de grond bedekte in een hoek opgetild, als de rand van een vel papier dat naar achteren wordt getrokken, maar daarna daalde de laag weer op zijn plek en hervatten de insecten hun gekauw. Uiteindelijk zat er voor de chaloetsiem niets anders op dan toe te kijken terwijl hun hele jaar werd vermalen tussen de schuine kaken.

Daarna daalde er stilte over het land. Nergens was nog een blaadje gras of een korrel graan te bekennen. In de weken daarop begonnen de chaloetsiem honger te krijgen en raakten hun voorraden snel uitgeput, want al wisten ze dat deze dag zou komen, ze hadden zich er niet fatsoenlijk op voorbereid. De hongersnood verspreidde zich snel naar de steden, en algauw kwamen er kooplui van de markten te paard om om alle restjes te smeken die de pioniers bereid waren te verkopen.

De Arabische velden waren al even erg gedecimeerd. Na al het geruzie om land bleek de vernietiging ervan geen grenzen te kennen.

Dat was het kaalgevreten land waar Sakina per ongeluk terecht was gekomen. Het kind was op zoek geweest naar iets te eten. Dat was heel ongebruikelijk voor een Arabier; ze waren trots en wilden op geen enkele manier afhankelijk zijn van de Joden. Maar Anisa had nog een kind dat kadachat had. Het jongetje zou sterven als hij geen voeding kreeg. Sakina was op pad gestuurd om erom te vragen, als een vredesambassadeur.

Ruth had het meisje gezien en was naar haar toegerend om haar te begroeten. De Joodse kinderen speelden niet vaak met de Arabische kinderen, maar zij tweeën kenden elkaar en hadden altijd al een soort vriendschap. Voor Ruth had een ander klein meisje iets fascinerends. Ze bracht haar dagen door met de engel Gabriël, Mikhol en Noam, en ze was niet zo dol op Susan.

'Salaam,' wist Ruth dat ze tegen Sakina moest zeggen, en Sakina wist dat ze 'Sjalom' terug moest zeggen.

Het meisje had haar pop meegenomen. Ruth zette grote ogen op. Ze was nu al verliefd.

Hannah zag ook dat Sakina een stopfles met koude muntthee van Anisa had meegekregen. Ze wist dat de middelen schaars waren en dat dit geschenk betekende dat er iets voor terug werd verwacht. Maar ze wilde de transactie nog een ogenblik uitstellen. Ze wilde de meisjes even laten spelen.

'Heb je dorst, chabibti?' had Hannah aan Sakina gevraagd, en de onmogelijk lange, donkere wimpers van het meisje waren omhoog gegaan en haar ogen lichtten op. Sakina zei ja.

Naast de schuur stond een emmer smerig water voor het vee. Er dreven vlekjes stuifmeel en stof in en het had een groenige zweem. Sakina keek naar de emmer.

'Daaruit?' vroeg ze.

Hannah begreep dat het kind had geleerd haar plaats te kennen en nooit ergens vanuit te gaan.

'Nee zeg,' zei Hannah tegen haar. 'Dat is voor de dieren. Laten we allemaal wat van de koele thee van je moeder drinken.'

Hannah nam de stopfles van het meisje over en ging glazen pakken zodat ze allemaal wat konden drinken. Ze ging ook kijken of er nog koekjes waren. Ze zou er een kleine picknick van maken.

Toen ze wat hadden gedronken volgde het deel waar Hannah niets van begreep. De twee meisjes waren kennelijk de schuur in gelopen. Volgens David was hij Sakina tegen het lijf gelopen die zich verstopt had achter de stapels graan. Hij had gedacht dat iemand hun voedselvoorraad aan het stelen was.

Had hij Ruth dan niet gezien? had Hannah gevraagd.

David knikte van ja, maar daarna veranderde hij haastig zijn verhaal. Hij had uit zelfverdediging gehandeld. Hij had gedacht dat het Joessef was die in de hooiberg verborgen zat in afwachting van het moment om wraak te nemen.

'Wraak waarvoor?' had Hannah gevraagd. Was er nog een misdaad, eentje waarvan zij niets wist? Joessef was altijd alleen maar vriendelijk tegen hen geweest.

David zei: 'Wraak omdat wij hier zijn,' en Hannah begreep dat haar man nooit iemand echt zou vertrouwen. En dat hij diep vanbinnen zichzelf evenmin kon vertrouwen.

Ze kon zich nog heel goed herinneren hoe er op de jurk van Sakina razendsnel een schietschijf van bloed aangroeide. David had precies in de roos geschoten. Hannah was verbijsterd dat er niet meer bloed was, maar Sakina was altijd een keurig meisje geweest en had zich in de dood net zo gedragen als bij leven. Ruth was degene die in puin lag en bij het lichaam van haar vriendin jammerde met een woestheid waarvan Hannah het bijna niet kon opbrengen om eraan terug te denken, waarna ze verviel tot een toestand van verdoving, om daarna de indruk te wekken dat ze was vergeten dat ze erbij was geweest. Aanvankelijk bleef ze Hannah maar vragen naar de gebeurtenis, alsof ze er iets onbekends van wilde maken, om zichzelf zo een onschuld te verlenen waar ze van meet af aan recht op had gehad.

Maar algauw was de pop het enige wat ze zich kon herinneren, en klagelijk zijn naam roepend liep ze rond: 'Salaam, Salaam, Salaam.'

En aldus werd Sakina bevrijd, net als de rest die haar volgde. Net als de oude Avraham en dokter Lowen, die beiden stierven aan eenzaamheid en een gebroken hart, en net als Dov, wiens wonden ook besmet raakten en die vrijwel zonder protest aan zijn wonden ten onder ging.

David zou nooit hebben toegegeven dat hij zich opgelucht voelde, maar zijn geheim, een van zijn geheimen, was met Dov het graf in gegaan. Er was in elk geval een fout waar hij niet voor aansprakelijk zou worden gesteld.

## HOOFDSTUK 35

Hannah hield Ruth vast. Zweet parelde nog op het voorhoofd van het kind. De tijd was onwerkelijk. Flexibel, kneedbaar. Het enige wat Hannah hoefde te doen was de stroom omkeren, dertig seconden stroomopwaarts reizen. In twee richtingen stromen was nog het minste van de kunstjes waarover de tijd beschikte. Maar in haar armen verroerde Ruth zich niet. Hoog in de hoek van de tent klonk een geluid. Hannah zag de stip die, bijna onwaarneembaar tegen de duisternis, omlaag tolde. Een vlieg. Hij landde op Ruths been en begon zich tegoed te doen.

Iets deed Hannah opensplijten: een snelle uithaal die haar wijd open legde. Ze hield Ruths lichaam vast en schommelde heen en weer.

'Boebala, boebala, boebala,' zei ze.

Op zeker moment keek ze omhoog en zag de chaloetsiem om zich heen staan. Ze besefte dat ze nooit hun namen zou kennen. David was er ook. Met gele ogen stond hij te sidderen, en ze zag dat hij opnieuw had geweigerd kinine te slikken. Op een dag zou hij sterven aan de koorts.

Hij zei iets, zij verstond het niet.

Opnieuw zei hij iets.

Maar Hannah zat met haar hoofd over Ruth heen gebogen, er kwamen geluiden uit haar mond, en de stilte die uit Ruth opsteeg was als de zwartste eeuwigheid.

David herhaalde zijn woorden. 'Hou daarmee op,' zei hij.

Hannah keek naar hem omhoog. Zijn wangen waren ingevallen, zijn jukbeenderen scherp als twee uitroeptekens.

'Hou daarmee op,' zei hij nog eens.

'Laat me met rust,' zei Hannah.

'Ik moet je iets vertellen,' zei David. 'Ik krijg weer een kind.'

De woorden gingen door Hannah heen als lucht door een open deur. Ruths huid was inmiddels koeler. De vleugeltjes van haar schouderbladen waren onbeweeglijk op hun plek bevroren.

'Wat bedoel je?' vroeg Hannah.

'Wij zijn hier om een nieuwe wereld te scheppen,' zei David.

Ze keek hem niet-begrijpend aan.

'Er komt een nieuwe wereld aan,' zei David. 'Sarah is zwanger.'

Met knipperende ogen keek Hannah om zich heen alsof ze net geboren was. De maan lekte melk. Davids mededeling hechtte zich aan het lichaampje dat zij vasthield; dit was nieuws waarvan ze de pijn kon dragen, terwijl die eerste pijn overduidelijk haar dood zou worden. Iemand liet een dun lemmet onder haar nagels glijden. In een ijskoude Siberische gevangenis hoorde ze het kletteren van de metalen deur die werd gesloten.

'Hè?' zei ze.

'Sarah. Er komt een nieuw kind.'

Onmiddellijk wist Hannah dat dit kind een meisje zou zijn.

Op dat moment kwam er een soort waanzin over haar, een hoge, bezeten razernij die bestond uit doodsangst, verlangen en weerzin.

Sarah? Het knappe melkmeisje. Degene met de rode mouwen.

Dachten ze dat dat nieuwe meisje Ruth zou vervangen?

Een eenzame vioolklank verspreidde zich over de heuvels. Aan de overkant van het veld besloot de vedelaar Zeruvabel zijn strijkstok naar zijn instrument op te heffen en te spelen.

Uiteindelijk was het Esther die Hannah wegvoerde van het lichaam. Magere Rivka had het geprobeerd, en Jitschak had het geprobeerd, maar de engel Gabriël was nog op deze aarde en Hannah kon het niet verdragen om door een ouder te worden aangeraakt. Rivka en Jitschak konden als enigen op deze nieuwe plek begrijpen wat dit verdriet vermocht, en zij wist dat als ze bij hen in de buurt kwam, gedwongen zou worden dat zelf ook te begrijpen. Ze schopte naar hen, sloeg hen. Rivka met de bolling boven haar middel die iedereen kon zien.

Hannah had een vreemdeling nodig, en Esther de verpleegster diende zich aan. Het meisje pakte Hannah bij haar elleboog; er waren uren verstreken en het lijk was koud, maar Hannah klampte zich er uit verzet nog steeds aan vast. De eerste golf hysterie was door haar heen getrokken; even was er een moment van respijt. Achter zich voelde ze de volgende oprijzen en zijn lange schaduw vooruit werpen.

'Ik vind het zo erg voor je,' zei Esther. '*Zecher tsadiek livracha.*'

Hannah hoorde haar nauwelijks.

'Het voorstel van de dokter heeft niet gewerkt,' zei Esther. Ze constateerde een feit en stelde geen vraag, maar de woorden troffen Hannah alsof ze een stemvork was. Ze hief haar hoofd op.

'Welk voorstel?' vroeg ze.

Het waren haar eerste woorden in uren, en toen ze sprak proefde ze bloed van het op haar tong bijten.

Esther keek haar aan en Hannah zag het rond haar oren kortgeknipte kapsel van het meisje. Ze zag er zelf als een kind uit.

'O,' zei Esther. 'Niets.'

Maar iets in haar opmerking maakte dat Hannah aanhield.

'Welk voorstel?' vroeg ze nogmaals.

Esther hield haar blik naar voren gericht en haar arm stevig door die van Hannah gestoken.

'Niets,' zei ze nog eens.

'Esther,' snikte Hannah, en ze sprak de naam met nadruk uit.

'Goed dan,' zei het meisje. 'Het was gloednieuw onderzoek. Van dokter Lowen. Heeft hij je dat niet verteld?'

'Hij heeft me niets verteld.'

Er rolden tranen over Hannahs gezicht en ze veegde ze weg.

'Hij heeft geen zelfvertrouwen,' zei Esther. 'Maar het onderzoek was goed. De resultaten waren goed.'

'Ik heb geen idee waar je het over hebt,' zei Hannah.

'De schimmel.'

Esther haalde haar hand door haar korte haar; het stond overeind. Hannah zag dat ze haar best deed om het zich te herinneren. 'Hij zei dat hij het aan de vrouw van David had verteld. Die met de bruine krullen en de rode mouwen.'

Hannah dacht aan de rode rozen die Sjosjanna op het hemd had geborduurd dat keer op keer bij haar terug leek te keren van Ida in de wasserij. Ze dacht aan de rode jurk die Sarah van David had mogen houden.

De dokter had het over Sarah gehad. De dokter dacht dat Sarah Davids vrouw was.

'Wat doet die schimmel dan?' vroeg Hannah langzaam.

'Dat weten we niet.'

Hannah snikte wanhopig. 'Wat? Vertel het nou toch.'

Esthers gezicht trok in rimpels. 'De wond. De infectie. De schimmel zou die… Er zijn aanwijzingen die suggereren…'

Ze hoefde haar zin niet af te maken.

Ruth was dood. Hannah zou zichzelf van kant maken.

Nee. Het was iemand anders die zou sterven.

Vanaf de plek waar ik nu ben, zie ik de willekeur van het heelal, de miljarden variabelen die door de kosmos wieken in een oneindig aantal combinaties. Soms wordt er heel even een mysterie tevoorschijn getrokken, die vervolgens weer wordt verzwolgen door de vergetelheid. Al bij de oude Grieken werd schimmel gebruikt om infecties te behandelen. In 1920 hadden twee Belgen waargenomen dat de groei van bacteriën werd afgeremd door een schimmelbesmetting in een stafylokokkenkweek. Ze publiceerden een artikel dat vrijwel alom werd genegeerd. Penicilline werd pas veel later werkelijk begrepen.

Dokter Lowen was wel iets op het spoor, maar de omstandigheden waren er nog niet klaar voor. Het is onwaarschijnlijk dat hij met zijn kennis Ruth had kunnen redden. En het was inderdaad zo dat hij het mij probeerde te vertellen, maar dan nogal halfhartig, en ik had het weer aan David proberen door te geven. Geen van beiden waren we in staat het belang te vatten van wat hij wist. En algauw daarna stierf de dokter. Het zou nog een decennium en talloze doden kosten voordat deze waarheid opnieuw werd onthuld.

Na verloop van tijd keerde Hannah terug naar haar tent. Esther had de opdracht gekregen bij Hannah te blijven, maar die was overweldigd door uitputting en emotie en wilde het liefst haar toevlucht zoeken in de armen van Sjosjanna. Toen Hannah zei dat ze heel even terug wilde om alleen te zijn, stemde Esther daarmee in.

Ruths lichaam was weggehaald. De tent leek wel een leeggeruimd toneel, de acteurs zijn naar huis, alleen een paar achtergebleven rekwisieten. Hannah liet zich op de stromatras van Ruth vallen. Die rook nog steeds naar haar dochter, zweet, urine, melk en rotting. Ze huilde heel lang. Daarna stond ze op. Ze wist precies waar ze moest zoeken. Haar lichaam gaf haar in waar ze moest zijn. Ze tastte rond onder Davids matras en vond meteen iets. Haar hand greep het voorwerp vast. Maar het was niet het wapen. Het was zachter. Losser. Voorzichtig trok ze het tevoorschijn. Het was Salaam.

Als Hannah in het verdriet was blijven hangen waardoor ze

overmand werd, was ze zeker gestorven. De drang om te handelen redde haar. Ze voelde haar lichaam in beweging komen, met stevige tred de nacht in lopen, met de pop tegen haar zijde gedrukt. De sterren waren steekwonden in de zachte onderbuik van de hemel. De dokter had twee mensen verteld over iets wat Ruth had kunnen redden. David en Sarah. Ze zou een van hen doden. Wie het ook was die ze als eerste bereikte.

David was weg, het deed er niet toe waarheen. Maar ik was alleen in mijn tent, met het wapen waar Hannah naar op zoek was. Ik had het meegenomen omdat ik dacht dat het me zou beschermen. Misschien had ik beter Salaam kunnen meenemen.

Wat had ik niet overgehad voor zo'n pop toen ik een meisje was.

Wat had ik niet overgehad voor een moeder die van me hield zoals Hannah van Ruth hield.

Hannahs krullen zaten in de war alsof ze had gevochten. Haar ogen stonden wild.

'Ruth is dood,' zei ze. Alsof ik dat niet al wist.

Heel even dacht ik dat ze troost bij me kwam zoeken; ik opende mijn armen. Ik zou haar vasthouden.

Dat was immers wat ik werkelijk wilde.

Maar Hannahs ogen dwaalden af naar mijn maag en onmiddellijk wist ik dat zij het wist. 'Je bent zwanger,' zei Hannah.

'David heeft het me verteld,' vervolgde ze, voor het geval daar twijfel over bestond.

Ik werd overspoeld door kilte. Op dat moment wilde ik het kind uit mijn baarmoeder rukken en het aan haar geven, als dat had geholpen. Ik zag de pijn die ik haar had aangedaan, en werd overweldigd door wroeging. Zoiets had ik nog nooit gevoeld. Hoe was het mogelijk dat ik dat niet had kunnen zien?

'Dacht je dat jouw kind mijn verloren kinderen kon vervangen?' vroeg Hannah.

Ik begreep niet wat ze bedoelde met kinderen; ze had maar een kind gehad. Ruth.

Toen trok er iets anders over haar gezicht: een gruwelijke woede.

'Jij wist van die schimmel, maar je hebt het me niet verteld. Jij wilde dat ze doodging.'

'De schimmel?' vroeg ik. Wat bedoelde ze? Had ze het over die vage wartaal van de dokter?

Hannahs tanden waren opeengeklemd, haar vuisten gebald, haar wangen vuurrood.

'Het spijt me,' zei ik, want haar razernij was enorm, ook al begreep ik die niet.

'Mijn Rutheke,' zei ze. 'Mijn kleintje...'

En weer begon ze te huilen, met hartverscheurende snikken die haar voorover deden buigen met haar handen op haar knieën, snakkend naar adem alsof ze een lange wedren had gelopen.

'De schimmel,' zei ze nogmaals. 'Stel dat die wel had geholpen?' Ze keek me smekend aan. 'Waarom heb je me dat niet verteld?'

Het drong tot me door dat ik een vreselijke vergissing had begaan. Niet een enkele vreselijke vergissing, maar twee. Ik was zwanger geraakt. En ik had niet gezien wat belangrijk was.

'Ik weet niet waar je het over hebt,' zei ik, al was dat maar de halve waarheid. En toen zag ik dat ik dat niet had moeten zeggen. Ik zag haar ogen op het wapen vallen. Ik deed er een duik naar, maar zij was sneller. Ze hield het omhoog voor zich, niet op mijn hart of mijn hersenen gericht, maar op mijn buik.

'Ik ben zwanger,' hielp ik haar herinneren. En alweer had ik verkeerd gegokt.

'Er komen geen andere baby's,' zei ze. 'Niet om Ruth te vervangen.'

Het laatste wat ik zag, was het genoegen dat ze hieraan beleefde. Ik was blij voor haar. Op mijn eigen kleine manier.

## HOOFDSTUK 36

Toen Ruth een zuigeling was had ze kroep gekregen. Het vochtige, blaffende gehoest had de andere kinderen wakker gehouden; Liora had haar met Hannah en David mee gestuurd om tussen hen in te slapen in hun bed, in hun eigen tent. Het kind had geleden, en het waren de gelukkigste twee nachten van Hannahs leven geweest. Om dat lichaampje tussen hen tweeën ingeklemd te hebben, de hitte die van haar afsloeg als van een gloeiend kooltje. Hannah had de kleine Mikhol toegewezen gekregen om te zogen, en ze had in zekere zin van hem gehouden, maar wanneer haar eigen kind haar mondje naar Hannahs borst wendde, spleet er iets anders binnen in haar open. Het piepkleine mondje sloot zich en zoog en zoog, en de melk stroomde uit haar als de melk van de goden. De plek waar Hannah was ingescheurd tijdens de bevalling was bijna genezen, maar ze voelde hoe de wond weer openging en het bloed ging stromen alsof alle vloeistoffen van het moederschap tegelijkertijd vrijkwamen. Ze wist hoe ze dit moest doen. Niemand hoefde het haar te laten zien. Ze had het lijfje van haar baby in een hand gehouden, terwijl ze op haar zij lag, en toen ze opkeek, had ze David naar hen tweeën zien kijken met een liefde die ze nooit eerder had ervaren.

Toen Hannah terugkeerde, was David alleen in de tent. 'Waar is Ruth?' vroeg ze, alsof ze nu uit de nachtmerrie zou ontwaken.

'Ze hebben haar lichaam meegenomen,' zei hij. De tranen stroomden uit zijn ogen.

'Dat heb je niet gedaan,' zei ze.

'Wat niet? Haar laten meenemen?'

Hannah wist zelf niet waar ze het over had. Ze keek omlaag naar haar handen, en verwachtte min of meer dat ze Salaam zouden omklemmen. In plaats daarvan zag ze het wapen.

'Dat heb je niet gedaan,' zei hij.

Hannah glimlachte.

'Je onderschat me,' zei ze.

In het begin was er licht. God scheidde de wateren en er vloeide honing. Een voor een verschenen de planten en de dieren, alsof God met haar toverstokje de leegte beroerde. Hier en hier en hier. Zij was de God van bloed en zaad, de God van tranen. Alle doornstruiken en alle felgekleurde vogels en beesten verschenen op Haar bevel.

De blik op Davids gezicht toen hij het begreep, deed denken aan gordijnen die even worden gescheiden; toen vielen ze terug en keek hij weer onbewogen en koel. Precies op dat moment verliet de kadachat hem. De koorts was verdwenen, net als zijn gele huid en de waanzin waarmee ze gepaard waren gegaan.

Iets buiten hun tent riep David en Hannah. Ze liepen naar buiten, de schemering in. Er was een vreemd licht aan de rand van de horizon; terwijl zij stonden te kijken organiseerde dat licht zich in de vorm van vlammen.

'De Arabieren,' zei David. Maar het waren de Arabieren niet, en evenmin de Joden. Ik was het.

Zo makkelijk zou ik niet sterven.

'De oogst,' zei David. Maar hij kwam niet in beweging.

'Je hebt Sarah vermoord,' zei hij daarna tegen zijn vrouw, zonder haar aan te kijken, met zijn ogen naar voren gericht.

'En jij onze dochter,' was Hannahs reactie.

'Nu zullen ze ons wegsturen,' zei David.

Al wisten ze allebei dat er geen andere plek was om heen te

worden gestuurd. Ze waren hier, kinderen van Erets Jisraël, beiden moordenaars.

'Misschien...' zei hij.

'Wat?' vroeg ze.

'Hoe moeten ze dat weten?' vroeg hij.

Ook hij wilde niet opnieuw worden verbannen en gedwongen worden de rest van zijn levensdagen zwervend in de woestijn door te brengen.

Hannah knikte met haar blik naar voren gericht. Ze sloten een ongemakkelijke wapenstilstand. In de schaduw daarvan deden ze er het zwijgen toe.

Wie zouden ze zeggen had mij vermoord?

Ze zouden zeggen dat ik mezelf had vermoord.

Nu heb ik je mijn verhaal verteld; jullie zijn degenen die de waarheid kennen. Ik wacht tot ik word bevrijd, om naar de plek te gaan waar de anderen heen zijn gegaan. Maar bevrijd worden zal niets veranderen aan mijn verleden. Dat kan ik van hieruit zien.

Toen ik klein was, was mijn moeder ziek. Niemand vertelde me dat, maar ik wist het. Wat ik ook begreep was dat dit haar excuus was om me niet aan te raken. Ze lag als een skelet in bed en vroeg me niet naast haar te kruipen. Wat zou ik er niet voor over hebben gehad om haar van dichtbij op te snuiven, al was het dan de zure geur van oude melk, van appels die tot terpentijn zijn verworden. Maar zelfs in de dood wilde ze me niet hebben. Ik weet nog steeds niet waarom. Moeder zijn heeft zijn eigen vorm van gekte.

Nadat Hannah me had vermoord, steeg ik op de bergen in. Ik zag het vuur aan de rand van het graan branden, en daarachter, ver beneden, Levi en Ida. Zij kwamen als eersten om te helpen, onwankelbaar in hun geloof in zichzelf en hun bestemming. Er liep een lijn tussen hen die onzichtbaar was voor het menselijk oog, maar die voor mij voelbaar zinderde. De vlammen waren hoog opgelaaid en zorgden voor een troebel half daglicht, een gloed waarin leugens en waarheid aan het gezicht werden onttrokken. Maar Levi en Ida waren gelukkig. Zij hadden zoveel verschillende sterfgevallen meegemaakt, en nu kwam een nieuw leven hen opzoeken. Ik was blij voor mijn oude vriendin.

Levi rende voort met een emmer water in zijn handen, maar hij had harder kunnen rennen; hij gaf Ida de gelegenheid om hem bij te houden en naast hem voort te rennen.

Binnenkort zou Ida in verwachting zijn. Haar baby zou de eerste worden die bij de nieuwe pioniers werd geboren. Zoals Sjosjanna had voorzien, zou ze in Esthers sjaal van fijne kant worden gewikkeld. En overal waar ze heen dribbelde zou ze haar pop meedragen, die Salaam heette.

Levi draaide zich om naar Ida; hij zei iets in haar oor. Van honderd meter afstand, waar ze samen met David stond, kon Hannah het meisje zien glimlachen.

Wie zal zeggen wat ieder van ons in lichterlaaie zet.

Ida en Levi liepen samen verder, verenigd in hun doel. Maar Hannah en David bleven waar ze waren. Het vuur was nodig.

Ze stonden van elkaar gescheiden, raakten elkaar niet aan en lieten het vuur branden.

DANKWOORD

Ik ben de onderstaande mensen en instellingen ongelooflijk dankbaar voor hun onschatbare steun en hulp bij deze roman:

Lynn Henry, Eric O'Brien, Sharon Klein, Ilana Benrstein, dr. Judy Henn, Ayelet Tsabari, Danila Botha Vernon, Degan Davis, Sonya Teece, Martha Webb, en mijn fantastische familie.

Penguin Random House Canada, de Toronto Arts Council, de Ontario Arts Council, de Canada Council for the Arts, de Chalmers Arts Fellowship, de MacDowell Colony en de kibboets Ein Harod (Ichoed en Meuhad).

Voor diverse cruciale gebeurtenissen in *Vreemdelingen met dezelfde droom* heb ik inspiratie ontleend aan de roman *Yehuda* van Meyer Levin. Zijn schitterende boek *The Settlers* vormde in veel opzichten eveneens stof voor dit boek, en hetzelfde geldt voor *Gideon's Spring: A Man and His Kibbutz* van Zeruvabel Gilead en Dorothea Krook. Met hulp van Ilana Bernstein en dr. Judy Henn kreeg ik toegang tot vele privédagboeken uit het archief in Ein Harod, en ook hun ben ik zeer erkentelijk.